짧고 깊은 눈부심

짧고 깊은 눈부심

초판 1쇄 인쇄 2025년 12월 23일
초판 1쇄 발행 2025년 12월 25일

저   자 장두영
발행인 박지연
발행처 도서출판 도화
등   록 2013년 11월 19일 제2013－000124호

주   소 서울시 송파구 중대로34길 9－3
전   화 02) 3012－1030
팩   스 02) 3012－1031
전자우편 dohwa1030@daum.net
인   쇄 (주)유진보라

ISBN｜979－11－24052－12－9*03810
정가 17,000원

도화道化, fool는
고정적인 질서에 대한 익살맞은 비판자,
고정화된 사고의 틀을 해체한다는 뜻입니다.

짧고 깊은 눈부심

장두영 지음

도화

차례

문학의 본질이 반드시 장대한 서사의 흐름 속에서만 발견되는 것은 아니다. 오히려 찰나에 스치는 섬광과도 같은 순간에, 삶의 진실이 압축되어 빛을 발하기도 한다. 이 평론집의 제목을 〈짧고 깊은 눈부심〉으로 정한 것은 바로 이 때문이다. 한 편의 '짧은' 이야기 속에 응축된 '깊은' 삶의 진실, 그리고 그 진실이 우리에게 가닿는 '눈부신' 통찰의 순간들을 포착하는 것이 이 책의 목표였다.

이 책에 묶인 글들은 그 '눈부심'의 순간을 찾아가는 비평적 여정이다. 무엇보다 작품 속 인물들의 내면에 주목했다. 사건의 외피를 걷어내고 인물들의 내면 깊숙이 자리한 심리 묘사의 궤적을 따라가는 일에 집중했다. 그들이 느끼는 '감정의 빛깔'이 무엇인지, 억압된 욕망과 내밀한 상처가 어떻게 그들의 삶을 추동하는지 읽어내고자 했다. 작품 속 인물들은 낯선 타자가 아니라, 종종 불안과 결핍 속에서 위태롭게 흔들리는 '우리들의 자화상' 그 자체였다.

이 평론집이 주목한 소설들은 유독 '과거'라는 유령과 대면하는 인물들을 자주 호명한다. 떠나온 시간과의 마주침은 때로 애써 외면했던 낯선 과거의 충격적인 폭로로 이어지기도 했다. 인물들의 내면에 단단하게 응어리진 상처와 트라우마가 어떻게 현재의 삶을 봉인하는지, 그리고 그 봉인을 힘겹게 풀어내는 과정은 이 책의 중요한 화두였다. 그 과정에서 우리는 소통의 불가능성과 그로 인한 텅 빈 구멍을 목격하기도 하고, 마침내 타인과 진정한 대화에 이르는 가슴 벅찬 순간에 이르기도 한다.

이러한 내면의 풍경은 종종 그들이 머무는 '공간'을 통해 상징적으로 발현되었다. 집과 방, 카페와 모텔 등 소설의 공간은 단순한 배경을 넘어, 인물의 심리가 투영되고 그들의 환영이 깃드는 무대였다. 또한, 잘 짜인 짜임새와 빛나는 은유적 상상력, 그리고 정교한 알레고리가 어떻게 평범한 일상을 거대한 삶의 비유로 확장시키는지 감탄하며 그 솜씨를 뒤쫓았다.

결국 이 평론집은 삶의 가장 어둡거나 혹은 가장 빛나는 순간의 진실을 예리하게 포착하여 '짧고 깊은 눈부심'을 선사해 준 작가들에 대한 응답이다. 이 글들이 하나의 완결된 해석이기보다는 독자들에게 또 다른 유혹하는 질문이 되기를 바란다. 독자들 역시 이 소설들 속에서 상승과 하강을 거듭하는 삶의 궤적을 발견하고, 자신만의 '눈부심'을 만나는 기쁨을 누릴 수 있기를 기대한다.

2005년 가을
다산관에서
저자 씀

짧고 깊은 눈부심

짧고 깊은 눈부심

상승과 하강, 혹은 이탈

변명과 문제 제기의 사이에서
-김창식 〈어항에 코이가 없다〉

남들 보기에 무난한 결혼생활을 하고 있는 여자에게 과거의 남자가 다시 나타났다. 다시 나타난 남자는 '우리 한 번쯤 만날 수 있잖아?'라며 과거 정욕으로 휩싸였던 그때를 상기시킨다. 여기서 여자가 과거의 남자가 건넨 제안을 받아들여 그 남자를 만나게 될 것인가 즉 '무난한 일상'에서 잠시 일탈할 것인가 하는 고민은 서사적 긴장을 위한 최소한의 장치일 뿐이다. 그보다는 남자의 등장으로 인해 현재 무미건조한 자신의 결혼생활과 25년이라는 시간의 경과 속에서 변화한 자신을 되돌아보는 데서 발생하는 자아성찰성과 관련된 내적 고민이 실질적인 긴장을 연출하고 있기 때문이다.

아빠와 엄마는 부부니까 너를 낳아야 할 숙명을 가진 것이고
넌 운명적으로 딸이 된 거야. 우46은 차분한 목소리로 조합한 말

이 서툴고 어줍고 논리적이지 못함을 깨달았다. 서툰 화술이 우
46의 세상을 살아온 방식의 전부라는 서글픈 생각도 빠르게 스
쳐갔다. (…) 아빠와 엄마는 서로에게 배반하는 생각이 어긋나는
강요에 무디어졌어. 감정이 상하고 자존심이 구겨지는 일이 생
겨도 무관심한 상대가 되었어. 신영이 말을 끊었다. 서로에게 생
채기를 만들지 않는 삶의 방식을 터득하였는데 무관심을 가장하
고 있다고 변명에 대한 변명을 덧붙였다. 그렇다고 젊은 시절의
관심과 연민과 동정이 없어진 것은 아니라고 했다. 다만 이런 감
정이 오래된 볼트의 조임처럼 닳고 헐거워지고 느슨해졌다고 말
했다. 그렇기 때문에 다투거나 심지어 이별을 할 열정이 소진되
었다고도 거침없이 말했다.

딸 신영의 역할은 여자의 현재 상태에 관한 근본적인 의문을 던
지고 있기에 중요하다. 한창 젊음을 꽃피울 나이의 아가씨인 신영
은 여자에게 현재 결혼 생활의 권태에 대해 당돌하게 문제를 제기
한다. 여자는 딸의 질문에 대해 답변을 하지 않을 수 없게 된 상황
이다. 마치 재판관 앞에서 자신이 결백함을 호소하는 듯한 자세를
취하고 있는 것이 여자의 모습이다. 세상의 딸들은 원래부터가 당
돌하지 않은가. 대개 엄마처럼 살지 않겠다는 상투적인 선언이 마
지막에 따라 붙듯 신영은 한참 여자와 대화를 하면서 그녀의 일상
이 무료하고 맥이 빠져 있음을 지적한 끝에 "그늘에서만 사는 인생
이 되지 마."라고 마지막 멘트를 날리고 있다.

문제는 여자의 반응이다. 당돌한 딸의 질문에 여자는 시종일관
'변명'으로 대처한다. 그것도 '조잡한 말', '서툰 말', '어쭙잖은 말',
'비논리적인 말'이기에 제대로 된 변명이 될 수 없다. 때로는 현재
의 무관심이란 서로에게 익숙해졌기 때문에 생긴 '편안함'의 다른

표현이라고 변명해보기도 한다. 그러나 그러한 변명 역시 무기력하기는 마찬가지다. 모르긴 해도 과거의 남자가 느닷없이 전화를 걸어와 상기시키는 25년 전의 그때에는 여자 역시 딸 신영처럼 ‘세상의 당돌한 딸’들 중 하나였을 것이기 때문이다. 정작 딸 앞에서는 온갖 변명을 하지만 기실 25년 전 자신이 가졌던 사랑이나 열정에 대한 동경이 무의식중에라도 되살아났기 때문에 딸에게 제대로 된 변명을 하지 못한 것이 아닐까?

과거에 대한 향수 때문일까 아니면 현재에 대한 불만 때문일까? 남자의 제안대로 만나기 직전까지 갔다가 포기하고 마는 그녀의 모습에서는 현재의 안정된 삶에 대한 불안과 위태로움과 동시에 새로운 변화를 모색하는 계기로 작용할 수 있는 환멸과 회의를 어렵지 않게 발견할 수 있다. 25년 동안 살아왔던 그녀의 권태로운 일상이야말로 작은 어항에서는 손가락 크기만큼, 수족관이나 연못에서는 어른 손 크기만큼, 때로 강에 방류하면 유치원 아이 키만큼 자란다는 ‘코이’ 물고기의 삶과 다르지 않다는 것은 작품의 곳곳에서 감지된다. 좁은 공간에서 살다보니 자아의 크기마저 조그맣게 머무르고 말았다는 것은 결국 여자 자신의 상태이다. 그리고 이러한 관념은 ‘어항에 코이가 없다’는 제목이 암시하듯 자신의 정체성에 대한 근본적인 물음으로 이어지고 있고 나아가 환멸과 회의 쪽으로 기울고 있어 보인다. 그것은 변명을 벗어나 새로운 지향을 추구하는 문제 제기이기에 일정한 발전과 변화의 계기가 될 수도 있을지도 모른다.

어항 속의 코이 물고기에 관한 비유는 무난한 일상에 갇혀 왜소해진 중년 여성은 물론 현대인 전체에 관한 알레고리로 확장되기에 무리가 없어 보인다. 그리고 그러한 비유는 자아성찰성을 동력으로 근본적인 문제 제기로 이어지고 있기에 작품의 주제는 상당한 폭을 확보하고 있음을 발견하게 된다.

레드 제플린과 이소룡의 동거
–박신열 〈크리스마스를 안전하게 보내는 방법〉

박신열의 〈크리스마스를 안전하게 보내는 방법〉은 도시의 뒷골목에서 만난 두 남녀의 '이별기'다. 처음 만나서 얼마 지나지 않아 동거에 들어가고 헤어지기까지 이들 사이에 벌어지는 사건은 특별한 것이 없다. 남자는 새벽 주유소에서 스포츠카 탄 손님에게 욕설을 들어가면서 비루하게 알바를 하고 있고, 여자는 '조건만남'으로 몸을 팔아 돈을 버는 일을 한다. 배가 고프면 편의점에서 라면을 사먹고, 반복되는 생활이 지루할라 치면 담배를 피우고, 볕이 들지 않는 싸구려 지하방에서 무의미한 섹스를 반복하는 것이 그들의 일과다. 그러다보니 작품 전체가 특별한 사건을 중심으로 짜여있기보다 반복되는 에피소드의 나열로 이루어지고 있다.

그런데 이러한 에피소드의 나열은 두 사람의 관계를 특징적으로 부각시키는 역할을 하기도 한다. 주유소 알바나 조건만남 성매매를 번듯한 직업이라 할 수 없겠지만, 아무튼 그들이 직업을 가진 셈이다. 그러나 그들이 자신의 직업을 갖고 일을 하는 것은 미래의 꿈이나 계획을 위한 것이 아니다. 반복되는 비루한 에피소드의 나열처럼 그들의 삶에는 발전을 상정한 미래란 찾아볼 수 없고, 그러한 반복이 축적되어 완성하는 것은 하나의 '절망'이다. 혼유 사고 때문에 몇 달 치 알바비를 고스란히 뺏기거나 바퀴벌레를 먹는 변태를 만나 기분 더러워지는 일들만 반복되는 그들의 일에서 미래에 대한 꿈과 희망은 흔적도 찾을 수 없다. 발전적인 목표가 있어야 상승을 지향하는 서사가 꾸려지기 마련이 아닌가. 그렇기에 이 작품은 성장 소설이나 교양 소설을 목표로 하지 않는 듯하다. 아무런 발전이 없는 무의미한 반복의 연속이야말로 에피소드의 나열이 보여주고자 하는 바일 따름이다.

그렇다고 해서 두 인물이 엮어가는 동거 생활이 전혀 무의미하다는 말은 아니다. 오히려 무의미를 통해서 의미에 도달하는 지점은 분명히 있다. 가령 두 사람의 만남이 그러하다. 두 사람은 엉망이 된 집안에서 도망친 가출 소년소녀들이라 일정한 유대감을 공유한다. 남자는 사랑인지 아닌지는 모르겠지만 '사랑하는 거 같아'라는 어중간한 고백을 하고, 여자는 사랑한다는 말을 못 듣고 자란 탓에 사랑한다는 말을 들은 것 자체로 만족한다. 아무도 신경 쓰지 않고 내팽개쳐진 채 살아왔기에 그 한 마디가 아쉽고 소중할 뿐이다. 바꾸어 말하자면 '지독한 외로움'을 견디고 있기에 그들은 상대방에게 사랑한다가 아니라 '사랑하는 거 같아'라고 손을 건네고, 또 그것에 만족한다. 낭만적이고 이상적인 관념이라곤 찾아볼 수 없는 황폐함의 절정에서 두 사람은 최소한의 온기를 느끼기 위해 섹스를 할 수밖에 없는 셈이다.

'나'는 자신들의 관계가 사랑일까 연민일까를 두고 반복해서 물어본다. 두 사람의 만남이 처음부터 서로에게서 각자 자신의 모습을 바라본 결과이기에 그것은 연민에 더 가깝다고 할 수 있다. 서로 슬픔의 밑바닥에서 허우적대고 있는 상태를 너무도 잘 알기에 그러한 가련함에 대한 최소한의 윤리적 포즈를 취한 것이다. 연민은 상대에 대한 이해로 연결될 수 있다. 두 사람이 각자의 취향을 수용하는 장면은 연민에서 출발한 두 사람의 관계가 서로에 대한 이해로 진전될 수 있음을 보여주는 암시이다. '나'가 레드 제플린과 지미 헨드릭스의 음악을 듣고, 효진이 이소룡이 출연한 영화를 반복해서 돌려보는 것에 푹 빠지게 된 것도 상대방에 대한 이해에 한걸음 다가선 증거로 해석할 수 있게 된다.

사랑일까 연민일까를 두고 자문하던 '나'는 잠시 효진과의 '미래'를 꿈꾼다. 거리에는 크리스마스 캐럴이 울려 퍼지고 쇼핑하러 나온 인파들로 초만원이다. 효진이 갖고 싶어 하던 십만 원짜리 랑콤 나이트크림을 백화점에서 구입할 때까지만 해도 거리를 가득 채우고 있는 단란한 연인과 가족들처럼 자신들의 관계도, 미래도 발전시키고 향상시키고 싶은 욕망이 움트고 있었다. 그러나 이내 그러한 생각은 바퀴벌레 변태와 조건만남의 유쾌하지 않은 기분으로 짓밟히게 되고, 크림을 바르고 다시 거리로 나가 웃고 있을 효진을 생각한 끝에 기껏 산 선물을 쓰레기통에 처박아 버리게 된다. 이때 느낀 복잡하고 씁쓸한 기분이란 결국 자신들에게 '미래'란 없다는 것을 알아차리게 되었을 때 느끼는 허탈감의 다른 표현이다.

널 버리는 게 아니라, 망가진 인생이 싫은 거다. 너의 영혼을 보관하고 있는 검은 가면과 흐르지 않는 딱딱한 마음과… 바퀴벌레들이 자라고 있을 몸이 싫은 거다. 이별하면 좀 어때, 그런다고 사랑이 변하나? 다들 고만고만한 외로움을 안고들 살아가, 비겁하고 착한 여자라는 그녀의 새엄마는 달라졌는지 모른다. 너는 모텔을 혼자 나올 때마다 인생이 더러워서 침을 뱉었을 것이고, 나는 이제 절망이 분명한 방황이 싫어진 것일 뿐이다.

연민은 끝이 났다. 안을 때마다 측은하게 여기던 감정도 이제 정리할 때가 되었다. 레드 제플린과 이소룡의 동거는 자기 연민에서 출발한 것이었기에 자기 연민을 벗어나는 상황에서 둘의 관계는 해소될 수밖에 없다. 헤어지는 것은 효진을 버리는 것이 아니라, 자신의 망가진 인생에 대한 거부의 표현이라고 선언된다. 이제는 미래가 없는 절망의 연속에서 벗어나 새로운 길을 걸어야 할 때다. 검정고시 학원을 다니고, 대학에 들어가면 문신을 가리기 위해 레이저 수술을 받겠다는 편지를 쓴 '나'는 이미 미래로 향한 길을 걸어가고 있는 듯하다.

그러나 이러한 '나'의 변화가 단순히 절망에서 발전으로의 단순한 선형적 구도를 따라가고 있지는 않다는 점을 강조할 필요는 있을 것이다. '나'는 여전히 혼란들로 둘러싸여 있다. '나'의 변화는 완료된 것이 아니라 진행 중에 있으며, 그 끝이 어떻게 될지는 열린 결말을 통해 되묻고 있다. 이러한 추리가 가능하게 되는 것은 레드 제플린의 음악이 여전히 펼쳐지고 있기 때문이다. "지구상의 모든 소리들을 자신의 음악과 융합시키려 한 용기가 대단해. 지금 내가 듣는 곡은 초기의 메탈적인 사운드보다 유연한 리듬의 곡들이야. 현란한 연주보다 복잡하고 심오한 철학적인 사운드를 구사하다니 놀랍지 않니?" 그것은 효진의 취향이었으며, 이제 그것에 변화를 부여하고 확장시키는 후기 음악들에 대한 관심으로 '나'에게 내재화가 진행 중이다. 이제 진정으로 레드 제플린에 심취하면서 남겨지는 한 가지 메시지는 세상은 레드 제플린이 들려주는 사운드처럼 '복잡하고 심오한' 무언가가 있을지도 모른다는 사실이다. 그것은 아이에서 어른으로의 진입일 것이며, 이 점에서 이 작품은 한 편의 성장소설로 읽을 수 있게 된다. 반성장의 서사는 성장의 서사로 탈바꿈하는 데 성공했다.

은유적 상상력
―김아람 〈사과〉

김아람의 〈사과〉는 은유적인 의미의 관계망으로 서사를 이끌어가고 그 속에서 주제를 제시하고 있다. 작가가 발휘하고 있는 은유적인 상상력이란 상이한 두 대상의 속성을 정확하게 포착한 결과, 표면적으로는 이질적으로 보이는 두 대상 사이에 보이지 않는 끈처럼 엮여져 있는 근본적인 유사성의 고리를 끄집어 낼 때 가능할 수 있다. 이러한 은유적 상상력에서 두 대상 간의 고리를 엉성하게 얽어내었다가는 이것도 저것도 아닌 것이 되어버리고 마는 것이 예사겠지만, 적어도 이 작품에서는 두 대상 사이의 관계에 주목한 것에서 출발하여 대상 각각의 근본적인 문제에 대해 어느 정도 깊은 천착을 보여주고 있다는 점에서 분명한 성과를 이루어내고 있다.

우선 은유적 상상력은 성경 속 아담과 하와의 이야기를 주인공 자신의 결혼 관계에 연결시켜 이야기를 풀어나가게 하는 데서 작동한다. 아담과 하와는 사과 하나 때문에 에덴동산에 쫓겨났다. '나'와 남편 역시 사과 하나를 두고 벌어진 사소한 다툼 탓에 이혼하게 되었다. 아침 식사로 사과를 먹던 부분가 있고, 접시에는 마지막 사과 한 조각이 놓여 있다. '나'는 그 사과를 무심코 집어먹었고, 남편은 욕을 퍼부으며 그 사과 조각을 자신의 입 속에 우겨넣었다. 그 순간 '나'는 이혼을 결심한다. 마치 일종의 '계시'를 받은 것처럼 모든 것이 분명해졌다고 말하고 있다. 자신이 사과 한 쪽만도 못한 존재로 평생을 살다 늙을 것이고 결국 버림을 받고 말 것이라는 생각이 문득 떠올랐고, 그동안의 결혼생활이 한참이나 잘못 되어 왔음을 비로소 사소한 사과 한 조각 때문에 깨닫게 되었다고 하고 있다. 사소한 사건 때문에 이혼에 이르게 되는 과정은 태초에 발생했던 아담과 하와의 실수와 연결되면서 다양한 의미를 생성하기에 이른다.

아담은 선택할 수 있었다. 하와가 억지로 하와가 아담의 입에 사과를 집어넣은 것은 아니었을 테니까. 그럼에도 아담은 하와를 탓했을 것이다. 여자의 간교한 꼬임에 빠져 죄악을 저지르고 말았고, 그 결과 에덴동산에서 추방당하게 되었다고 신을 향해 변명했을지도 모른다. 아담의 변명을 들은 화와는 얼마나 당황스러웠을까. 시골 농촌 마을 출신인 '나'가 남편을 만나 결혼을 하게 되고, 그동안 '남들처럼' 맞벌이를 하지 않는 '무능력한' 가정주부로서의 삶을 살아왔다. 남편은 이것이 늘 못마땅했고, 알게 모르게 경제적인 능력이 부족한 '나'를 핍박했다. 이혼서류에 도장을 찍고 나서도 남편은 '나'의 친정으로 찾아와 결혼축의금과 절값으로 받은 오백만원을 돌려달라고 '나'의 아버지에게 요구한다. 그는 결혼생활의 실패, 에덴동산에서의 추방이 순전히 '나'의 경제적 무능의 결과라 몰아세우고 있다. 자신의 책임은 감춘 채 모든 것이 하와 때문이라고 변명했던 아담을 빼어 닮은 아담의 후손인 전 남편에 대한 경멸이 자연스럽게 감지된다.

어린아이 잇몸이 이를 밀어내듯 나무는 생명을 몸 밖으로 밀어낸다. 며칠 사이 잎겨드랑이에 노란 꽃이 매달린다. 벚나무 가지에도 꽃망울이 부풀어 오른다. 버섯 같은 머리를 쳐든 쇠뜨기가 땅에서 올라온다. 양지바른 풀밭에는 쑥과 냉이의 어린순이 돋는다. 아직은 추운 듯 밭머리에 앉은 토끼풀이 어깨를 잔뜩 웅크린다. 헤아릴 수 없는 생명들이 일제히 손을 흔든다. 나무 한 그루, 풀 한 포기, 돌멩이 하나까지도 모든 것이 새롭다. 내가 그리워하던 것들이다. 하찮게 여겼던 생명들이 귀한 존재라는 것을 마을을 떠난 다음에야 알게 되었다.

도시생활을 시작한 후 '나'는 고향이 그리웠다. 부모님이 살고 있는 마을은 자신의 고향이라 부르기에 부족하며, 고로 자신에게는 고향이 없다고 밝히고 있지만, '나'는 분명 도시생활 이전의 그곳을 그리워한다. 정확하게 말하자면 '나'가 그리워하는 고향은 행정구역이나 마을회관, 이웃집 등이 펼쳐진 구체적인 장소라기보다는 '흙'이다. 흙 속에는 온갖 생명이 잠재되어 있다. 그런 생명들은 누가 시킨 것도 아닌데 그야말로 '스스로 그러하듯'自然 생명을 움 틔워낸다. 열다섯 살 때 정착했고 스무 살 때 떠난 그 마을에서

'나'는 여전히 이방인의 감상을 느낄 수밖에 없지만, 그곳에서 지켜보고 냄새 맡았던 흙은 스무 살 이후 도시생활을 시작하고 나서 그리워할 수밖에 없는 고향의 이미지를 고스란히 간직하고 있다. 그러한 그리움은 도시에서 화분을 사고 영양제를 사게끔 이끌었지만 "작은 화분에 담긴 흙은 생명이 짧았다." 무한한 생명의 잠재력을 지니고 있는 흙에 대한 그리움은 순수함에 대한 동경이자 훼손되지 않은 과거로의 복귀를 염원하는 '나'의 무의식과 맞닿아 있는 셈이다. 그리고 '나'의 동경이 흘러 닿는 그곳에는 태초의 에덴동산이 있을 것은 분명하다.

그러나 그러한 순수에 대한 그리움은 이제 위협을 받고 있다. 에덴동산에서 추방당해 내려오면서도 '나'는 자신에게는 하와에게는 없는 '친정'이 있노라 한 가닥 위안을 삼았다. 실제로 '나'는 고향 마을에 돌아와 밭고랑을 거닐면서 자신이 그리워하던 순수의 체취를 맡아보려고 시도한다. 그렇지만 '나'가 스무살 이후 떠나있던 고향 마을은 여러 모로 변했다. "예전엔 마을이 온통 파랬다."라는 말에는 '예전'과 '지금' 사이의 현저한 시간의 경과와 함께 과거의 순수함이 사라졌다는 안타까움이 묻어 있다. 포도밭에서 거봉을 수확하며 흐뭇한 미소를 짓던 농부들은 이제 찾아볼 수 없다. 거친 소음을 뿜어내는 공장이 들어섰고, 공장노동자를 위한 아파트까지 세워졌다. 그것은 타락이고 변질이다. 에덴동산으로부터의 영원한 추방이다.

농사가 공장에서 물건을 찍어내는 일도 아니고 시장상황에 유동적으로 대처하는 건 불가능하다. 작물은 파종 뒤에는 생산

조절이 어렵고 장기저장도 안 돼 물량이 남으면 값이 떨어진다. 알맞게 수요를 파악하더라도 정해진 생산량을 공급하기엔 변수가 많다. 파종에서 수확기까지 예측할 수 없는 기상이변과 병충해 재해로 인해 수확량은 장담할 수 없다. 흘린 땀만큼 보상은 쉬이 돌아오지 않는다. 경제논리로 따지자면 농사는 이제 그만 지어야 한다. 더러 정부의 지원을 받아 자본을 가지고 설비를 확충하고 새로운 작물재배에 투자하기도 한다. 새로운 작물재배를 시도한다는 건 베테랑 농부에게도 부담스러운 일이다. 과수를 수확하기까지는 몇 년의 세월이 걸리고 그동안 쓰러지지 않고 버텨야 살아남는다. 수시로 바뀌는 정부정책만 믿고 일을 벌이기에 마을 농부들은 늙어버린다. 그냥 살던 대로 사는 게 방법이다. 기술을 물려받을 자식도 농사를 지을 젊은이도 곁에 없다. 상황이 그러기에 농민들은 이래저래 빚더미를 끌어안는다.

과거의 순수함은 경제논리에 지배당했다. 생명을 품은 흙의 비유는 잊혀진 채 차가운 논리가 선사하는 무거운 그림자만 가득하다. 파탄이 난 농촌 경제는 또 다른 대상인 '나'의 결혼 생활과 절묘하게 맞아떨어지고 있다. 에덴동산을 꿈꾸며 사랑을 실현하겠다는 순수함의 열정은 사그라든 채 '나'의 결혼생활은 불모의 상태로 끝이 나고 말았다. 서서히 몰락해간 고향 마을처럼 '나'의 결혼생활은 초기의 순수함을 잃고 서서히 변질되어갔다. 부패하고 타락한 상태를 계속할 수 없다는 판단에 이혼을 결심하고 고향 마을로 내려왔지만, 그곳에서 발견한 것 역시 자신의 결혼생활에서 맛보았던 그것이다.

개인적인 차원에서의 결혼생활의 파탄과 사회적인 차원에서의 농촌사회의 몰락이 상호적으로 영향을 미치면서(파탄 난 결혼과

몰락한 농촌의 은유적 연결고리) 하강의 움직임을 극명하게 보여
주고 있다는 점이 이 작품의 묘미라도 단언할 수 있다. 더 이상 마
음 놓고 먹지 못하게 된 마을의 지하수가 시간의 경과를 거치면서
변질되었듯이 "결혼생활도 시나브로 오염되었다. (…) 방심하고
방치하는 사이에 조금씩 변질되었다." 얼핏 보이기에 서로 연관이
없어 보이는 두 대상을 연결시켜 병치하는 과정에서 순수에서 타
락으로의 변질과 동시에 그리워하던 대상의 상실이라는 안타까움
이 작품 속에서 구현되고 있다. 이혼으로 인한 상실감, 그리운 고
향에 대한 상실감은 '나'를 철저한 이방인으로 규정하게 하고, 하
강의 움직임은 작품이 끝나고 나서도 지속될 듯한 모습을 보인다.
그리고 이러한 상실은 결국 에덴동산에서의 추방이라는 가장 오래
된 문학적 메타포와 결부되어 있어 문장으로 표현된 것보다 더 많
은 의미를 지속적으로 창출하기에 이르고 있다.

다만 결말부에서의 다소 허술한 처리에서는 서둘러 이야기를
마무리하려는 조급함이 발견된다. 결혼생활과 농촌사회, 그리고
에덴동산에 관한 상상력은 급하게 닫지 않았더라면 더 풍부한 역
동성을 발휘할 수 있지 않았을까 하는 아쉬움이 남는다.

무덤의 방을 나오기까지
―홍지화 〈유랑의 도시〉

홍지화의 〈유랑의 도시〉는 한국으로 건너온 24세 조선족 여인

동복이 한국인과 한국 사회를 바라본 관찰일지와 같은 방식으로 서술을 진행한다. 대개의 경우가 그러하듯 중국(고향)에 있던 시절 그녀에게 한국은 '기회의 땅'이었으며, 그녀의 한국행은 결혼을 약속한 순태와의 미래를 좀 더 아름답게 가꾸기 위한 자발적인 선택이었다. 그러나 막상 한국에서 보고 느낀 것들은 그녀를 짓누르고, 그녀의 소망을 산산이 부수어버리기에 이르러, 이제 한국과 한국인은 일그러진 모습으로 그녀를 중압하고 있다. 자연스럽게 기회의 땅이 어떻게 해서 환멸의 땅이 되었는가를 서술하는 것, 그리고 그 속에서 어떻게 버텨나가야 할 것인가를 서술하는 것이 작품의 중심적인 관심사로 설정된다.

동복은 한국인과 한국 사회를 관찰한다고 했으나 부연하자면 관찰이기보다 목격에 가깝다. 충격적인 일들에 관한 목격이기에 객관적인 관찰로 그치는 것이 아니라 자신이 목격한 것에 대한 즉각적인 심리적 반응으로 이어진다. 필리핀에서 온 쟈니를 퉁명스럽게 쏘아 붙이는 주방장을 보고서 '형언할 수 없는 먹먹함'을 느낀다든가, 주방장에게 머리채를 잡힌 쟈니를 보고서 '암울한 절망'에 결국 눈을 감고 마는 것은 그녀의 관찰과 그에 대한 감상이 이루어지는 방식을 잘 보여주고 있다. 이방인이기에 인간적인 대우마저 제대로 받지 못하는 모습들이 그녀의 눈에 비치고, 구체적인 설명으로 표현하기 어려운 복잡한 감정들이 북받쳐오는 경험을 가지는 것이 동복의 한국 체류기의 대부분을 구성하고 있다.

그의 눈빛은 불꽃처럼 이글이글 타오르기 시작했다. 이윽고
무섭게 돌진하면서 강제로 칼의 입을 벌리고 소곱창 한 점을 막

무가내로 집어넣었다. 그러고는 통쾌감으로 얼룩진 달착지근한 미소를 얼굴 가득 흘리며 자리에 앉았다. 여기저기서 박수소리가 터져 나왔다.

돌연 동복은 비참한 기분으로 등이 꺾어지는 기분이다. 그리고 온몸을 태울 듯 뜨겁게 솟구쳐 오르는 분노와 증오로 가슴이 새까맣게 짓이겨져 갔다.

저렇게 형편없이 일그러진 모습이 한국인들의 참모습이라면 난 차라리 한국사람 되기를 거부하겠어. 그래. 난 엄연히 중국사람이야. 내 부모만 이 땅의 피를 이어 받았을 뿐, 난 이 사람들과는 아무런 상관이 없는 중국인인거야. 난 중국국적을 가진 자랑스러운 대국의 딸이야.

종교적 이유로 소고기 먹기를 거부하는 이방인에게 억지로 입을 벌려 소곱창을 먹이는 잔학성은 자신의 종교가 모독당했다는 심각한 자존감의 훼손으로 이어진다. 팔딱 뛰는 물고기를 더 건드리고 싶은 잔학성으로 소곱창을 강제로 먹이는 한국인 동료는 물론이거니와 주변에서 박수를 치며 타인의 고통을 '즐거워' 하는 다른 한국인 동료들 역시 이방인을 인간 이하로 취급하고 범죄 행위의 공범들이다. 사태를 목격하고 그에 대한 심리적 반응을 보이던 동복은 이 장면에서 민족과 국가의 문제에 대한 인식으로 나아가고 있다. 한국에 건너온 동복이 목격하고 느낀 것은 주로 먹먹함, 캄캄함, 암담함, 암울함 등 어둡고 무거운 중량감을 가진 것이고, 때로는 그러한 중량감이 어느 정도 선을 넘으면 분노, 원망 등 한국인과 한국사회에 대한 철저한 반감으로 이어지기도 한다. 그 결과 동복은 자신이 한국인으로 동화되고 싶지는 않다, 어디까지나 중국인으로 살아가겠다라면서 마음속의 바리케이드를 치게 되고,

그러한 서술을 지켜보는 독자들은 일종의 책임감과 죄책감을 지니
도록 유도되고 있다.

> 하루의 모든 일과를 마치고 나면 언제나처럼 어깨로 뻐근한
> 통증이 스치고 지나간다. 한국에 처음 와서는 그 통증을 도저히
> 이겨낼 수가 없어 매일 밤 약국에서 파스를 사다가 붙이며 숨죽
> 여 울먹거리기도 했다.
> 하지만 일 년이 지난 지금, 그 지독한 통증은 그나마 동복에게
> 커다란 위안이 되어주는 것이다. 자신이 아직 이 세상에 살아있
> 다는 걸 느낄 수 있는 유일한, 그리고 가장 확실한 증명이라고나
> 할까.

한국인과 한국사회를 목격하면서 때로는 먹먹함을 느끼고 때로
는 분노를 느끼던 것이 육체로 아로새겨진 흔적이 곧 그녀가 매일
밤 경험했던 격심한 통증이 아닐까. 노동의 강도로 인한 피로의 누
적뿐만 아니라 온갖 심리적 압박감이 그녀의 통증을 심화시켰다고
해도 틀린 짐작은 아닐 것이다. 그런데 그녀에게 그러한 통증은 이
제 만성이 되어버렸다. 처음 한국에 왔을 때는 눈물을 빼놓을 만큼
통증이 두렵고 싫었지만, 이제 그러한 통증은 역설적으로 아직 자
신이 이 세상에 존재하고 있음을 증명할 수 있는 유일한 증거이며,
모순적인 위안으로 여겨지고 있다. 그렇다고 해서 그녀가 통증을
감내할 만큼 면역이 되었거나 강해졌다는 뜻은 아닐 것이다. 반대
로 그만큼 한국에서 이방인을 향한 멸시와 위압이 만연되어 있음
을 강조하는 하나의 지표로 기능하는 역할을 하기 때문이다.
멸시와 통증의 나라에서 그녀가 머물고 있는 최소한의 보금자

리에 주목할 필요가 있다. 지하실 작은 창고를 개조하여 사용하고 있는 그녀의 방은 흡사 무덤을 연상하게 한다. 볕이 들지 않아 습기 차고 싸늘한 방에는 먹이를 찾겠다고 애를 쓰고 기어들어온 거미 한 마리가 있다. 그 속에 들어가 잠을 자고 낮에는 일을 하는 필리핀 소녀 쟈나나 조선족 여인 동복이야말로 그 거미의 신세와 조금도 다르지 않다. 인간적 대우를 받지 못한 채 벌레 취급, 기생충 취급을 당하는 외국인 노동자의 생활이 무덤과 같은 어두운 지하실 방 거미의 몸부림 속에 고스란히 투사되어 있는 것은 흥미로운 알레고리로 작동한다. 그 방에 기어든 거미 한 마리에 대한 묘사로 작품의 서두를 열어 놓은 것을 보더라도 지하실 방과 거미가 차지하는 의미의 비중이 결코 가볍지 않다는 것을 알게 된다.

> 동복은 참으로 오랜만에 상쾌한 마음으로 어두운 하늘을 올려다본다. 하늘에서는 오래전에 잊혀진 약속처럼 첫눈이 푸슬푸슬 휘날리고 있다.
> 찬란했던 도심의 밤은 이제 가뭇없이 사라졌고, 대신 그 자리에는 적막과 고요만이 살아남아 어린 짐승 같은 숨결을 토해내고 있을 뿐이다. 조금은 남루할지도, 조금은 힘겨울지라도 세상은 지켜야 할 약속이 있기에 아직은 아름다운 곳일지도 모른다. 동복은 그렇게 믿고 싶었다. 날아가는 새는 결코 뒤를 돌아보지 않지. 그녀는 그런 새가 되기로 결심한다.

작품의 결말 역시 무덤과 같은 방의 의미와 긴밀히 연결되어 있다. 자식이 없는 음식점 사장의 아이를 낳아주는 대리모 제안을 받고서 결국 그 방을 나오는 것으로 결말이 처리되어 있는데, 짐을 싸서 뛰쳐나오는 그녀의 발걸음이야말로 이 작품에서 가장 신선하고 활기찬 대목이 아닐까 싶다. 그 방은 쟈니가 의식을 잃고 앓아누워있었던 방이며, 한국인 직원 어느 누구도 앓아누웠던 쟈니에게 관심을 가지지 않았던 절망의 공간이었다. 그 방은 "가슴 밑바닥까지 칙칙하게 가라앉았던, 잔뜩 찌든 절망의 찌꺼기들"이 쌓여 있던 곳이었고, 일체의 빛줄기가 차단된 철저한 고립의 공간이자 지하로의 무서운 침잠만이 예고되어 있는 하강의 이미지로 점철된 공간이었다. 또한 인간의 생명을 물건 사고팔듯 하는 한국의 비정함이 에워싸고 있는 공간이었다.

동복은 그러한 공간에서 탈출하여 하늘을 올려다보고 있다. 지하의 공간에서 그동안 바라보지 못했던 그리움의 대상이 바로 하늘일 것이다. 그리고 그 하늘을 날아가는 새에 관한 상상으로 이어지며 세상을 살아가겠다는 의지를 내비춘다. 아직 어두운 밤이기 때문에 그녀가 올려다본 하늘에 빛은 없다. 아마도 도심의 불빛마저 적막하게 스러지고 있는 시간이란 새벽 즈음일 것이다. 새벽은 아직은 캄캄하지만 머지않아 동이 틀 것을 '약속'하고 있는 시간이다. 그렇기에 무덤과 같은 방을 나선 동복의 발걸음에는 희망과 밝음의 가능성이 펼쳐져 있는 셈이다. 어둡고 무거운 분위기로 이어져 오던 작품의 서술은 결말에 이르러 사용된 여러 상징으로 인해 불확실하고 아직은 허약하지만 일말의 희망을 암시함으로써 인간의 길이 무엇인지 암시하기에 충분하다.

묘사의 넓이

심리 묘사와 우리들의 자화상
—신용성 〈거인의 내력〉

신용성의 〈거인의 내력〉은 주인공의 심리 묘사를 통해 현대인의 일상이 얼마나 사소하고 우발적인 계기로 인해 깨어질 수 있는지를 생생하게 표출하는 데 성공한 작품이다. 주인공이 노조를 탄압하는 구사대의 행동대원으로 설정됨으로써 인간의 폭력성 문제를 다루기도 하지만 그보다는 평범한 회사원의 모습이 더 많은 비중을 차지함으로써 연약한 일상적 삶의 기반 위에서 위태롭게 살아가는 우리들 자신의 불안감에 대해 밀도 있는 탐색을 시도하고 있다. 주인공은 작품 내에서 '쓰레기 같은 새끼'로 불리는 인물이지만 심리 묘사를 통해 드러난 그의 내면은 거리에서 쉽게 마주칠 수 있는 평범한 소시민의 전형적인 모습이기도 하다는 점에서 혐오와 연민이 동시적으로 중첩될 수밖에 없다. 그리고 그러한 주인공의 뒤틀어진 일상과 피폐해지는 정신은 동시대를 살아가는 우리

들의 자화상과 크게 다르지 않다는 점에서 작품의 주제는 의미심
장하다.

"문자메시지 문구를 떠올린 것은 그때였다. 며칠 전에 받은 발
신자가 표시되지 않은 문자메시지와 이번 일이 관련되어 있음이
틀림없다."라는 것이 불의의 폭력에 기습을 당한 '나'의 추측이다.
노조원들에게 완력을 발휘하고 구사대 동료들의 모범이 되어 노무
과장에서 칭찬을 듣곤 했던 우수 사원인 '나'의 소망은 대리가 되
는 것. 별다른 이변이 없으면 내년에는 반드시 대리로 승진할 수
있다는 생각을 하고 있었지만 발신자를 밝히지 않은 문자메시지
한 통으로 인해 모든 것이 뒤죽박죽 되어버린다. '누가 그런 메시
지를 보냈을까'라는 의문에서 시작해서 자신의 주변에 있는 인물
모두에게로 혐의가 간다. 문자메시시를 보낸 사람은 노무과장, 조
평각은 물론이거니와 같은 구사대 동료들을 수도 있고 아니면 노
조 측에 속한 누군가일 수도 있으며, 의심은 덜 가지만 여자 친구
종희일 수도 있다. 평소 복잡한 생각으로 골머리를 앓는 것을 싫어
할 만큼 자의식이 부족한 인물임에도 불구하고 문자메시지로 인한
강박관념은 자신의 내부에 있는 폭력성을 폭발시킬 만큼 강력한
위력을 발휘하고 있다. 누군가 잘못 보낸 문자메시지일 수도 있는
지극히 사소한 계기로 인해 주인공은 자멸을 초래하고 있다.

구사대 행동대원이라는 설정 탓에 표면적으로는 낯설고 거리감
이 느껴지는 인물이지만 그러한 인물에 대한 심리 묘사의 궤적을
따라가다 보면 어느새 그 인물의 모습이 낯설지 않게 느껴지는 묘
한 분위기가 창출된다. 그것은 박경호라는 인물이 보이는 행동의
근거가 오늘날의 세태에 대한 일정한 사회적 알레고리로 읽힐 수

있기 때문일 것이다. '나'는 자신이 가하는 폭력의 대상이 되는 노조원들 개인에 대해서는 어떠한 관심도 가지지 않는 인물이다. 옆집에 누가 살고 있는지 관심을 가지지 않는 것이 마찰 없이 살아가는 현명한 처세술이 된 요즘 갈수록 증가하는 고독사는 결국 타인에 대한 무관심에서 비롯한 것이 아닐까. '나'는 쇠파이프나 각목을 들고 직접적인 폭력을 행사하는 파렴치한 인물이지만 그 속에서 정도의 차이는 있지만 우리들의 자화상을 엿볼 수 있는 것은 아마도 타인에 대한 철저한 무관심에서 기인한다고 할 수 있다.

그러한 나'를 괴롭히는 것은 순전히 정체불명의 발신인으로부터 받은 문자 메시지 한통이라는 것은 또 다른 공감을 일으키게 한다. 철저히 자기 파멸로 귀결되는 '나'의 심리에 대한 묘사는 익명성의 사회 속에서 언제 어디서 불의의 습격을 받을 수도 있다는 묘한 불안감, 지극히 사소한 계기로 인해 일상에 커다란 균열이 발생하고 송두리째 뒤집어질 수 있다는 불안감을 서술의 표층에 끌어올리고 있다. 주인공이 겪는 불안감은 익명성의 사회 속에서, 안정적이고 발전적인 미래에 대한 비전이 상실된 사회 속에서 살아가는 현대인이라면 누구라도 겪을 수 있는 현대인의 보편적 심리적 현상의 하나다. 그리고 그것은 타인에 대한 무관심이 부메랑처럼 되돌아온 결과일 수도 있다는 점에서 더욱 섬뜩한 느낌이 들게도 한다.

거리는 사람들로 넘치고 있었다. 하나같이 밝은 표정이었다. 환하게 웃는 모습이 부러웠다. 더 이상 저들처럼 행복한 얼굴을 할 수 없다는 슬픔이 몰려왔다. 내겐 이제 어둠과 고통뿐이라는

생각을 하자 눈물이 왈칵 쏟아졌다. 내가 갈 데라곤 아무데로 없
었다. 길가 보도석에 걸터앉았다.
　'문자메시지 한 통이 모든 것을 뒤죽박죽 만들었어.
　되돌리고 싶었다. 지금이라도 늦지 않았다면 시간을 되돌려
서 예전의 일상으로 돌아가고 싶었다. 매일 직장에 출근하고, 적
당한 긴장감을 즐기면서 근무하고, 때대로 퇴근길에 동료들과
소주를 마시고 웃고 떠들기도 하고, 주말이면 종희와 극장에도
가고… 평범한 일상이었지만 무엇과도 바꿀 수 없는 만족스런
생활이었다. 그런데 지금은 모든 것이 사라져버렸다. 발신자가
누구인가 하는 것은 이제 중요한 문제가 아니었다. 설령 알아낸
다고 해도 현실을 되돌릴 수 없게 되었다.

　'나'는 구사대원이 되기 전 평범한 회사원이었다. 그러던 것이
구사대원으로 일하면서 자신도 모르게 바뀌어버렸다. 이제 사람
들은 모두 그를 괴물로 여긴 채 피하기 시작한다. 하나같이 밝은
표정으로 행복한 얼굴을 하고 있는 거리의 행인들 틈에서 주인공
은 자신이 괴물과 같은 이질적 존재로 격리되어버렸음을 깨닫고
있으며, 모든 것은 우연하게 날아온 문자메시지 한 통 때문이라 생
각하고 있다. 그러나 문자메시지는 그동안 누적되어 있던 폭력성
과 뒤틀린 이성 조절 능력에 작용한 일종의 뇌관에 불과할지도 모
른다. 한때 평범한 일상을 만족스럽게 누리고 있었던 인물의 자기
파멸은 장기간에 걸쳐 스스로 초래한 것인지도 모른다. 다시 돌아
가기는 이미 늦어버렸다. '나'가 갑자기 교화되어 선량한 시민으
로 되돌아갈 수도 없는 것이니 작품의 결말에서 우산의 뾰족한 끝
으로 문자메시지의 발신인으로 밝혀진 조평각의 얼굴을 힘껏 내
리 찍어버리는 섬뜩한 행동도 자연스러운 측면이 있다. 철저히 구

겨진 일상에 절망한 구사대 행동대원의 모습은 그로테스크한 분위기가 어울리기 때문이다. 하지만 폭력에 스스로 붕괴되어버린 '나'의 모습을 바라보게 되는 우리들의 뇌리에는 결코 남의 이야기로만 치부해버릴 수 없는 뭔가 찝찝한 기분이 계속 울렁이게 되는 것은 어찌할 수 없다. 그것은 분명 독특한 인간형의 창조와 그 인물에 대한 세밀한 심리 묘사를 통해 우리들의 자화상을 대면하게 된 결과 맛보게 되는 찜찜한 기분일 것이다.

세밀한 심리 묘사를 통한 '사브라 되기'의 형상화
−남마리아 〈사브라〉

남마리아의 〈사브라〉는 선인장 꽃의 열매 '사브라'에 대한 비유를 통해 예술가의 정체성에 대해 질문하고 있는 작품이다. 척박한 환경 속에서 꽃을 피우고 열매를 맺는 일은 한 여성 무용가의 예술적 행보를 통해서 그려진다. 특히 안 선생, 후배 무용수 강, 남자친구라는 세 명의 남성을 주인공의 주변에 배치하고 그들에 대한 주인공의 미묘한 심경 변화를 추적함으로써 자연스럽게 주인공의 내면이 지닌 복잡성을 문면에 드러내는 데 성공한다. 주인공이 무용을 시작했을 때부터 현재까지의 과정이 다소 설명적으로 제시되어 내용 전개에 대한 몰입을 방해하고 있는 단점도 없지는 않지만 세 남성과의 관계를 따라 펼쳐지는 주인공의 심리 묘사는 충분한 공감을 불러일으킬 수 있도록 마련되어 있다. 그리고 그러한 관계는 단정적인 서술을 통해서가 아니라 사소한 것에 대한 세밀한 배려라는 작가적 노력에서 기인한 것이기에 더욱 의미가 있어 보인다.

　세밀하게 배려된 장치는 예술적 정체성에 대한 고민을 타인의 '손길'에 대한 심리적 반응으로 치환시켜 표현한 것을 보더라도 쉽게 확인할 수 있다. 가령 남자친구와 후배 무용수의 손길은 선명한 대조를 이루고 있고, 주인공이 그러한 촉감에 어떻게 반응하는지를 통해 심리를 드러내고 있다. 배려심이 많아 든든한 버팀목 역할을 해주는 남자친구와의 육체적 접촉은 따사로움으로 표현된다. 부드럽고 따뜻한 성질을 지닌 것이기에 안정을 주고 위안과 여유를 준다. 자신과 함께 발리로 떠나자는 남자친구의 제안은 안온하고 평범한 생활에 대한 주인공의 내밀한 바람과도 연결되어 있다. 반면 일곱 살이나 어린 후배 무용수 강과의 육체적 접촉은 뜨거움으로 표현된다. 격정적이고 뜨거운 성질은 안정을 파괴할 수도 있고 불안과 격정을 동반한다. 무용 파트너로서 불가피하게 생기는 접촉이라고 생각하는 의지를 발휘해보기도 하지만 강과의 육체적 접촉은 언제나 진한 여운과 감정을 남기고, 그것은 남자친구와의 관계에서 채워지지 않는 무엇인가이다. 그것은 단순히 성적 욕구의 차원이 아니라 주인공의 내부에서 끊임없이 솟구치고 있는 예술혼에 대한 자극이라는 점에서 이성과 의지의 힘으로 쉽사리 막을 수 있는 성질의 것이 아니다. 두 남자 사이에서의 갈등은 곧 생활과 예술의 갈등이며, 주인공은 남자친구와 결별하는 한편 강과 섹스를 나누는 데에 이르러 불안, 격정, 위태로움 등으로 가득한 예술가의 고통을 자신의 길로 받아들이고 있다. 더욱이 손길에 대한 문제는 파트너와의 신체적 접촉이 빈번히 일어날 수밖에 없는 무용의 특성과도 밀접하게 연관된 것이라는 점에서 촉감이라는 소재를 잘 활용한 설정은 작가의 세심한 관찰력이 발휘된 결과일 것이다.

손길이라는 소재는 안 선생에 대한 주인공의 복잡 미묘한 심경을 드러내는 데 있어서도 적극적으로 활용된다. 더욱이 스승과 제자 사이의 섹스라는 도덕적으로 민감한 사안으로 이어지고 있다는 점에서 문제적이다. 무용의 자세를 가르치면서 닿게 되는 불가피한 손길이 아니라 의도적으로 탐닉하는 듯한 어루만지는 손길에 대해 주인공은 머뭇거림, 도망치고 싶은 마음을 느끼면서도 안 선생의 카리스마에 압도당할 수밖에 없었다. 안 선생의 어루만지는 손길에 대한 혐오와 거부의 심리는 오랜 기간 동안 주인공의 마음 깊숙한 곳에 자리하게 되고, 암으로 투병 중인 안 선생에게 극심한 통증을 느껴보게 하기 위해 진통제 투약을 거부하는 주인공의 악마적 모습으로 발현되고 있지 않은가. 적개심, 분노, 미움의 감정은 안 선생의 손길과 지속적으로 이어진 섹스에서 비롯하고 있다.

선생이 나를 처음 끌어안은 날은 진눈깨비가 내리던 겨울이었다. 엉겁결에 그를 밀쳐내긴 했지만 순식간에 다시 덮쳤다. 무용연습이 끝나면 후식처럼 육체적인 접촉이 이어졌다. 그 일은 내게 고역이었다. 그러나 뭔지는 알 수 없었지만 나는 마음 한편 시원하고 후련해지기도 했다. 그 일을 치른 뒤에 선생은 내게 관대하게 대했다. 그래서인지 호흡이 더 잘 맞았다. 안 선생은 성을 마치 스포츠처럼 즐기는 사람 같았다. 자유분방한 창작예술의 화신처럼 여겨지기도 했다. 하지만 내 마음 저변에는 선생에 대한 해묵은 적개심, 분노가 삭여지지 않았다. 오로지 무용만을 위해 견뎌냈지만 그에 대한 애정과 미움이 뒤엉켜있는 까닭에 착잡하고 불쾌한 마음을 떨쳐내지 못했다.

그러나 주인공의 심리는 양가적인 면모를 보이고 있다는 사실이 더욱 중요하다. 그녀에게 안 선생은 적개심과 분노의 대상이지만 다른 한편으로는 애정과 동경의 대상이다. 그것은 단지 어린 소녀이기에 판단력이 미숙한 탓이라 치부할 수만은 없는 것이 제자와도 거리낌 없이 섹스를 하는 안 선생에게서 '자유분방한 창작예술의 화신' 같은 카리스마를 엿보았기 때문일 것이다. 사회의 일반적인 도덕을 의도적으로 깔아뭉개기라도 하듯 거침이 없는 안 선생의 행동에서 주인공은 예술가 특유의 자유로움을 보고 은밀히 그것을 동경하게 되었다고 해도 과언은 아닐 것이다. 이 점은 후배 무용수 강과 섹스를 나눌 때 분명해진다. 그녀는 "예전에 안 선생이 내게 한 것처럼 나는 무용수에게 그대로 되풀이한다."라고 고백하고 있다. 즉 그녀는 그동안 안 선생에 대해서 가진 자신의 감정이 증오인지 애정인지 판단을 유보한 채 지금까지 살아왔었다면, 후배 강과 거침없이 섹스를 나누는 순간 자신이 어느새 과거의 안 선생과 똑같은 모습을 하고 있으며, 안 선생에 대한 복잡한 심정은 결국 무용수로서의 자신의 삶에 대한 복잡한 심정이었을 뿐임을 인정하지 않을 수 없게 된다.

"어느 날부터인가 선생은 내게 덤벼들지 않았어. 그때 비로소 선생은 무용인생을 깨우친 게 아닐까?"
무용수와의 관계를 통해 나는 선생에 대해 깊이 생각하게 되었다. 선생이 더 이상 나를 가까이하지 않았을 때 그도 나처럼 방황에서 벗어난 것인가. 마침내 선생은 예술에 대해 어떤 깨달음의 경지에 도달한 건지도 몰랐다. 안 선생의 무용인생을 인정하면서도 이따금 사랑의 열병을 앓는 듯한 돌발적 행동은 좀처럼 이해할 수 없었다.

"인생의 깊이, 아니 쓴맛, 단맛을 알아야 춤이 제대로 나오지 않겠어?"

선생의 그 말이 메아리쳐 울려왔다. 안 선생은 심오한 춤동작을 가르치기 위해 고민하다 내게 그런 행동을 한 게 아니었을까. 선생 나름의 성 철학이었는지도 모른다. 나도 선인장처럼 껍질이 두꺼워지고 또 보호용 가시도 생겨 무용계에서 살아남게 하려고 그렇게 한 것인가. 불현듯 그런 생각이 스쳤다. 그의 예술관과 성적 행동의 부조화랄까, 납득되지 않는 부분이 항상 나를 괴롭혀왔지만 이제 뭔가 좀 알 것 같다.

자신이 곧 고통과 상처 속에서 꽃을 피우고 열매를 맺는 선인장에 다를 바 없음을 깨달았을 때 안 선생의 손길에 대한 증오는 연민으로 뒤바뀐다. 어쩌면 안 선생의 손길이 자신을 선인장으로 성장하도록 이끈 힘이었는지도 모른다는 생각에 이르게 될 때 증오는 물론 애정의 감정도 초월되는 듯하다. 그리고 안 선생과 동일한 모습을 하고 있는 현재의 자신을 볼 때, 이제 안 선생에 대한 복수의 감정을 거두고 자기 자신의 예술적 정체성에 대한 진지한 탐색으로 전환되는 순간이 작품의 결말에 표현되고 있다. 자신을 매료시켰던 선생의 춤동작 위에 희미한 실루엣이 겹쳐지면서 '사브라춤'을 추는 주인공의 모습에 대한 묘사는 이제 그녀가 예술가로서의 새로운 단계로 진입했음을 암시하고 있다. 예술가로서의 정체성에 대한 그녀의 고민이 앞으로 어떻게 전개될지는 미지수로 남아있지만 예술혼에 대한 갈망을 통해서 세 남성 인물의 손길에서 비롯했던 온갖 복잡한 굴레는 이미 흔적조차 없이 사라져버린 듯하다. 꽃이 오그라들었다가 활짝 피어나는 장면에 대한 묘사를 통해 예술가의 사브라가 선명하게 그려지는 데 도달하고 있음은 물론이다.

고장 난 고물차의 심리 묘사
−박정식 〈황홀한 여행〉

박정식의 〈황홀한 여행〉은 죽은 친구의 부인과 함께 K시에 있는 '숙'이라는 여인을 찾아 나선 기묘한 여행을 소재로 하고 있다. 여행 도중 다양한 질문들이 제기된다. 왜 두 사람이 함께 여행을 떠난 것인가? K시에 살고 있다는 여인의 정체는 무엇인가? 주인공의 왜 그처럼 불안해할까? 그리고 이러한 궁금증이 꼬리에 꼬리를 물면서 미묘한 긴장을 조성하고, 작품의 결말에 가서 그동안 지속되었던 긴장을 살짝 비틀면서 마무리함으로써 산뜻한 반전을 만들어내는 데까지 이르고 있다.

이러한 여러 질문들은 모두 '나'의 속마음에서 비롯하는 것으로 '나'는 친구가 남긴 수첩에 적힌 내용을 모르기 때문에 생기는 궁금증으로 설정된다. '나'는 죽은 친구 P에게 적지 않은 금액의 돈을 빌렸지만 갑작스럽게 P가 사망함에 따라 갚을 기회도 없었다는 것, 그러나 아직 갚을 여유가 없기 때문에 선뜻 유족들에게 그 사실을 털어놓지 못했다는 것이 기본적인 설정이다. 친구에 대한 채무감과 유족에 대한 죄책감이 여행 내내 '나'의 마음을 짓누르고, 급기야 오 여사가 모든 사실을 알고 있지나 않을까 하는 염려와 알고 있는 것이 분명하다는 잘못된 확신까지 가지게 되는 것이 이 작품의 극적 긴장을 만들어내고 있다. 작품이 전개되는 동안 두 사람이 찾아가는 여인이 누구라는 것, 왜 그녀를 찾아가는지에 대한 힌트가 어느 정도 노출되어 있어 마지막 결말에 이르러 도달하게 되는 반전의 묘미는 상당 부분 감퇴되는 아쉬움이 없지 않지만, 또다른 긴장의 축이라 할 수 있는 죽은 친구에 대한 부채감과 유족 오 여사에 대한 죄책감은 끝까지 유지되다가 뒤틀림으로써 아이러니한 묘미를 완성하는 데 성공하고 있다.

> 나는 꼼꼼하게 긴 글을 읽었다. 글 속에 나의 치부가 들어있지 않을까 하는 두려움과 수치심 때문이었다. (…) 내가 걱정하는 어떤 내용도 메일 속에는 담겨져 있지 않았다. 남편이 손해를 봤다는 펀드에는 나에게 빌려준 상당액의 금액이 당연히 포함되어 있을 거였다. 언젠가는 그의 부인이든 아들이든 내가 밝혀야 할 무거운 짐이다.

'무거운 짐'으로 표현되어 있는 부채감 내지 죄책감은 '나'를 위축시키게 하고 오 여사 앞에 지레 겁먹게 만들기에 충분하다. '나'는 죽은 친구 P의 수첩에 자신과의 채무관계에 대한 정보가 들어있지 않을까 전전긍긍하고, 그 사실이 밝혀지면 당장이라도 돈을 갚아야 한다는 압박감에 답답함을 느끼는 것은 물론이고 아찔함까지 느끼고 있다. 그러던 '나'의 생각은 어느새 오 여사가 모든 사실을 알고 있으며 그러한 불편한 관계를 빌미로 자신을 시험하고 있으리라는 짐작에까지 이어지게 된다. '나'의 불편한 심리는 지도나 내비게이션도 없이 한밤중에 달리는 초행길에서 느끼는 막막함이나 답답함과 절묘하게 연결됨으로써 보다 풍부하고 설득력 있게 전달되고 있다는 점이 이 작품의 묘미이기도 하다.

> "나의 인생여정도 방향을 잃어버린 지 오래되었다. 희망도 여유도 없는 삶, 어디를 왜 가는지도 모르고 돈이라는 올가미에 오 여사를 따라 나선 것과 별다를 게 없는 것이다. 만일 이 여자의 남편으로부터 돈을 빌린 일이 없었다면 내가 이 여자를 따라 나섰을까. 이 여자가 감히 남편의 친구에게 동행하자고 할 이유가 있었을까. (…) 다시 돌아갈 수도 없는, 그래서 원점에서 방향을 잡고 다시 출발할 수도 없는 인생길. 나는 고장 난 고물차다. 길가에 먼지를 뒤집어 쓴 채 서있는 폐차 직전의 차가 나 자신이라고, 버려진 차라고.

죽음을 목전에 둔 친구 P의 병세보다 자신이 빌린 돈에 더 집착했던 자신을 떠올리며 느끼는 허탈감은 결국 떳떳하게 사실을 털어놓을 수 없는 자신의 경제적 곤경에서 비롯하는 것이 아닌가. 지금이라도 그 사실을 밝히고 돈은 나중에라도 갚으면 될 것이지만 선뜻 그런 용기를 가질 수 없는 소심한 성격을 지닌 인물이라는 설정도 일조를 하고 있다. 평범한 소시민적 삶의 자세야말로 '나'의 불안감의 근거에 다름이 아니다. 불안감에서 비롯한 '나'의 추측이 완전히 빗나갔음을 확인한 직후 '나'는 별안간 밤하늘의 별을 바라보면서 '황홀한 밤'이라고 말하고 있다. 순간 불안감에서 해방된

자가 바라본 황홀함일까, 아니면 부채감과 죄책감을 지속할만한 양심을 가진 소시민의 소박하지만 순수한 마음의 투영일까. 숙이라는 여자에 관한 궁금증이나 오 여사가 모든 사실을 알고 있을지도 모른다는 불안감이 마지막 대목에서 반전을 일으키는 것은 앞서 언급한 바와 같이 충분한 힌트가 있었기에 싱겁게 끝나버린 감이지만, 밤 하늘을 바라보면서 느끼는 미묘한 심정과 '황홀한 밤이다'라는 마지막 문장이 건드리고 있는 심리의 복잡함은 작품이 끝나고 나서도 지속적인 관심을 환기시키고 있다. 아마도 주인공과 같은 평범함 내지 소심함은 누구라도 공감할 수 있는 성질의 것이기에 그러할 것이다.

색다른 우화적 수법의 효과와 사소함에 대한 묘사
－오효진 〈생쥐와 고양이〉

오효진의 〈생쥐와 고양이〉는 술술 잘 읽힌다. 동물을 주인공으로 내세운 우화 형식을 따르고 있지만 간결하게 유지되는 문장의 호흡과 주어진 상황에서 그럴 법한 동물들의 심리를 적절하게, 때로는 유머러스하게 포착하고 있어서 읽기에 큰 부담이 없다. 빈번히 나오는 의성어, 의태어 역시 주인공 생쥐들의 행동을 효과적으로 드러내는 데 사용되고 있다. 동물의 습성에 대한 관찰 역시 한 몫을 하고 있는데, 가령 중풍 걸린 사람처럼 아래위로 체머리를 흔드는 쥐의 행동에 대한 묘사는 사소한 것을 놓치지 않고 포착한 작가의 관찰력을 잘 보여준다. 그런 까닭에 작품은 마치 동화 같은 느낌을 주면서 생쥐 가족의 생태와 습성을 엿보는 즐거움을 선사한다.

한편 대개의 우화에서는 풍자와 교훈을 전달하려고 하는 데 비해 이 작품에서는 그러한 의도가 두드러지지는 않다는 점이 특이하다. 쥐를 잡겠다고 애를 쓰는 김 목사의 우스꽝스러운 모습이 풍자적인 느낌을 주지 않는 것은 아니지만, 그렇다고 해서 김 목사의 행동이 윤리적으로나 사회적으로 비난받을 만한 것은 아니다. 의인화된 또 다른 동물인 고양이에 대한 서술도 마찬가지다. 바람 난 남편 고양이가 애인 고양이와 함께 쥐약을 먹고 죽어버렸다는 대목은 부분적으로 인간들의 가족생활을 떠올리게 하지만 교훈적인 무엇인가로 의미를 확장하지는 않고 있다. 어찌 보면 허탈한 웃음이 유발될 수도 있지만 그것이 심각한 비판적 의미를 생성하는 데까지는 이르지 않는다. 풍자와 교훈이 약화된 이 작품에서 우화적 기법은 일반적인 경우와는 조금은 다른 방식으로 사용되고 있다.

우선 주목을 끄는 점은 이 작품의 시공간적 배경이 만들어내고 있는 의미망이다. 한적한 시골 마을 교회를 배경으로 쥐와 인간 사이에서 벌어지는 사건의 배후에는 올해 68세의 김 목사가 청년회장직을 맡고 있을 만큼 고령화된 농촌 마을이 강한 인상을 남기고 있다. 시골교회 김 목사가 하는 일이란 마치 양로원장처럼 동네 노인들의 수발을 들어주는 것이다. 과거 수십 년 전 개척 교회 시절, 그럭저럭 머릿수를 채운 신도들을 중심으로 꾸려지던 교회는 이제 단출하게 김 목사 부부만 참석하는 새벽 기도에서도 확인할 수 있듯 퇴락한 상태다. 마을 교인들의 헌금이 아니라 가끔 부모를 찾아

오는 자식들이 자기 부모를 잘 부탁드린다는 차원에서 사례비조로
내놓은 돈으로 김 목사의 교회는 근근이 유지되고 있을 따름이다.
양지교회에서 사람들의 홍성거림은 이미 사라진지 오래되었고 그
자리를 채운 것은 천장 위 쥐들의 바스락거리는 소리이다. 김 목사
의 쥐잡기 역시 할일이 없어진 시골 교회 목사의 소일거리 수준이
다. 수십 년이 흐르면서 이제는 퇴락해버린 시골 교회는 고즈넉하
게 가라앉은 우리 농촌 마을의 분위기를 단적으로 보여주고 있는
것이다.

　사람들이 줄어들어 생기를 잃은 마을에서 쥐들도 먹을 것이 없
어 생기를 잃어가고 있다. 곳간에 쌓아둔 곡식을 훔쳐 먹는 일도
어려워졌고, 먹을거리로 풍성한 사람들의 부엌을 드나드는 일도
이제 불가능해졌다. 교회 신도가 여남은 명으로 줄어들어 먹을 만
한 것이 쓰레기장으로 나오지 않은지도 오래 되었다. 쥐가 먹을 먹
이가 모자라니 자연히 쥐의 수가 줄어들고, 쥐의 수가 줄어드니 고
양이도 살기 힘들어지는 상황이다. 젊은이는 모두 도시로 떠나고
거동이 불편한 노인들만 몇몇 남은 마을에서 사람과 쥐와 고양이
는 모두 생기를 잃어가고 있는 것이 이 작품이 그려내고 있는 오늘
날 농촌의 풍경이다. "쥐의 태평성대와 함께 고양이의 태평성대도
이렇게 가버린 것이다." 생쥐의 가족에 관한 이야기는 결국 퇴락
한 시골 마을에 대한 일종의 축도처럼 제시되고 있다. 나아가 시골
마을에 대한 분위기의 생생한 전달은 작가의 세심한 관찰의 시선
에서 연유하고 있을 것이다.

　또한 이 작품에서 눈여겨 볼 것은 의인화의 수준과 그것을 통한
긴장감의 창출이다. 앞서 동화 같은 분위기를 언급했으나 작품의

후반부에 가서는 잔혹 동화를 떠올리게 충분한 대목이 나온다. 어미 쥐가 먹이를 구하지 못해 갓 태어난 새끼 쥐를 피치 못하게 굶겨 죽이고, 극도의 굶주림 끝에 어미는 죽은 새끼의 시체를 뜯어먹는 일이 발생하는 것이 그것이다. 쥐가 드나드는 쥐구멍은 시멘트로 막혀버렸고 이대로 가면 굶어죽는 일밖에 아무것도 할 수 없는 상황에서 극단적 선택을 할 수밖에 없었음이 언급되고 있다. 침묵 속에서 한참을 고민한 끝에 어미 쥐는 결단을 내리고, 자식의 시체를 뜯어먹는 장면은 시체를 뜯어 먹을 때 나는 소리를 통해 표현되고 있다. 대화가 배제된 채 침묵 속에서 들려오는 여러 의성어들은 유머러스하게 이어져 오던 동화 같은 분위기를 한 번에 뒤집어 버리기에 충분하다.

엄마 쥐는 무언가 한참 생각했다. 기절해서 누워있는 아빠 쥐를 한참 보았다. 지금 막 숨을 거둔 아가 쥐 둘도 넋을 놓고 보았다. 그리고 제일 먼저 숨을 거둔 문열이도 한참을 보았다. 엄마 쥐는 눈을 감았다. 그러고 있었다. 한참 후에 눈을 떴다. 어금니를 꼭 물었다.

엄마 쥐는 문열이한테로 갔다. 망설임 없이 썩 문열이의 배를 물어뜯었다. 오랫동안 생각해온 것처럼, 오랫동안 결심해온 것처럼, 무표정하게, 죽은 아가의 배를 뭉텅 뜯어 깨물었다. 그리고 아작아작 씹어 삼켰다. 아무런 생각도 없었다.

(…) 아빠 쥐는 무슨 일이 일어났는지 엄마 쥐에게 묻지 않았다. 아빠 쥐는 아무 말도 않고 엄마 쥐의 뒤를 따라갔다. 밤톨 만 하던 문열이의 몸뚱이가 조금밖에 남아있지 않았다. 아빠 쥐는 아무 거리낌 없이 문열이한테 달려들었다. 아빠 쥐와 엄마 쥐는 조금 남은 문열이의 몸뚱이를 야금야금 먹었다. 다리도 아득아득 씹고 머리도 오드득 오드득 씹었다. 눈을 감았다 떴다 하면서

피를 쪽쪽 빨아먹고, 살을 꼭꼭 씹어 목으로 넘겼다.

　사람처럼 행동하고 생각하는 의인화 된 생쥐들을 통해 이 작품은 인간적 한계 상황에 대한 날카로운 묘사에 이르고 있다. 죽은 새끼의 시체를 뜯어먹는 설정에 대해 한편으로는 인간보다 열등한 쥐라면 충분히 그럴 수도 있겠다는 생각이 들지만 또 다른 한편으로는 쥐나 인간이나 그러한 절박한 상황에 닥친다면 피치 못할 수밖에 없지 않을까 하는 생각이 들게끔 한다. 인간과 쥐 사이의 묘한 공감이 생겨나는 셈이다. 그런데 이와 같은 충격적인 소재는 만약 사람을 주인공으로 내세웠더라면 가능했을까 하는 데에 이르러서는 다소 회의적이다. 일반적인 도덕적 통념상 동족을 잡아먹는다는 내용은 선뜻 다루기 힘든 것이 분명하지만 쥐를 주인공으로 내세움으로써 가능할 수 있게 된 것이 아닐까. 결국 술술 읽히는 능숙한 의인화의 수법을 따라간 끝에 도달한 충격적인 장면에서 의인화된 쥐 부부가 지극히 인간적인 면모를 지니고 있기에 그들의 행동은 단지 쥐의 습성과 생태를 보여주는 것이 아니라 극단적 상황에 이른 인간의 절망과 본능적 생존 의지를 대신해서 표현하고 있다. 즉 그러한 인간적 한계 상황은 인간이 아닌 동물을 주인공으로 삼았기에 표현 가능할 수 있었다는 역설을 함유한다. 인간을 주인공으로 하지 않았기에 더욱 인간적인 면모를 그려낼 수 있었다는 역설적 조건이 이 작품에서 사용된 우화적 기법의 수준을 단적으로 보여주고 있지 않은가 싶다. 그리고 그것은 쥐의 습성과 생태를 세밀하게 관찰한 작가적 성실함에서 연결되어 있을 것이다.

감정의 빛깔

권력의 횡포를 마주하는 몇 가지 방법
―정현웅 〈비 오는 날〉

정현웅의 단편 〈비 오는 날〉은 부당한 권력의 횡포 앞에서 알몸으로 서 있는 한 개인의 몸부림을 인상적인 필치로 묘파한 작품이다. 입국 심사대에서 영문도 모른 채 어디론가 붙들려 가게 되고, 험악한 분위기 속에서 진술을 강요당하고, 굴욕감을 맛보면서 마지못해 '과오'를 인정한 끝에 풀려나기까지의 과정 속에서 합리적인 이성적 판단은 작동을 중지하고, 그 대신 초라한 몰골로 처참하게 구겨진 한 사내가 숨을 헐떡이고 있다. 기진맥진한 얼굴을 한 주인공 김진영 교수는 권력에 의해 억압당하는 우리 사회의 자화상인 동시에 권력의 횡포에 대해 우리가 지녀야 할 자세를 되묻게 만드는 거울이다.

권력의 횡포를 서술하기 위해 가장 효과적으로 활용되는 것은 권력 앞에서 점차 위축되어 가는 주인공 김진영 교수의 모습에 관

한 묘사다. 저명한 국립대학 교수로, 유명한 원로 시인으로 존경을
받는 그가 사내들을 처음 마주했을 때 그는 당당함을 유지하고자
의식적으로 노력하였다. 신분증을 보여 달라고 하거나, 연행하는
이유를 확인하거나, 불법적인 연행에 대해 법적으로 문제를 삼겠
다는 으름장을 내놓기도 하지만 그에게 돌아온 대답은 "엠병할 영
감쟁이, 수다 좀 떨지 말았으면 좋겠네."라는 말이었다. 너무나 당
당하고 차가운 어투와 표정, '마치 껌을 씹다가 뱉듯이' 하는 반응
을 접하게 되지 이내 그는 '몸이 굳어졌다.' 자신이 받는 모욕에 대
한 항의가 더 큰 모욕을 암시하는 어투와 표정 앞에서 고개를 숙이
게 되고, "더 이상 모욕을 받지 않는 길은 침묵하는 일"이라는 비굴
한 생각에 동의하지 않을 수 없게 되는 상황, 이것이 김진영 교수
의 심리 상태이며, 이를 통해 횡포한 권력 앞에서 초라해진 한 개
인의 모습을 여과 없이 드러난다.

김진영 교수의 심리상태는 네 차례에 걸친 이루어진 진술 과정
에서 조금씩 변화하고 있다. 비굴해지지 말아야겠다는 강고한 의
지에서 첫 번째 진술은 시작되었다. 첫 번째 진술에서는 아직까
지 권력에 휘둘리지 않겠다는 대결의식이 감지된다. 한수길이 조
총련계 노동당간부였음은 몰랐으며, 자신은 '본의 아니게' 하야꼬
의 벗은 몸을 보았을 뿐이라는 항변은 어디까지나 논리적으로 대
응하겠다는 그의 의지에서 비롯한다. 두 번째 진술에서 젊은 육체
를 과시한 하야꼬와 육체적 관계를 맺었음을 털어놓음으로써 도덕
적 비난을 감수하고라도 논리적인 방어를 시도한다. 첫 번째 진술
에서 숨겼던 자신의 치부를 털어놓으면서도 이성적인 해결의 가
능성에 기대고 있는 것이다. 세 번째 진술에서도 창작을 하는 시인

의 입장에서 한국에는 진정한 자유가 없다는 진술을 포기하지 않는다. 그러나 진술을 듣던 C에게 정강이를 걷어차이고 나서 심각한 정신적 충격과 육체적 통증을 뚜렷이 자각한 끝에 네 번째 진술에서는 상대가 묻기도 전에, "덧붙일 필요가 없는 부분까지 들려주었다." "이를테면, 한수길이 상당히 친절해서 마음에 들었다든지, 하야꼬라는 여자가 여대생이면서 소프렌드 걸이라는 것을 알았고, 처음에는 딸 같아서 피하려고 했지만, 유혹에 넘어가고 말았다고 털어놓았다. 그녀의 검고 치렁치렁한 머리카락이라든지, 둥근 얼굴과 큰 눈, 나긋나긋한 친절이 마음에 들었다는 쓸데없는 말까지 했다." 누구와 만났는지, 그 동기가 무엇인지에 대한 반복된 질문 끝에 자신이 만난 상대에 대한 호감이나 그로 인한 죄책감까지 털어놓게 된 네 번째 진술은 '속마음'까지 털어 내보임으로써 자신이 상대에게 철저히 승복했음을 알림으로써 계속 이어질지도 모를 위협과 고통을 모면하려고 하는 비겁한 생각에서 비롯한 것이다.

네 차례에 걸친 조사와 진술을 통해 애초에 지녔던 비장한 의지는 어느새 사라지고 남은 것은 상대에게 이미 승복했음을 알리기 위해 자신의 속마음을 털어놓는 비겁함과 초라함이다. 그렇다고 권력 앞에서 초라해지는 주인공을 쉽게 비난할 수만은 없다. 자신의 치부를 숨기지 않고 드러내기까지에는 초조와 불안, 공포 역시 고백되어 있을 뿐만 아니라, 권력의 위압은 한 개인으로서 감당할 수 있는 의지의 차원을 넘어서고 있음이 개연성 있게 그려지고 있기 때문이다.

시계를 보니 그가 지하실 방으로 들어온 지 세 시간이 지나가

고 있었다. 처음에 느꼈던 분노와 가소로움은 점차 없어지고 지
치기 시작하더니 초조해졌다. 무엇보다 자기를 만나지 못하고
당황하고 있을 가족이 떠오르자 더욱 초조했다. 그는 소변을 참
다가 하는 수 없이 벽에다 대고 누었다. 오줌이 시멘트바닥에 흘
러가는 것을 보면서 그것은 내 탓이 아니라고 생각했다.

　　독방에 갇힌 죄수라면 체념이라도 하지만, 지금 김교수의 입
장은 자신이 왜 이곳에 왔는지 이유를 알 수 없었고, 앞으로 일어
날 불이익과 불쾌한 일에 대해 생각하면 초조하기 이를 데 없었
다. 의자에 앉기도 하고 서성서리기도 하고, 가끔 문을 두드려보
기도 하고, 소리쳐서 사람을 불러보았지만, 아무런 소용이 없었
다.
　　나중에는 갈증과 함께 졸음조차 엄습했다. 김교수는 지하실
에서 열 시간 정도 버티다가 지치고 피곤해서 잠이 들었다.

비굴해지지 말아야겠다고 다짐을 하며 스스로 위엄과 품위를
지키려는 '의지'를 발휘하지만 정작 그는 배설, 갈증, 졸음 등 지
극히 인간적인 생리적 욕구에 직면하고 만다. 그러한 생리적 욕구
는 자신이 처한 상태에 대한 이성적인 판단의 결과로서의 초조함
과 불안보다 한층 강력하게 주인공을 에워싸고 있다. 결국 그는 그
와 같은 '사소한' 생리적 욕구 앞에 무너지고 만다. 화장실이 아닌
장소에서 참던 소변을 흘려보내고 말았으며, 지치고 피곤한 나머
지 긴박한 상황 속에서 깜빡 잠이 들고 말았다. 이지적인 의지보다
생리적 욕구가 앞선다는 발상은 권력의 압도와 그것에 대한 거부
라는 자칫 다소 도식적이 될 수 있는 주제에 생동감을 부여하는 한
가지 방법이 되고 있다. 그것은 지하실 밀폐된 공간에 갇힌 한 인

간의 지극히 인간적인 면모를 부각시키는 장치인 동시에 그곳에서
는 사회적 명성이나 인격적 대우를 더 이상 기대할 수 없다는 사실
또한 강하게 드러내고 있기 때문이다.

　권력의 횡포를 드러내는 또 하나의 방법은 주인공의 회상을 통
해 펼쳐지는 일제강점기의 기억이다. 가령 주인공은 자신이 처
한 상황에서 일제시기 헌병이 안락사 시킨 말의 비명을 떠올린다.
“왜 갑자기 그 말의 울음이 생각났는지 김교수는 알 수 없었지만”,
그러한 회상은 명백히 과거 일제시기의 횡포한 권력이 현재에도
그 주체만 바뀐 채 반복되고 있다는 사실을 서술의 표면에 드러내
는 역할을 한다. 지하실에 감금되었을 때 선반에 놓여 있는 고문
기구들은 일제시기에 보았던 것과 그다지 다를 것이 없다. 다만 그
런 기구들을 사용하는 주체만 교체되었을 뿐이다. 무엇보다도 과
거의 기억을 떠올리게 하는 것은 고문의 후유증으로 생긴 무릎의
통증이다. 군화발로 걸어차인 곳은 일제시기 고문을 당해 비가 올
때면 가끔 통증이 유발되는 왼쪽 다리이며 C가 걸어찬 곳이기도
하다. 여전히 권력은 사회의 구성원들에게 가혹한 통증을 강요하
고 있다는 것이 이 작품의 관점이다.

　일제시기 중학교 교사 시절 일본 고등계 형사에게 연행되었던
것이나 세월이 흘러 지금 지하실에 갇혀 진술을 강요받는 상황이
조금도 다르지 않다는 사실은 작품의 첫머리에 배치되어 있는 에
피그램을 가리킨다. “과거 역사의 오류가 심판을 받지 못하면 현
재에도 그 형태를 달리하며 계속될 위험이 있다. 그것이 바로 권력
의 속성이기도 한 것이다.” 과거의 회상과 현재의 상황 사이의 일
치는 곧 역사의 오류를 제대로 심판하지 못한 것에 대한 근본적인

문제제기이며, 동시에 권력의 냉혹한 속성에 대한 비판이다. 작품의 결말에 이르러 주인공은 이제 모든 것이 끝났고, 집으로 가도 된다는 말을 듣자 갑자기 분노와 함께 울음이 터질 듯한 심경이 된다. 이때의 분노란 권력에 대한 분노이며, 울음이란 오류를 바로잡지 못한 것에 대한 울음인 것이라는 추측이 가능하다.

그러나 그보다 중요한 것은 풀려나는 주인공이 E를 향해 "이만큼이라든지, 이만하면, 이 정도라는 말은 있을 수 없소."라고 말하는 장면을 통해서 암시되어 있다. 이만하면 자유가 있지 않느냐는 다그침에 인간적인 공포와 비굴함의 탓에 굴복할 수밖에 없었지만, 그렇다고 해서 진실은 변하지 않는다는 사실이 왼쪽다리를 절룩거리면서 비 내리는 거리를 걸어가는 주인공의 발걸음 소리를 통해 들려오고 있다. 영웅적인 모습과는 거리가 멀지만, 아니 오히려 지극히 인간적인 비굴함을 보이고 있어 권력 앞에 선 우리 모두의 자화상이기도 한 주인공이 진실을 끝까지 포기하지 않는 모습을 통해 우리가 지향해야 할 가치는 암시되고 있다. 비록 절룩거리면서 걸어가는 길이며 극심한 통증이 수반되는 것이기는 하지만 주인공이 걸어가는 그 길을 통해서만 그가 그토록 강조한 진정한 자유는 가능할 것이기 때문이다. 시종 차갑고, 어둡고, 무거운 색채로 유지되던 작품에서 한 가닥 밝음의 빛줄기를 찾을 수 있는 것도 오직 주인공의 걸음걸이에서일 것이다.

포르쉐 카레라와 성남 재래시장의 환유
―박유하 〈나비, 나비!〉

박유하의 〈나비, 나비!〉에서 무엇보다 눈길을 끄는 것은 최고급 스포츠카가 인물의 성격화와 작품 주제의 구현에 적절하게 활용되었다는 점이다. 최고급 스포츠카가 등장하고 인물들이 그런 호사스러움을 너무도 자연스럽게 누리고 있는 모습은 여느 소설에서 쉽게 접할 수 없는 이채로운 장면이다. 포르쉐 스포츠카의 시트에 몸을 밀착시키고 질주한다는 것은 어떤 느낌일까? 가끔 지면에 납작 엎드려 질주하는 스포츠카가 순식간에 옆 차선에서 지나갈 때, 그 차에 탑승한 젊은 남녀 한 쌍은 어떤 기분일지 궁금해 하곤 했었다. 빠르게 질주하는 스포츠카에 탑승한 주인공의 기분을 서술의 전면에 내세우고 있는 대목을 짚어보자.

오리지널 성남은 새론에게도 준범에게도 낯선 동네이고 자동차를 타고 휙휙 스치는 구질구질한 지역이었다. 구질구질한 도시는 생각하기 싫고, 생각하지 않으면 없고, 없으면 마음이 편했다.

준범은 내비를 조정하며 동네 이름을 대라고 말했다. 새론이 성호동이라고 대답하자, 카이맨이 질주본능을 발휘하기 시작했다. 아마 내부 순환도로를 지나 외곽순환 도로를 통해 성남에 갈 것이다. 새론은 카이맨의 속도와 승차감에 자신을 맡기고 지그시 눈을 감았다. 눈망울 가득 포르쉐 까레라가 떠올랐다.

포르쉐 까레라는 여성적이었다. 부드러운 어머니가 아니라 마음을 열지 않는 풋내기 여자애처럼 까다롭고 앙칼진 게 주인의 성정과 비슷했다. 하지만 까레라는 마음을 열기 무섭게 주인

과 일심동체가 된 관능으로 드라이빙에 호응했다. 모든 차는 밟
으면 달리고 세우면 멈추지만 까레라는 멈추고 주행하기 전에
새론을 포근히 감쌌다. 까레라를 타고 텅 빈 고속도로를 질주하
면 빛을 타고 우주를 가로질러가는 발광체처럼 온몸의 세포가
짜릿했다.

　마치 자동차에 영혼이라도 있는 듯, 서술자는 포르쉐 스포츠카
에 숨결을 불어넣고 있다. 그 숨결은 느낌은 '마음을 열지 않는 풋
내기 여자애'의 까다롭고 앙칼짐으로 표현되어 있다. 이런 표현은
고성능 자동차에 으레 따라 붙는 '거친 야생마 같다'라는 식상한
비유에서 벗어나고 있기에 신선하다. 그러나 까다롭고 앙칼지면
서도 정작 주인에게는 순종적이어서 주인을 포근히 감싼다. 주인
과 일심동체가 되어 주인을 관능 속에서 흥분시키고 우주를 가로
지르는 듯한 환상적인 감각을 선사한다는 스포츠카는 하늘로 날아
오르는 페르세우스의 애마 페가수스를 떠올리기도 한다.

　문제는 짜릿했던 그 감각은 이미 과거 완료형이 되어버렸다는
점이다. 주인공 새론의 회상을 통해 여전히 그녀의 감각세포를 자
극하고 있지만 어디까지나 그것은 과거의 회상을 통해서만 일시적
으로 되살아날 뿐이다. 준범의 포르쉐 카이맨 조수석에서 과거의
짜릿함을 일시적으로 만끽하지만 그러한 감각의 환기는 결국 현재
의 결여를 동반한다. 내부순환도로와 외곽순환도로를 거쳐 장지
인터체인지를 통과해 새론이 도착하게 되는 곳은 과거에 아무 생
각 없이 스쳐지나가곤 했던 오리지널 성남이다. 빠르게 질주하는
스포츠카 안에서 바라본 오리지널 성남은 상류층 젊은 남녀에게는
아무런 의미가 없는 기표였으며, 내비게이션 화면에서 서울과 율

전을 오고 가는 경로의 경유지로 표시될 뿐인 곳이었다.

그러나 포르쉐 까레라가 이미 과거 완료형이 되어버린 지금 오리지널 성남은 상류층에서 추방당한 새론이 머물러야 하는 현재 진행형의 생활 터전으로 탈바꿈했다. 그렇기에 아무 의미 없던 그곳은 이제 '구질구질한 지역'으로 새론의 마음을 불편하게 한다. 생각하기 싫고, 생각하지 않으면 없고, 없으면 마음이 편하겠지만, 더 이상 카레라를 몰고 다닐 수 없는 그녀이기에 생각할 수밖에 없고, 생각나기에 엄연히 존재하는 것이고, 존재하기에 그녀의 마음을 끊임없이 불편하게 한다. 새론은 마음이 불편한 정도가 아니라 진저리나게 싫다고 털어놓고 있다. 까레라를 타고 다니던 시절 아무 의미 없는 기표로 존재하던 그곳이 지금 진저리나게 싫다는 것은 그곳이 이제 벗어날 수 없는, 그래서 싫어도 받아들여야만 하는 추락한 삶의 새로운 무대이기 때문이다.

성호동으로 이사한 새론에게 쥐는 대적으로 등장했다. 새론은 짐승의 쉰 누린 냄새 풍기는 쥐라면 천리만리 도망치고 싶었다. 쥐가 횡행하는 반 지하도, 시장골목도 진저리나게 싫었다. 시장의 시멘트 바닥은 푸르게 으깨어진 채소, 막걸리 엎질러진 자국에 얼룩져 더러웠다. 새론은 서울 부근에 이른 도시와 골목이 있다는 사실을 알고 처음엔 놀라고, 요즈음은 피하고만 싶었다. 이런 곳에서 음식물을 사다 먹고 살아야하는 자신의 처지가 암담했다. 어쨌든 재래시장에서는 카드 결제도, 현금영수증도 불가능하고, 연말에 환급받을 세금이 부과되지 않는 서민층이 드나들게 마련이었다.

재래시장 골목을 걸어가며 마주하게 되는 온갖 풍경들은 상류층의 생활양식에 익숙한 인물에게 구질구질함 외에 그 어떤 것으로도 지칭될 수 없는 성질의 것이다. 서울 부근에 이런 도시와 골목이 있다는 사실을 알고 놀라는 것도 잠시, 그녀의 놀라움은 새로운 현실의 인식으로 이어지지 않은 채, 현실을 외면하고 싶은 도피의 욕망으로 귀결되고 만다. 이제 진짜 가난뱅이가 되어버렸다는 사실을 받아들이지도 거부하지도 못한 채 옴짝달싹 하지 못하게 된 상태에 놓여있을 따름이다. 대형 마트의 편리하고 깨끗함에 밀려 "재래시장은 방앗간에 드나드는 노인들을 따라 쇠퇴일로를 걷다가 기진하게 될지도 모른다." 아마도 그녀 역시 세상에서 밀려나게 될지 모른다는 불안감과 좌절감이 진저리나게 싫다는 기분으로 이끌었으리라 짐작된다.

　　새론은 밖으로 나갔다. 흐르는지 고이는지, 애매모호한 검은 개천이 화강암 절벽 아래 걸쭉하게 널브러져 있다. 새론은 화강암 절벽 위에 서서 힘껏 핸드폰을 날렸다. 분홍 나비처럼 날아간 핸드폰은 개천에 머리를 박고 가라앉았다. 개천은 잘 익은 흑미 막걸리처럼 뽀글뽀글 괴어올랐다. 뽀글거리는 거품에 석양빛이 비치어 색채의 파편을 퍼뜨렸다. 빛과 색의 난반사, 사방에서 튀어 오른 빛의 파편들이 나비처럼 팔랑팔랑 날아올랐다. 하양, 빨강, 노랑, 파랑, 보라, 검정, 연두, 초록, 주황, 파랑 나비들이 살랑살랑 춤을 추었다. 몽롱한 꿈속에서 수천 수억의 나비들이 잡힐 듯 말 듯 춤추고 있었다.

상류층에서 추락한 새론의 눈앞에는 검은 개천이 펼쳐져 있다. 멀리 날아가서 개천에 빠져 가라앉은 분홍색 핸드폰은 아버지 병원비 마련을 위해 장기매매를 선택한 새론의 현재와 미래에 관해

딱 맞는 비유다. 이미 작품 초반부에서 새론은 "나비 한 마리가 팔랑팔랑 날고 있구나. 구름처럼 팔랑 변하고 있구나."라고 말한 바 있다. 실제로 존재하지 않는 나비의 환영을 보고 한 새론의 중얼거림에서는 사라져버린 과거의 생활에 대한 아쉬움이 잔뜩 묻어 나 있으며, 그러한 생활은 아마도 영영 돌아오지 않을 것이라는 사실 또한 강하게 암시되어 있다. 형형색색의 수많은 나비들을 수면에서 피어오르고 있더라도 그러한 나비들이 오염된 개천에서 끓어오른 더러운 거품에 난반사된 환영에 불과하다는 사실을 인정하지 않을 수 없을 때, 감정의 색깔은 여전히 어둡고 탁한 암흑의 색채를 띠고 말게 될 것이다.

눈물의 온도
—이진 〈눈물이 있는, 가학적 풍경〉

눈물과 가학이 과연 어울릴 수 있는 조합인가 곰곰이 생각해보면 의문이 든다. 눈물이란 고통을 당하는 대상에 대한 연민에서 비롯하는 결과일 것이고, 가학이란 그러한 동정을 무시한 채 감행되는 고통의 강요를 통해서만 가능한 것이기 때문이다. 그러므로 눈물 한 방울 없는 가학은 가능할지 몰라도 눈물이 있는 가학이란 생소하기 그지없다. 생소함이란 익숙하지 않다는 것, 간혹 어리둥절한 느낌을 가지게도 되는 것. 이처럼 이진의 단편 〈눈물이 있는, 가학적 풍경〉은 제목에서부터 '낯설게 하기'의 소설 작법을 흥미롭게 구사하고 있다.

> 　새로운 하루를 불러내는 주문은 식상하기 짝 없는 한 마디다.
> 부드럽고 환한 햇살이 눈자위를 애무하고 목청 고운 새들이 경
> 쾌한 노래로 잠을 깨우던, 호랑이가 담배 피던 시절엔 아무도 상
> 상하지 못했을 비속어 세 음절. 하지만 그 점잖지 못한 주문을 내
> 가 발명한 건 아니다. 고요와 평온의 새벽을 마구 뒤흔들며 귓전
> 을 어지럽히는 알람 소리라면 누구라도 그런 반응을 하게 되어
> 있다. 나는 어스름 속에서 마구 울어대는 전화기의 버튼을 신경
> 질적으로 누르며 늘 그래왔던 대로 한 마디 주문을 내뱉었다. 에
> 이, 씨!

작품의 첫 머리에서부터 느닷없이 '에이, 씨'라는 세 음절의 비
속어로 시작한 작품은 심상치 않은 느낌을 주기에 충분하다. 일인
칭 화자 '나'의 시선을 통해 하나씩 서술되는 이야기는 '에이, 씨'라
는 비속어의 공허한 울림 속에서 알 듯 모를 듯한 구질구질한 가족
사를 하나씩 들려준다. 생부는 일찍이 의처증 환자였고, 갓 태어난
자신의 딸과 아내를 버리고 도망갔었다는 것, 일말의 미련도 가지
지 않는다는 듯 생모는 다른 남자의 품으로 달려갔고 손버릇 나쁜
계부를 피해 '나'는 외할머니 손에 맡겨졌다는 것, 그리고 한참의
시간이 지나서 생부는 이복동생, 그것도 덜 떨어진 '민구'라는 바
보 청년을 하나 소개시키고서 죽어버렸다는 것 등등이다. 이러한
구질구질한 가족사를 대하는 '나'의 반응 마찬가지로 세 음절의 외
침으로 이루어진다. "내가 왜?" 내가 왜 날 버린 아비의 장례에 책
임을 져야 하는가? 내가 왜 바보 동생의 생계를 책임져야 하는가?

‘에이, 씨’를 ‘내가 왜?’로 은근슬쩍 바꿔치기하는 과정에서 되바라진 ‘나’의 성격화와 인상적인 상황의 제시는 자연스럽게 이루어지고 있다.

‘에이, 씨’와 ‘내가 왜?’라는 불평불만과 무책임함의 근저에는 부정하고 싶은 가족사가 도사리고 있다. 외할머니가 들려주는 가족사는 어린 소녀의 마음속에서 상상의 외투를 걸치면서 아련한 그리움으로 미화될 수 있었다. 집에 불을 지르겠다고 날뛰던 생부의 이야기는 불을 뿜는 용을 격퇴하기 위해 고군분투하는 왕자의 환상으로 뒤바뀌었다. 왕자의 용맹함은 모두 공주를 구하기 위한 것이고, 상상 속에서 공주가 된 ‘나’는 승리의 깃발을 펄럭이며 수평선 너머에서 나타날 한 척의 배를 기다리고 있었다. 그러나 귀공자 아버지가 아니라 병든 초라한 몰골로 나타난 아버지를 접했을 때 무슨 다른 말을 할 수 있겠는가? ‘에이, 씨’와 ‘내가 왜?’라는 불평과 거부의 탄식은 꿈에서 깨어난 소녀의 입에서 튀어나올 수 있는 지극히 자연스러운 탄식일 것이다.

그러나 꿈꾸던 소녀는 어느새 어른이 되었고, 지금은 분통처럼 좁은 원룸방에서 화장실 쟁탈전을 벌이고, 낡은 경차를 몰면서 도시의 바닥을 전전하는 별 볼일 없는 보험설계사로 살아가고 있다. ‘에이, 씨’를 내뱉는 되바라짐과 ‘내가 왜?’라는 뻔뻔함으로 자기 자신을 동여매지 않고는 버티기 힘든 생활고에 둘러싸여 있다. 되바라짐과 뻔뻔함은 생부의 부고를 듣고 병원을 향해 가는 도중 발생한 접촉사고에 대처할 때도 자연스럽게 발휘된다. 그녀의 머릿속에는 “사고 책임을 최대한 회피하는 게 무엇보다 중요했다.”라는 것이 뚜렷하게 떠오른다. 자신은 앞차가 끼어드는 걸 보고 급히

브레이크를 밟은 것이고, 미처 속도를 줄이지 못한 뒤차에 받친 것이라는 거짓 진술을 얼굴 표정하나 변하지 않고서 내뱉는 것이 그녀의 전화위복기술이며 스스로 터득한 생존 전략이다. 장례식장에서도 이러한 전화위복기술과 생존 전략은 여지없이 발휘된다. 생부가 남긴 재산이 있다는 것을 눈치 채고서 바보 동생을 돌보겠다는 각서에 서명하는 과정에서 일말의 주저함도 있어서는 안 된다. 거짓 각서를 쓰고 아파트를 차지하게 된 것은 모두 "어디서도 귀공자풍의 품격 따위는 찾아볼 수 없었던, 예복을 말끔히 차려입는 시종 대신 말더듬이 바보 아들을 대동하고 나타났던 그가, 어쩌면 내 환상의 일부를 현실화시켜줄지 모른다."라는 생각에 일어난 일들이다.

> 노총각인지 홀아비인지 모를 나이 지긋한 대머리 탓이었을까? 해외출장으로 여러 해 동안 나가있어야 해서 가재도구를 몽땅 무료로 넘기겠다는 내 제안에 반색하던 남자. 흠흠, 뒤늦게 날아오는 일은 없겠지요? 헛기침을 하며 뒷목을 긁적이는 모습이 왠지 낯익었다. 아파트 매매계약서에 막 도장을 찍으려던 나는 멈칫했다. 집주인의 갑작스런 귀가에 놀라 온몸이 굳어버린 빈집털이범처럼. 그가 마지막으로 날 찾아왔던 날이 문득 떠올랐다. 전에 없이 혼자였다. 술 냄새를 풍기며 그가 이윽히 날 쳐다보았다. 흠흠, 한참 헛기침을 해대더니 객쩍은 표정으로 뒷덜미를 만지작거렸다.

환상을 현실화시키는 일, 자신을 버렸던 생부 때문에 그동안 되바라지고 뻔뻔함으로 살아온 삶을 보상받는 일이라는 생각에 아버지가 남긴 재산을 차지하고 동생을 성심원에 떠넘겨버리겠다는 결심은 아버지를 연상하게 하는 남자의 헛기침 때문에 적지 않게 동요하고 있다. 미안함도 죄송함도 없다고 자신의 죄책감을 억누르면서 끝내 동생을 성심원에 남기고 돌아서지만 헛기침으로 환기된 아버지에 관한 애증의 감정은 결국 눈물로 표출되고 만다. '나'는 눈물과 가학의 순간을 이렇게 표현한다. "머뭇거리다간 비행기를 놓칠지도 모른다. 습습한 바람이 옷자락에 감겼다. 하늘이 칙칙하게 내려앉아 그런지 눈앞이 뿌옇게 흐렸다."

세상을 향한 되바라짐과 뻔뻔함의 갑옷은 결여된 가족애에서 상처를 받지 않기 위한 방어책의 일환이 아니었던가. 환상으로 미화하며 왕자의 귀환을 꿈꾸던 것은 곧 자신을 버리고 떠나간 아버지에 대한 그리움의 발로에 지나지 않는다. 떠나간 아버지로 인해 오랫동안 상처를 받아왔던 '나'로서는 동생이 받게 될 상처를 누구보다 잘 이해할 수 있는 사람이기도 하다. 비행기를 놓치지 않아야겠다는 마음 바로 옆에 번지고 있는 눈물이 있기에 '나'는 발걸음을 돌릴지도 모른다는 생각도 든다. 가학적이지만 눈물이 동반된 가학은 존재할 수 없는 것이기에 가능한 추측이 아닐까? 어쩌면 다시 만날지도 모르겠다는 은근한 기대 속에서 세상에 남겨진 '나'와 동생에 대한 어렴풋한 동정과 연민이 저절로 피어오르게 된다. 아직은 분명하지 않지만 눈앞이 뿌옇게 흐려진 지금 두 사람의 이별에서 따스한 감정의 색감을 기대할 수 있는 것도 전혀 무리는 아닐 것이다.

잿빛 비커에 담긴 감정의 구정물
−박주호 〈하이파이브〉

　박주호의 단편 〈하이파이브〉는 지구온난화로 빙하가 녹아내리고 북극곰들이 생존을 위협받고 있으며, 이런 상황이 지속된다면 전 인류의 생명이 위협받게 될 것이라는 강연의 일부를 들려주는 것으로 시작한다. 강연의 내용은 자못 진지하다. 인류와 지구의 미래를 걱정하고 대안을 모색해야 한다는 주장은 타당하다. 그러나 그러한 주장은 생수기 판매 영업사원을 상대로 한 정신 순화교육의 일부라는 사실이 밝혀지면서 의구심이 생겨난다. 강연을 진행했던 지국장은 생수기 판매하는 것이 인류의 생명을 구원하는 중차대한 임무를 띠고 있다는 것, 생수기로 거른 물을 마심으로써 가족의 건강과 행복을 지킬 수 있다는 엉뚱한 결론을 펼치고 있기 때문이다.

　자기 스스로 미래의 환경운동가라고 소개한 지국장은 비둘기를 사랑하며 가정은 지상의 천국이라고 부르짖는 사람이었다. 환경운동가답게 북극의 백곰을 끌어들였고 모든 아이들이 자기의 자식인 양 먼 미래를 걱정하고 나섰다. 천이백오십 와트의 앰프에서는 지국장의 거침없는 숨소리까지 배어나왔고 그의 두 눈에서 번쩍이는 스포트라이트는 모든 세일즈맨들을 겨냥해서 일거에 비추고 있었다. 장맛비를 탓하던 세일즈맨들은 교육장에 입실한 뒤로 지국장의 최면술에 걸려 창밖의 빗줄기에 눈 돌릴 틈이 없었다. (…) 지국장은 실적이 우수한 세일즈맨들을 호명한 다음 몇 대의 정수기를 팔았음을 팡파르와 함께 힘차게 외쳐대는데 그때 10층 사무실 전체는 축제의 향연장을 변해버리고 만

다. 하이파이브가 끝난 다음에는 세일즈맨들의 본격적인 영업활
동이 시작된다.

그 회사에서는 지국장, 파트장, 경리 여직원을 제외하고는 모두
비정규직 사원들로 4대 보험은 물론 식대나 교통비도 지급되지 않
는다. 영업사원들은 기본급을 받는 것 없이 오로지 정수기 판매 수
당만을 받으며 만약 정수기를 한 대도 팔지 못하면 집으로 가져갈
수입은 전혀 없게 된다. 정수기 판매 촉진을 위한 수단은 정수기
품질이나 효용에 관한 정보 제공을 통해 소비자들이 판단하도록
하는 것이 아니라 사은품을 나누어주면서 녹아내리는 빙하와 위태
로운 북극곰 가족들을 들먹이며 감정적으로 호소하는 것뿐이다.
결국 인류의 생명과 지구의 운명을 주제로 한 지국장의 관심은 특
별한 기술이 없는 사람들이나 은퇴 후 할 일이 없는 사람들의 알량
한 지갑일 뿐이며, 그 회사의 영업 방식이란 신문지상에서 흔히 그
폐해가 고발되는 피라미드식 영업과 다르지 않다.

주인공 K는 자신이 거짓 구인 광고에 속아 그 회사에 들어오게
되었음을 깨달았지만 회사를 그만둘 것인가 계속 다닐 것인가를
두고 지금 고민 중이다. K는 나이 마흔에 기술이라고는 운전밖에
없었고 운전이 자신의 적성에 맞는 일이라 입사했으나 사실 회사
에서 요구하는 것은 배송기사가 아니라 영업 사원이라는 것을 알
고 나서도 가족의 생계 때문에 섣불리 그만둘 수 없는 상황에 몰려
있다. 그러나 가족의 얼굴을 떠올리며 마음을 다잡아도 지국장의
하이파이브시간은 버겁고 불편하기만 하다. 회사 측에서는 K에게
자신감을 심어주고 의기투합을 강조했지만 K는 "패기라고는 찾아

볼 수 없었고 매사 소극적이고 수동적이었다.” K는 의욕을 북돋아 주는 지국장의 강연과 하이파이브 이벤트가 낯설고 힘겹기만 하다. “K는 넥타이를 느슨하게 풀어헤치며 계단으로 향했고 어지러움을 느낀 나머지 열린 창문 사이로 찬바람을 쏘이며 한숨을 크게 내셨다. 하지만 귀에서는 지국장의 우렁찬 목소리가 쟁쟁거렸고 머릿속은 혼란스러웠다.”

지국장은 아직 회사에 적응하지 못하는 K를 불러 일대일 면담을 진행한다. 무슨 속임수를 썼는지는 알 수 없지만, K는 정수기로 거른 물을 담은 비커에서는 아무런 변화가 없었으나 그냥 수돗물을 담은 비커에서 거품이 발생하고 나중에는 잿빛 구정물로 바뀐 것을 보았다. 이온분리기로 실험을 하는 동안 지국장은 끊임없이 K에게 ‘강연’을 한다. 최면을 걸듯 인류의 불안한 미래와 건강한 가족에 대한 모습을 반복적으로 상기시키는 지국장의 일장 연설은 한 마디로 앞뒤가 없는 요설에 불과하다. 그러나 K는 지국장과의 면담 후 달라진 변화를 느낀다는 점은 제법 흥미를 끈다. 하이파이브 이벤트에서 여전히 아무런 호감을 느끼지 못하는 것은 마찬가지지만 “예전과 달리 이 시간이 두렵게 느껴지지 않았고 그때와 같은 조바심도 나타나지 않았다. 화장실을 찾는다거나 갑자기 배가 아파 약국을 찾았던 때와는 달리 도피해야겠다는 생각이 떠오르지 않았다. 자신에게 무슨 변화의 바람이 불었는지 하이파이브를 하고 있는 세일즈맨들을 눈여겨보게 되었다.” 하이파이브 차례가 점점 가까워지자 얼굴은 뜨겁게 달아오르고, 흥분 속에서 자신도 모르는 뜨거운 열망이 솟아오르는 것을 서서히 예감한다.

무슨 마법 같은 힘이 K의 마음속에 그러한 감정을 불러오게 되었는지는 분명하게 서술되어 있지는 않다. 그러나 그러한 K의 변화가 그다지 희망적이거나 유쾌하지만은 않다는 것은 K의 머릿속에 떠오른 구정물로 변한 비커에서 어렵지 않게 확인할 수 있다. 오히려 잿빛의 구정물을 통해서 절망과 좌절에 가까운 감정이라는 것이 암시되고 있다. 지국장과의 면담에서 비커의 불속에 비친 자기의 모습을 찾아보았으나 결국 자신의 모습이 비춰진 것은 구정물로 변한 비커에서였다. 깨끗한 물에서는 발견할 수 없었던 자기의 반영은 구정물에서나 겨우 찾을 수 있었다는 것은 그 구정물에서 자신의 희망 없는 미래와 생활고에 짓눌린 현재의 피로감을 느꼈기 때문일 것이다. 최면술에 가까운 지국장의 달변에 반쯤은 홀린 상태에서 그는 비커 속의 구정물 속으로 서서히 가라앉고 있다. 여전히 K는 회사나 회사에서 판매하는 정수기를 신뢰할 수 없다. 그럼에도 불구하고 그는 우수 세일즈맨에게 하이파이브를 날리는 것 외에 현재로서는 별다른 도리가 없음을 마지못해 승인하고 있다. 구정물로 되어버린 자신의 생활을 인정한 끝에 하이파이브를 내민 그의 두 손에서는 마찬가지로 희망이나 기대 따위라고는 전혀 찾을 수 없는 막막하고 어두운 구정물 투성이로 변한 자신의 자화상만을 바라보게 될 것이다.

늪 속으로 빠져드는 K의 모습은 비커에 담긴 구정물을 통해 절망과 좌절의 빛깔로 채색되고 있다. 또한 그 구정물에 비친 K의 얼굴은 왠지 낯설어 보이지 않는다는 묘한 공감과 연민의 감정을 수반하는 것이기에 묵직하기만 하다.

그 여자와 그 남자의 이야기

사랑의 힘을 간증하는 여자
−이건숙 〈청둥오리 엄마〉

이건숙의 〈청둥오리 엄마〉는 새벽 물안개가 자욱한 호숫가를 산책하던 '나'가 기이한 행동을 하는 '청둥오리 엄마'와 조우하게 되고, 그녀가 그런 기이한 행동을 하게 된 사연을 듣게 되는 것을 줄거리고 하고 있다. 분량상으로 많은 비중을 차지하며 내용상으로도 이 작품의 주제를 아우르고 있는 '청둥오리 엄마'의 이야기는 일인칭 화자가 듣게 된 이야기로 처리되어 있다는 점에서 액자식 구성을 떠올리게 하지만, 속 이야기와 겉 이야기의 구분이 덜 분명하다는 점, 액자의 겉과 속을 드나드는 기법적 처리가 희박하다는 점에서 액자식 구성에 속하는 것으로 보기는 어렵다. 오히려 일인칭 화자가 '청둥오리 엄마'와 만나서 그녀의 이야기를 듣게 되면서 '나'의 내면에 적지 않은 변화의 조짐이 감지되고 있다는 점에서 이 작품은 '청둥오리 엄마'에 관한 이야기와 '나'에 관한 이야기가 교차하면서 병치되어 있는 구조를 지닌다고 보는 것이 더 적절하다. 그러므로 '청둥오리 엄마'의 이야기와 '나'의 이야기를 각각 살펴보고, 두 이야기가 어떻게 교호하고 있는지를 살피는 것이 우선일 것이다.

5년 전 불의의 사고로 식물인간이 된 딸을 보살펴왔다는 것, 여자는 딸이 소생하기를 간절히 바라면서 병간호에 전념했지만 그녀의 소망을 버거워한 남편은 다른 여자를 만나 그녀와 딸의 곁을 떠났다는 것, 실낱같은 희망 속에서 버티고 있던 그 딸이 끝내는 사망하고 말았다는 것, 남편과 딸이 모두 떠나간 후 맞닥뜨려야 했던 극도의 허무에 더하여 췌장암 진단을 받았다는 것, 그러나 청둥오리 모자를 돌보면서 암은 극복되었고 새로운 사랑을 맛볼 수 있었다는 것이 청둥오리 엄마가 들려주는 사연이다.

그녀는 딸의 빈자리를 채운 것이 청둥오리와의 교감이었노라 말한다. 딸의 죽음 이후 몰려온 허탈함과 '횡횡함' 속에서 그녀가 갈망했던 것은 감정을 공유할 대상이었다. 청둥오리에게 먹이를 주고 얼어 죽지 않게 보살피는 동안 인간과 동물 사이에 오고 간 교감은 딸의 죽음으로 인해 공허해진 그녀의 마음을 사랑의 힘으로 채운다. 더욱이 식물인간인 딸에게 보낸 헌신과 사랑은 아무런 반응 없는 침묵 속에서 이루어졌던 반면 청둥오리와의 교감은 호수 위에서 신나게 헤엄치는 오리를 통해 '생명의 약동'을 확인할 수 있는 뚜렷한 반응을 보이고 있어 더욱 큰 기쁨을 연결되었다는 것이 그녀의 말이다. 그러한 사랑과 생명의 힘이 움트는 동안 의사가 놀랄 수밖에 없을 정도로 췌장암 병세는 호전되었기에 청둥오리들은 그녀에게 새로운 인생을 선물한 것이나 다름없다고도 덧붙이고 있다.

그녀가 겪은 일련의 사건과 그로 인한 행위들에는 개연성이 현저하게 결여되어 있다. 특히 오리들을 돌보면서 췌장암이 완치되어 암의 흔적이 사라지게 되었다는 설정은 쉽게 믿겨지지 않는 대목이다. 작가는 이러한 우려를 의식했는지 오리를 보살피기 위해 요구되는 운동량과 식단의 변화를 빠뜨리지 않고 언급하고 있다. 그러나 그렇다고 하더라도 상식적으로 암이 그렇게 빨리 완치될 수 있었다는 것은 무언가 어색하기만 하다. 이런 사정은 그녀의 주치의가 한 말에서도 잘 드러난다. "이건 기적입니다. 췌장암 환자가 이렇게 급속도로 치유되다니요. 암의 흔적이 사라졌습니다. 아주머니는 우리 병원의 사례연구감이 되었습니다." 주치의는 그녀의 상태 호전을 '기적'이라 부른다. 이와 같이 소설 속의 사건 전개를 '기적'의 힘에 의존한다는 것은 그만큼 개연성을 포기하겠다는 말과 다를 바 없다.

그러나 '기적'을 전면에 내세움으로써만 이 작품의 주제라고 할 수 있는 사랑의 힘과 타자와의 교감의 가치를 부각시킬 수 있다. 적어도 작품 속에서는 그것은 기적이기에 논리적인 설명이나 의학적 지식보다 더 강렬한 의미화에 도달하고 있기도 하다. 즉 개연성을 포기하면서 주제의 부각을 선택한 결과라고 볼 수 있지 않을까? 그리고 기적의 발생은 곧 이 작품의 분위기를 일종의 신앙 간증과 같은 차원으로 전환시킨다. 그녀의 딸이 입원한 병원 입구에 걸려 있다는 안토넬로 다 메시나(Antonello de Messina)의 예수 수난상에서도 짐작할 수 있듯, 기독교적인 분위기를 배경으로 활용하고 있는 것이 이 작품의 특징이다. 이 작품이 기적의 힘에 의존한 간

증의 차원에 근접하는 것은 한편으로는 르네 지라르의 설명처럼
냉철한 소설적 진실에서 멀어져 낭만적 사실에 머물고 말게 되는
주요한 원인으로 작용하지만, 다른 한편으로는 삭막하고 공허한
현실에서 비약하여 따뜻한 교감과 사랑의 가치에 대해 한번쯤 생
각해보게 이끄는 원동력으로 작용하기도 한다.

간증은 그것을 듣는 자로 하여금 새로운 인식과 태도의 변화를
유발하는 법. '청둥오리 엄마'의 이야기를 듣는 '나'의 반응은 어떠
한가?

> 호수를 한 바퀴 돌고 왔는데도 여자는 그 의자에 멍청히 앉아
> 있었다. 근 한 시간이 걸리는 거리였으니 이 여자는 한 시간 내내
> 이런 자세로 앉아있었단 말인가. 청둥오리에게 먹이를 줄 적의
> 행복함이 사라진 얼굴은 아주 쓸쓸해 보였다. 나도 그녀 옆에 나
> 란히 앉아서 둘이는 이제 하늘로 불끈 솟아오른 태양을 바라보
> 았다. 깊은 생각 속에 빠진 여자는 내가 곁에 앉았는데도 미동도
> 하지 않고 입도 꾹 다물고 그냥 그대로 숨을 쉬지 않는 인형처럼
> 한 자세로 앉아있다.
> 한 시간의 속보로 땀이 고인 등과 목덜미가 이렇게 멍청히 호
> 수를 안고 앉아있으니 몸이 식으면서 오싹하니 한기를 느꼈다.
> 갑자기 뇌성마비 아이를 데리고 집을 나간 아내가 떠오른다. 아
> 련한 그리움이 피어나기 시작한다. 내게 그런 감정이 아직도 남
> 아있었던가. 날마다 아침에 눈을 뜨는 순간마다 증오했던 아내
> 가 보고 싶은 감정으로 다가오다니! 나는 이런 이상한 감정을 떨
> 치려고 머리를 흔들었다.

새벽 호숫가에서 '나'가 '청둥오리 엄마'를 처음 발견했을 때 그
녀는 '나'에게 단지 '호기심'의 대상일 뿐이었다. 그때까지만 해도

‘나’는 도대체 왜 그런 이상한 행동을 하는 것인가 하는 의구심을
지닌 채 그녀의 행동을 하나하나 지켜보고 있었다. 그 옆을 지나가
던 산책객들 역시 일시적인 호기심을 가지기는 마찬가지였다. 때
로는 백발노인 같은 사람은 그녀를 두고 “저 여자 정신이 좀 이상
해. 정상적인 여자는 아니야. 미친 정도가 아주 심각해.”라며 아예
그녀는 정신적 문제가 있는 사람으로 취급하기도 한다. 그녀를 미
친 여자로 보든 그저 일시적인 호기심의 대상으로 보든 이때 그녀
는 ‘나’의 시선에 관찰되는 대상에 불과하다. 그러나 위의 인용 대
목에서 “나도 그녀 옆에 나란히 앉아서 둘이는 이제 하늘로 불끈
솟아오른 태양을 바라보았다.”라는 문장은 가볍게 지나칠 수 없
다. 그녀의 사연을 듣고 난 후 ‘나’는 그녀의 옆자리에서 같은 대상
을 바라본다. ‘나’와 그녀 사이의 거리는 좁혀졌고, 같은 방향을 바
라보면서 자연스레 그녀는 더 이상 ‘나’의 시야에 포착된 호기심의
대상이 아니게 된다. 그녀와 같은 방향, 같은 대상을 바라보는 ‘나’
는 그녀가 세계를 바라보는 시선에 가까워지는 것이 암시되고 있
다. 이러한 변화의 상황에서 뇌성마비 아들을 지극히 돌보던 아내
가 떠오르는 것 또한 새로운 인식의 변화 조짐을 보여주고 있다.

집을 나간 아내가 나에게 이렇게 말했었다.
“당신은 사랑이 무엇인지 몰라요. 지금까지 내가 당신을 사랑
하고 있기 때문에 받고 있는 사랑으로 인해 나를 사랑한다고 착
각하고 있어요.”
“사랑이란 게 별것 아니야. 결혼하여 살다보면 가족이 되는
것이고 그렇게 덤덤하게 사는 것이지 무얼 그렇게 어렵게 말해.
오누이 같은 사이가 부부라고 생각해. 그러니 골아프게 따지지

말라고. 결혼하면 돈이 필요하고 그걸 벌려고 애쓰고 있는 나를
당신이 사랑하지 않으면 어쩌려고 그래.”
　“사랑이란 돈이 아니에요. 사랑도 꽃나무처럼 매일 물을 주고
영양분을 주면서 서로 돌보고 가꾸고 길러야 해요. 난 돈보다 당
신이 나와 함께 뇌성마비에 걸린 아이를 돌보면서 시간을 보내
주었으면 해요.”

　그녀의 이야기를 듣고 뇌성마비 걸린 아들을 돌보던 아내를 떠
올리게 된 것은 두 여자 모두 자식을 위해 헌신한 어머니라는 공통
점 때문일 것이다. 청둥오리 엄마는 남편에게 버림받았고, ‘나’의
아내는 스스로 집을 나갔다는 차이가 있기는 하지만 자식에 대한
사랑을 헤아리지 못한 남자를 남편으로 두었다는 설정은 동일하
다. 청둥오리 엄마의 간증은 돈과 직장에 몰두하면서 인간 사이의
사랑과 교감의 가치를 외면했던 ‘나’의 생각에 일정한 변화를 가져
오고 있다. “매일 새벽 이 여자를 만나면서 그녀가 너무 신비스럽
게 다가왔다. 진정한 사랑이 무엇인가를 그녀는 내게 가르치고 있
었다.”라는 ‘나’의 고백에서도 확인되듯 ‘나’는 청둥오리 엄마의 간
증으로 인해 뚜렷한 내적 변화를 경험하고 있다.
　따라서 “요즘은 그녀의 목소리를 타고 나를 버리고 떠나버린 아
내와 몸을 뒤틀던 뇌성마비 아들이 확연하게 모습을 드러내어 내
가슴으로 파고든다.”라는 이 작품의 마지막 문장에는 단지 ‘나’의
후회만 감지되는 것은 아니다. 흐르는 강물처럼 다가오는 사랑과
교감의 가치는 이미 ‘나’의 마음을 충분히 적신 것이기에 떠난 아
내와 아들에 대한 관계의 회복의 가능성을 강하게 암시되어 있기
때문이다. 소설적 개연성의 관점에서는 부자연스러운 전개가 두

드러질 수도 있지만, 사랑의 힘에 대해 한번쯤 생각해보게 하는 잔잔한 여운을 음미할 때는 누구라도 흐뭇한 미소를 띠게 될 것이다.

비 경험적 접근법을 찾아 헤맨 남자
-이강숙 〈반쯤 죽은 남자〉

이강숙의 단편 〈반쯤 죽은 남자〉은 지적이고 철학적인 주제를 던져놓고 한 판의 씨름을 벌인 작품이다. 그런 씨름을 위해 작가는 평생을 음악 연구에 몰두한 나미학이라는 한 남자를 만들어내고 있다. 시골 고등학교 출신인 나미학이 음대에 진학하고 미국 유학을 거쳐 귀국하기까지의 과정은 음악의 진리가 무엇인지를 탐색하는 일종의 여행이며, 일생을 통해 하나의 목표에 도달하기 위해 경주해온 그의 과거는 성배를 찾아 나선 기사의 행적을 연상하게 한다. 수많은 '헤맴'이 있었지만 '알고 싶음'이라는 단 하나의 지향으로 인해 나미학의 여정은 계속되어 왔다. 슈베르트의 '겨울 나그네'를 들으면 울게 되는 이유가 무엇인가? 또 자기가 울 때 따라서 우는 얼굴이 비치는 거울은 세상 어디에 있는가? 음악의 진리를 찾는 것은 그에게 있어 인간 존재의 비의를 찾는 것과 동격이며, 어쩌면 영원히 도달하지 못한 그 무엇일지도 모른다. 그럼에도 불구하고 계속해서 그것을 찾기 위해 걸음을 멈추지 않는 것은 인간의 존재 이유일지도 모른다. 결국 이 작품은 음악을 넘어 인간을 둘러싼 존재론적 물음에 관한 하나의 시적 보고서에 다름이 아니다.

고등학생 시절 나미학은 울게 되는 이유에 대한 '알고 싶음' 때문에 끊임없이 '헤맴'을 반복해야 했다. 시골에서는 가르쳐 줄 사람이 없었다는 단순한 상황은 그의 헤맴을 혼자의 힘으로 풀어나가도록 만들었고, 그는 시창, 청음, 화성법을 오직 연습을 통해서 터득하는 수밖에 없었다. 연습에 연습을 거듭하는 일, 뜻도 모르면서 무조건 외우는 일, 그러한 연습과 암기를 통해 나미학은 음악을 온 몸으로 터득해나가기 시작했다. 무수한 경험을 통해 온몸에 각인시키는 것이 그가 할 수 있는 유일한 방법이었고, 그러한 경험의 축적은 음대 진학 후에도 계속된다. 비단 음악뿐만이 아니라 술에 대해서도 경험의 반복은 마찬가지였다. 양조장을 하는 아버지의 영향으로 인해 다양한 술을 많이 경험함으로써만 진짜와 가짜를 구별할 수 있다는 관념을 가진 것은 독학으로 터득한 음악 공부와 똑같이 닮아 있다. 음악이든 술이든 진짜를 찾아내는 방법은 '비경험적 접근법'이라는 흥미로운 수련법을 통해서 구체적으로 설명되고 있다.

우리 집 술이 좋다고 야단들이다. 우리 술과 비슷한 술을 만들어 진짜라고 하면서 파는 악당들이 있다. 진짜와 가짜를 구별할 수 있는 능력이 그 악당을 잡을 수 있다. 너가 그 악당을 잡아야 한다.

아버지가 원하는 능력의 개발은 다양한 술을 많이 경험해야만 가능했다. 체질적으로 주신의 노예로 태어난 미학으로서는 술에의 다양한 경험을 마다할 이유가 없었다. 음악의 경우도 작품의 우열을 판단하는 능력은 다양한 작품을 많이 경험해야 가능하다고 생각한 미학은 술이든 음악이든 간에 많은 경험을 하면 비 경험적 접근법에 통달할 것으로 믿었다. 경험을 할 만큼 했기 때문에 더 이상의 경험을 필요로 하지 않는 상태, 경험을 더 이상 하지 않아도 실제로 경험한 것처럼 판단할 수 있는 상태, 미학은 그런 상태를 비 경험적 접근법이라고 생각하면서 술에서나 음악에서나 그런 능력을 가지게 되는 날을 고대하면서 살았다.

나미학의 '비 경험적 접근법'을 좀 더 풀이하면 다음과 같다. "술을 마신다는 거나, 책을 읽는다는 거, 전부가 경험을 한다는 거지. 각양각색의 술을 마셔보지 않으면, 어느 술이 진짜고 가짜라는 것을 알기가 힘들거든." 고등학교 시절 반복되는 연습을 통해서 음을 읽는 능력을 터득한 것이라든가 뜻도 모르면서 무조건 외우다 보니 어느 순간 문리가 트이게 되었던 것은 음악학 교수가 된 나미학의 설명에 따르면 '육관'의 개발에 해당한다. "음악을 들을 수 있는 특별한 귀가 육관이지. 모든 사람이 가지고 있는 오관이 아니라 인간이 개발한 인공감각에 해당되는, 그러니까 여섯 번째의 감각이라는 의미로 육관이라는 이름을 누가 붙였던 것 같아." 반복적인 연습을 통해 음악을 듣는 귀를 만들어 낸 것, 곧 육관의 획득은 멀리는 그가 주장하는 '비 경험적 접근법'의 세계와 연결될 것이다. 충분한 경험을 통해서 육관을 강화하다보면 어느덧 임계치를 넘어서고 그때야 비로소 그토록 찾아 헤매던 음악적 진리에 도달할 수 있으리라는 그의 생각은 뚜렷이 선불교의 수련법을 떠올리게 하고 있다. 음악은 나미학에게 있어 일종의 화두이며, 그 화두를 통해 깨달음에 도달하는 그 지점에서 음악은 물론 삼라만상의 진리에 근접할 수 있는 길이 열릴 수 있다. 나미학이 진행하는 강의의 일 구절을 들어보아도 이 점은 분명하게 드러난다. 그의

관심은 지엽적인 음악의 기술을 넘어 음악이라는 예술 양식의 테
두리의 창조에 가 있고, 새로운 음악과 문화로 그 지평을 넓혀가고
있기 때문이다.

> 나는 저 소리를 들을 때마다 죽고 싶어요. 나의 일과 남의 일
> 이라는 것에 대한 생각 때문입니다. 내 사고체계에 남과 나, 둘이
> 모두 들어와야 하는데, 그렇지 못해요.
> 남과 나라니요. 남 교수와 나 교수님 이야기를 하는 겁니까.
> 진짜 술과 가짜 술, 진짜 음악과 가짜 음악이 있다면 진짜 인
> 간과 가짜 인간도 있지 않겠어요.
> 무슨 말인데요.
> 친구의 어머니가 죽었을 때에는 그냥 죽었는가보다 했어요.
> 남의 일이었다는 거지요. 내 어머니가 돌아가셨을 때에는 그게
> 아니었어요. 나의 일이 되더라고요.
> (…) 밖에서 삐삐 하는 소리를 남의 소리로 듣고 있는 나는 어
> 떻게 되는가요. 넣어야 할 부분을 빼버리면 전체가 성립되지 않
> 는다고 했잖아요. 남의 일이니 잊어버려라는 차원에 머물고 있
> 다면 어떻게 되나요.

음악의 테두리를 문제 삼는 나미학의 관점과 작곡가가 할일은
아름다운 작품을 생산하는 기술 연마밖에 없다는 남지곡의 관점은
쉽게 어울리기 힘들다. 어디까지나 음악학의 관점에서 남지곡의
음악에 대한 비판은 충분한 타당성을 지니고 있다면 문제될 것은
없어 보인다. 비록 남지곡이 그러한 비판으로 인해 불쾌해 하더라
도 그것은 평론가와 작가 사이에서 비롯한 관점의 차이에서 비롯
한 것으로 얼마든지 허용될 수 있다. 그러나 문제는 비판을 받았던

남지곡이 교통사고로 사망하고, 그때 마침 나미학은 위장장애로 응급 수술을 받고 간신히 소생했던 데 있다. 같은 시간 두 사람에게 우연하게 발생한 각각의 사건들은 같은 병원에서 산 자들이 입원한 10층과 예기치 않은 죽음이 도사리는 12층이 함께 있다는 사실을 극적으로 부각시킨다. 세상을 돌아가게 하는 동력은 신생아의 태어남과 노인의 죽음, 이러한 자연스러운 태어남과 죽음의 또 다른 한 편에는 예기치 않은 죽음의 발생이 놓이는 것이 세상이 돌아가는 이치임을 받아들이지 않을 수 없는 상황이다.

비 경험적 접근법의 딜레마는 여기서 발생한다. 죽음을 경험한 사람은 말이 없다는 것, 죽음은 반복되는 경험이나 연습, 또는 암기로 이해할 수 없는 속성을 지닌다는 것, 즉 비 경험적 접근법이 소용없게 되는 저 건너편에서 인간을 조롱하고 있다는 것이다. "죽는다는 게 남의 일이 아닌, 나의 일이 될 때 미학에게는 모든 이야기가 근본적으로 달라진다." 어쩌면 성배를 찾는 그간의 모든 헤맴의 여정이 애초부터 무의미한 것이었을 수도 있다는 근본적인 물음의 지점에 서 있는 나미학은 실존적 상황의 인식에 바탕을 둔 존재론적 질문을 스스로에게 던지고 있다. 죽음이라는 거대한 불가해함의 총체 앞에서 그는 아슬아슬하게 자신을 지탱하고 있다.

이 작품의 진면목은 이러한 작품 마지막 장면의 위태로운 순간의 형상화에 있다고 볼 수 있다. 애초부터 죽음을 이해한 사람은 신의 아들 외에 아무도 없었기 때문에, 어떠한 해결책이나 해명 없이 작품이 끝나는 것은 너무도 당연한지 모른다. 반쯤 죽은 상태로 먼 마음, 먼 하늘을 쳐다보고만 있는 그의 모습이야말로 알고 싶음을 위해 헤맴을 반복하다 지쳐버린 성배 기사의 정직한 모습일 것이다. 그리고 그러한 지친 모습은 단지 패배나 낙담으로 귀결되는 것이 아니라 존재의 근원에 대한 진지한 탐색이 지속될 것이라는 암시와 함께 장엄한 분위기를 자아내고 있음에 주목해야 할 것이다.

시간의 흔적을 돌아보는 여자
-유시연 〈꿈꾸는 인생〉

길은 적절한 인생의 비유이지만 그러한 비유는 때로 다소 식상한 느낌이 들기도 한다. 많은 작품에서 상투적인 경구처럼 반복적으로 활용되어 왔기에 메타포의 참신함은 줄어든 채 문학적 토포스에 지나지 않게 될 수도 있는 것이다. 그러나 유시연의 〈꿈꾸는 인생〉의 경우 약간은 다른 모습을 보여준다. 주인공 미숙이 남편과 함께 차를 타고 떠난 짧은 여행에서 남편을 비롯한 전처소생들이 자신을 멀게만 느끼고 있다는 사실을 발견하는 순간, 그 길의 의미가 처음과는 사뭇 다른 모습으로 뒤바뀌어 버리고 있다. "멀리 구불구불 돌아나간 길들의 과거가 보인다."라는 문장에서 그 길은 남들이 보기에 평온하고 안정적인 중산층의 삶의 감각에 대한 진부한 비유에 불과하였지만, 조금 더 지나가서 그 길을 돌아보자 "구불구불한 길이 아득하게 뻗어있다. 어떤 길은 산기슭에 가려 보이지 않지만 다시 길이 나타나 어디인가로 가고 있다. 가장 느린 인생의 한가운데를 통과하는 것 같다. 미숙은 삼십여 년을 함

게 산 남편이 자꾸 남 같다.”에 이르게 되면 그 길은 낯설게만 느껴
져 평온하고 안정적이던 일상의 지난 시간들은 한낱 '꿈'처럼 느껴
진다. 이제는 잠에서 깨어났으며, 달콤했던 그 길 혹은 시간이 실
제가 아닌 꿈이었음을 알아차릴 때 아이가 터트릴 법한 울음이 진
부함을 경계하고 있다.

　　자식이라.… 미숙은 가슴이 싸아 맵다. 미숙은 어린 두 남매
를 건사하며 자기 자식을 포기했다. 성심껏 키워주면 언젠가는
알아주겠지. 아니 알아주지 않더라도 세상에 대해 보시하는 심
정으로 살리라 다짐했고 무엇보다 미숙을 대하는 남편의 지극한
정성과 따뜻한 마음에 대한 보답이라 여겼다.
　　그와의 나날들.
　　돌아보면 시간의 켜마다 상처가 있고 기쁨이 있다. 삼년까지
는 아무 문제없었다. 삼년이 지나자 남편의 태도에 변화가 왔다.
미숙은 그날을 잊을 수 없다. 아침상을 차리며 식탁에서 던진 한
마디가 문제였다.

　땅바닥에 툭하고 떨어진 사과 한 알이 위대한 과학자의 영감을
깨웠듯이 평온한 아침식사 자리에서 던진 자식 이야기 하나로 삶
의 위태로움은 돌발적으로 출현하였다. 딸 영숙과의 전화통화만
보면 주인공 미숙은 딸에 대한 애정과 관심이 넘치는 듯하다. 외손
녀보다는 딸에 더 많은 사랑을 쏟는 그녀의 모습이 사실은 후처로
들어온 그녀의 가정에서의 불만족스러운 지위를 극복하기 위해 안
간힘 쓰는 것에 불과하다는 사실은 작품의 중반에 가서야 뒤늦게
제시되고 있다. 전처의 소생이 아들 딸 둘이나 있는 상황에서 늦둥
이를 가지게 되면 발생할지도 모를 가정 내의 불화와 소란에 대한

염려가 남편과의 애정보다 앞서는 것이 겉으로 평온해 보이기만
한 미숙의 가정생활의 이면이었음이 드러나고 있는 것이다. "누군
가 먼저 그 일을 꺼내면 겨우 맞물려있던 윗돌과 아랫돌이 와르르
무너질까봐 겁내는 것 같았다." 삼십 년이 다 된 그녀의 결혼 생활
동안 언제 무너질지 모른다는 불안함이 잠복해있다는 것, 마치 발
병만 되지 않았을 뿐 병원균이 체내에 잠복해 있는 보균자의 상태
와 다를 바 없다는 것이 작품의 주된 갈등으로 설정되고 있다.

　　흥미로운 점은 남편과 함께 떠난 여행의 여정에서 군데군데 흔
들리고 불안정해진 그녀의 위기감이 넌지시 암시되고 있다는 사실
이다. "백 여 미터 못미처 차가 섰다. 길은 외줄기였고 올라가는 차
량과 내려오는 차량이 뒤섞여 아수라장이었다." 그녀 인생의 비유
이며 지나간 시간의 흔적인 그 길은 이제 아수라장이 되어가고 있
다. 아직 그녀는 그것을 여유롭게 지켜볼 수 있지만 언제 그 혼란
스러운 상태에 함몰될지 아슬아슬하기만 하다. 외국인 마을의 풍
경은 또 어떠한가? "독일식 일반주택양식으로 세워진 건물은 허술
해보였다. 페인트칠된 목재에 균열이 갔거나 뒤틀렸거나 흠이 난
곳도 있다. (…) 이국풍의 그 정경은 까닭 모르게 한 시절을 흘려보
낸 미숙의 마음을 아프게 한다. (…) 붉은 기와, 진초록 지붕, 누런
기와를 얹은 건물에는 바람이 남긴 흔적이 보였다. 삐죽삐죽 돋아
난 풀들이 건물을 풍화시키고 있었다." 시간의 경과 앞에서 인간
존재는 철저히 무기력할 수밖에 없다는 사실은 그녀의 여행 도중
펼쳐지는 풍경을 통해서 다시 한 번 환기된다. 본래부터 풍경이란
관찰하는 자에 의해 구성되는 것이다. 마음이 풍요로운 자는 풀 한
포기, 나무 한 그루에서도 충만한 삶의 희열을 맛볼 수 있겠지만,

그녀가 외국인 마을에서 목격한 것은 시종일관 세월의 풍화로 인한 균열과 뒤틀림 또는 흠집이다. 그동안 평화로움으로 덧칠하고, 의식적으로 딸에게 노력함으로써 외면해왔지만 그녀의 지나간 길에서는 균열과 뒤틀림과 흠집이 엄연히 존재하고 있으며 이제 서서히 고개를 들고 있다는 것이 이 작품의 서사적 긴장을 고조시키는 데 일조하고 있다.

　　미숙은 그 이야기 끝에 자신의 위치가 어떠한지 확인했다. 죽은 조강지처가 산 그녀의 삶을 관장하는 느낌이었다. 신혼의 단꿈에 취해 있던 그녀에게 그와의 대화는 이른 아침 찬물을 뒤집어쓴 것 같은 기분이었다. 비로소 그녀는 자신이 처한 위치를 확인했다. 엄연한 현실. 미숙이 의식하고 싶지 않은 부분일 뿐이었다. 그도 그 대화가 분위기를 어색하게 했다고 느꼈는지 그 문제는 나중에 생각하자고 말하며 사랑해, 라고 속삭였다. 그의 말이 공허한 울림으로 다가왔다.

　　미숙은 그와 그의 아이들을 위해 자신을 봉사한다는, 어떤 의미에서는 희생한다는 오롯한 기쁨이 있었다. 누군가를 위해 스스로 자신을 희생한다는 것은 삶의 활기와 비밀스러운 낙을 가져다주었다. 평생 드러내지 않아도 자신에 대한 당당함과 자부심이 있었다. 그런데 그것이 헛것이었다니. 미숙은 갑자기 의욕을 잃었다.

삼십 년을 같이 살아온 남편과의 평범한 나들이 길이 자신을 따돌린 채 아들의 사업 자금을 마련하기 위해 몰래 선산을 팔러 간 길이었다는 사실을 알게 된 다음 느끼는 배신감과 허허로운 감정은 주인공이 살아온 삶의 길에 새로운 색깔을 덧씌우고 있다. 애써 의식하지 않았던 불편한 진실이 떠올라 그 길을 뒤덮고 있을 때 그 길은 잿빛에 가까울 것이다. "할 말이 없군. 당신은 아이를 낳아보질 않아서…"라는 남편의 마지막 말에 이어 전해져오는 묵직한 충격의 소리는 애써 쌓아올렸던 돌무더기가 무너지는 불길한 소리일 것이다. "그와 그녀가 지나온 길들의 과거가 빗길에 씻기고 있다."라는 마지막 문장에서 빗속에 흘러내리고 있을 쓴 눈물이 암시되어 있을 것 같은 생각도 근거 없지는 않으리라. 누가 보더라도 아늑하고 온화한 빛깔로 채색되어 있던 그 길이 새로운 국면으로 전개되는 시점의 아찔함을 선명하게 그려낸 이 작품에서 길과 인생의 비유는 이채롭게 그 빛을 발하고 있다.

황홀경과 상처 속의 여자와 남자
―김녕희 〈여로〉

김녕희의 중편 〈여로〉는 예술혼에의 무한한 동경과 이별로 인한 절대적 공허라는 두 개의 키워드로 지탱되는 여로의 형식을 따르고 있다. 1장은 주인공 신애가 사진 촬영차 노르웨이 오슬로를 여행할 때 우연히 만나게 된 M과의 인연을 다루고 있으며, 2장은 귀국한 신애가 다시 미국으로 건너가 과거의 인연들을 만나 그들의 실패와 낙담을 하나씩 목격하는 과정을 다루고 있다. 1장과 2장은 서로 분리된 채 이루어지는 독립적인 성격을 지니고 있지만, 상처와 예술적 영감을 매개로 두 개의 이야기는 하나의 전체적인 의미로 느슨하게나마 엮어지고 있다. 가령 이혼이라든가 자식의 죽음 등으로 상처받은 영혼을 지닌 신애가 어린아이들의 표정을 카메라에 담으려고 하는 작업에 몰두한다는 것, 어린 시절 부모에게서 버림받은 아이였던 M이 자신의 결여된 인생을 보상받기라도 하듯(물론 그러한 의도는 의식적인 것이 아니라 무의식적인 것에 가깝다) 예술에 대해 강한 집념을 보이는 것, 또한 미국 여행 도중 신애가 고독을 느낄 때 그녀의 뇌리에 떠오른 것은 M의 예술혼이라는 것 등 상처의 깊이가 깊을수록 예술은 하나의 탈출구이자 초월적 지향으로 설정되는 것이 이 작품의 기본적인 흐름이라고 할 수 있다.

1장에서 주로 제시되는 예술혼에의 동경을 먼저 살펴보자. 1장의 공간적 배경인 노르웨이에는 북구 유럽의 예술적 자취들로 가득한 곳이다. 비단 비겔란, 그리그, 뭉크 같은 노르웨이 출신 예술가들의 흔적들뿐만이 아니라 가우디, 멘델스존, 카라얀, 정경화의 예술적 열정이 넘실거리는 곳이 주인공 신애의 여행지인 노르웨이다. 거리에는 온통 예술가들의 작품과 영감들로 가득 차 있고, 거리를 벗어나 M의 집에서 역시 M의 작업실 풍경이라든지 M이 듣는 음악에서도 예술적 분위기를 발견할 수 있다. 심지어 뒷골목의 길고양이에게도 뭉크, 카라얀 같은 이름이 어울리는 그러한 곳이다. 그곳에서 주인공 신애는 예술혼에 휘몰리는 자기를 발견하게 되는 것이 1장의 전부라고 해도 과언이 아니다.

200여 점의 조각품을 골똘히 훑어보며 신애는 비겔란이란 조
각가의 혼과 작업량에 압도당하였다. 오벨리스크처럼 120여 명

의 사람이 사람을 겹겹이 밟고 20미터 가까이 쌓아올린 거대한 인간 탑에 그녀는 섬뜩한 경외감을 느꼈다. 몇 번이나 눈을 가느스름하게 뜨고 감고는 하였다. 출생으로부터 소년기와 청년기를 거쳐 노년에 이르는 다양한 남녀노소의 희로애락과 더 높이 오르려는 허망한 인간의 투쟁과 욕망이 눈앞에 보이는 듯, 신애는 고개가 뻐근하도록 까마득한 조각을 응시하였다. 스페인 카탈로니아 지방의 축제 때 본 '인간 탑 쌓기'가 상기되어 그녀는 신묘한 느낌에 빠졌다.

왜 일까.

전무후무한 세계적인 건축물인 바르셀로나의 사그라다 파밀리에 성당에 넋을 잃고, 신애는 고정관념과 형식을 파괴한 독창적인 천재조각가 가우디에게 혼절할 만큼 매몰되었다. 그녀는 가우디가 순수한 자연에서 영감을 받아 물결치는 이미지의 곡선을 살린 정교하고 현란하고 소름끼치도록 아름다운 파밀리에 성당에 마냥 엎드려 일어나지 못하였다. 무한히 온화한 신의 품에 안겨 자기 생의 비애가 눈물이 되어 솟는 위로를 받았었다. 그녀가 인간을 주제로 한 노르웨이의 비겔란과 자연에서 테마를 구한 스페인의 건축가 가우디의 예술혼에 휘몰리고 있는 것은…

그녀가 예술 앞에서 신묘한 느낌에 빠지고 혼절할 만큼 매몰되는 것은 다름 아닌 예술이 선사하는 위로의 힘 때문이다. 그녀는 남편이었던 화가 김석에게 이혼을 당했고, 태어난 아기는 얼마 가지 못하고 죽어버렸으며, 신문사 기자 생활은 극심한 피로의 연속이었다. 그녀가 노르웨이로 떠난 것은 일종의 탈출이었으며, 그곳에서 그녀가 얻을 수 있었던 것은 '둥근 달'과 같은 평화와 휴식이었다. 인간들은 서로에게 상처를 입히고 또한 자신도 상처를 입는 곳이 현실이고 한국이다. 예술은 "아귀다툼하는 어리석은 인간의 물욕과 명예욕을 비웃듯” 저 높이 걸려 있다. 예술은 현실로부터 초월적인 지위에 있기에, 그곳에는 절대적인 평화와 휴식과 위로가 존재한다. 설령 그러한 절대적인 경지에 도달하지 못한다 할지라도, 그 흔적이 산재되어 있는 노르웨이 같은 곳을 돌아다니는 것만으로도 상처로 점철된 과거의 삶에 대해 아늑한 위로를 받을 수 있을 것만 같다는 것이 신애의 생각이 아닌가. 또한 노르웨이에서는 한낱 눈에 띄지 않는 이방인에 불과하다는 사실 또한 상처투성이의 인간관계에서 벗어나고 싶은 그녀의 욕망을 충족시킬 수 있다. 아무도 신경 쓰지 않는 곳에서 느낄 수 있는 홀가분함, 그러한 공간에서 그녀는 자신을 위로하고 죽은 아이를 위로하기 위해 어린아이들의 웃는 얼굴과 우는 표정을 카메라에 담기에 여념이 없다. 그런 일련의 작업을 하는 동안 자신을 짓누르던 자기 생의 비애는 잠시 잊을 수 있지 않을까 하는 의도도 감지되고 있다.

그러나 예술적 분위기로 가득한 노르웨이 여행에서 무엇보다 중요한 것은 M과의 만남이다. 과묵한 M인지라 그들 두 사람 사이에는 별다른 대화도 이루어지지 않는다. 그러나 그러한 침묵은 오히려 일시적으로 편안한 소통의 한 방식으로 여겨지기도 한다. 그러나 세상으로 향한 문을 걸어 잠근 채 작업에만 몰두하는 M에게 어떠한 상처가 있는지 이해하지 않은 채 그저 간섭이 없는 편안함에만 익숙해졌을 무렵 여행을 마치고 떠날 때가 다가오지만, 그녀는 쉽게 떠날 수 없는 자신을 발견하게 된다. 짐 챙기기에 손길이 가지 않는 상태. 그녀의 머리는 충분한 휴식을 취했으니 이제 그만 돌아가야겠다고 재촉하지만 마음은 그렇지 않은 상태. 그것은 상대방이 지닌 상처의 깊이로 빠져들기 위한 전초 단계에 해당한 것이었음이 그제야 밝혀진다.

M은 자신이 부모로부터 버림받은 아이였음을 신애에게 고백하고 나서 흐느끼기 시작한다. 그리고 그녀에게 안겨 빈 젖 먹기를 시작하고, 이윽고 그는 신애를 마미라 부르겠다고 말한다. 남자는 어머니를 잃어버렸고, 여자는 아이를 잃어버렸다. 각각 처절한 결여의 상태에 놓여 있던 두 사람의 만남이야말로 위로의 완결된 형식에 가까운 것이다. 엄마를 잃은 아이와 아이를 잃은 엄마의 만남이 시간과 공간, 자아와 타자를 서로 교차하면서 인상적인 해후를 감행하고 있기 때문이다. "커다란 어른인 M은 갑자기 엄마를 잃어버린 아이처럼 이슥하도록 울고, 눈물겨운 신애는 그의 머리를 쓰다듬어주며 흥얼흥얼 낮게 노래를 불러주었다. 잠투정을 하던 자기 아이를 잠재우던 자장가였다."

나는 그녀의 바이올린 연주 모습에 예술적 극치감을 느낀다. 카라얀도 같은 이유로 좋아한다. 나는 멘델스존의 마니아인데 그녀가 바이올린을 연주할 때 몰입하는 그녀만의 폭발적인 분위기와 카라얀의 시적인 지휘 모습 보는 게, 나는 너무 좋은 거다. 나는 Reem에게 뭐라고 더 다른 설명을 해야 좋을지 모르겠다.

…?

신애가 생각에 잠겨있자, M은 심각한 어조로 말을 이었다.

사람을 좋아하는 데 무슨 특별한 이유보다는 그냥 자연스럽게 좋아지게 되는 것을 Reem은 느낀 적 없는가…? 지금 생각해보니, 사람을 좋아하게 되는 느낌은, 그냥 교감이 오는 거라는 생각이 든다. 그런 게 아닐까…? 강아지와 고양이 같은 애완동물과도 처음 만났을 때, 그냥 좋은 감정이 교류하는 거라고 생각한다. Reem은 그렇지 않은가, 라고 그는 물었다. M이 자기를 빠르게

이해한 것 같은 느낌에, 신애는 고갯짓 대답을 하였다. 자기도 M
을 그렇게 교감했으므로.

　신애와 M의 관계를 사랑이라는 명사로 부를 수 있을까라는 질
문에는 확답하기 어렵지만, 적어도 두 사람 사이에는 '교감'이 성
립하고 있음은 알 수 있다. 상처투성이의 두 영혼이 서로 교감하게
되는 것에서 무한한 위로와 안식이 싹틀 수 있다는 사실은 이 작품
의 주제를 이루고 있다. 그리고 그러한 교감은 정경화, 카라얀, 멘
델스존과 같은 예술적 교감을 갈구하는 주된 이유가 되기도 한다.
예술적 동경을 향한 신애의 여행은 상처를 극복하기 위한 교감을
갈망하는 자의 애처로움이 묻어나지만 동시에 예술적 승화를 감행
하기 위한 생의 연소를 향한 희망의 가능성을 내포한 것이 되는 셈
이다. 이때 M은 작품 속 인용된 까뮈의 표현대로 생의 전환기를 감
지하게 해 준 기적 같은 환희로 신애의 가슴에 아로새겨지고 있다.
예술의 황홀에서 상처의 위로를 찾으려는 노력은 M을 통해 구현
되고 있는 셈이다.

　2장에서는 온통 상처받은 자들의 이야기가 펼쳐진다. 우선 신
애의 상처가 좀 더 상세하게 제시되고 있다. 신애는 1.4 후퇴 때 월
남하던 도중 폭격으로 어머니를 잃게 되었고 그때의 상처는 한 쪽
발에 파편을 맞아 절름발이가 된 동생 은애를 통해 영원히 잊혀지
지 않는 것이 되어버렸다. 또한 다시는 고향으로 돌아갈 수 없는
상태가 되어버린 것도 빠뜨릴 수 없다. 그녀는 일제시기 보냈던 유
년 시절을 회상하곤 한다. 가즈오라는 남자 아이와의 추억이 깃들
어 있는 고향은 영원히 사라져버렸고, 어머니의 죽음과 동생의 부

상으로 지울 수 없는 상처로 남았다. 곧 그녀의 상처는 '고향 상실'로 압축될 수 있는 원형적인 그리움과 맞닿아 있는 성질이다.

미국에서 만난 여러 명의 인물 역시 공통적으로 '고향 상실'의 상처가 있다. 이민자의 상태가 곧 고향을 떠난 상태가 아닌가. 물론 이때의 고향은 표면적으로 미국 이민으로 인해 고향인 한국땅을 떠나게 된 것에서 기인하지만, 그곳에서 꿈꾸던 아메리칸 드림이 결국 실패로 돌아가고 처절한 파국을 맞이하게 됨으로써 안정과 평화를 박탈당함으로써 정말 영원히 고향으로 돌아가지 못하는 방랑객의 처지게 되어버린다. 신애에게 청혼을 했던 신정수는 지금 알코올중독자가 되어 버렸고, 신정수와의 결혼이 인생의 목표라며 그에게 구애하던 금희는 한때 꿈을 이룬 듯했으나 미국 사회에서 온갖 허드렛일을 하는 처지가 되었다. 아메리칸 드림을 산산조각이 났고 그들은 한국으로 돌아갈 여력도 없는 상태다. 아니, 그들이 고향으로 돌아간다고 해서 더 나아질 것이라는 보장도 없다. 한국으로 돌아갈 수 있는 인물인 신애를 보면, 그녀 역시 전 남편 김석과의 이혼, 아이의 사망으로 인해 심각한 타격을 입었기에 안정을 찾지 못했기는 마찬가지다. 따지고 보면 부모에게서 버림받은 M도 고향을 상실한 사람의 부류에 속한다고 볼 수 있다. 그들은 세상 어디를 가더라도 고향을 회복할 수 없는 처지이기에 더욱 처량하게 여겨진다. 저마다 생의 이면에 아픈 가시를 품고 있는 자들에게 고향은 가당치 않은 일이기 때문이다.

　　신애는 헤어지는 것에 약하였다. 그녀는 그 누구와도 헤어지는 순간의 고독한 심정을 이기지 못하는 분리불안의 성정이었

다. 예상치 못한 결혼의 쓰디쓴 배반을 당한 김석과의 헤어짐에
도 엄청난 고통을 감내해야 했다. 자기 분신인 아이가 숨을 멈추
었을 때는, 꼬박 이틀을 식은 아이를 붙안고 제대로 눈을 뜰 수
없는 고통을 이겨내야 했다. 그때부터 신애는 아기들의 사진을
찍기 시작하였고 차츰 어린아이들의 표정사진을 찍었던 것이다.
더욱 M을 오슬로병원에 두고 떠나올 때까지의, 매 시간 칼로 저
미는 듯한 심신의 통증 때문에 그녀는 먹는 것도 자는 것도 생체
리듬을 잃고 신음하지 않을 수 없었다. 그 아픈 기억에 사시나무
인양 몸이 부르르 떨리었다.

분리불안은 비단 신애의 고유한 심리적 기제만은 아니다. 누군
가 여행은 죽음의 예행연습이라 하지 않았는가. 여행지에서는 누
군가를 만나고 이별을 한다. 여행을 한다는 것은 그 여행지에서 다
시 돌아온다는 것, 곧 그곳을 떠난다는 것을 전제로 한다. 따라서
여행길에서 여행자는 이별을 연습한다. 또한 삶은 어떠한가. 삶 또
한 결국에는 떠남을 전제로 한 기쁨과 슬픔의 여행이 아닌가. 삶은
언젠가 죽음이라는 이별을 전제로 펼쳐지는 여행이기에 늘 아쉬움
과 그리움으로 점철된다. 이 작품의 여행도 크게 다르지는 않은 듯
하다. 주인공 신애는 총상을 당해 병원 침대에 누워있는 금희를 볼
때 "금희를 바라보는 신애는 허망한 생의 통렬함에 부르르 몸이 떨
리었다"라고 고백하지 않는가. 만성정신병중을 앓고 기약 없이 병
원에 감금되어 있는 M의 환영이 가끔씩 되살라날라치면 "그녀는
무방비로 주저앉고 마냥 허한 눈길로 먼 곳을 보곤 하였다." 예술
의 초월적인 경지에 비해 너무도 초라한 것이 주인공과 주인공 주
변 사람들의 운명이며, 모든 이들이 감당할 수밖에 없는 생의 공허

임을 작품은 역설하고 있다.

　작품의 결말 부분에서 하늘에서 날아가는 비행기를 바라보며 신애는 "어느 곳으로 가고 있는 걸까…"라는 질문을 던지고 있다. 이 질문은 고스란히 자신에게로 돌아와 자신의 삶에 대한 성찰로 이어진다. 그러한 질문은 그녀가 살아가며 감당해야 하는 삶의 여로가 종국에 이르는 그 순간까지 해결되지 않을 존재론적 질문이다. 그러나 지적인 사색을 담은 문장과 예술적 황홀의 분위기 속에서 건져 올린 상처의 회상기로서의 이 작품은 예술적 지향이라는 한 가지 희망을 끝까지 포기하지 않고 있다. "카라얀이 지휘한 차이코스프키의 교향곡이 끝나고 기립박수가 터지듯 비가 쏟아지고 있"는 작품의 마지막 결말 대목은 예술에의 동경이 하나의 탈출구가 될 수 있을지도 모른다는 생각이 들게 한다. 이러한 암시는 북구의 피오르드를 배경으로 예술적 황홀과 인간의 보편적 상처, 그리고 인간 존재에 대한 섬세한 성찰이 돋보이는 작품다운 결말이다.

짜임새가 만들어내는 것들

서정적 감정의 물결
─조건상 〈봄이 오는 길목에서〉

조건상의 〈봄이 오는 길목에서〉는 주인공 박영진 씨의 전원생활에 관한 이야기다. 대장암으로 아내가 먼저 세상을 떠난 후 그가 서울 아들네 집을 떠나 양평 문호리로 내려가게 된 과정과 그곳에서 벌어지는 소소한 에피소드들이 작품의 전체를 이룬다. 그가 서울을 떠나 전원생활을 시작하기까지는 아내가 떠난 후 노후 생활의 쓸쓸함이 중요한 원인으로 작용하였다. "가을걷이를 끝낸 황혼의 들녘에 구멍 뚫린 밀집모자에 찢기고 빛바랜 저고를 걸치고 비뚜름하게 서있는 남루한 허수아비의 모습"이라든가 "똥친 막대기나 길 한복판에 굴러와서 길을 막고 있는 바위덩어리 같은 존재"라는 표현은 심한 무력감 속에서 의욕과 자신감을 잃어버린 초라한 홀아비가 된 자신의 존재감을 적절하게 짚어낸다. 황혼녘이라는 인생의 비유와 함께 펼쳐지는 쓸쓸함과 관련된 각종 이미지들은 위축되는 주인공의 심정을 가리키는 정확한 도구면서, 적실한 어휘와 풍부한 표현력을 통해 나직하게 읊조리는 듯한 차분함을 지닌 것이기에 속됨이나 경박함 없이 우아한 느낌을 자아내고 있다.

> 향촌의 봄은 새소리, 물소리, 바람소리, 그리고 흙냄새와 풀냄새에 실려 찾아오고, 아지랑이와 물안개를 타고 스며들어 얼어붙고 메마른 마음에 봄소식을 전해주는 신비로움이 있어 박영진 씨는 소년처럼 가슴이 설   다.
> 지난 가을 아들내외의 집에서 떨어져 나올 때 약간의 찜찜한 정황들이 없었던 것은 아니지만 단호한 결심은 옳았다고 생각하는 박영진 씨였다.
> 아들내외와 도우미아줌마의 눈치나 살피면서 빌붙어 살아가는 데 대한 반발과 오기가 발동한데다가, 혼자 살아간다는 것이 고되기는 하겠지만 마음껏 자유롭게 살고 싶은 강한 욕망에 등을 떠밀려 결행한 독립생활이었다.

서울을 떠나기 전 쓸쓸하게 유지되던 주인공 박영진 씨의 심리는 그가 전원생활을 시작하면서 점차 변화하기 시작한다는 점은 자못 흥미롭다. 작품의 제목이 가리키는 바처럼 변화한 주인공은 그야말로 봄을 만끽한다. 전원생활이 사람의 심리에 미친 영향의 결과이기도 하지만 무엇보다 스스로 위축되고 초라해지는 여러 가지 외부의 조건들에서 해방되었을 때 느끼는 심리적 안정이나 자유로움의 결과라고 보는 것이 더 적절할 듯하다. 급기야 소년처럼 가슴이 설렌다는 것은 줄곧 지속되어오던 황혼의 분위기를 극적으로 전환시키기에 충분하다. 소년이 된 듯한 기분은 과거 젊은 시절에 대한 회상으로 연결되며, 황혼이 상징하는 적막함의 정서는 이제 아내와 신혼살림을 시작하던 그때의 풋풋함을 떠올리면서 '그리움'의 정서로 변화를 모색하고 있다.

> 박영진 씨는 원래 국어교사 출신이었기 때문에 한국문학에 대한 이해와 관심이 남달랐던 것은 물론이고, 죽은 아내 역시 황순원 선생의 '소나기'를 무척 좋아했던 터여서 우연히 소나기마을 부근에 잠들어 있는 아내를 생각할 때 이것이 결코 단순한 우연만은 아니라는 어떤 확신도 가져왔던 박영진 씨였다. (…) 박영진씨는 돌다리를 건너 문학촌의 입구에 들어섰다. 눈앞에 잔디가 깔린 광장이 나타났다. 이른바 소나기 광장이었다. 광장에는 군데군데 수숫단을 세워놓아 작품 속의 세상을 실제로 재현해놓고 있었다. 갑자기 내리는 소나기를 피하여 소년과 소녀가 헐레벌떡 수숫단 속으로 뛰어드는 환영이 풋풋한 정겨움과 함께 떠올랐다.
> 박영진 씨의 발길은 자신도 모르게 광장을 가로질러 수숫단으로 향하고 있었다. 마른 풀냄새가 스미어 나오는 수숫단 속은 아늑하고 고요했다. 박영진 씨는 갑자기 가슴이 울렁거리고 심장이 뛰는 것을 느꼈다. 상상의 힘으로 재현해놓은 소설 속의 세상이 박영진 씨의 메마른 가슴에 전류처럼 흐르고 있었다.
> 박영진 씨는 살며시 눈을 감았다. 소녀시절의 아내가 수숫단 속에 앉아있는 모습이 보였다. 박영진 씨는 눈을 감을 채 작품의 마지막 장면을 떠올렸다.

강변에서 불어오는 봄바람 속에서 마치 소년이 된 듯한 기분을 느낀 박영진 씨의 '그리움'은 황순원의 〈소나기〉를 매개로 그 감정이 한껏 증폭된다. 눈을 감고 〈소나기〉를 떠올리는 주인공의 머릿속에서는 죽은 아내가 살아나 있고, 그 아내는 〈소나기〉의 소녀가 되고, 늙고 처량하다고 여긴 탓에 매사 의욕을 잃어가던 자신은 주름살 하나 없는 팽팽한 뺨을 가진 소년이 되어 소녀와 비를 피해 수숫단으로 뛰어 들어간다. 그리움의 정서는 시간의 간극을 뛰어 넘고, 삶과 죽음의 경계를 뛰어 넘어 새로운 생동감을 주인공의 가슴 속에 북돋우고 있다. 그러한 정서의 세계란 곧 시적 감흥의 세계에 다름이 아니다. 문호리의 봄 풍경은 주인공의 가슴 속으로 스며들고, 주인공 역시 자신의 인생에서 봄의 시절을 만끽한다는 것은 그리움이나 풋풋함, 따스함 등 온갖 감정적 풍요로움의 세계로 잠시 여행을 떠나는 일과 다를 바 없다.

그러나 다른 한편으로 죽은 아내에 대한 그리움은 〈소나기〉속에서 홀로 남겨진 소년이 느꼈던 그 슬픔처럼 박영진 씨에게도 밀려와 눈시울을 적시게 한다. 그리움의 감정은 아내와의 소중한 추억을 떠올리게 함으로써 미소를 짓게 만드는 것인 동시에, 그것은 떠나간 사람과 멀어진 시간을 전제로 성립되는 감정이라는 데에서 또다시 슬픔과 쓸쓸함을 유발하는 양가적인 감정이기 마련이다. 다만 "아내의 무덤이 있는 공원묘지 산봉우리 위로 새털 같은 구름이 유유히 흘러가고 있었다." 같은 대목에서도 알 수 있듯, 따뜻함과 서늘함을 애써 작위하지 않은 채 '저절로 그러함自然'에 순응하겠다는 의지를 보이고 있어 기쁨이나 분노 같은 일시적인 감정의 격랑을 건너 뛰어 유유히 흐르는 남한강의 물결과 조응함으로써 품위를 잃지 않고 있다.

'달보드레 카페' 주인 김미혜 여사와의 에피소드는 차분하고 여유롭게 흐르던 물결이 자칫 지루해지기 쉬울 때 쯤 신선함을 불어 넣는 역할을 톡톡히 하고 있다. "누군가의 손길에 의해 자신의 웃옷과 양말과 바지가 가지런히 정돈되어 소파에 얹혀 있었다." 아내가 할 법한 대접을 김미혜 여사가 했다는 것에 여러 암시가 있다. 술에 만취해 김 여사의 카페에서 잠이 들어버린 것도 두 사람 사이의 관계가 어떻게 진전될 것인가 가능성을 열어두고 있는 셈이다. 특히 아내가 부재한 상황에서 마음에 등장한 김미혜 여사를 밀쳐내지도 못하고 섣불리 받아들이지도 못하는 주인공의 심리는 어색한 그의 행동을 통해서 충분히 짐작할 수 있다. 그러면서도 카페 문을 나선 박영진 씨의 생각은 아내를 향해 있다. "저 멀리 문호리 공원묘지 쪽으로부터 아까부터 자꾸만 을씨년스런 자신의 모습을 뒤쫓고 있는 측은한 아내의 시선이 느껴져서 박영진 씨는 재빨리 산모퉁이를 꺾어 돌며 몸을 숨겼다." 아내와 김미혜 여사에 대한 관계를 열린 채로 내버려둠으로써 미묘하고 신선한 느낌을 자아내는 효과는 증폭된다. 봄이 오는 길목이란 온갖 식물이 싹을 틔우는 새로운 출발이기에 열려진 결말이 적절한 선택이 되기에 충분하다는 생각도 무리는 아니다.

작가의 솜씨
─최문경 〈망향비〉

　　평소 술 한 잔 마시지 못했던 아내였다. 그러다 보니 노래나 춤은커녕 남들처럼 손뼉도 드러내놓고 치지 못한 성미였는데 오늘따라 참으로 가관이었다. 그녀의 동작은 춤이라기보다는 차라리 신들린 무당이었다. 소리를 지르며 몸을 흔들어대다가 나중에는 웃옷까지 벗어 던지고 천장을 찌를 듯 뛰어오르며 광기를 부렸다. 왜 그런 것일까? 평소에는 어떤 행동을 하려다가도 눈빛

한번 보내면 주춤하고 멈춰 버렸었는데 오늘은 막무가내였으니 아무래도 심상한 일이 아니었다.

최문경의 〈망향비〉는 평소와는 다른 모습을 보이는 아내를 바라보는 일인칭 서술자 '나'의 관찰로 시작한다. 그녀는 왜 그런 모습을 보일까? 그 답은 '나' 스스로도 잘 알고 있다. 다만 그 답은 독자들에게 바로 제시되지 않은 채, 조금씩 힌트를 주면서 '나'에 얽힌 속사정을 하나씩 풀어내고 있다. '왜 그런 것일까?'라는 궁금증에 관한 힌트가 조금씩 제시되면서 자연스럽게 독자는 '나'와 가게에 얽힌 해묵은 감정의 중심으로 서서히 빨려 들어간다. 쉽게 풀어놓지 않고 조금씩 필요한 만큼 적재적소에 힌트를 제시하는 과정은 이 작품의 긴장감을 부여하는 동시에 '나'의 복잡한 심리상태에 독자들의 동참을 이끌어내는 효과적인 수단이 되고 있다.

시간 순서대로 정리하자면 대강 이렇다. 삼십 년 전, 아버지는 문중에서 쌀 다섯 가마를 빌렸고, 빚을 갚으라는 독촉에 시달리게 되었던 것. 아버지는 문중 유사였던 한식이라는 사람에게 갚았다고 하지만 한식은 아버지가 갚은 적이 없다고 상반된 진술을 하고, 문중 사람들을 비롯한 고향 사람들은 아버지를 문중 재산을 떼어먹은 고약한 인간으로 판정해버렸다는 것. 결국 아버지는 어린 '나'를 데리고 서울로 밀려오게 되었고, 고향에서 쫓겨난 것은 평생의 한이 되었으며, '나'로서는 아버지를 욕하는 고향 사람들에 대한 일종의 원죄와 같은 부채감을 가지게 되었다는 것. 세월이 흘러 수몰예정지역으로 지정된 고향에 망향비를 건립하기 위한 모금 행사에서 아버지의 빚을 갚는 심정으로 천만 원을 내놓게 되었다는 것. 일련의 일들은 앞서 지적한 것처럼 하나씩, 그 비밀스러운 힌트를 내놓고 있으며, 이때의 지연 과정은 급하지도 그렇다고 너무 느리지도 않게, 적절하게 완급을 조절하고 있어 서술상 긴장의 끈을 놓치 않고 있다. 이러한 완급조절의 짜임새는 결국 작가의 솜씨에서 비롯한다.

> 삼십 년 전 일이었다. 생각해보면 나는 아버지가 빌어다 쓴 쌀 다섯 가마가 쳐놓은 그물에 걸려 허우적거리며 살아온 사람이었다. 돌아가신 아버지가 짊어지고 죽었다는 그 빚이 머릿속을 한시도 떠난 적이 없었다. 나는 거기 사로잡혀 살아온 포로였다. 한시도 자유로운 날이 없었다. 그렇다고 그 빚을 인정하고 있는 것은 아니었다. 머릿속에서는 그 사실을 부정하고 올라오는 또 다른 인식이 끈질기게 자라고 있었다. 누구인가를 증오하던 어린 날의 환상에 자주 젖어들었던 것이다. 찬란한 여명의 빛이 다 사라져버린, 암울하고 추운 몸으로 고향을 넘어오던 그 붉은 빛깔의 도시의 하늘에도 운명처럼 걸려 있었다.

작가의 솜씨가 발휘되는 것은 비단 긴장의 완급 조절에만 있는 것은 아니다. 위의 인용에서도 볼 수 있듯, 이질감 없이 과거와 현재를 넘나드는 서술상의 묘미 역시 서술로의 몰입을 유도한다. 또한 어린 시절 마음의 상처로 남아 있는 그때의 심정은 어둠과 추위의 감각으로 새겨져 있고, 그때 보았던 붉은 빛깔이라는 색채 감각으로 각인되어 있노라 서술한다. 아버지로 인한 일련의 사건들의 실체가 다 드러나지 않은 상황에서도 아버지로 인한 부채감이라든가 어린 마음에도 선명하게 새겨진 고향사람들을 향한 증오의 감정이 섬세하고도 강렬하게 포착되고 있다는 것 또한 작가의 솜씨의 결과가 아닐 수 없다.

　아버지가 시름시름 앓다가 세상을 떠났을 때도 나는 친척들에게 연락하지 않았다. 이름도 변변히 알지 못하였지만 빚을 떼어먹고 쇠스랑으로 사람을 죽이려했던 자의 자식이라는 손가락질을 받고 싶지 않았기 때문이었다.
　그러던 어느 날 나는 고향마을이 댐의 건설로 말미암아 물속에 잠기게 되었다는 소식을 들었다. 나에게는 불행한 기억으로 얼룩진 곳이었지만 고향을 잃게 되었다는 사실이 여간 서운한 게 아니었다. 가슴속이 휑하니 구멍이 난 것 같아서 일이 손에 잡히지 않고 갑자기 고향사람들과 친척이 그리워졌다. 아름다운 산천이 눈앞에 떠올랐고 어렸을 적 친구들이 보고 싶었다.

고향에 대한 양가적인 감정의 포착은 여러 작가적 솜씨를 발휘한 끝에 도달한 하나의 목적지와 같은 역할을 하고 있다. 고향사람들은 아버지를 향해 욕을 하고, '나'는 그런 고향사람들에게 형언할 수 없는 배신감과 증오를 가지게 되었지만, 설령 불행한 기억이 남아 있는 고향이라고 하더라도 유년시절의 추억이 있는 그곳과 그곳에 살고 있는 고향사람들, 친척은 결코 무의미한 기억이 될 수 없다는 것은 묘한 아이러니를 발휘한다. 어찌 보면 솔직한 속마음을 여과 없이 드러낸 것이 되고, 또 다른 한편으로는 그렇게 당하고도 고향을 그리워할 수밖에 없는 '나'의 심정은 특수한 한 개인을 떠나 보편적인 인간적 감정의 근원과 맞닿아 있는 것이라는 생각에 이르게도 된다.
　또한 고향에 대한 양가적 감정이란 결국 아버지에 대한 양가적 감정의 변형임이 분명하다. 문중 재산을 떼어먹었다는 치욕스러운 사실을 기정사실로 받아들일 때 아버지는 부끄러움과 증오의 대상이 된다. 그러나 그런 아버지일망정 양가적인 고향과 마찬가지로 무한한 애정과 그리움의 대상이 되지 않을 수 없다. 천만 원 성금을 내겠다고 한 것은 아버지의 빚을 갚아 명예를 조금이라도 회복하겠다는 의도가 깔려있는 것이고, 그러한 결심을 했다는 데서도 아버지에 대한 애정과 그리움은 쉽게 짐작할 수 있는 바이다.

이 작품에서는 아버지가 문중의 재산을 떼어먹은 파렴치한이 아니라는 사실이 작품의 후반부에 가서 밝혀진다. 그리고 그러한 사실이 뒤늦게 밝혀짐으로써 '나'의 감정은 더욱 고조되고 있다. "덮인 눈꺼풀 위로 아버지, 어머니, 친척들 그리고 빚에 쪼들리던 애잔한 동네사람들의 얼굴이 스쳐갔다."라는 작품의 후반부 대목에 이르러서, 삼십 년간 '나'를 둘러싼 묵직한 체증 같은 심리적 짐들이 한 순간에 사라지는 모습이 생생하게 전달되고 있다. '나'의 감정을 완급조절은 물론 여러 소설적 장치들로 서서히 고조시켰다가 마무리하는 과정에서 상쾌한 기분마저 들고 있다.

그뿐만이 아니다. 망향비 성금 쾌척 이후 2년이 지나도 망향비 건립 소식은 들려오지 않고 대신 회장이 돈을 착복하여 잠적했다는 소문으로 마무리 되는 대목에서 또 다시 색다른 반전의 묘미를 얹어놓고 있다. 아버지의 명예 회복으로 인한 '나'의 개운하고 상쾌함은 완수되었지만, 무한한 그리움의 대상으로 미화되던 고향 사람들에 대한 신선한 배반이 감행되는 순간 상쾌함과 비슷하면서도 다른 또 하나의 신선함이 작품의 풍미를 더욱 돋우고 있다. 모든 것은 작가의 솜씨 덕분일 것이다.

공감을 위한 짜임새
―이완우 〈난청〉

　이완우의 〈난청〉은 색다른 상상력을 독특한 서술 방식의 운용을 통해 짜임새 있게 구성하는 데 성공한 작품이다. 흥미로운 소재와 실험적인 문체, 그리고 적절한 암시와 알레고리를 동원하여 현대인을 둘러싸고 있는 스트레스를 작품 속에서 가시화하고 있다. 특히 유머러스한 표현과 씁쓸한 뒷맛이 감도는 상황의 연출은 이 작품의 작가가 얼마나 많은 공을 들였을지 익히 짐작하게 한다.

　무엇보다 작품의 상황과 사건을 이끌어가는 '난청'이라는 소재가 눈길을 끈다. 이 작품에서의 '난청'이란 특정한 인물이 말하는 소리만 선택적으로 들리지 않는 기이한 증상으로 설정되어 있다. 회사 내에 다른 인물들의 말소리는 잘 들을 수 있지만, 유독 직속 상관인 부장이 말하는 소리만 들리지 않는다는 것이 증상의 특징이고, 이 때문에 주인공은 회사 업무에 많은 어려움을 겪게 된다. 옆자리에 있는 이 대리의 '중계'를 통해서 부장이 무슨 말을 했는지 전해 듣는 수밖에 없고, 그러다보니 일처리는 느려지고, 간혹 엉뚱한 짓을 벌이기도 한다. 부장이 부르는데 듣지 못해 감히 부장의 말을 잘라먹고 있다는 괘씸한 인상을 주는 것은 물론, 해외출장 지시를 제대로 듣지 못해 아무 준비도 없이 부랴부랴 출장을 떠나는 모습은 준비성 없고 무능한 인물이라는 평가로 이어지게 마련이다. 번번이 승진에서 밀려 만년 과장 신세로 초라하게 사무실 자리를 지키고 있는 데에는 '난청'이 중요한 몫을 하는 셈이다.

다른 직원들의 말은 다 들리는데 왜 하필이면 부장의 말만 들리지 않는 것일까? 서술자는 이에 대한 명시적인 설명을 의도적으로 회피하고 있는 듯하다. 이비인후과에 가서 검사를 받아도 아무런 이상이 없다는 진단만 받을 뿐, 왜 그런 증상이 주인공에게 생기게 되었는지 속 시원한 해명은 기대할 수 없다. 소설의 첫머리부터 궁금증을 유발해놓고 일체의 설명을 생략한 나머지 왜 그런 증상이 생기게 되었는지에 대한 답은 오롯이 독자의 추측과 상상에 맡겨질 따름이다. 이때 발생하는 궁금증은 특별한 사건 없이 주인공의 주변에서 일어나는 소소한 일들로 이루어진 작품의 서사 전개를 지속할 수 있는 원동력이 된다. 과연 어떠한 원인 때문에 이런 괴이한 증상이 생겨나게 되었을까? 그로 인해 주인공은 어떤 곤경에 처하게 될 것인가? 또는 주인공은 그러한 어려움을 요령껏 잘 해쳐 나갈 수 있을 것인가? 등등으로 인해 흥미진진함은 발생한다. 무능한 만년 대리의 직장 생활이라는 평범하고 그다지 재미없는 이야기는 결국 지속되는 궁금증 덕분에 일정한 긴장을 부여받고 있는 것이다.

간혹 주인공의 겪는 증상의 원인을 짐작하게 할 수 있는 몇 가지 단서들이 암시되기도 한다. 가령 고등학교 시절 좋아하던 여학생에게 망신을 당한 직후 "견딜 수 없는 모멸감. 그 자리를 벗어날 수 있다면 죽음이라도 택할 수 있을 만큼 살이 떨리던 치욕. 이상하게도 그 순간 당신 주변의 모든 소리가 정지되었다."라거나 "내가 당신을 계속 믿고 살아야 되는 건지 모르겠어. 옆집 좀 봐 옆집!"이라며 고래고래 소리 지르며 잔소리와 화풀이를 하는 아내의 말소리가 어느 순간 들리지 않는 일이 벌어진다. 이즈음 되면 주인공을 곤경에 빠뜨리는 '난청'이란 오히려 그가 곤경에서 빠져나오기 위해 무의식적으로 선택하게 된 일종의 방어기제라는 것을 어렴풋이 알 수 있다. 그가 겪는 난청이 심리적인 방어막을 침으로써 자신을 보호하기 위한 애처로운 시도의 결과라는 것을 알게 될 때, 애처로움은 물론 비슷한 스트레스에 둘러싸인 독자로서 자연스럽게 공감할 수 있게 된다.

"김 대리!"
부장 박 여사가 당신을 부른다.
"…."
"김 대리!"
부장이 당신을 부른다. 이번에 부장의 목소리는 끝이 조금 올라가 있다. 모든 사람이 당신을 향해 고개를 돌린다. 그러나 정작 당신은 아무 반응이 없다. 그렇다고 당신이, 당신을 부르는 부장의 소리를 듣지 못할 만큼 군짓에 빠져 있는 것은 아니다. 당신은 평상시와 다름없이 책상에서 업무를 보고 있다.

작품의 시작부터 서술자는 주인공 '김 대리'를 '당신'이라는 호칭으로 부르고 있다. 시점에서 2인칭 시점이란 존재하지 않는 법. '당신'을 '김 대리'로 바꾸어도 모든 문장이 성립되는 것을 보더라도 시점은 전통적인 3인칭을 따르고 있다. 그러나 굳이 '김 대리' 또는 '그'라고 부르지 않고 '당신'이라고 부름으로써 한 가지 독특한 효과가 발생한다. 그것은 '김 대리'와 독자 사이의 묘한 공감의 축적과 심화다. 주인공이 겪는 난청의 증상이 심리적인 방어기제의 일종이라는 것을 짐작하게 되었을 때 '애처로움'은 독자 자신과는 거리가 있는 '김 대리'를 향한 감정 상태에 속하는 것이고, 김 대리와 독자 사이의 감정이입을 통한 근접 현상이 발생할 때 일정한 '공감'이 형성될 수 있을 것이다. 주인공을 '김 대리'라고 부르지 않고 '당신'이라 부름으로써 두 주체 사이의 거리는 좁혀질 수 있다. 이 소설을 읽고 있는 독자가 어쩌면 자기 스스로도 김 대리 같은 기이한 난청을 겪을지도 모른다는 묘한 공감의 형성에 '당신'이라는 호칭은 어떤 식으로든 효과를 발휘하고 있다 하겠다.

그러나 오늘도 당신의 울화통은 역시 소심하다. 입 밖으로 불쑥불쑥 튀어나오려는 말들을 당신은 꾸역꾸역 참아낸다. 곧 진급심사도 있을 텐데. 참는 자에게 복, 아니 승진이 왔으면 좋겠다고 당신은 생각한다.

이 대리가 중계를 한다. 당신은 또 슬그머니 기분이 나빠진다. 빈말로라도 한 번쯤 더 권해보는 게 인지상정의 도가 아닌가? 정말이지 이건 슈발이다, 슈발! 그래도 오늘은 참자. 곧 좋은 소식이 있을 거라는데. 당신은 다시 부장의 서류를 정리한다.

당신은 회장님이 참석한 신제품 설명회의에서 새로운 제품을 발표한다. 당신의 설명이 끝나자 모든 사람들이 기립하여 박수를 보낸다. 회장님도 웃으면서 고개를 끄덕인다. 당신이 회장님을 향해 고개를 숙인다. 아니다. 당신이 아니다. 어찌된 일인지 회장님에게 인사를 하는 사람은 당신이 아니다. 이 대리다… 슈발.

기본적으로는 삼인칭 시점의 서술이지만 부분적으로 독자와 공감대를 형성하고 있는 일인칭의 효과를 발휘하게 하는 것이 '슈발'이라는 김 대리의 생각이다. '당신은 역시 소심하다.', '당신은 기분이 나빠진다.'는 삼인칭의 문장이지만 '정말이지 이건 슈발', '이 대리다… 슈발'은 어디까지나 김 대리의 시선을 통해서 사태를 관찰하고, 그런 사태를 맞닥뜨리게 된 김 대리의 생각이다. 서술의 중간 중간 슬그머니 틈입하고 있는 유머러스한 김 대리의 시선과 생각이 노리는 것은 결국 독자와 김 대리 사이에 펼쳐지는 묘한 공감대의 누적이다. 비속어마저 '슈발'이라고 슬쩍 비틀어놓아 김 대리는 밉살스럽다기보다 친근하게 느껴지기도 한다.

공감을 위한 여러 장치들은 작품의 결말에 이르러 쓸쓸하고 처량하게 회사를 떠나는 김 대리의 뒷모습을 통해 마지막 공감을 시도한다. 입모양을 보고라도 부장이 무슨 말을 하는지 읽어내고 회사 일을 하겠다는 김 대리의 마지막 발버둥이 갑작스러운 정전으로 인해 무산되어 버린 후, 미련 없이 회사를 나와 거리로 나선 그의 발걸음에서는 현대 사회의 어느 조직이나 상황에서든 쉽게 발견할 수 있는 왜소한 한 남자의 그림자를 읽을 수 있기에 어느 순간 이 작품은 하나의 알레고리를 형성한다. "당신은 쓸쓸하게 웃으며 도시의 불빛 속으로 천천히 걸음을 내딛는다. 이 좋은 나라 치과, 미리내 이비인후과, 밝은 세상 안경원, 할머니 뼈다귀 해장국, 흐흐." 이제 우리 사회의 알레고리가 된 작품은 결말에 이르러 '김 대리' 혹은 (독자를 지칭하는) '당신'이 내뱉는 '흐흐'하는 웃음소리를 통해 문장으로 표현된 것보다 더 묵직한 무엇인가를 생각하게끔 유도하고 있다.

갈등의 기승전결
— 양영수 〈변주곡 사랑〉

양영수의 〈변주곡 사랑〉은 결혼 전 동거 중인 청수와 인혜 커플을 중심으로 갈등의 발생과 해결을 기승전결의 짜임새 속에서 적절하게 풀어놓고 있는 작품이다. 결혼 전 동거 사이라는 인물 설정상 현대 남녀의 애정에 관한 관심이 나올 법도 하지만 갈등의 증폭과 와해라는 극적 긴장의 운영에 더 큰 비중을 두고 있어 사회학적 시선은 비교적 소략하다. 동창회 참석이라는 중심 사건도 마찬가지다. 대학 시절 축제 파트너와의 우연한 만남이 제시되고 있지만, 작품의 관심은 어디까지나 청수와 인혜의 갈등에 집중되고 있을 뿐이다. 과거 축제 파트너는 잠깐 등장했다 이내 서사의 바깥으로 사라져버린 채 인혜가 왜 실신하게 되었을까 궁금해 하는 청수만 남게 되는 것을 보더라도 동창회 참석은 청수와 인혜의 갈등을 위한 배경으로서만 기능하고 있다는 점을 확인할 수 있다. 결국 작품의 서사적 구조와 장치는 모두 청수와 인혜 두 사람의 미묘한 갈등과 신경전에 집중되어 있으며 그 과정에서 독자에게는 왜 그러한 일이 발생하게 되었는지라는 궁금증이 던져진다. 궁금증의 증폭과 해소가 이 작품의 중심이 되는 셈이다.

기승전결의 깔끔한 짜임새를 위해 서술자는 작품 초반과 중반까지 철저히 청수의 시선을 통해서만 사건과 상황을 파악한다. 그 과정에서 궁금증이 커지고 갈등은 깊어진다. 작품의 결말부분에 가서야 인혜의 해명을 제시함으로써 청수와 인혜는 다시금 화해에 이를 수 있다. "청수는 이 말을 듣고서 자기가 공연한 걱정을 했음을 알게 되자 입가에 저절로 미소가 떠올랐다. 오랜만에 머금어보는 유쾌한 미소였다."라는 작품의 마지막 문장에 도달하기까지 극적인 짜임새는 두 사람 사이가 아슬아슬하게 어긋날 것인가 다시 봉합될 것인가를 두고 줄다리기를 거듭한다. 구체적으로는 청수에게 모든 것을 집중하는 인혜의 평소 행동이 정말 연인에 대한 지극한 사랑의 결과인가 아니면 과도한 집착의 결과인가를 두고 벌어지는 판단의 문제와도 결부되어 있다.

대외적으로 공인되지 않은 동거생활 2년을 넘기면서 인혜는 청수의 굳건한 애정을 확인하고 그와의 정서적 밀착도를 강화시키는 일에 여념이 없었다. 청수의 모든 개인적인 통화내용을 꼬치꼬치 알고 싶어 했고 동반외출 시에 딴 여자에게 잠시 눈길을 주어도 그 여자를 좋아하는 것이 아니냐고 따졌다. 명백하고 확실하게 사무적인 용건으로 나가는 외출이 아니고는 청수 혼자서 밖에 나가는 것을 금하려고 들었다. 동의보감을 참조하며 건강식품을 만들어 그의 만성변비를 치료해주었고 날마다 저녁식사를 준비하고는 밤늦게까지 손대지 않고 기다릴 정도로 인혜의 지극정성은 대단하였으나, 그 대가로 그가 치러야 하는 답례 의무는 작은 것이 아니었으니, 여자가 끼이는 회식자리에 그가 나갈 경우에는 그럴 수밖에 없다는 명확한 사유를 제시하지 않고서는 허락을 얻기가 어려웠다. 인혜의 주장은 단순하였다. 남친을 눈앞에서 보고 싶고 같이 있고 싶은 것을 어떻게 마다하겠냐는 것이며, 임자 없는 여자가 득실거리는 세상 밖으로 남자 혼자 내보내는 위험성을 어떻게 보고만 있느냐는 것이다. 수십 년 결혼경력이 있고 자식들이 주렁주렁 딸리고서도 어느 날 갑자기

헤어지는 남녀들의 예가 허다한 것이 요즘 세상인데 아무런 제
도적인 장치의 안전보장이 없는 동거생활을 하면서 어떻게 찰떡
같은 백년해로를 믿느냐는 것이다. 거리에만 나가면 자기보다
나은 여자가 쌔고 쌘 것을 알겠는데 그런 여자들을 자유롭게 만
나고 정을 쌓도록 가만 놔둘 수는 없다는 주장이었다.

인혜라는 인물의 성격을 쉽게 규정하기는 어려운 듯하다. 그녀
가 보이는 행동은 한편으로는 사랑의 발로로, 다른 한편으로는 상
대방을 지나치게 구속하는 집착의 모습으로도 해석될 수 있다. 다
만 이후 이어지는 서술은 대부분 청수의 입장에서 사건을 바라본
것을 다루고 있으며, 인혜가 보이는 행동은 청수로서는 어리둥절
하기만 하기 때문에, 독자로서는 인혜의 성격이 과도한 집착에 가
깝다는 인상을 가질 수밖에 없다. 독자와 가깝게 서 있는 청수의
눈에 지금 벌어지는 일들이 이해되지 않고 어수선하기만 한 것은
자연스럽게 독자의 궁금증과 불안을 고조시키고, 이것은 곧 작품
전체의 갈등 전개 양상으로 이어진다. "청수는 인혜의 생떼에 어
이가 없었다. 남자에게 순정을 바치고 지극정성을 다한다는 것을
구실로 하여 이 여자가 요구하는 것은 남자의 생활 내용 하나하나
를 꽁꽁 묶어버리는 것이라고 생각하니 여자와 같이 산다는 것이
갑자기 무서워지기까지 하였다."라고 하는 대목이 곧 갈등의 정점
에 해당한다.

앞서 언급한 바와 같이 작품의 결말 부분에 가서 모든 것은 원
래대로 돌아온다. 고스란히 독자의 심리 상태로 전이되도록 배치
되어 있는 청수가 느꼈던 걱정, 의구심은 모두 해소되고 그러한 염
려가 기우에 지나지 않았음이 밝혀진다. 서사가 전개되는 내내 궁

금증과 걱정을 지니고 있던 청수의 얼굴에 지어지는 '유쾌한 미소'
란 긴장의 급격한 풀림이 발생시킨 미소이며, 줄곧 청수의 시각과
생각을 따라 움직이던 독자로서도 동일한 긴장의 풀림을 맛볼 수
있다. 지속되던 위태로움에서 되찾은 평정과 미소는 기승전결의
짜임새가 성공적으로 완수되었음을 입증하는 한 증거가 아닐까.
잘 짜인 짜임새 덕분에 한 편의 변주곡을 상쾌하게 감상한 느낌이
다.

한기에서 훈기로
−함계순 〈끝없는 정적의 수평선〉

함계순의 〈끝없는 정적의 수평선〉는 외로운 자신의 운명을 비
관하여 '나'의 자살 미수 이야기다. 군대 시절 한수희라는 간호 장
교에 대한 연정을 품었다가 그녀가 유부남을 사랑하고 있다는 것
을 알게 된 후 맛보게 된 배신감, 해변 노래방의 아줌마가 자신의
생모라는 사실을 뒤늦게 알게 된 후 느끼게 된 회한 등이 자살 동
기로 설정되어 있다. 그런데 이러한 것들이 한 사람을 극한의 결심
으로 이끌고 갈 만한 것인가 하는 점에서는 다소 의문이 든다. 누
군가를 짝사랑하다 겪은 사랑의 상처로 자살을 결심한다는 것은
지나친 비약이 섞인 것이고, 자신의 출생에 관한 비밀을 뒤늦게 깨
닫게 된 것 또한 주인공이 느꼈을 내적인 방황에 대한 서술 분량이
상대적으로 소략하기 때문이다. '자살'에 대한 이야기로만 한정할

때 아쉬운 점은 한둘이 아니다.

이 작품은 자살 '미수'에 관한 이야기다. 자살이 아닌 '미수'에 방점이 찍혀야 한다. 자살을 결심하고 섬에 흘러들었으나 그 섬에서 그 독한 결심을 바꾸었다는 것이 보다 강조될 필요가 있다. 주인공은 왜 자살을 하지 않게 되었는가에 대한 이유는 그가 왜 자살을 결심하게 되었는가보다 한층 더 섬세하고 짜임새 있게 제시되어 있다는 점에서 이 작품은 분명 '미수'에 더 큰 의미가 부여되어 있다고 보인다.

바람이 멎고 물결 위에 햇빛이 반짝거린다. 파도도 숨소리를 죽이듯 갯가 가장자리에서 찰랑거릴 뿐 더없이 조용하고 호젓한 오후 하얀 구름이 수면에 떠 있다. 하늘과 바다의 경계를 흐리며 수평선은 눈물조차 빈곤한 고독한 존재에게 영원한 다른 세계로 손짓을 한다. 나는 아득한 수평선을 끝없이 응시한다. 고요하고 적막한 그 세계는 내 자아까지 잊게 하고 영혼을 빨아들인다.

자살을 할 장소로 선택된 섬의 풍경에 대한 묘사는 서정적이고 사색적인 분위기로 가득 차 있다는 점은 이 작품의 중요한 특징이다. 바다로 둘러싸인 섬에서 주인공은 반복적으로 바다와 하늘을 응시한다. 고요하고 적막함 속에서 구체적으로 어떠한 생각을 하는지 알 수는 없지만, 사람의 서정적인 내면을 자극하는 그 풍경을 통해 자신의 인생과 운명을 되돌아보았을 듯 하다. 주인공은 바다와 하늘을 바라보면서 자신의 삶을 되돌아보고 그 과정 속에서 죽음의 유혹을 삶의 의지로 전환시킬 용기를 조금씩 얻고 있었다.

어느새 붉은 해가 수면을 붉게 물들이고 갈매기들도 빙빙 회
오리만 돌뿐 차가운 저녁놀에 싸늘한 한기가 다가온다.
가방 속에 둘둘 말아 넣은 짙은 감색 바람막이 파카를 꺼내 걸
친다. 잠시 훈기가 몸안에서 퍼지고 손도 따뜻해진다.

자살을 결심한 것은 '한기' 때문이다. 주인공에게 한기는 곧 외
로움의 다른 표현이다. 연정을 품었던 여자를 마음속에서 지울 때
느꼈던 외로움, 부모가 없다고 알고 자라온 어린 시절 동안 그의
마음을 가득 채웠던 외로움, 나이가 들어 뒤늦게 해변 노래방 아줌
마가 자신을 낳아준 어머니임을 알게 되지만 이미 그녀는 세상을
떠난 상태이기에 더욱 부각되는 외로움이 그를 자살로 이끌었다.
그러한 '한기'를 극복하게 한 것은 '짙은 바람막이 파카'다. 파카를
입자 온몸에 '훈기'가 감돌고 손도 따뜻해진다고 하지 않는가. 훈
기란 외로움의 반대에 해당하는 것, 즉 누군가 곁에 있다는 사실을
알게 될 때 얻을 수 있는 위안이며, 자신의 삶의 체온을 유지해야
할 일종의 예의다. 그리고 이러한 훈기를 불어넣어준 것은 양 씨
노인과 그의 아들 양 씨 같은 이들의 따뜻한 배려다.

내가 왜 이 세상에 살아있어야 하는지 아니면 왜 죽어야 할지
어느 것에도 이렇다 할 명분이나 이유를 찾지 못하는데 무슨 삶
의 의욕이 있을까 한다. 하지만 내가 아직도 이렇게 살아있는 것
은 "발칙한 놈 같으니라구!"라고 하던 양 노인이 그래도 나를 받
아준 게 지금까지의 존재이유라면 이유일 것이다.

양 씨는 내가 들이면 물통의 고기를 들여다보며 "잡은 게 없

네!"라더니 흘깃 나를 쳐다보곤 에이그! 흐으읏! 하고 헤픈 웃음을 흘렸다. 그 음성은 옛날 양 노인의 음성과 사뭇 비슷하게 들린다. "이래가지고 어디 밥이나 먹겠누! 응?" 그는 장난기 섞인 비아냥거림을 흘리며 헬렐레 입을 열고 내 표정을 살핀다. 실은 비아냥이라기보다 듣는 사람의 처지가 심히 딱하다는 푸념의 혼잣소리다. 그는 다시 나에게 고개를 한번 끄덕하고 물통을 배 안에 들여놓곤 돌아간다고 손을 흔들었다. 나는 양 씨의 그 악의 없는 헤픈 말소리가 맘에 든다.

"언제나 그랬었다. 나에게는 아무도 없다는 것 말이다."라는 것이 자살의 결정적인 동기였다면 "어떤 이유로든 죽음의 선택은 가장 쉽고도 비열한 방법의 시위일 뿐이란 걸 일깨워준 분"이라는 말처럼 그가 찾아든 섬에서 말을 걸어준 양 노인과 양 씨는 자신의 주변에 누군가 있다는 사실을 깨닫게 해 준 존재들이다. 이제 자살 미수에 관한 이야기는 외로움의 한기로부터 벗어나 따스한 훈기로 가득하게 되는 과정에 관한 이야기가 되었다. 파카 한 벌 같은 훈기의 가치를 포용하는 것이야말로 진정한 삶에 대한 예의라는 작품의 마지막 구절 또한 자연스럽게 퍼지고 있다.

떠나온 시간과의 마주침

감정의 시소 타기
─박경숙 〈유행시대〉

　박경숙의 〈유행시대〉는 주인공 남자가 바람피우는 이야기다. 늦가을부터 이른 봄까지, 주인공이 바람났다가 가정으로 돌아오는 과정이 소설의 몸체를 이룬다. 바람둥이 친구로부터 소개받은 여자와 함께 술집과 모텔을 전전하던 그는 자신의 일탈을 이렇게 말한다. "이 시대는 불륜도 유행이지. 너도 나도 유행을 착실히 따르고 있잖아." 그의 변명처럼, 그리고 '유행시대'라는 작품의 제목이 가리키는 것처럼 우리는 불륜의 시대를 살고 있다고 해도 그리 틀린 지적은 아닐 듯하다. TV를 켜면 드라마에서는 불륜 코드가 넘쳐나고, 뉴스에서는 치정에 의한 사건사고들이 생생히 중계되는 시대다. 불륜이라는 소재가 선사하는 자극은 '막장'이라 공격받기도 하지만, 그야말로 '유행'처럼 번져버린 요즘에는 막장 없이 착하기만 하면 쉽게 지루함을 느끼게 되니 말이다.

　　그러나 이 작품은 불륜의 소재가 주로 제공하는 일탈의 해방감, 성적 환타지 같은 자극적인 요소에는 비교적 무관심한 태도를 보이고 있다. 그보다는 주인공의 요동치는 심리를 통해서 불륜이라는 소재를 메타적인 시선에서 접근하고 있다. 주인공이 자신의 존재와 행동을 대상화하여 바라볼 수 있는 자의식을 가진 인물로 설정된 것도 메타적인 접근과 긴밀한 관계가 있다. 또한 불륜과 대비되는 첫사랑의 환영을 아스라이 배치한 것도 불륜이라는 소재를 메타적으로 접근함으로써 그 너머에 있는 무언가를 포착하려는 의도와 연결된다.

　　주인공과 아내는 섹스리스 상태다. 아내와 잠자리에 든 것이 언제인지 기억조차 가물가물할 정도로 오래되었다. 오랫동안 사용하지 않은 연장에 녹이 슬듯, 그의 고환 밑에는 곰팡이가 슬어 만성적인 가려움증이 낫지 않는다. 그러나 녹이 슬었다고 해서 기능이 상실되거나 쇠퇴한 것은 아닌 것이, 샤워 후 스치는 수건에도 반응할 정도로 성적욕구는 가득하다. 한동안 잠잠한 상태를 유지했지만 그 속에서는 언제라도 분출하고 싶어 하는 꿈틀거림이 도사리고 있는 상태가 주인공의 섹스리스다. 이런 사정이니 바람둥이로 소문난 친구가 소개해준 '조앤'을 만나 억눌렸던 욕구를 폭발시키는 것도 자연스럽다고 하겠다.

　　어쩜 너무 건조하게 살아왔는지도 모른다는 생각이 들었다. 그는 서울 거리에서 살아남기 위해 안간힘을 다했다. 사춘기 시절엔 어떻게든 그 가난한 어촌을 벗어나기 위해 공부에 전력했다. 마치 공부만이 그를 구원해줄 것처럼…. 그럼에도 그는 서울의 2류 대학에밖에 진학하지 못했다. 대학시절엔 더러 맘에 드는 여학생이 있었지만 커피 한 잔 살 돈이 없었다. 연애는 그에게 너무 사치스런 일이었다. 졸업 후 취업전선에 뛰어들면서도 그랬다. 그리고 연애라고 할 것도 없이 아내를 만나 후딱 결혼해버렸다. 제 몫의 여자가 생겨 애틋한 것도 잠시, 늘어난 식구들을 감당하기 위해 그는 또 달려야하지 않았던가.

주인공의 일탈이 단순히 성적 욕구 해소를 위한 차원은 아니다. 이번 일탈은 그동안 '건조하게' 살아온 자신의 삶과 생활로부터의 일탈이다. 친구 '놈'과 달리 부모의 든든한 후원도 없었고, 그렇다고 특출한 재능도 없어, 2류 대학을 나와 2류 잡지사에서 근근이 자리를 유지하는 것이 그의 사회적·경제적 처지다. 결혼 전에는 커피 살 돈이 아까워 제대로 된 연애 한번 해본 적이 없으니 낭만적인 연애의 추억도 가지지 못했고, 결혼 후에는 부양할 가족 때문에 뒤를 돌아보지 못한 채 생활에 내몰려야 했으니 여유도 누리지 못했다. 삭막하고 무미하고 건조한 느낌이 자신의 삶과 생활에서 풍기는 전부이며, 이때 주어진 일탈은 숨통을 조금 틔워주는 역할을 한다. 그의 일탈은 초라한 자신의 자존감을 조금이나마 되살릴 수 있는 불씨 같은 기회라는 것, 물론 그것이 인생에 중대한 변화를 가져올 수는 없겠지만 적어도 갑갑한 현실에서 잠시 벗어날 수 있는 기회라는 것이다.

그가 유난히 여자의 가슴에 집착하는 모습은 그의 불륜이 '건조하게' 살아오는 동안 결여된 무엇인가를 채우기 위한 안간힘이라는 것을 짐작하게 한다. 아내는 가슴이 없다. 유방암에 걸려 유방 절제 수술을 받았고, 나중에는 자궁 근종이 생겨 자궁 적출 수술까지 받았다. 밋밋한 가슴은 곧 건조하게 살아온 자신의 처지를 연상시킨다. 반면 조앤에게는 풍만한 가슴이 있다. 가슴 성형 수술이라도 받은 것처럼 물 풍선처럼 부드럽게 매달린 두 가슴은 아내의 밋밋함과 정반대다. 조앤을 껴안은 채 가슴을 만지작거리는 동안 그는 결여된 것을 채울 수 있다는 만족감을 일시적으로나마 만끽하고 있는 셈이다.

그러나 그는 자신의 일탈을 마음껏 즐기지 못한다. 결여된 것을 채우기 위해 일탈을 감행했고 잠시 충만함을 맛보기도 하지만 그것은 일시적인 것에 그치고 만다. 풍만한 조앤의 가슴을 어루만지면서도 그는 반복적으로 아내의 밋밋한 가슴을 떠올린다. 불만족스러움의 근원이자 상징이던 자신의 가정에서 벗어나기 위해 일탈을 꿈꾸고, 그러한 일탈에 성공한 듯 여겨지기도 하지만, 그 순간 그는 가정에 대한 생각을 떨치지 못한다. 딸과 아들에게 미안함을 느끼고, 아내가 불쌍하게 여겨진다. 식사 값과 모텔비를 지불했던 돈이라면 아이들의 용돈을 올려줄 수 있고, 그 돈으로 장을 봐서 식탁을 차리면 온 가족이 만족스럽게 호사를 누릴 수 있을 텐데 싶은 생각이 든다. 가정에 대한 미련과 죄책감으로 인해 '감정의 시소 타기'가 벌어진다.

게슴츠레 눈을 뜨고 있던 그는 갑자기 정신이 번쩍 든다. 사랑? 책임? 그는 자신도 모르게 피식 실소한다. 다음 순간 조앤의 눈길이 걱정돼 아차, 싶었지만 그녀는 그를 보고 있지 않다. 그의 얼굴로 슬며시 쓸쓸한 기운이 감돈다. 두 평 남짓한 거실, 그러니까 그의 침실이 떠오른다. 소파 한 세트도 없이 작은 상을 두고 방석 두 개가 놓인 거실에 늘 펴지고 개지던 그의 이부자리.… 방

하나만 더 있었어도 그는 조앤을 만날 필요가 없었을 거라 생각
한다.

불륜을 통해 그가 얻고자 한 것은 밋밋한 자신의 처지로부터의
일탈이었다. 그러나 정작 일탈하고 나서 그는 그것이 진정한 해결
이 될 수 없음을 어렴풋이 깨닫는다. '연민'이라는 이름으로 불리
든 '죄책감'이라는 이름으로 불리든, 그는 자신이 벗어나고 싶어
하던 아내에게 여전히 붙들려 있고 또 계속해서 붙들려 있을 수밖
에 없다는 것을 알게 된 것이다. 조앤과 데이트 하는 동안 내내 따
라다니던 그 구질구질함이야말로 자신의 현실이며 그 현실에 발을
딛고 서 있을 수밖에 없음을 깨달은 것이다. '방 하나'가 더 있었다
면 조앤과의 만남이 없었을 것이라 생각하는 대목에 이르러 그가
가정으로 돌아가는 것은 당연하다.

만약 그가 가정으로 돌아가는 장면에 소설이 끝났다면 무척이
나 아쉬울 뻔 했다. 그랬다면 그것은 제대로 된 '감정의 시소 타기'
라고 부를 수 없기 때문이다. 이 소설의 매력은 한쪽으로 기운 시
소가 다시 반대쪽으로 기울어버리기를 반복하는 가운데서 나온
다. 왔다 갔다 갈피를 못 잡도록 운동하는 감정의 시소 타기야말로
바람피우는 한 남자의 솔직한 속내에 가까울지 모른다.

가정으로 돌아온 그를 맞이하는 것은 비록 빈 가슴이지만 브래
지어를 해서 한껏 부풀린 아내의 변화된 모습이다. 그 옆에는 유
학길에 오르기 위해 트렁크를 끌고 나온 딸이 있고, 모녀는 다정스
럽게 서 있다. "정겨운 그 모습에 슬쩍 바보 같은 웃음이 머금어진
다."라는 그의 고백을 들어본다면 그가 이제 마음을 잡고 가정으

로 복귀 했구나 싶은 생각이 든다. 여기에 무거운 가방을 아버지 대신 들겠다며 나선 아들의 든든한 뒷모습을 보면서 기분이 좋아진다고 하니 마치 화목한 가정이 완벽하게 복원된 듯한 분위기다.

하지만 그러한 분위기는 얼마가지 못한다. 딸을 배웅하러 간 공항에서 조앤과 비슷한 여자를 발견한다. 무의식에서는 조앤에 대한 미련을 완전히 떨쳐버리지 못했음을 알 수 있다. 한번 조앤을 향한 마음이 되살아 난 이상 딸을 배웅하면서도 딸에 대해 집중할 수 없다. 회복된 듯한 부부관계에서도 틈이 벌어지기는 마찬가지다. 모처럼 분위기를 내보려는 아내를 자신도 모르게 밀쳐버리고, 이에 서운해 하는 아내의 씁쓸한 모습이 겹쳐지는 대목에 이르러 그는 여전히 감정의 시소 타기를 계속하고 있다는 사실을 시인하지 않을 수 없다. 거울 속에 나타난 조앤의 환영은 결국 그가 조앤에게 전화를 걸도록 이끌고 있지 않는가. 집밖으로 나와 걸리지 않는 전화를 계속 붙들고 있는 그의 마지막 모습에서 가정으로의 복귀는 완벽히 실패였음이 드러난다. 그는 아마도 당분간, 작품이 끝나고 나서도 계속 시소 타기를 반복할 듯하다.

그가 다시금 감정의 시소 타기로 나아가게 된 것은 '조앤'이 과거 가난한 유학생 시절 만났던 가난한 시골 여학생 '조영'이었음을 뒤늦게 알았기 때문이다. 이것은 제법 흥미로운 반전을 이끌어내고 있다. 오래 전 '그'와 '조영' 사이에 있었던 사건, 첫사랑을 향한 조영의 순정, 두 사람 사이에서 일어난 일을 지켜보고 있었던 친구의 침묵, 그로부터 세월이 흐른 후 조앤이 되어 다시 나타난 조영과 그의 만남이 '불륜'의 실체였다. 그렇다면 이 소설은 불륜의 소재를 활용한 첫사랑의 회복에 관한 이야기가 된다. 불륜을 통해 오히려 가정에 대한 미련이나 죄책감, 의무감 등을 부각시킨 것이 소설의 전반부였다면, 이루어지지 못한 사랑과 관계에 대한 미련을 강하게 드러낸 것이 소설의 후반부다. 불륜을 통해 순정을 말하는 역설인 것이다.

> 끝말을 흐리는 그의 표정을 빤히 쳐다보던 놈이 슬그머니 고개를 숙였다. 그러곤 돌연 어깨를 들썩이며 울기 시작했다. 물끄러미 그 모습을 바라보던 그는, 어쩌면 놈은 자신보다 더 슬픈 동물인지도 모른다고 생각했다. 울고 있는 놈의 모습 위로, 오래전의 여름밤 어둠 속에서 들썩이던 조영의 어깨가 겹쳐왔다. 왜 그런지 그의 어깨도 들썩여졌다. 그도 놈을 따라 울기 시작했다.

일탈을 꿈꾸었다가 다시 가정으로 돌아가는 이야기는 어찌 보면 평범한 불륜담(?)에 불과하다. 그러나 이 작품은 그러한 평범함을 넘어선 자리에 있다. 일탈 속에서 끊임없이 떠나온 불만족한 가정이 떠오르며 감정의 동요를 겪는 소심한 인물의 심리는 평범함을 넘을 수 있는 하나의 방법이다. 더욱이 불륜의 사건을 정리하면서 지나간 세월에 대한 슬픔을 겹쳐놓는 장면에 이르면 불륜의 죄책감은 어느덧 순수와 순정에 대한 형언할 수없는 그리움으로 바뀌고 만다. 소설이 전개되는 내내 이어진 '시소 타기'의 방법론은 유행이 되어 이제는 너무도 진부해져버린 불륜이라는 소재를 넘어서 다른 무언가를 펼쳐놓고 있다. 한참 멀어진 시간 속에서 쪼그린 채 앉아 있던 조영과 이제 평범한 가장이 되어 버린 그와 그의 친구가 한 자리에서 어깨를 들썩이며 울고 있는 그 속에 해답의 실마리가 있지는 않을까. 불륜을 이야기한 이 소설은 결국 독자에게 저마다 간직하고 있는 순수를 들여다보라 권하고 있는 것이 아닐까.

규화목에서 다시 꽃을 피우는 마술
—김연정 〈겨울정원〉

소설은 한창 분주한 집안 분위기를 스케치하는 것으로 시작한다. 오늘은 '그녀'가 오는 날이다. 그녀가 온다는 사실 하나로 온 집안이 분주하다. 할머니는 손수 머리를 감고, 이모할머니와 할아버지도 분주히 '그녀'를 맞이하기 위해 몸단장에 열중이다. 여기에 할머니와 할아버지의 아들인 '아저씨'까지 합세한다. 잠에서 깨어난 식구들이 웅성이며 꿈틀거리는 동안 활기가 느껴진다. 곧 두 달에 한 번 방문한다는 그녀가 미용 봉사를 해주는 미용실 원장이라는 사실은 작품의 결말에 이르러서야 드러난다. 그렇게까지 감추었던 것은 그녀의 봉사활동 자체보다 그녀의 방문이 한 집안의 분위기를 바꾸어놓는 마법 같은 힘에 주목하라는 뜻일 터이다. 죽은 듯이 가라앉아 있던 분위기를 알 수 없는 홍성거림과 기대로 바꾸어놓는 마법의 힘 말이다.

　　이 집에서 그녀를 가장 기다리는 사람은 할머니다. 그녀가 왔다 가면 할아버지와 이모할머니, 아저씨는 순간 마법에 걸렸다 깨어나지만 할머니는 일주일은 마법에 걸린 채로 산다. 그녀가 내장을 온통 새 것으로 갈아 끼우는 마술을 부린 듯 할머니의 얼굴이 맑아지고 광채가 난다. 검고 누르퉁퉁한 환자의 안색을 그토록 환하게 만드는 그녀는 분명 일등 마술사다. 운동을 해야 한

다고 의사가 아무리 야단을 쳐도, 운동 안하면 죽는다고 이모할
머니와 할아버지가 온갖 협박을 해도 침대와 한 몸이 되어 일어
나지 않는 할머니가 그녀가 왔다간 뒤에는 빈약한 머리카락을
한껏 부풀려 빗고는 하루에도 두어 번씩 방 밖으로 나온다. 워커
보행기를 미는 발걸음도 가뿐하다. 거위 소리로 내뱉는 말투도
나붓나붓해진다.

'성난 거위소리'를 내는 할머니의 목소리를 나붓나붓하게 변화
시킬 만큼 '그녀'가 부리는 마법은 힘이 세다. 초등학교 교감으로
정년퇴직한 할머니는 활달하고 조급한 성미에 큰 키와 몸집을 가
진 인물이다. 퇴직하고 나서 갑자기 몸이 불어 이제 여자로서의 매
력은 거의 상실한 듯 보인다. 살이 찐 것은 스트레스 탓일지, 아니
면 자존감의 상실 탓일지, 어쨌든 그로 인한 수치심이나 자괴감은
상당하다. 그래도 염색을 하고 파마를 하면 한 일주일 동안 활기를
되찾는다. 아마도 여자로서의 매력이 아직 남아 있다고 스스로를
위안할 수 있기 때문일 것이다. 마법의 힘이란 아직 자신에게 젊음
의 생명력이 남아 있음을 확인시켜주기 때문에 소중하다. 그러니
이른 아침부터 그렇게 부산을 떨 수밖에 없다.

이 소설에서 남아 있는 젊음의 생명력을 확인하는 것은 할머니
만이 아니다. '여든한 살 동갑인 처형과 제부가 야밤에 주고받는
쪽지' 즉 할머니의 남편 할아버지와 이모할머니 사이에 싹튼 미묘
한 애정의 감정이야말로 이 소설의 긴장을 발생시키는 원천이다.
어느 날 아침 한 집안을 가득 채우던 활기의 정체가 여든 넘은 할
아버지와 이모할머니의 사랑이라니, 더구나 일반 도덕적 통념에서
보면 패륜에 가까운 처형과 제부의 사랑이다. 웬만한 독자로서는

꺼림칙한 느낌을 감출 수 없다. 아니 적지 않게 충격적이다.

그러나 문장을 하나하나 읽어가다 보면 불결한 것도 충격적인 것도 아닌 듯한 느낌을 가지게 된다. 오히려 애잔한 감정과 함께 할아버지와 이모할머니가 잘 맺어졌으면 하는 발칙한 기대마저 들게 되는 것이 사실이다. 어떤 연유로 거부감은 사라지고 대신 흐뭇함이 자리하게 되는 것일까. 대체로 다음과 같은 세 가지 서사적 장치가 적절히 발휘된 결과가 아닐까 한다.

우선 서술의 시점이 인간이 아닌 늙은 개의 시선으로 설정되어 있다는 것이 한몫을 한다. 판단을 제한한 일인칭 관찰자의 시점이 누릴 수 있는 효과를 마음껏 활용하고 있다. 할아버지와 이모할머니가 산책을 할 때 따라가는 강아지는 그들의 행동을 관찰한다. 또한 두 사람이 한밤중에 서로에게 문자메시지를 보내 대화하는 것을 관찰한다. 직접 목격했으면서도 해석을 중지하는 그 지점에서 그들의 관계가 불결하다는 성급한 판단은 유보된다. 한 집안에서 벌어지는 세 노인의 미묘한 갈등은 그저 한 편의 연극이라 규정된다. 그러나 그것으로 족하다. 할아버지와 할머니, 이모할머니 사이에서 벌어진 '팽팽한 삼각형'을 독자들에게 제시한 다음 그 판단은 두 번째와 세 번째 장치로 넘기면 되기 때문이다. 간혹 일인칭 관찰자가 판단을 내리기도 한다. 하지만 인간이 아닌 개가 아닌가. "하지만 어쩌랴. 나는 태생이 개라 윤리 같은 건 모르는데."에서처럼 서술자는 교묘하게 발을 빼고 있다. 게다가 인간의 복잡한 윤리 같은 건 모른다고 하면서 두 노인의 관계를 사회적 도덕의 관점에서 보지 말고 그 이면을 들여다보아야 한다고 암시하고 있기도 하다.

다음으로 점층적으로 펼쳐지는 이야기의 구조를 주목하자. 뚱

뚱하고 볼품없는 할머니마저 젊음의 생명력을 갈망하고 있으며, 그로 인해 활기에 넘친다는 내용이 작품의 서두였다. 그 활기는 할 아버지와 이모할머니 사이에서 벌어지는 애정을 제시하기 위한 일 종의 준비 운동이었던 셈이다. 점점 이야기의 강도는 세어진다. 산 책하던 두 노인은 손을 붙잡기도 하고, 나중에는 놀랍게도 달빛 아 래서 서로 꼭 껴안기도 한다. 겹겹이 펼쳐지는 이야기의 중심으로 더 들어가면 그 속에는 이모할머니가 그 집안에 같이 살게 된 내력 이 서술되고, 6.25때 학도병으로 갔다가 전사한 이모할머니의 정 혼자에 관한 사연과 그로 인한 서글픈 한의 실체가 드러난다. 마치 꽃잎에 착지한 벌레가 꽃잎의 중심부로 서서히 걸어 들어가듯 이 어지는 서사의 중심에는 이모할머니의 사연이 배치되어 있는 것이 다. 꽃잎의 한복판에 도달할 무렵 펼쳐지는 이모할머니의 사연은 못다 핀 한 송이의 꽃처럼 형상화되고 있지 않은가. 그 속에서 감 각되는 향기는 화려하게 피운 꽃이 풍기는 농염한 향기와는 엄연 히 다르다. 불결하지 않으면서도 애잔한 감상을 유발하는 것이 이 모할머니의 향기다.

　마지막으로 규화목의 비유를 들 수 있다. 규화목에 대해서는 '오랫동안 지층에 묻혀있던 나무줄기의 세포 속에 이산화규소가 스며들어 화석이 되어버린 나무'라고 친절하게 설명까지 달려 있 다. 여든이 넘어 늙은 이모할머니의 육신을 두고 규화목이라 한 것 에 고개가 끄덕여진다. 여든 평생을 살아 이제 인생의 마지막 관문 만을 남겨둔 상태에서 생명력이 소멸되어가는 노인의 상태에 대한 비유로 적절할 수 있겠다 싶기 때문이다. 하지만 그보다 더 중요한 것은 그 규화목에 꽃을 피울지도 모를 나무 수액이 흐르고 있다는 사실이다. 수액이 흐르고 있음은 산책하던 할아버지와 이모할머니가 손을 잡는 장면에서 활기를 마음껏 발산한다.

<blockquote>

공원의 벚나무들이 어쩌자고 모든 꽃을 다 피워버린 삼년 전 어느 봄날 저녁, 벚꽃 터널을 지나며 할아버지가 이모할머니의 손을 꼭 쥐는 것을 나는 보았다. 열아홉인 듯 쿵쾅쿵쾅 두 사람의 심장이 뛰었고 그 소리가 내 귀에까지 들렸다. 나는 꼭 잡은 그들의 손을 향해 컹, 짖었을 뿐 할머니에게 아무 말도 전하지 못했다. 오래도록 규화목으로 살아온 이모할머니는 벚꽃 터널을 지나던 그 저녁, 제 발치에서 숨죽이고 있던 수액이 온몸으로 솟구치는 것을 느꼈다고 한다. 발가락으로부터 몸통, 팔다리에까지 수액을 팡팡 뿜어내는 제 몸을 느끼며 펑펑 울고 싶었다고 내게 털어놓았다.

</blockquote>

이미 생명력이 소실된 규화목에서 수액이 흐르고 그 수액이 뿜어 나온다면 그것은 기적일 터. 누구라도 규화목을 장하게 여길 수밖에 없을 터. 규화목의 비유가 곧 이모할머니의 애정을 천박하거나 속되지 않게 유지시켜주는 역할을 한다. 은애와 설렘은 나이를 넘어, 도덕적 관념을 넘어 아름답게 펼쳐질 수 있다. 규화목에서 꽃이 피는 경이로움은 모든 것을 용서한다.

늙은 개는 소설의 마지막 대목에서 머리를 손질한 세 노인이 또다시 연극판을 벌이기를 기대한다. 그 속에서 '젊은 에너지'를 기대한다. 더불어 "그들의 밤 연극이 오래오래 지속되길 바란다. 살아 있는 자만이 연극을 할 수 있으니까 말이다."라고 덧붙인다. 이제 흘러간 과거에 대한 회한과 한숨은 아직 남아 있는 규화목의 수액으로 탈바꿈한다. 밤 연극이야말로 살아 있음의 징표일진대 누가 감히 그들의 연극을 중단시키려 할 것인가. 어느 누구라도 규화목에서 다시 꽃이 피는 기적을 내심 기대하며 박수를 보내고 싶을 것이다. 그것이야말로 인간의 생명에 대한 경건한 찬사의 한 표현일 것이다.

과거와의 대화
−이찬옥 〈피플 하우스〉

이찬옥의 〈피플 하우스〉는 인물의 독특한 성격창조에 주력한 작품이다. 일인칭 화자 '나'를 내세워 커피숍에 나타난 한 여자를 관찰한다. 고풍스러운 분위기를 물씬 풍기는 장식품으로 가득한 '피플 하우스'를 배경으로 와플과 커피를 즐기는 여자의 모습은 한갓지게 떠돌아다니는 여행자의 풍모를 하고 있다. 카페 안 다른 사람들의 시선에는 무심한 듯, 자신만의 세계에 몰두하고 있는 자는 카페 안을 두리번거리며 신기해하며 관찰하는 '나'의 모습과 판이하게 다르다. 신도시 아파트에 입주한 후 시세가 떨어져 속상해 하는 '나'가 흔하디흔한 중산층의 생활 세계를 대변한다면, 그러한 '나'의 시선에 이채롭게 포착된 여자는 자유로운 보헤미안적 감성을 지닌 방랑자의 풍모로 대비되어 있다.

노트북 자판을 두들기고 있던 그녀도 여전히 그 자리에 있었다. 모자를 눌러 쓰고 앉아있어 얼굴은 잘 보이지 않았다. 의자 옆에 배낭이랑 짐이 있는 것으로 봐선 여행 중일지도 모르겠다는 생각을 했다. 여행 중에 카페에 들러 문득 떠오른 생각을 노트북에 기록하고 있는 것이리라. (…) 벽 선반 위에 놓여있는 시계, 저울, 전화기, 장난감 자동차 등 빈티지 물건들이 그녀의 분위기를 살려주고 있었다. 그녀가 고개를 들었다. 그녀가 선반 위에 고풍스럽게 놓여있는 지난 세기의 유물들을 바라본다. 나는 커피 잔을 감싸 쥐고 계속 그녀에게서 시선을 떼지 못했다. 그녀와 시선이 마주칠까봐 커피 잔에 눈을 맞추고 있다가 살짝살짝 고개를 들어 그녀를 훔쳐보았다.

그녀가 화장실이라도 가는지 자리에서 일어났다. 화장기가 없는, 갓 세수라도 한 것 같은 얼굴이었다. 그녀는 다른 사람의 동태에 대해서는 전혀 관심이 없는 것 같았다. 마치 자기 집에서 일상생활을 하는 사람처럼 보였다. 그녀가 떠난 테이블에는 머그컵과 접시 위에 먹다 남은 와플 조각이 놓여있었다. 혼자 와서 저녁 한 끼 분의 열량이 나가는 와플을 먹는 저 여인의 정체는 무엇인가? 골똘해 있는 내 모습을 보고 남편은 무슨 생각을 하느냐고 했다. 진동벨이 울려 주문한 커피를 가지러 일어서려는데 화장실 쪽에서 그녀가 걸어오고 있었다. 뒤로 질끈 동여맨 머리 때문에 그녀의 얼굴이 자세히 보였다. 또렷한 이목구비, 큰 키의 여자였다. 조금은 등이 굽은 듯했다. 생활한복 바지를 입은 그녀는 여염집 여자 같아보이진 않았다.

아무래도 자신이 아는 사람이 아닌가 싶은 의구심에 여자를 관찰하던 '나'는 그녀가 고등학교 동창이라는 것을 떠올리게 되고, 그녀의 과거를 회상한다. 그녀는 까다로운 음악 선생이 아낌없이 칭찬할 만큼 노래를 잘 불렀고, 짜장면을 먹으면서도 입가에 짜장을 묻히지 않을 수 있는 우아함을 지녔다. 방송 프로그램에 출연해서도 전혀 떨지 않고서 말을 술술 했으며, 문학의 밤에서 감동적인 수필을 낭독하기도 했다. "노래도 잘하고 글도 잘 쓰고 감정도 풍부하고 우아한 여학생"에게서 '나'는 "범접할 수 없는 묘한 분위기"를 느끼곤 했다는 것이다.

카페에서 그녀를 관찰한 내용이라든가 '나'가 들려주는 고등학교 시절 그녀의 모습에 대한 이야기는 사소한 것을 놓치지 않고 세밀하게 묘사하는 서술의 방식과 어울려 무척 흥미롭다. 이 작품의 한 가지 미덕은 이러한 관찰과 묘사에 있다. 더구나 관찰자의 입장을 줄곧 유지하고 있기에 차분한 어조가 유지되며, 이것은 고즈넉한 저녁 무렵의 커피숍이라는 소설의 배경과 잘 어울리면서 은은한 감정을 유발한다. 아마도 거기에는 은은한 커피향이 감돌고 있을 것이기에, 회상에 잠겨 과거의 이야기를 풀어내는 서술과 잘 어울린다.

> 그날, 나는 그녀의 집을 방문한 1호 여자가 되어 그녀가 끓여준 라면을 먹었고 그녀의 얘기를 들었다. 그녀의 집은 가난했다. 동생들이 셋이나 있는데 집엔 잘 안 들어온다고 했다. 부모님은 새벽부터 일하러 나가서 밤늦게까지 일하는데 집안 형편은 전혀 나아지지 않는다고 했다. 부모님은 자신에게 관심이 없고 뭐든지 그녀 스스로 알아서 해야 한다고 했다. 그녀는 그 집에 잘못 떨어진 별이 아닐까? 그녀는 그곳에 너무 어울리지 않았다. (…) "여긴 그래도 지대가 높아서 밤이 되면 별이 많이 보여." 그녀가 말했다. 그녀의 그 말이 다른 때와 다르게 아프게 내 마음에 박혔다.

신비스럽고 우아한 여고생에 관한 추억은 그녀의 집에 방문했던 일화를 전해주는 대목에 이르러 약간의 아픔과 슬픔을 풍겨낸다. 그녀의 분위기에 어울리는 가정이란 화목하고 안정적인 가정이겠지만 실상 '나'가 방문한 그녀의 집은 예상과는 정반대였다. 과거 회상에서 그녀의 집안 환경에 관한 내용은 현재 여전히 우아한 분위기의 그녀가 사실 낮에는 길거리에서 구걸을 하고 있다는 충격적인 사실을 던져주기 위한 포석이 된다.

음악 시간에 불러 칭찬을 받았던 '돌아오라 소렌토로'를 부르며 구걸하는 그녀의 모습을 확인하고 나서 어떻게 받아들여야 할지 고민하는 '나'에게 그녀는 진작부터 '나'의 존재를 알고 있었다는 듯 말을 걸어온다. 어떻게 대처해야 할지 주저하는 '나'를 향해 말을 걸어주었기에, 두 사람은 대화를 시작하게 된다. 작품은 여기서 끝나고 있어 그 대화의 내용은 독자의 몫으로 남겨진다. 그동안 그녀가 겪어온 지난하고 비루한 삶에 관한 이야기일까, 아니면 고등학교 시절의 추억에 관한 이야기일까 알 수는 없지만, 중요한 것은 두 사람이 '대화'를 시작했다는 사실일 것이다. 이것은 고등학교 시절 그녀의 집에 가서 그녀가 끓여준 라면을 먹고 나서 대화를 나누었던 것을 연상시킨다. 겉으로 볼 때 우아하게 보였던 여고생의 슬픔과 아픔을 헤아렸던 것처럼 커피숍의 우아한 분위기에 잘 어울리는 여행자 풍모의 여자가 속으로 간직하고 있는 슬픔과 아픔을 풀어놓게 되지 않을까.

멀리 떠나온 과거와의 조우는 은은하게 풍기는 '케냐 커피'의 향과 풍미 속에서 시작되고 있다. 그리고 그것은 공감을 전제로 한 대화의 방식을 통해 이루어지고 있기에 따스함이 묻어나고 있다. 이것이 이 작품이 가진 또 하나의 미덕일 것이다.

부인否認에서 애도로
—채원주 〈폭죽소리〉

　정체를 알 수 없는 소리가 임신 중인 주인공을 따라다니고, 그로 인해 그녀는 불면증에 시달린다. 그 소리는 다음과 같이 설명된다. "누군가 속삭이는 것 같은, 바람에 무엇인가가 부딪혀 서걱거리는 소리" "아주 오래 전 가을 옥수수 밭에서 나던 소리" "수확을 끝낸 빈 옥수수 대에 달린 잎들이 바람이 불 때마다 서걱거리던 소리." 분명한 것은 '아주 오래 전'의 시간 속에 속하는 소리이며, 언젠가 경험했었으나 잊고 있었던 소리라는 사실이다. 주인공의 임무는 오래 전 들었으나 지금은 그 정체를 알지 못하는 소리의 정체를 추적하는 일이다. 기억을 더듬고, 대학 후배 기숙이 남긴 소설을 읽으면서 서서히 그 정체에 다가가는 일. 그런 과정에서 그녀는 자신이 알고 있는 것이 과연 진실일까 의문을 가진다. 이 소설에서 '떠나온 시간과의 마주침'은 극도의 불면증으로 유발할 만큼 괴로운 일이지만, 그러한 괴로움을 견디고 진실의 실마리를 찾아 발걸음을 계속한다.

　우울증 끝에 자살한 기숙은 임신 상태였다는 것. 주인공 '나'는 그녀의 죽음에 대해 그 동안 애써 잊고 살았다. 그녀가 어떤 일을 겪어 자살을 선택하게 되었는지 또는 그녀의 뱃속에 든 아기의 아버지는 누구인지 등에 관한 질문은 일체 유보된 채 그녀의 죽음은 그저 한때 친했던 대학 후배의 돌발적인 죽음으로 지나치고 말았다. 기숙의 죽음이 잊혀질 수 있었던 것은 그 죽음이 지닌 의미가 가벼웠기 때문이 아니라 의식적으로 그 죽음을 못 본 척 회피했었기 때문이었다. 시간의 흐름 속에서 자연스럽게 발생한 망각이 아니라 필사적인 탈출에 가깝다는 것은 "나와 남편은 결혼과 동시에 그녀로부터 힘껏 도망쳐왔고 그것은 거의 성공한 것처럼 느껴졌다."라는 고백을 보아서도 확인할 수 있다. "대체 그녀는 누구의 아이를 가졌던 것이었을까? 나는 지금까지 그 사실에 대하여 알려고 하지도 않았다. 그런데 왜 지금 그 생각이 나는지."라는 대목 역시 회피했었으며, 회피했던 그것이 현재 괴로움의 근원이라는 점을 암시한다. 기숙과 남편 사이에 무언가가 있었음에도 불구하고 의도적으로 무시한 채 이루어졌던 결혼, 그리고 무미한 결혼 생활의 지속, 그 끝에서 '나'는 일부러 잊고 싶었던 그 진실과 마주하게 되는 것이 이 소설의 상황이다. 탈출하고 싶었으나 결코 탈출할 수 없는 진실과의 대면이야 말로 괴로운 일이 아닐 수 없는 일이리라.

기숙이 쓴 자전적 소설을 보면 그녀의 아픔을 목격할 수 있다. 학생운동 지도부에 있었던 '그'를 사랑했다는 것. 그러나 그는 죽고 기숙은 '석이'와 동거했다는 것. 그를 사랑하던 기숙은 석이를 사랑하지 않았으며 결국 석이를 떠나고 말았다는 것. 기숙은 선배('나')의 소개로 새로운 남자('나'의 남편 유지수)를 만나 사랑을 느꼈지만 남자는 떠났고, 남자가 선배에게 자신은 기숙을 사랑하지 않았다고 말하는 것을 우연히 엿듣게 되었던 것. 그 순간 심한 정신적 충격에 휩싸이고 '폭죽 소리'는 '최루탄 소리'로 변해버렸다는 것. 이것이 기숙이 남긴 소설의 대강이다. 사랑하는 사람이 죽고, 스스로 누군가를 배신하고, 또 누군가에게 배신을 당하고 하는 것이 기숙의 사랑이며 기숙의 아픔이다.

　　기숙과 첫 만남을 한 지 얼마 지나지 않아 유지수가 나를 찾아왔다. 집 앞이니 잠깐 얼굴 좀 보자는 말을 듣고 나갔더니 그는 이미 만취한 상태였다. 그는 내가 알아들을 수 없는 어떤 말들을 중얼거리며 몹시 괴로운 표정을 짓고 있었다. 그러니까 그것이, 괴로웠던 표정이 기숙의 임신과 상관이 있었던 것이었는가 보았다. 아니, 기숙이 쓴 것은 소설이었다. 그렇다면 기숙에게 내가 모르던 어떤 다른 남자가 있었던가? 남자가 있던 상황에서 그렇게 쉽게 나의 소개 제의를 받아들였다는 것은 이해가 잘 되지 않는다.
　　남편은 기숙의 임신 사실을 알고 있었을까? 그 사이 남편은 나 몰래 기숙과 연락을 하고 지낸 것이었을까? 기숙이 내게 남긴 유품에 대해 그다지 달가워하지 않던 태도는 그런 이유 때문이었을까? 아니, 아니다. 남편은 그날 정선에 갔을 때 내게 분명히 말했었다. 기숙과 아무 일도 없었다고. 어둠 속이어서 그의 눈을 똑바로 바라볼 수는 없었지만 말이다.
　　그날, 정선에서 우리가 앉아있던 자리 근처에서 사람이 쓰러진 사건이 있었는데 그게 기숙이었다는 말인가? 그때 나는 놀란 마음에 빨리 그쪽으로 가보자고 했었다. 그러나 남편은 남의 일에 무슨 상관을 하느냐면서 나를 재촉해 숙소로 돌아왔다. 하지만 남편은 그 상황에서 직감적으로 무엇인가를 느꼈던 것은 아니었을까?

　　이제 '나'의 의심과 괴로움이 시작될 차례다. 기숙의 소설 속 내용과 그 당시를 떠올리는 '나'의 기억, 그리고 현재의 관점에서 바라보는 '나'의 판단이 계속해서 엇갈리고 있다. 의심을 표현하는 의문형의 종결, '아니' '아니, 아니다'로 그 의심과 의문을 부정, 그러나 해소되지 않은 의심은 또 다시 역접으로 이어지고, 서서히 '내가 알고 있는 과거의 기억'이 잘못되었음을 인정해나가는 듯한 모습을 보이고 있다. 괴로움은 계속해서 지속되며, 남편에 대한 사랑에 대한 회의로까지 이어지면서 그 파괴력은 증폭된다. "남편은 떠나지 않았고 그것에 사랑이란 이름을 붙였다. 아니다. 남편은 나를 사랑했는지도 모른다. 그게 진실이었는지도 모른다. 그러나 기숙을 만나던 순간부터 남편은 나를 사랑하지 않게 된 것이다." 모든 것이 뒤집어지고 흔들린다. 혼돈 속에서 한 가지 확실한 사실은 남편과의 잠자리가 거의 없는 결혼 생활, 거듭되는 유산, 임신 중 불면증의 원인을 찾으려면 기숙 즉 애써 멀어지려고 했던 과거에서 그 해답을 구할 수 있다는 점일 것이다.

> 저만치 옥수수 밭이 보였다. 가까이 다가가니 철이 지나서 그랬는지 알맹이는 없고 빈 옷수숫대만 길쭉한 잎을 늘어뜨린 채 서있었다. 그때 어디선가 바람이 세차게 불어왔다. 저녁바람의 선득함에 두 팔에 오소소 소름이 돋았고 그와 동시에 기숙이 내게로 달라붙으며 팔짱을 끼었다. 그녀의 팔에도 소름이 돋아 있었다. 그녀는 매우 매끄러운 피부를 가지고 있었다. 나는 순간적으로 얼굴이 붉어졌다. 어디선가 서걱거리는 소리가 물결소리처럼 들려왔다. 옥수수 잎들이 바람에 흔들리는 소리였다. 이상한 기운을 느꼈는지 기숙이 얼른 내게서 떨어져나갔다. 나는 갑자기 몹시 서운한 감정에 빠졌다.

신입생 환영 MT에서 산책 중 들었던 옥수수밭의 바람 소리는 작품의 시작 부분을 반복한다. 불면증과 유산의 원인이 바로 기숙이었음을 드러낸다. '섬약함'으로 각인되었던 후배 기숙의 죽음은 이제서야 애도될 수 있다. 그 동안은 남편과 결혼을 하면서 애써 망각하고자 노력해왔던 것. 프로이트 식으로 말하자면 그것은 망각이 아니라 '부인否認'에 불과했다는 것이 '사후적'으로 밝혀지고 있는 장면이다. 미묘한 동성애적인 감정마저 곁들일 정도로 그녀와의 접촉은 기억 깊은 곳에 자리하게 되었다는 것이다. 불면증의 실체를 인식했으니, 이제 진정한 애도가 가능하지 않겠는가? 그녀의 죽음을 부인하지 않고, 받아들이는 일. 또 남편과의 관계를 다시 정립하는 일은 고스란히 애도를 수행하는 자의 몫으로 돌려진다. 남편을 떠나는 소설의 결말은 기숙을 애도하는 일이다. 그리고 애써 외면(부인)하며 멀어지고자 애썼던 자기 자신의 과거와 마주하는 일이기도 하다.

이 소설은 부인에서 애도로 걸어 나오는 일은 보편성을 지향한다. 기숙과 '나'만이 감당해야 할 일이 아니라 소설을 읽은 독자라면 누구라도 동참해야 할 일이라는 점이 암시되고 있다. 바람 소리, 폭죽 소리, 최루탄 소리가 희미한 여운을 계속 남기고 있기 때문이다. 각자 잊고 있던 과거의 소리에 귀를 기울이라는 것이 작가가 독자에게 남기는 하나의 메시지이리라.

과거와의 대화, 소통의 불가능성
－김미수 〈주황색 불빛〉

김미수의 〈주황색 불빛〉은 소설의 공간적 배경에 각별히 신경을 쓴 작품이다. 늦은 밤 택시 안에서 모든 이야기가 진행된다. 소설의 등장인물은 택시 기사이자 주인공인 '나'와 택시에 탑승한 손님인 '여자' 단 둘뿐이다. 택시는 두 사람을 밀폐된 공간으로 구속한다. 달리는 택시에서 마음대로 내릴 수는 없다. 목적지에 이르기까지 두 사람은 어색함을 누그러뜨리기 위해서든 서로의 관심사가 통해서든 대화를 나눌 수밖에 없다. 이것이 한밤중 달리는 택시에 탑승한 자들에게 적용되는 게임의 규칙이다. 밀폐의 공간에서 오직 두 사람만이 이루는 대화를 위해 택시 안이라는 공간적 배경은 적절한 선택인 셈이다. 또한 택시는 단지 배경으로서만 아니라 소설의 사건과 상황을 창출하는 역할을 수행하기도 한다. 고속도로를 시속 160킬로미터로 질주하는 택시는 그 속도감으로 인해 인물의 심리를 불안과 초조로 이끌고 있다. 택시기사와 손님 사이의 평범한 대화로 시작된 소설이 뒤에 가서 성폭행 시도로 변화할 수 있는 것도 한밤중의 고속도로를 질주하는 택시 특유의 분위기와 맞물려 있다는 것이다.

여자는 택시를 탈 때부터 집 나간 아내를 연상하게 했다. 우산도 없이 가로수에 기대 있던 여자, 거리에는 가로등만이 주황색 불빛을 내뿜고 있을 뿐 텅 비어있었다. 아내는 주황색 불빛을 바라보는 듯했고, 아니면 그 불빛 너머의 무언가를 향해 고개를 빼고 있는 듯하기도 했다. 여자가 택시에 탑승한 후, 택시 안에는 '아내가 늘 듣던 노래'가 쉬지 않고 흘러나왔다. '나'는 밤비라도 올 때면, 더구나 택시에 여자 손님을 태우면 무작정 아주 오랫동안 달리고 싶은 충동을 느끼곤 했었으며, 오늘 이 밤도 그런 상황은 다르지 않다. 아마도 오랫동안 달리면서, 밀폐된 그 공간 속에서, 달리는 동안에는 결코 내릴 수 없는 그 공간 속에서 아내를 닮은 여자 손님들에게 왜 집을 나갔느냐 대화를 시도해보기 위해서라는 추측이 가능하다.

서울역으로 가달라는 여자를 설득해서 더 먼 곳으로 목적지를 바꾸게 하고 나서, 이제 '나'는 여자와 대화를 시도한다. 그러나 그 대화는 택시에 탑승한 여자와의 대화로 시작했지만, 집을 나간 아내와의 대화로 바뀐다. '나'의 머릿속에는 반복적으로 아내의 상념이 떠오르고, 또 아내가 떠들던 말이 떠오르고 있다. 그리고 아내가 남긴 노트에 적힌 문장들이 떠오르고 있다. "우린 매일 롤러코스터를 탄 것처럼 위아래로 앞뒤로 왔다 갔다 할 뿐이야." '나'에게는 더 이상 바랄 것 없는 아늑하고 평온한 아파트가 아내에게는 황폐하고 건조한 공간이었다는 사실이 적힌 문장들. 한편으로는 아내에 대한 그리움으로, 다른 한편으로는 분노로 다가오는 말들과 문장들을 떠올리며 대화를 이어간다. 이즈음에 이르면 택시 기사와 손님 사이의 대화는 아내가 집을 떠난 후 택시를 몰고 있는 현재와 아내가 떠나기 전 과거 사이의 대화로 탈바꿈해버린다. 곧 '나'의 독백이며, 현재와 과거의 대화이다.

그때 비 오는 차창 밖의 빗줄기 속에서 아내가 하던 말이 들려오는 것 같았다. 생활이 모자라는 거예요. 나는 이번에는 아내를 향해 도리질을 했다. 왜 생활이 모자란다는 건가? 모든 것이 부족하지 않았다. 작은 평수지만 내 아파트가 있고 퇴근시간이면 한 눈 팔지 않고 집에 들어가는 남편이 있고 꼬박꼬박 월급이 아내의 통장에 송금되지 않았던가. 딸아이도 자기의 일은 알아서 할 만큼 똑똑했다. 모자라는 것이 무엇인지 모르지만 그런 것이

있었다면 그것은 순전히 아내 탓이었을 것이다. (…) 당신에게
생활이 모자라는 것이 아니라 당신이 생활 안으로 들어오려 하
지 않고 있는 거야. 눈에 보이지 않는 허깨비 같은 것을 잡지 못
해서 안달이지. 도대체 눈에 보이지 않는 것을 잡는다는 것이 무
슨 의미란 말인가. 생활이 소중하지 않다면 허상인 무엇이 소중
하단 말인가. 나는 수없이 물었다.

'나'는 아내를 이해할 수 없었다. 아내는 남겨놓은 노트에서 생
활에 대한 불만을 드러냈다. "쓸 수 없을 만큼 닳아져서 버릴까 말
까 망설이는 비누조각. 창살이 하나 부러지거나 접힌 자국 때문에
들고 나갈 수 없게 된 우산. 빨아도 깨끗해지지 않는 수건. 끝없이
개미들이 드나드는 벽의 틈새." '나'는 아내가 자신을 그렇게 비유
하고 있는지 전혀 몰랐다. 아내가 떠난 후 발견한 노트를 보고 뒤
늦게 알아차릴 수 있었을 따름이다. 생활에 대한 관점도 사뭇 달
랐다. 과거의 '나'는 생활에 불만을 가진 아내를 이해할 수 없었다.
아니 이해할 수 없었다기보다는 이해하려는 노력을 성실히 하지
않았는지도 모른다. 아내는 자신을 헤아려주는 노력을 하지 않는
남편에 실망한 끝에 인문학 강좌에서 만난 그와 바람을 피웠을 테
니까. 뒤늦게 이해하려고 해도 이해하는 것은 여전히 불가능하다.
문장을 읽고 또 읽어보아도 아내가 집을 나간 동기는 전혀 이해할
수 없다는 것이 '나'의 한계이자 답답한 심정이다.

아내가 떠난 뒤, 아니 정확하게 말하자면 연기처럼 사라져버
린 뒤 나는 아무것도 할 수 없었다. 결국 샐러리맨을 때려치우고
시작한 택시기사 생활이 벌써 일 년이 지났다. 아내가 사라진 뒤

몇 달 동안은 실종신고를 하고 처가나 친구들에게 아내의 소식을 수소문하며 찾아 다녔다. 남편이란 사람이 간 데를 모르는데 우린들 어떻게 알겠나. 그들은 오히려 나를 힐난했다. 그 말이 틀리지는 않았다. 사실 아내가 사라진 뒤 나는 아내에 대해 전혀 아는 바가 없다는 사실을 깨달았다. 거짓말 같은 사실이었다. 아내가 두고 간 노트에 적힌 문장을 들여다보아도 아내를 알 수 없기는 마찬가지였다.

"아내의 유일한 꿈은 어디론가 떠나는 것이었다." 왜 떠났는지는 알 수 없지만 지금 어딘가에서 택시에 탄 여자처럼 떠돌고 있을 것이다. 그래서 '나'는 택시 운전을 하게 되었는지도 모른다. 택시를 몰고 세상의 이곳저곳을 돌아다니며 우산 없이 가로등 불빛을 쳐다보고 있는 여자를 태우기를 반복하다 보면 언젠가 아내가 자신의 차에 탈 날도 있을 것이다. 그러면 그는 아내에게 물어볼 것이다. 그동안 무슨 일이 있었는지, 왜 자신을 떠나게 되었는지. 이러한 질문은 아내가 집을 나가기 전 물어보았어야 했을 질문이다. 그러한 질문을 하는 일, 즉 대화를 시도하고 아내를 이해하려 노력했었더라면 아마도 아내는 집을 나가지 않았을 것이다. 여기에 이르면 택시에 탄 여자가 아내를 닮았다는 것은 어쩌면 정반대일지도 모른다. '나'는 떠나간 아내의 환영과 흔적을 자신의 차에 올라탄 여자에게 투사하고 있어, 여자가 아내를 닮았다고 여길 따름이다.

"퇴근하느라 건물 로비를 나섰을 때였죠. 비바람에 떠밀리듯이 무작정 걸었죠. 거리에는 젊은 사람들의 활기가 쇼윈도의 조명처럼 휘황찬란하더군요. 혹시 서해안의 안개 속에 들어가 본 적 있어요? 한 치 앞을 볼 수 없는 안개 속에요. 거기 한번 들어가면 방향을 잡을 수 없죠. 내게 남아있는 소중한 것이 그 안개 속에 흩어지고 있는 것 같았어요."

문득 내 마음의 경계가 무너져 내리는 소리가 들려오기 시작했다. 나는 지금 위험한 상태에 빠져들고 있다는 것을 느꼈다. 여자의 말을 듣고 있는 동안 여자를 목 졸라 죽이고 싶은 충동을 느꼈다. 그런 나를 두려워하고 있는 것은 나 자신이었다.

여자가 말하는 것은 아내가 말하는 것이라는 착각이 이루어진다. 여자는 이미 아내의 흔적이 투사된 상태이므로, 여자의 말은 '나'에게 아내의 말과 동일시된다. 무서운 착각이고 무서운 혼란이다. 이에 '나'는 그녀를 죽이고 싶은 충동에 휩싸인다. '나'가 죽이고 싶은 대상은 자신을 버리고 떠난 아내다. 아내의 노트에 적힌 문장이 떠오르자 아내를 닮은 여자를 '바스러뜨리고 싶다는 욕구'가 일어난다. 여자를 겁탈하려는 행동은 아내에 대한 그리움이 뒤틀려 분노로 바뀐 결과이며, 아내를 이해하고 그녀와의 소통을 복원하려는 시도가 제대로 이루어지지 못한 결과 모든 것을 파괴해버리려는 심리의 결과이다. 강제로 성적인 소통을 시도하지만 그 순간 '나'가 발견하는 것은 자포자기 상태에 있는 여자의 표정이었으며, "텅 빈 듯한 눈으로 허공을 쳐다보고 있던 침대 위에서의 아내"가 연상된다. 아내의 몸을 탐하던 과거, 아무것도 얻지 못했고, 아무것도 소통하지 못했었음을 다시금 되새길 때 '나'는 자신이 영원히 아내를 못 만날지도 모른다는 불안감에 휩싸이고 폭력을 중단한다. 그러한 방식으로는 소통이 불가능하다는 것을 떠오른 기억이 상기시켜준 것이다.

남은 것은 '허공을 딛는 기분' 같은 철저한 허무감과 공허감이다. 견고하다고 믿었던 현실과 생활이 사라져버렸다는 느낌말이다. 아내는 평소 한강의 야경을 좋아했다. 주황색 불빛이 반짝이는 수면을 보고 탄성을 질렀던 아내는 어쩌면 그 잔잔한 물결 아래로 가라앉았는지도 모른다. 지금 찾아가보아야 주황색 불빛은 사라졌고 그저 더러운 물만 흐르고 있을 것이다. 아내는 사라졌고, 생활 역시 사라졌다. 사라진 아내를 이해하기 위한 노력 또한 좌절로 끝나고 말았다. 허공을 딛는 기분이라는 감정이란 결코 복원될 수 없는 과거와 이해될 수 없는 아내의 생각에 따른 좌절감에 지나지 않는다.

이해와 소통이 완전한 실패로 끝난 자리에서 택시에 탔던 여자는 울음을 터트리면 도망쳐 다른 택시를 향해 달려가고, '나'' 또 다시 주황색 불빛을 쳐다보는 여자를 태우기 위해 어느 방향으로 차를 돌려야 할지 잠시 망설이고 있다. 어딘가에서 새로운 손님을 태우겠지만, 또 그 손님에게 아내의 환영과 흔적을 덧씌우겠지만, 아마도 이해와 소통은 여전히 불가능하지 않을까 싶다. 아니 '나'의 시도는 계속 실패로 끝나야 마땅하다. 그래야 이 소설이 주황색 불빛이 반짝이는 수면 위로 건져 올린 수확이라 할 수 있는 소통 불가능의 상태, 타인과의 절대적 거리감, 그로 인한 허무와 공허가 반짝임을 계속할 수 있을 것이기 때문이다.

짧고 깊은 눈부심을 찾아서

스며들기가 보여준 것
−유금호 〈내 친구, 장(張)씨〉

유금호의 〈내 친구, 장씨〉는 모자라지도 넘치지도 않는 균제미의 절묘함을 여실히 보여준 작품이다. 소설은 얼핏 보아, 참으로 단순하고 밋밋하다. 눈길을 끄는 사건의 발생 하나 없이 이야기가 펼쳐진다. 인물 간의 대화도 많지 않아 인물 사이의 관계라든가 갈등의 포착도 쉽지 않다. 그러나 단조로워 보이는 소설의 문장을 하나씩 따라가다 보면 어느새 산골짜기 아침 안개 너머로 장씨가 서 있는 듯한 묘한 느낌에 빠져들게 된다. 그 곁에는 만월스님과 누렁이도 나타났다가 사라지곤 한다. 애써 부각시키려는 노력이 보이지 않음에도 불구하고 작품의 다 읽고 난 뒤 독자의 뇌리에 남게 되는 그 산뜻한 느낌이란 '보여주기'를 억제한 끝에 도달하게 되는 '스며들기'의 미학이 창출한 결과물이 아닐까.

장씨는 심한 말더듬이다. 말더듬이라서 더욱 말수가 줄어든 것일까, 이름을 물어보아도 그저 자신의 성만을 알려줄 뿐이다. 대신 장씨는 '냄새'로 자신의 존재를 드러낸다. '푸석푸석한 가을날 수숫단 냄새', '나무냄새', '다시 마른 풀냄새' 그의 '이름'이 무엇인지는 알 수 없지만 그에게서 풍겨오는 냄새는 '이름'보다 더 많은 것을 떠올리게 한다. 분명하고 명확하게, 이지적으로 전달되는 것은 아무것도 없지만 흐릿하고 모호하게, 감성적으로 더욱 풍부한 상상을 불러일으키는 역설적인 전달 방식이다. 소설의 곳곳에서 얼굴을 들이미는 아침 안개 같은 것이 그러한 속성과 닮아 있다. 아침 안개는 그 형체와 경계가 뚜렷하지 않아 흐릿하기 그지없는 것이지만 안개가 뿜어내는 습기와 냄새, 촉감 나아가 특유의 고고한 서정적 분위기까지 함축하고 있는 것이기에 눈이나 귀로 포착되는 것보다 한층 더 풍성한 존재감을 지닌다.

산골의 밤은 금방 새카맣게 변해서, 모닥불이 유일한 빛이었다. 그가 딸 이야기를 꺼낸 것은 정적 속에 소쩍새 울음이 계속되었던 탓이었는지 모른다.
기르던 '잉꼬'가 죽은 일이 있었다고 했다. 유치원생 딸아이가 모이를 주던 새여서 아이가 많이 울었다고 했다. 딸아이가 죽은 새를 묻고 나무젓가락으로 십자가를 만들어 꽂아준 것을 보았는데, 아이가 그 무덤 위로 며칠째 계속 물뿌리개로 물을 주더라는 것이다.
… 꽃씨도 물을 주면 싹이 나지 않아? 딸아이에게 해줄 말이 없어서 돌아서서 담배를 피웠다는 이야기였다.
그러나 장씨는 금방 오두막집 뒤 죽은 나무를 휘감아 올라간 칡덩굴과 머루덩굴, 더덕과 도라지, 옻나무들로 화제를 바꾸어 버렸다.

평소 말수가 적어 농사와 관련된 최소한의 몇 마디만을 말하는 장씨지만 예외적으로 딸 이야기를 꺼내어 그 속마음을 얼핏 내보이기도 한다. 그러나 장씨의 말보다 주목을 요하는 것은 그가 말을 꺼내도록 유도한 분위기와 그가 급히 화제를 돌려 회피하려는 어색한 머뭇거림이다. 사위는 새카만 정적에 휩싸여 있고, 소쩍새 울음소리가 장씨의 마음을 자극했다면 그가 꺼낸 이야기 속의 딸 아이 역시 그의 마음속에서 그러한 정적과 고요함의 심상으로 남아 있을 터이다. 딸아이의 유치원생 시절을 이야기했다면 그 아이가 어떻게 성장하였는지, 그래서 지금은 어떤 상태에 있는지를 말하는 것이 자연스러운데 돌연 화제를 바꾸어버린다는 것은 그 뒤의 이야기를 회피하고 싶은 두려움 내지 어려움이 장씨의 마음속에 도사리고 있는 것이 아닐까 하는 추측이 꼬리를 문다.

여기에 이르면 장씨의 딸은 어린 나이에 이미 하늘나라로 가버린 것이 아닌가 하는 희미하고도 불길한 예감이 든다. 죽은 아이의 혼이 소쩍새로 화한 것이리라. 적막한 산골 어둠 속에서 들리는 소쩍새 소리는 구슬프게 불여귀不如歸를 외치는 딸아이의 목소리며, 쓸쓸한 수숫대 냄새를 지닌 장씨의 주변을 감도는 환청의 소리다. 그가 급하게 화제를 바꾸고 억제한 끝에 그 뒷이야기는 무수한 가지를 뻗으며 확장된다. 아이를 잃은 부모의 처연함, 정처 없이 떠돌아다녔을 인생의 신산함에 대한 느낌으로 한없이 이어진다. 명시적으로 확인되는 것은 하나도 없지만 독자의 마음에는 장씨의 인생과 감정이 안개처럼 스며든다. 짧고 억제된 이야기에서 발화된 것보다 깊은 내면의 소리를 발하는 것이 이 소설이 도달한 미학의 한 절정이다.

　소설은 이름조차 알지 못하는 장씨가 나타났다가 사라진 과정에 관한 이야기다. 장씨 곁에 붙어 있던 '누렁이'가 사라진 뒤 한 달 뒤 장씨도 그 골짜기를 떠나버렸다 한다. 그가 떠날 즈음 다시 마른 풀냄새가 났다고 '나'는 기억한다. 그가 떠난 데에는 이유가 없다. 그저 인연이 다 되었기에 그는 떠난다고 말했다. 회자정리會者定離의 묘법인가. 그러나 그가 떠났음에도 장씨가 집 주변에 '스며들듯' '함께 하고 있다는 느낌'을 지울 수 없다. 스며들듯 하는 느낌은 거자필반去者必返의 섭리를 암시하고 있지나 않는가. 고요한 서정적 분위기 속에서 만나고 헤어지는 이야기는 시적 경지에 근접한다. 짧은 분량의 제한 속에서 모자람이나 넘침 하나 없이 그렇게 마무리 되었다. 말하거나 보여준 것보다 더욱 많은 것을 독자의 마음속에 스며들게 하였기에 그 끝은 끝이 아니라 새로운 감흥의 시작이라 하겠다.

백일몽의 종횡무진
　―송하춘 〈동자승축구대회〉

　"친구를 만나기 위해 종각역 근처 커피숍으로 가는 길이다."
　소설의 첫 문장을 읽었을 때는 전혀 짐작하지 못했다. 종잡을 수 없는 사고의 비약과 무수한 가지를 치는 상상의 발산을.
　조계사 근처 길거리에는 석가탄신일 즈음이라 연등이 걸려 있고, 그 휘황한 길을 걸으며 극락길을 걷는 듯한 느낌을 받았다는 발언이 몽유록계 소설처럼 꿈과 환상의 속으로 걸어 들어가고 있었던 것임을 암시하는 힌트라는 사실은 작품이 끝날 때야 비로소 깨달을 수 있었다. 우연히 목격하게 된 동자승 축구대회를 흥미롭게 지켜보면서 점점 그 꿈속으로 빨려 들어가는 과정에 이질감이 느껴지지 않도록 배치한 작가의 솜씨 탓에 뒤늦게야 알아차릴 수 있었던 것이다.

한동안 흥미롭게 지켜보던 어설픈 동자승 축구대회는 갑자기 세계 최고 기량을 갖춘 프로 선수들의 현란한 발재간으로 둔갑한다. 호나우딩요, 호나우드, 매시, 박지성, 웨인 루니, 나니, 산 세바스찬… 조직적이고 박진감 있던 게임을 지켜보면서 또다시 사고는 비약한다. 그들의 등에 적힌 번호가 억대의 연봉을 받는 그들의 몸값이라는 것을 발견하고 나서부터 이제 소설은 서서히 자본의 논리가 지배하는 프로축구계의 진상을 드러낸다. "누가 고안해낸 방법인지는 몰라도 등번호 대신 선수들의 몸값을 붙인다는 건 축구의 흐름을 읽어가는 데 최상의 방법인 것 같았다. (…) 볼의 궤적이 몸값을 따라 흐르는 물처럼 강줄기를 형성한다고 볼 때 몸값의 표시는 당연한 것이다." 큰 자본이 작은 자본을 압도하고, 축구공은 자본의 양에 철저히 종속되어 있다. '흐르는 물과도 같이 볼은 몸값을 따라 구르는 법'이며 '한 판의 아름다운 예술'이라는 발언에 묻어나는 자본제에 대한 풍자와 냉소를 따라가다 보면, 이제 축구는 축구가 아니라 자본의 각축장이 된다.

'이런 식으로도 축구를 바라볼 수 있다니'라는 감탄도 잠시, 난데없이 축구 선수들이 싸우기 시작하더니 "마침내 죠지 부시가 후

세인의 나라 이라크를 침공했다"라는 전언이 들려온다. 미사일을 장착한 전폭기의 굉음이 하늘을 뒤덮고, 도시는 짙은 장막 같은 연기에 휩싸이고, 곳곳에 배치되어 있던 대공미사일이 일제히 불을 뿜는 장관이 갈피를 잡을 수 없게 펼쳐진다. 여기서 그치지 않고 비약적인 혼란의 상황은 이어진다. 전쟁의 와중에 느닷없이 올림픽을 치르기 위해서 임시휴전을 한다는 황당한 소식이 들려오고, '조작된 오락' 같은 싸움, 화가 나서 싸우는 것도 아닌 '이성적인 전쟁'이 펼쳐지는 아이러니한 상황이 펼쳐진다. 그러나 이 또한 오늘날 세계의 실상이 아닌가. 버튼 하나로 미사일을 발사하는 상황이 전 세계 네트워크로 구축된 방송 채널을 타고 생중계되고, 전쟁은 전자 오락화 되어 인간은 그 비참함에 그만큼 둔감해졌고, 대의명분보다는 이익을 추구한 끝에 상대방을 침공하는 신제국주의의 분위기가 전 지구를 뒤덮은 현대의 상황이 혼란한 환각의 틈 속에서 얼굴을 드러낸다.

'갈피를 잡을 수 없다' '뭐가 뭔지 종잡을 수가 없다'라고 판단을 포기하기에 이를 즈음 전화벨이 울리고 각몽이 이루진다. 동자스님은 '나'가 목격한 축구대회는 애초에 벌어지지도 않았으며, 뒤이어 "불가에서는 천년이 수유"라며 알듯 모를 듯한 말을 던진다. 상상력의 종횡무진이 끝난 후 던져진 동자승의 말 한마디에 이르러서야 모든 것이 허상이었음이 드러난다. 도깨비와 한판 씨름을 벌인 듯한 느낌. 그러나 그러한 허상은 혼란스럽기 짝이 없지만 그 속에는 자본주의와 패권주의의 세계 질서에 대한 통찰이 담겨진 것이라 제법 묵직한 뒤끝을 남긴다. 한판 씨름은 끝났으나 계속해서 뇌리에 남아 있게 만드는 힘은 여전히 남아있다. 천년이 잠깐이

라는 불가의 통찰력 앞에서 오늘날 세계의 모순을 어떻게 바라보
아야 하는지 다시금 되새기게 된다.

마음의 시소타기
　－문순태 〈놀이터 풍경〉

　쌍무지개 아파트단지 어린이 놀이터가 소설의 배경이다. 명색
이 어린이 놀이터지만 놀이터에는 뛰어노는 아이가 없다. 요즘 아
이들은 하루 종일 학원을 돌아다니며 어른들보다 더 바쁘게 생활
하고 있으니 한갓지게 놀이터에서 유희를 즐기는 것은 죄악이며
사치다. 쌍무지개 아파트단지의 어린이 놀이터가 텅 비어 있음은
이런 이유에서가 아닐까. 물론 아이들을 학원으로 내몬 것은 그들
의 부모다. 그런데 극성스러운 부모라도 있으면 다행이겠지만 재
벌이 같은 아이에게는 그러한 관심조차 목마르다. 부모가 이혼하
느니 마느니 하는 집에서는 아이들 신경 쓸 틈이 없고, 가정의 보
살핌에서 배제된 아이는 텅 빈 놀이터에서 죽치고 앉아 있을 뿐이
다. 놀이터에서 빈둥거리는 아이는 '불량아이', '꼬마 도둑고양이'
로 불리며 아파트 경비가 경계하는 불청객이 되어 있다. 어린이 놀
이터에 있는 어린이가 의심의 눈초리를 받아야 한다니 무언가 이
상하기만 하다. 이 점에서 텅 빈 놀이터라는 공간은 오늘날의 세태
를 읽을 수 있는 하나의 풍속화다.
　아이들을 학원으로 보낸 부모들은 자신의 행동이 모두 아이의

장래를 위한 것이라 내세운다. 그러면서 정작 자신들의 부모에게
는 철저한 무관심과 냉대로 일관한다. '부모의 부모'는 그래서 외
롭고 할일이 없다. 5년 전 남편이 세상을 뜬 조소래 할머니는 가족
과 떨어져 혼자 산다. 멀리 떨어져 살고 있는 자식과 손주들은 점
점 찾아오는 빈도가 떨어지고 있다. 울컥 손자가 보고 싶은 생각이
가끔 들기도 하지만 그녀는 참는 수밖에 없다. 전화라도 하면 부담
을 주지 않을까 염려해서다. 전화를 해서 부담을 주는 관계라면 그
것은 가족이라 부르기 곤란하다. 자식과 손자가 있으나 남과 다를
바 없이 지내는 형편에 있는 조소래 할머니의 경우는 부모의 불화
로 사실상 가족의 울타리에서 내팽개쳐진 재벌이와 다를 바 없다.
매일 점심을 먹고 놀이터로 나와 해질 무렵까지 앉아 있곤 하는 조
소래 할머니의 뒷모습에서도 오늘날의 세태를 읽을 수 있는 것은
마찬가지다.

　조소래 할머니와 재벌이의 첫 만남은 불안하고 불편했다. 조소
래 할머니는 재벌이가 불량한 아이라는 소문을 떠올리며, 혹시 아
이가 주머니칼이라도 가지고 있다면 그 칼로 자신을 위협하지나
않을까 걱정을 한다. 조소래 할머니를 초점자로 설정하였기에 재
벌이의 심리는 드러나지 않았지만 이후 이어지는 조소래 할머니와
재벌이의 대화를 들어보면 짐작하기 어려운 것은 아니다. 다들 자
신을 경계하는 형편이라 누군가가 자신을 지켜보고 있다는 것에
대한 막연한 부담과 불안을 안고 있는 것이 꼬맹이의 심리일 것이
다. 더구나 주변의 어른들은 이해하거나 관심을 가져주기보다는
자신의 아이들에게 그런 질 나쁜 아이와 어울리지 말라고 신신당
부하였을 것이다. 시소를 타고 싶어도 같이 탈 만한 친구가 재벌이

의 주변에 한 명도 없다는 것에서 추측 가능하다.

　　　두 사람의 눈빛이 마주치자 조소래 할머니 쪽에서 살포시 미소를 보냈다. 꼬맹이는 반응을 보이지 않았다. 잠시 후 대여섯 걸음 다가오다가 회전무대에 올라서서 한참동안 상반신을 거칠게 흔들어대다가, 벤치 코앞에 있는 시소 한쪽 끝에 엉거주춤 앉아 무표정하게 조소래 할머니를 바라보았다. 할머니는 꼬맹이가 시소를 타고 싶은 게로구나, 짐작하고 천천히 일어났다. 그때 바람이 살랑 불었고 버찌를 쪼아 먹던 때까치들이 후루루 날개를 치다가 다시 앉았다. 다소 경계하듯 할머니는 잠시 미적거리다가 시소 끝 꼬맹이 반대쪽에 조심스럽게 앉았다. 순간 덜커덩 하는 소리와 함께 꼬맹이가 솟구쳐 올랐다. 다음 순간 조소래 할머니가 엉덩이를 가볍게 들어 올렸고 꼬맹이가 쿵 내려앉았다. 두 사람은 말없이 쿵딱쿵딱 시소를 탔다. 몸무게가 두 배나 무거운 조소래 할머니 쪽에서 엉거주춤한 자세로 균형을 맞춰주었다. 꼬맹이가 흰 이를 드러내며 처음으로 희끔 웃자 조소래 할머니도 활짝 얼굴을 폈다.

　　시소는 혼자서 탈 수 없는 법. 반드시 두 사람이 서로 균형을 맞추어 주어야 한다. 조소래 할머니의 배려에 두 사람은 '쿵딱쿵딱' 시소 놀이를 시작하고, 어느새 아이와 노인의 얼굴에는 웃음이 피어나기 시작한다. 두 사람 모두 누군가의 관심에서 소외되어 있는 상태이며, 그러한 외로움에 너무도 익숙해져 타인과의 교류에 둔감해져 있었던 상태다. 시소 타기를 통해 시작된 두 사람의 교감은 이윽고 '대화'로 이어진다. 시소 타기에서 촉발된 대화를 거치면서 조소래 할머니는 자신의 손자를 떠올리고 아이에게 더 많은 관심을 기울이게 된다. 불량아이, 동네 도둑고양이라 의심하며 불안해

하던 것이 자신의 손자와 비슷한 존재로 여겨지고, 놀이터에 가득 퍼지는 아이의 천진스러운 웃음소리가 듣기 좋아진다. 우연히 마주 친 두 사람이 시소 놀이를 계기로, 대화를 나누고, 마음의 경계를 서서히 녹여내는 과정이 자연스럽게 펼쳐진다.

갑자기 아파트 경비원의 등장으로 시소 놀이가 중단되는 장면은 두 사람의 어울림이 빚어내는 잔잔한 물결에 적지 않은 파문을 던진다. 그러나 파문은 새로운 손길과 발걸음으로 봉합되고 다시금 평온을 찾는다. 꼬맹이가 경비원의 눈치를 보면서 도망칠 궁리를 하는 순간 조소래 할머니가 "재벌아, 시소를 많이 타서 배고프쟈? 냉큼 우리 집으로 가자."라며 잡아끌어 자신의 집으로 데려가는 '사건'이 발생한 것이다. 조소래 할머니는 자신이 재벌이의 손을 잡아주지 않으면 재벌이가 경비원에게 혼쭐이 날 것임을 잘 안다. 그래서 아이에게 보호막 되기를 자청하였다. 할머니 옆에 바짝 붙어 따라오는 재벌이 역시 할머니가 자신의 든든한 보호막이 되어 준다는 것을 잘 안다. 그래서 아이는 할머니를 순순히 따라간다. 아이의 바람막이가 되어주고 따뜻한 밥을 먹이려는 할머니의 마음, 그런 마음을 거부하지 않고 순순히 기대어 따라가고 싶은 아이의 마음이 그들이 간절하게 그리워하던 가족의 마음이라는 것을 이 소설은 보여준다. 작은 파란을 넘어서 나란히 걸어가는 할머니와 아이의 모습에서 흐뭇한 하나의 가능성을 발견하게 된다. 서먹함과 불안감에서 시작하여 웃음소리와 따뜻한 손길에 이르는 결말은 놀이터에 내려 쪼이는 쨍쨍한 햇살만큼이나 유쾌하고 짜릿하다.

집요한 깊이
-우선덕 〈깊은 숨〉

우선덕의 〈깊은 숨〉에는 늪에 빠져 가라앉고 있는 한 사내가 있다. 사내는 IMF 난민이니 벌써 10년은 훌쩍 넘는 세월 동안 가라앉기만을 계속한 셈이다. 강물에 빠졌더라면 충분히 강바닥에 도달했을 만한 시간이고, 이제 남은 힘을 다해 바닥을 치고 물 밖으로 솟아날 어렴풋한 희망이라도 있을 것이다. 도서출판 들꽃의 명 사장은 막장이 시작점이라고 조언한다. 비유가 아니라 현실적으로 그렇다는 것. 따져보면 일리가 있는 말이다. 채굴작업은 늘 막장에서 시작되는 것이니까. 그러나 막장은 강바닥과 비슷한 것이다. 주인공 사내는 늪에 빠졌기에 바닥이나 막장에 도달하지 못한다. 밑바닥에 도달하지 못한 채 계속 가라앉고 있는 무력감과 절망감에 깊은 숨을 간신히 들이쉬고 내쉬는 꼴이란 애처롭기 그지없다. 새로운 시작이나 희망이 아직도 보이지 않기에 더 무서운 것이다.

삭풍이 몰아치는 겨울날, 사내는 토론토에 있는 딸에게 보낼 선물이라며 워머와 난로레깅스를 산다. 토론토의 겨울은 한국보다 더 춥겠거니 싶은 아비의 심정에서 삭풍을 녹일 만한 희망의 불씨가 암시되는 듯하지만, 그 꿈은 실현되지 못한다. "캐나다와 연락만 닿으면 보낼 선물이라서 잘 포장해두었다." 딸과 제대로 연락이 닿지 못한다는 것이 문제다. 돈을 만들기 위해 '온몸의 피가 다 마른 세월'을 다 보내고 신장이라도 떼어줄 기세로 캐나다에 있는 딸을 걱정했지만 연락도 제대로 닿지 못하는 형편에서 그의 소원 성취는 요원하기만 하다. 속사정을 모르는 행상 여자는 그가 가정적이라며 멋쟁이라고 추켜세우지만 삭풍은 그의 마음을 더 신산하게 파고들었다.

> "아빠 전화번호 안 바꿨네요. 이런 소식은 알려드려야 할 것 같아서, 전화 안 되면 어쩌나 걱정했어요. 아빠, 짐작하겠지만 저 결혼했어요. 지난달에요."
>
> 아니 짐작하지 못했다, 네가 몇 살인데 벌써 결혼을 한단 말이냐. 결혼을 할 거라는 게 아니라 결혼을 했다니! 놀랍고 갑작스러워서 그는 말이 나오지 않았다.
>
> "아빠, 짐작하실지 모르겠는데 엄마도 결혼했어요. 좋은 아저씨에요. 엄마 결혼은 몇 년 됐죠. 아빠가 괜찮다면 그냥 있고 아니면 이혼수속 밟으러 내년쯤 들어간다고, 전해달라고."
>
> 통고구나. 일방적이구나. 그 말도 그는 하지 못했다. (…) 하긴 인생과 운명이 그에게 친절하게 의논해온 적 있었던가. 일방적이었다. 결정통고만 해왔다. 사랑도 미움도 미안함도 사업의 흥망성쇠도 모두.

캐나다와 연락만 닿으면 워머와 레깅스를 선물로 보내겠다는 그의 작은 소망은 철저하게 짓밟힌다. 연락이 닿자마자 워머와 레깅스는 한갓 쓰레기에 지나지 않는다. IMF 때 휴지 한 조각보다 못하게 변해버린 한 다발 어음처럼 딸아이를 걱정하던 그의 소망은 쓰레기가 되고 말았다. 화도 내지 못한 채 '통고구나, 일방적이구나'라며 받아들일 수밖에 없는 상황에서 속에 응어리진 말을 한 마디도 내뱉지 못하는 전화통화 속의 감정은 참으로 차갑고 날카롭다. "그러게, 인생 말이야. 참 알 수 없지. 뭐랄까. 그래… 좀 깊어."
라는 뒤늦은 웅얼거림을 들어보면 아직도 멀었다는 생각밖에 들지
않는다. 막장이나 강바닥은 없고, 사내는 여전히 늪 속에 빠져들고
있을 뿐이다. 바닥이 없는 심연이라 더욱 섬뜩하기만 하다. 선물을
샀던 소설 첫머리의 기대는 딸아이의 전화통화가 배치된 소설 마
지막 결말에서 산산조각 나버렸고, 짧은 분량에 깊은 한숨 섞인 감
정을 응축시킨 작가의 냉정한 집요함이 이끌어 낸 얼음보다 차가
운 감정의 결정체로 구현되었다. 작가의 솜씨야말로 참으로 차갑
고 날카롭다.

순수의 시절
－김홍신 〈달빛〉

　김홍신의 〈달빛〉은 작은 엽서 한 장에 그려놓은 담백한 수채화
를 연상케 한다. 작은 화폭에 소년 소녀의 사랑과 어머니에 대한
그리움을 담아내기 위해 일체의 번잡스러운 수법은 생략되어 있
다. 간결한 문장으로 소녀를 향한 소년의 미묘한 감정의 흐름을 빠
짐없이 그려낸다. 주인공 바우는 심성이 착한 시골 소년인지라 그
의 행동은 투박하고 감정은 투명하다. 소녀를 향한 바우의 애정은
어른들의 것과는 달리 단순하고 순수하다. 때로는 조마조마한 순
간도 없지는 않으나 바우의 순수함이 곱게 커나갈 수 있기를 응원
하고 기원하게끔 되는 것이 이 소설을 읽는 모든 이들의 바람일 것

이다. 소년과 소녀를 괴롭히는 방죽골 아이들 역시 악한 감정으로 그러한 짓을 하는 것은 아니다. 아이들은 결과적으로 소년과 소녀의 사랑을 촉발시키고 발전시키기 위해 동원된 한갓 기표에 불과하다. 어쩌면 그들도 소년과 소녀의 사랑을 알아차린다면 축복하고 보듬어주게 되지 않을까. 환한 달빛 아래 서 있는 소년과 소녀는 세속의 때가 묻기 이전 순수의 상태에 대한 회상이고, 축복이며, 기원이다.

　　이리저리 눈치를 살피며 소담이 곁으로 다가간 바우가 손을 내밀었다. 바우의 손바닥에는 사탕 두 알과 과자 세 개가 앙증맞게 놓여 있었다. 소담이는 물끄러미 바라보기만 했다. 바우가 채근하듯이 손바닥을 흔들어 보였지만 소담이는 말없이 딴청을 부렸다. 공차는 아이들과 고무줄놀이하는 계집아이들에게 시선을 주고 있었다. 바우는 누가 볼세라 얼른 사탕과 과자를 소담이의 치마폭에 던져놓고 잰걸음으로 운동장을 가로질렀다. 아버지가 공사장에서 가져온 것을 아끼고 아껴 선심을 썼는데 반응이 실망스러웠다. 생각 같아서는 다시 가서 챙겨오고 싶은 마음도 없는 건 아니었다.

　절로 웃음을 자아내게 하는 소년의 순진한 애정공세 장면이다. 눈치를 살피면서 소녀에게 다가가고, 소녀에게 손을 내밀고, 손바닥에 자신이 아껴두었던 작지만 큰 선물이 놓여 있고, 정작 소녀는 딴 곳을 쳐다보며 아무 반응을 보이지 않고, 무안한 것인지 화가 난 것인지 소년은 얼른 소녀의 치마폭에 선물을 던져놓고 달아나듯 자리를 떠나고 하는 모든 사소한 행동 하나하나가 소년의 순수한 마음을 드러내기 위한 한 가지 목표에 수렴하고 있으며, 그러

한 행동 묘사를 통해서 섬세한 감정의 흐름도 포착된다. 때로는 상
량식에서 가져온 떡을 소담이에게 가져다주고, 미끄럼틀에서 나동
그라진 소담이를 일으켜 세워주고, 잡은 손에서 땀이 차는 데도 따
스한 소녀의 손이 좋게만 느껴지고, 죽은 어머니가 남긴 유품인 실
반지를 소담이 손에 끼워주는 등 소설의 거의 대부분 내용이 주인
공 바우의 순수한 감정에로 향해 있으며 그 자체로 서술상의 긴장
과 활력을 이룬다. 이러한 바우의 마음을 엿보는 즐거움이란 아껴
둔 사탕을 깨물어먹지 않고 살살 녹여먹을 때의 조바심과 간절함
일 것이다.

“왜 그랬어? 진짜 죽을 뻔했다며? 바보같이 왜 그랬어. 나 때
문에 그랬지? 그렇지?”
소담이는 추궁하듯 말했다. 바우는 고개를 저었다.
“아냐, 우리 엄마 때문이었어.”
“엄마, 죽었잖아?”
“우리 엄마도 다리를 많이 절었어.”
“나처럼?”
“아버지 따라서 공사장에 가서 일하다가 떨어져 죽었어. 엄마
살아있을 땐 학교에 오는 것도 싫었고 남들 앞에서 엄마라고 부
르는 것도 부끄러웠어. 그런데 엄마가 죽으면서 그랬어. 죽어서
하늘에 가도 너를 지켜줄 거라고. 그런데 넌 우리엄마를 참 많이
닮았어.”
바우의 눈가에 눈물이 가득 고였다. 소담이가 바우의 눈물을
손등으로 닦아주었다. 그 밤에도 하늘엔 달이 밝았다.

바우는 너무나 순수하고 투명하기에 거짓말도 제대로 하지 못

하는 소년이다. 강하게 부정해봐야 저보다 더 속 깊은 소녀는 소년이 소녀 자신을 위해서 '대장 따먹기'라는 모험을 감행했다는 것을 금방 알아차린다. 그러나 소녀 때문에 그런 것이 아니라는 서투른 거짓말은 문득 죽은 엄마에 대한 그리움으로 변해버려 속마음을 털어놓기에 이른다. 이 대목에서 심리학적 분석 따위는 필요 없다. 아니 있어서는 안 된다. 소년의 순수함과 슬픔을 보듬어 주기 위해서는 그러고 싶지 않다는 것이다. 소년이 눈물을 흘리고 소녀가 소년의 눈물을 손등으로 닦아주면서 두 어린 영혼은 서로의 마음을 열고 진심을 교통한다. "그 밤에도 하늘엔 달이 밝았다."라는 문장에서 달빛은 고요히 소년과 소녀를 내리비춘다. 죽은 어머니가 지켜주듯 모성의 상징으로 빛나는 달빛 속에서 순수함과 간절함의 향기는 은은하게 풍겨온다. 작은 엽서에 그려진 수채화 내지 스케치는 달빛의 서정적 상징을 거쳐 도약하면서 깊고 묵직한 여운을 지닌 큼지막한 풍경화로 변하고 있다.

불안과 초조에 이르는 경로
−이채형 〈까마귀 울다〉

　에드가 앨런 포의 갈까마귀가 소설의 첫머리에 걸려 있다. 침실 문 바로 위의 팔라스의 흉상 위에 앉아 있는 까마귀는 절대 날아가지 않고, 가만히 앉아서 나를 지켜본다. 불길한 악의 위협이자 예언자의 경외감을 불러일으키는 까마귀의 그림자 아래에서 인간의

영혼은 어디로 향할 것인가. 포의 시에 나오는 그 까마귀가 언제부
턴가 아파트 단지에 나타나서 불길한 그 존재감을 과시한다는 것
이 이 소설의 줄기다. 이 소설은 포의 시를 '불안과 초조의 다가옴'
이라는 분위기의 조성으로 해석하고 있다. 여러 사건이 발생하지
만 결국 날아가지 않은 채 어디선가 가만히 나를 지켜보고 있을 까
마귀의 어두운 그림자가 작품을 지배한다. 그로테스크한 울음소
리로 자신의 존재를 알리는 까마귀의 등장과 다가옴, 그리고 그 까
마귀에게 정신을 점령당하기까지의 일련의 과정에 대한 서술이 눈
여겨보아야 할 대목이다.

언제부턴가 아파트 단지 위로 까마귀가 날아다녔다. 뒤쪽에
산이 있고 앞에 공원이 있으니 이상할 것은 없었다. 산이 있고 숲
이 있으면 까마귀도 있게 마련이어서 나는 그것을 전혀 의식하
지 못했다.
그 까마귀의 존재를 분명히 인식하게 된 건 어느 날 아침이었
다. 여느 때처럼 공원으로 가려고 아파트 입구를 나서려는데, 어
디선가 퉁명스러운 새 울음소리가 들려왔다. 까옥까옥까옥. 그
소리는 부산한 출근이 끝난 뒤의 조용하고 한가로운 아파트 안
을 괴이쩍게 울려놓았다. 그 때문에 아마 내 귀를 선명하게 파고
들었으리라. 상가 옆 교회 쪽이었다. 걸음을 멈춘 채 무심코 올
려다보았더니 높다란 교회 첨탑 위에 새까만 새 한 마리가 앉아
있었다. 까마귀였다. 까옥까옥, 다시 그 소리가 날아왔다.

까마귀는 다가온다. 울음소리가 들려오고, 날아온다. 그 존재는
아직 흐릿하고 모호하지만 분명 '나'를 향해 서서히 다가오는 운동
의 방향성만큼은 명확하게 설정되어 있다. 한가로운 아파트 단지

의 정적을 깨뜨리고 다가오는 까마귀의 울음소리는 곧 의식의 평온을 교란시키고 난입하는 침입자의 형상을 하고 있다. 일상에 도래한 불길함의 징조, 그 예감대로 연이어 사건들이 발생한다. 그 사건들 역시 주인공의 일상에 침입하여 의식을 혼란시키는 역할을 충실히 수행한다. 강아지 한 마리가 차에 치어 피를 흘리고 있다든가 슬픔에 빠진 강아지 주인의 남편을 우연히 목격한다든가, 이사 가는 집에서 강아지 한 마리를 잃어버린다든가 하는 여러 가지 일들의 발생은 자신이 예전에 키우던 애완견 볼록이의 안락사를 상기시키고, 그로 인해 시작된 아내의 심한 불면증에 대한 연상으로 이어진다. 마음을 심란하게 하는 것, 그것은 여러 사건의 발생으로 인해 촉발된 것이지만 그 배후에는 갑자기 다가오기 시작한 까마귀의 불길한 존재감이 도사리고 있다.

아, 지상에 내려온 까마귀! 소파와 침대, 옷장과 함께 버려져 있는 화장대 앞에 까마귀 한 마리가 거울을 들여다보고 있는 게 아닌가. 햇살이 비낀 환한 거울 속에 까만 새의 전신이 걸려 있었다. 나는 온몸에 소름이 돋으며 전율이 일었다. 그 순간 온 아파트가 한 마리 까마귀에게 점령당한 느낌이었다. 그 음험한 점령자를 사람의 힘으로는 도저히 물리칠 수 없을 것 같았다. 그렇게 단호하고 강인해보였다. 나는 온몸이 덜덜 떨렸다.

까마귀가 이제 지상으로 내려왔다는 것, 한층 더 가까이 다가왔다는 것, 거울 속에서 자신의 몸을 비추어보면서 그 존재감을 명확하게 드러내고 있다는 것. '나'의 놀라움이란 결국 까마귀가 그만큼 더 가까이 다가왔음을 확인했을 때의 놀라움이다. 멀리서 울음소리만 들려오던 것이 이제 점령자처럼 아파트 단지라는 일상의 공간으로 침입해왔으며 어쩌면 조만간 더 가까이 다가와 '나'를 덮칠 수도 있을 것이라는 불안감의 고조가 놀라움을 불러온다. 불안의 당도라는 것은 애완견의 죽음이나 실종보다 더 근원적이다. 애완견과 연루된 여러 사소한 사건들은 단지 불안의 당도를 상기시키는 매개적 역할만 수행할 뿐이다.

불안의 시기를 살고 있는 오늘날 우리들의 처지를 돌아보면 갑작스레 불안에 휩싸이는 주인공이 전혀 낯설지 않다. 누구라도 그러한 불안에 휩싸일 수밖에 없는 위태로운 일상을 살아가는 것이기 때문이다. 구체적으로 어떠한 불안인지는 중요하지 않다. 불안의 구체적인 진상을 소설에 담아내려면 이 짧은 분량으로는 어림도 없는 일이며 장편의 형식을 취해야 마땅하다. 그러나 이 소설의 목표는 그것이 아닌 듯하다. 오직 불안이 도래하는 근질근질한 느낌과 분위기의 포착이 이 소설이 노리는 바다. 구체적인 진상을 생략한 채 불안과의 거리가 점점 가까워지는 불길한 예감을 통해서 독자들 스스로가 주인공과 다를 바 없지 않은 상태에 놓여 있음을 폭로하고 있는 셈이다.

아내가 약을 먹고 잠든 뒤 나는 혼자 식탁에 앉아 있었다. 나는 불안과 초조 속에서 뭔가를 기다리고 있었다. 그 대상이 무엇인지는 분명치 않았다. 그러나 기다림은 틀림없었다. 시간이 얼마나 지났을까. 놀이터의 아이들 훤소도 그쳤다. 그때였다. 똑똑, 노크 소리가 난 것 같았다. 초인종이 아니었다. 나는 천천히 현관문을 열었다. 그러나 아무것도 보이지 않았다. 나는 잠자코 기다렸다. 이윽고 어둠을 뚫고 까마귀 소리가 들려왔다. 교회 첨탑 쪽이었다.

영혼을 잠식하는 악마처럼 점점 더 가까이 다가오는 까마귀는 급기야 현관문을 똑똑 두드리게 된다. 포의 시에서 까마귀가 침실 문을 두드렸던 것이 아파트 현관문을 두드리는 것으로 바뀌었을 뿐이다. 불면증에 시달리던 아내는 약을 먹고 겨우 잠든 상태다. 잠이 들어버린 아내는 불안과 초조 속에서 까마귀의 방문을 기다리고 있는 '나'보다 행복하다. 절대 날아가지 않고 그림자 속에서 눈을 끔뻑이고 있을 까마귀의 형상을 목격하지 않아도 될 테니까 말이다. 포의 시에서 악마를 닮은 까마귀의 방문을 받고 그 존재를 대면한 자의 영혼은 안식을 박탈당할 수밖에 없었다. 현관문을 열고 교회 첨탑 쪽에서 들려오는 까마귀 소리를 듣고 있는 주인공 역시 별반 다르지 않을 것이다.

멀리서 들리던 까마귀의 불길한 울음소리는 점점 다가와서 거리를 좁히고 있고, 이제 아파트 현관 바로 앞까지 다가왔다. 어느 순간 문을 열고 주인공을 덮치게 될지 모른다. 이때 불안과 초조에 떨고 있는 주인공의 얼굴에서 불안의 시기를 살아가고 있는 오늘날 우리들의 자화상을 발견하는 것은 너무도 당연한 일이 되지 않겠는가. 불안과 초조를 상징하는 까마귀의 검은 두 눈은 소설의 결말에 이르러 우리 독자를 음흉하게 노려보고 있다. 어디선가 까마귀 울음소리가 들려올 것 같은 스산함이 밀려온다. 어디선가 까마귀가 노려보고 있지 않을까 뒤통수가 근질근질하다.

감정의 스케치 몇 편들

주저앉은 가부장에 관한 스케치 한 편
—안수길 〈목침과 메주 사이〉

안수길의 〈목침과 메주 사이〉는 숨막힐 듯이 쪼여오는 생활의 무게에 짓눌려 오도 가도 못하는 한 사내의 비루한 초상을 보여준다. 소설의 문장을 따라 펼쳐지는 그 사내의 초상에는 요즘 세태의 세밀한 스케치와 함께 양심적으로 살아온 한 소시민의 내밀한 자의식의 그림자가 진하게 배어 있어 제법 오래 여운을 남기는 페이소스가 묻어 있다. 주위의 압박에 갇혀 옴짝달싹할 수 없는 신세, 작품의 제목처럼 "목침은 올려치고 메주장은 내려치니 가운데 머리통이 배겨날 재간이 없다는 말"이 어울리는 신세에 대한 안타까운 스케치가 이 소설의 목표였다면 그 목표는 성공적으로 달성되었다고 보인다.

주인공을 둘러싼 생활의 압박은 무엇보다 가부장의 권위가 추락하는 과정과 정확히 일치한다. 일 년 반 전 아버지가 치매에 걸려 쓰러졌다. 전형적인 가부장이던 아버지가 이제 온 가족의 짐이 되어버린 것이다. 넉넉하지는 못하지만 아내와 자식들에게 든든한 울타리를 마련해주었던 거목이 한순간에 가족들의 발목을 잡아끄는 장애물로 전락했다. 일 년 반 동안 어머니는 아버지의 병수발을 위해 헌신을 다했다. 가부장에게 순종으로 일관하던 어머니의 헌신이란 남편의 험한 모습을 자식들에게 보이지 않겠다는 당신의 깔끔한 성격과 강한 자존심에서 연유하는 것이겠지만 또 한편으로는 가부장의 권위를 조금이라도 유지시켜주기 위해 안간힘을 쓰는 과정이었다. 그러나 가부장의 권위를 가까스로 세우려는 안간힘은 일 년 반이라는 시간 동안 소진되어 어머니는 몸져누워버릴 수밖에 없었고, 이제 환자 둘을 감당해야 하는 아내가 쓰러질 차례라는 것은 누가 묻지 않아도 알 수 있는 상황이 되었다.

치매로 쓰러진 아버지의 뒤를 이어 집안을 건사해야 하는 진배 씨에게 가부장의 의무가 부여되었다. 그러나 아버지의 세대와는 달리 진배 씨 세대의 가부장은 돈에서 그 권위가 나온다는 것이 이 소설이 파악한 세태의 한 단면이다. 넉넉지 못한 형편 탓에 동생에게 어머니의 부양을 의탁하였지만, 제수와 처갓집에 기죽어 사는 동생은 어머니를 요양병원에 맡길 수밖에 없었다. 요양병원에 맡기고 나서 세 남매가 병원비를 균등 분할하여 책임을 지게 된 상황에서 진배 씨의 몫으로 돌아온 수십 만 원의 병원비는 그에게는 결코 가벼운 부담이 아니었다. 자식이 병든 부모를 모시는 것이 너무도 당연한 것 아니냐라는 인식은 가부장제의 권위가 살아 있던 과거 세대에 속하는 것일 뿐, 이제 부모 봉양의 정성은 돈으로 환산된다. 자식의 도리, 가부장의 권위는 고스란히 돈으로 계산되어버리는 상황에서 금전적 여유가 부족한 우리의 가부장 진배 씨는 상황에 몰려가기만 할 뿐이다.

> 진배 씨와 달리 대학을 졸업한 동생들은 옛날보다 대우가 좋아진 공무원이 되었다. 남동생 용배는 처가에서 집을 마련해줄 만큼 넉넉한 집 규수와 결혼하고, 여동생은 직장동료와 결혼해서 부부공무원으로 살았다. 아버지가 중개업에서 손을 뗀 후, 진배 씨가 자녀 삼남매를 포함한 일곱 식구 대가족 살림에 허덕이는 것과 달리, 동생들은 넉넉하게 사는 편이다. 그러나 일 년에 몇 번 얼굴 보기도 어려울 만큼 동생들의 관심은 멀어졌다. 진배 씨의 아버지나 어머니는 가끔 그런 동생들을 야속해했지만 진배 씨는 내색을 하지 않았다.

주인공 진배 씨를 향한 페이소스는 속으로 동생들을 야속해할지언정 겉으로는 내색하지 않는 그의 선량한 성품과 연결되어 있다. 형편이 나은 동생들이 부모를 모실 수도 있겠지만, 동생들은 봉양의 의무를 여전히 진배 씨에게 미룬다. 그러나 진배 씨는 그것을 드러내놓고 원망하지도 않는다. 진배 씨의 마음속에는 돈으로 계산되는 것보다 더 근본적인 무엇이 강하게 영향력을 행사하고 있기 때문이며, 그것은 초라하게 남은 가부장의 마지막 자존심이라 부를 수 있을 법하다. "도대체 나는 뭘 하는 인간인가? 진배 씨는 아우에 대한 원망보다 자신의 무력함에 날선 유리파편으로 가슴을 그어 내리는 듯 아팠다."라고 서술된다. 야속한 세태에 대해 분노를 가질 법도 하지만 오히려 자신의 무력함을 부끄러워하는 것은 여전히 진배 씨가 전통적인 가부장적 가치에 대한 미련을 버리지 않기 때문이다. 그의 자괴감은 소설 전편을 통해 여러 차례 반복적으로 표출된다. 어머니와 아내 앞에서 자신의 무능을 부끄러워하고, 동생들 앞에서 차마 항변하지 못하는 진배 씨는 속으로 아픔을 삭일 따름이다. 남을 탓하지 못하는 성품은 부담스러운 장남으로서의 의무, 가부장으로서의 권위와 결합하여 안타까움을 자아내는데, 만약 이에 공감할 수 있다면 그러한 공감은 가부장제의 스러져감에 대한 복고적 향수에서 비롯한 것이라고 볼 수 있다.

어릴 때, 가끔씩 업혀보던 아버지의 등은 늘 산처럼 넓고 탄탄했었다. 어머니의 목 뒤로 손깍지를 끼고 안기던 가슴은 언제나 따뜻하고 푸근했었다. 아버지의 등에 한 번 업히면, 그 넓은 등판에 볼을 댄 채 몇 시간이고 그냥 그렇게 있고 싶었었다. 어머니와 가슴을 맞대고 있으면 온 세상이 모두 따뜻하고 부드럽고 푸근한 듯 했었다.

그런데 지금은 어머니 아버지, 두 분 모두가 세상의 끝자락에까지 밀려와서, 마른 장작처럼 야윈 몸을 스스로 추스르기조차 버겁게 되었다. 칠팔십 년 쌓였던 기억들은 불꽃 사윈 재처럼 흩어져 아스라이 멀어졌다. 아마 남은 세월이 자식들에게 짐이 될 뿐이라고 자책하고 있을 것이다. 두 분이 걸어온 먼 길, 오랜 세월, 삼남매를 키우며 힘겹게 살아 온 결과가 그래서는 안 되는 것인데…. 진배 씨의 힘으로는 어째볼 도리가 없다. 세월을 되돌릴 수도 없으려니와, 닥치는 하루하루의 삶을 지금보다 낫게 바꿔드릴 수조차 없다. 진배 씨 자신은 물론 아내도 육십 고개를 넘었다. 어쩌면 진배 씨 자신과 아내도 어머니와 아버지의 그림자를 밟으며 따라가고 있는 것인지도 모른다.

전통적인 가부장제를 향한 복고적 향수는 단순히 퇴행적인 속

성만을 내포한 것은 아니다. 이 작품의 주제가 스러져가는 가부장
제에 대한 미련이라고만 파악될 수 없는 이유이기도 하다. 복고의
의지가 닿는 그곳에는 아버지와 어머니의 등과 가슴이 자리하고
있다. 고향에 되돌아갈 수 없음을 비로소 느낀 끝에 몰려오는 회한
은 자신의 무기력함에 대한 자책으로 이어지고 있을 뿐, 세상을 향
한 환멸이나 분노로 표출되지 않는다. 진배 씨의 태도에 대해 일체
의 비난을 가할 수 없는 것은 그가 목도하고 승인한 무기력함이 결
국 시간의 굴레를 한 치도 벗어날 수 없는 인간 존재의 한계에서
기인한 것이기에 그러하다. 이 작품이 선사하는 감정의 공감대란
세태의 묘파를 넘어, 부모와 자식의 관계, 인간적 한계에 대한 상
당히 깊이 있는 암시에 닿아 있기 때문에 성립 가능하다. 주인공의
전후좌우에 관한 한 편의 스케치가 인생에 대한 통찰로 나아갈 여
지를 보이는 것도 모두 본원적인 그리움을 참주제로 삼았기 때문
이지 않을까 싶다.

잠들지 않는 도시의 스케치
　─최성배 〈영등포의 밤〉

　모든 것은 막차를 놓쳤기 때문에 시작된다. 첫차는 새벽 6시 03
분이 되어야 출발한다. 첫차를 기다리는 동안 주인공 남자는 이곳
저곳을 누비며 잠들지 않는 도시의 뒷골목을 하나씩 화폭에 옮겨
담는다. 그 화폭 속에는 어둠이 뒤덮은 도시에서 잠자지 못하고 첫

차를 기다리는 남자의 신산했던 과거가 하나씩 틈입함으로써 어둠이 뒤덮인 도시의 풍경은 무겁게 가라앉은 우울한 풍경화가 되어간다. 영등포의 허름한 골목골목과 남자의 순탄치 못했던 인생이 서로를 스케치하며 완성되어가는 풍경화는 어느새 삶의 무게를 견디며 살아내는 도시 사람들의 자화상으로 변화되어 간다. 스케치는 세밀한 풍경화로, 다시 인상적인 초상화로 변신을 거듭하는 중이다.

　　　　남자는 힘없는 발길로 하얗고 거대한 역 건물을 나섰다. 딱히 목적이 있는 것도 아니다. 발길이 닿는 대로 걸으면서 어지러운 생각들을 정리해볼 참이었다. 우체국 빌딩이 보이는 역 광장 난간에는 몸을 가누지 못한 취객들이 붙어있다. 맥도날드 햄버거 빌딩 옆으로 영어 어학원과 휴대폰, 피부성형 따위의 건물들이 임대문의 현수막을 내건 채로 다닥다닥 붙었다. 남자의 눈에 보이는 거리며 건물들은 왠지 낯설게 다가왔다. 그래도 이십 년 가까이 이 도시에 살면서 가끔씩 지나쳤던 곳이 아니던가.

세밀하게 밤 풍경을 따라간 끝에 마주하게 되는 감정은 '낯설음'이다. 남자는 이십 년 가까이 이 도시에 살았으며 가끔씩은 지나치던 곳이라 말하지만, 그에게 익숙함이란 전혀 없다. 제2의 고향이라는 상투적인 표현 따위는 절대 붙을 수 없는 곳이 남자가 서 있는 도시다. 남자에게 도시는 영원한 타향이며, 남자는 영원히 고향에서 추방된 아담과 이브의 후손일 따름이다. 반복되는 일상에서 무심코 지나쳤던 건물과 거리들이 이제 낯설음으로 각인될 때, 어깨에 멘 가방의 무게는 자신이 짊어진 삶의 무게를 연상케 하면서 육중한 중압감으로 남자를 짓누르고 있고, 남자는 간신히 그 무게를 버티고 있을 뿐이다. 산견된 감정의 편린들은 섬세하게 묘사하는 문장의 곳곳에서 고개를 들고 있으며, 이제 낯설고 무거운 발걸음 앞에서 어둠은 도시를 짓누른다. 감정의 무게를 충분히 헤아리고 있는 이 소설의 묘사력은 다른 어떤 것보다도 감탄을 자아내게 한다.

> 흐리멍덩한 남자의 눈에 비친 지나가는 택시와 행인들. 졸린 표정으로 얼굴을 처든 아낙네들과 사내 서넛이 남자가 내려온 계단을 따라 우르르 쏟아졌다. 열차가 도착한 것은 아닌성싶었다. 그들이 의자에 앉은 남자를 흘깃흘깃 바라보며 지나갔다. 멍한 눈으로 허공을 쫓던 남자는 뜬금없는 생각에 물렸다. 머릿속의 이미지들은 따로따로 바릇바릇 떠돌았다. 그래, 웬 노숙자가 바깥으로 나돌고 있냐고 여길까. 청승맞게 열차를 기다리는 여행객으로 보았겠지. 이곳은 열차가 멈추고 뱉은 승객들이 어디론지 사라지는 역 언저리니까. 모든 사람들이 열차를 기다리거나 떠나가고 지나가는 곳이니까. 언제라도 떠나고 다시 만날 기약조차 있는 것은 아니니까. 이방인들끼리는 서로 모든 고독을 창으로 찌르고 방패로 치받아야 하니까.

카메라의 눈 역할을 충실하게 수행하는 소설의 문장은 하나같이 이채로운 표현들로 구성되어 있다. 어느 하나 예사롭지 않다. 생각에 '물리고', 머릿속 이미지들은 '바릇바릇' 운동하고, 열차는 승객을 '뱉어내고' 있다. 이처럼 다채로운 표현의 화려함 속에서 영등포역은 세계에 대한 하나의 함축적인 비유를 형성한다. 기다리거나 떠나가고 지나가는 것이 인생이며, 이방인들끼리 서로 모든 고독을 창으로 찌르고 방패로 치받아가는 것이 세상이라는 간명한 진리에 관한 비유다. 텅 빈 공허한 시선으로 이루어진 카메라의 눈이 아니라 통찰과 직관으로 꿈틀거리는 기표들로 가득한 묘사의 시선이 어둠이 깔린, 그러나 결코 잠들지 않은 도시의 밤풍경을 역설적이게도 생생하게 조형해내고 있다.

헛된 기대, 친구의 배신, 사업 실패, 아내와의 불화 등 남자의 그간 이력에 관한 내용은 한갓 스쳐지나가는 배경에 불과하다는 느낌이 드는 것은 이 때문이다. "유혹과 배신은 언제나 같은 길이었다."처럼 경구에 가까운 서술을 하거나 "욕망을 거머쥘 수 있는 기회의 땅에서 기생하는 것은 본능이었다. 만났던 타인들은 이해와 필요에 의해 관계가 유지되거나 버려졌다. 서로가 서로를 착취하고 물고 뜯는 암시장이었다. 탐욕의 풍선이 빵빵하게 부풀어져 터질 때까지 어느 누구도 자유로울 수 없는 곳. 서로가 경계하고 소통하다가 배신을 한 것까지. 발버둥 쳐봐야 한번 추락하면 다시 그 자리로 올라서기 어려운 곳."이라는 단언을 내리기 위한 배경이며 장식이다. 남자가 힘겨워하는 삶의 무게는 어두운 도시에 색채와 질감을 부여하기 위한 도구로 기능한다. 이에 주인공은 사업에 실패해서 밤거리를 돌아다니는 남자가 아니라 욕망이 터지고, 추락이 만연한 도시 그 자체다.

남자가 꿈속을 거닐게 되는 작품의 결말은 그가 현실을 외면하고 눈감아버리는 순간에 대한 포착은 아니다. 마냥 꿈이었나 싶을 무렵 "이제는 그 꿈조차 나약해진 남자를 조롱하고 있다."라고 하지 않는가. 남자가 혹시 꿈으로의 도피나 외면을 기대했을지라도 그러한 꿈조차 용납되지 않는 것이 영등포역 한복판에 서 있는 남자의 신세다. "도달할 수 있는 길과 꿈꾸었던 종착점은 일치하지 않았다."라는 소설의 마지막 문장은 남자가 여전히 현실의 한 복판에 놓여있음을 상기시킨다. 어떠한 일시적인 위안도 허용되지 않는 도시의 밤거리에 관한 스케치는 여전히 현실의 궤도 위에서 발돋움을 계속해야만 하는 서글픈 도시 여행자의 힘겨운 초상이며, 낯선 도시를 살아가는 우리들의 자화상으로 의미를 확장하기를 멈추지 않는다. 그러기에 영등포의 밤은 낯설기만 한 것이 아니라 자못 잔인하기까지 하다.

모성의 초상, 예인의 초상
—안영실 〈한계령〉

〈한계령〉의 작가는 상당한 욕심을 내고 있다. 〈장자〉를 인용한 소설의 도입부부터 예사롭지 않음을 직감할 수 있고, 광대한 히말라야를 공간적 배경으로 삼고 있다. 게다가 모성의 의미를 탐색함과 동시에 예인의 길을 조명하고 있다. 길 잃은 티베트인들에게 나타나 길을 알려준다는 전설 속의 티베트 성자 '파드마쌈바바'라든가 삼 천 년 전의 시간을 거슬러 쏟아지는 인연의 물줄기가 펼쳐지기도 한다. 여타의 소설에서는 의욕이 앞선 나머지 각 소재들이 흩어져 제 힘을 발휘하지 못하는 것이 예사지만, 홍미롭게도 이 작품에서는 여러 굵직한 의미의 요소들이 때로는 아슬아슬하게 엮이면서 결말에 이르러 제 하고 싶은 이야기를 훌륭히 매듭짓고 있다.

유장하게 울려 퍼지는 노랫가락처럼 화려하지도 천박하지도 않은 선율 속에서 모성과 예인의 초상을 그려내고 있다.

높고 험준한 히말라야 고갯길을 한참 걷다보면 누구라도 철학자가 된다. 이 소설에서는 그러하다. 길도 제대로 안내하지 못하는 초짜배기 포터가 '인연'을 말하는 곳이 히말라야다. 폭우가 내려 개울물이 점점 불어나고 불안감도 고조되지만 태연하게 감자를 먹으며 "걱정하지 마. 너와 내가 이렇게 감자를 먹게 된 건 이미 삼천 년 전에 결정된 인연이야. 만남은 우연이라는 것이 없어."라고 말한다. 이에 '나'는 이내 불안을 떨쳐버리고 편안한 기분에 젖어 들 수 있었다. '나'는 이렇게 말한다. 식상한 연기설에 관한 언설이지만, 인연이라는 말이 '감자와 함께' 건네졌기 때문에 와 닿은 것이라고. 히말라야에서 길을 잃고 나서 대화를 주고받는 순간 포터와 '나'는 이미 말과 이성의 세계를 건너뛰어 오래된 인연의 심연을 거슬러 올라가고 있다. 모든 것은 히말라야 감자 한 조각 속에 담긴 인연의 힘이다.

> 할머니는 나를 끌어당겨 다복솔 그늘에 앉혔다.
> 어미는 골짜기와 같아. 모든 것을 받아들이고 모든 것을 길러낸단다.
> 그리고 길게 이어지는 시창. 서방님― 하며 길게 뽑는 할머니의 노래에 나는 눈을 번쩍 떴다. 꿈에서 깬 후에도 할머니의 목소리가 환청처럼 들렸다. '어미는 도 닦는 사람'이란 말은 내가 결혼할 때 할머니가 해준 말이었다. 문득 나는 집을 떠나올 때 할머니의 병이 깊었다는 사실이 기억났다. 주머니에 손을 넣자 노리개의 차가운 감촉이 손에 잡혔다.

개울은 점점 더 많은 흙탕물을 쏟아냈다. 먼 상류에 있는 과 거들이 한꺼번에 쏟아져 내려오고 있었다. 나는 지나간 과거에 붙들려 있었다. 버리려고 하면 할수록 점점 더 나를 옭아매는 기 억의 족쇄.

인연의 심연, 기억의 골짜기를 거슬러 올라가기 위해 '나'는 히 말라야 트래킹에 도전했던 것. 모든 것은 인연이라고 포터가 알려 주지 않는가. 히말라야에서 길을 잃은 것은 과거로의 회귀를 위한 단초일 뿐이다. 이 또한 인연의 하나이다. 기억의 골짜기 저편에서 는 생사의 기로에 서 있는 할머니의 존재가 우뚝하게 자리하고 있 으며, 할머니의 존재는 환청처럼 들리는 유장한 노랫가락의 흐름 을 통해 손짓을 한다. 할머니라는 모성과 예술의 계곡에서 쏟아져 내리는 개울물 속에서 애써 안간힘을 써보지만 삼 천 년 전부터 예 정되어 있던 인연의 힘을 거역할 수 있는 자는 없다. 물결 속에 휩 쓸려 과거로, 과거로 빠져드는 기억의 여정이 비로소 시작된다. 여 러 소설적 장치들을 한꺼번에 격랑 속에 쏟아놓은 결과 이 작품은 소설보다는 시적 세계에 근접한다. 확고한 인식과 선명한 의미보 다는 몽환과 환청의 세계로 진입한다는 것이다.

할머니는 초경을 한 '나'에게 은장도를 선물했다. 할머니에게서 '나'에게로 전달된 은장도는 무언가를 베거나 끊을 수 있는 도구지 만, 공교롭게도 할머니와 '나'는 둘 다 질긴 인연의 끈을 끊는 데는 실패한다. 할머니는 기생 출신이라는 손가락질 때문에 스스로 눈 을 멀게 할 만큼 자신의 예술적 감흥을 끊고 베어버리고 싶었지만 결국에는 노래를 부르고 말았다. 할머니는 자식들에게 예인의 피를 물려주지 않기를 간절히 원했지만 피의 끌림은 외손녀에게 이어지고 말았다. '나'는 어미 되기를 거부했지만 어느새 어미가 되기 위해 많은 것들을 배어내며 살아왔음을 시인하지 않을 수 없다. 그리고 '나'는 할머니가 그토록 저어하던 예인의 길을 어느새 걷고 있었다. 여자의 길, 예인의 길을 결코 끊어버릴 수 없다는 사실을 역설적으로 확인하게끔 하는 것이 은장도의 역할이다.

느리고 느린 가락이었지만 선율은 꿋꿋하고 음색은 처연히 고왔다. 누운 채로 나는 할머니의 노래를 듣고 있었다. 그런데 어느 순간, 노래가 갑자기 내 안의 무엇을 툭 건드렸다. 그러자 잠자던 작은 북 하나가 눈을 떴다. 그 북이 둥둥 소리를 내기 시작했다. 자리에서 벌떡 일어났다. 어깨가 움찔거리고 발목에 힘이 놓였다. 온몸에 이상한 기운이 스멀대면서 어깨가 들썩거렸다. 나는 천천히 몸이 움직이는 대로 춤을 추었다. 바로 이것이 아닐까? 할머니가 말한 강이 운다던 바로 그 소리가. 할머니도 저 치렁치렁한 곡조에 휘둘려, 몸의 노래를 기웃거리며 살았다는 것을 나는 알았다.

'태부터 고인 피'를 벗어나지 못하는 것을 인연이며 숙명이라 부르지 않는가. 몸의 노래가 꿈틀거리며 생동하는 과정은 만물의 근원이 여자의 몸이라는 계곡에서 솟구쳐 나온다는 소박하고도 오래된 비유를 등에 업고 있다. 생동의 과정은 의지와는 무관한 것으로 그저 몸 안의 무언가를 툭 건드려 벌떡 일어나고 들썩거리게 만드는 힘을 지닌다. 마치 신기를 내려 받은 영매의 춤사위처럼 불수의적인 작용으로 그려지고 있기에 논리와 이성을 초월한다. 결코 끊을 수 없는 〈장자〉의 한 구절처럼 '면면히 이어져 겨우 있는 듯

하나 그 작용과 쓰임은 영원이 끝이 없다.'는 검은 암컷의 이미지
처럼 스스로 그 속에서 무언가를 솟구치게 하는 것이 모성이며 예
술이라 말하고 있다.

> 오래된 슬픔은 이미 가루가 되어 흩어져서 말이 되어 나오지
> 않았다. 그저 나는 할머니의 등을, 고달픈 생애와 오랜 기다림을
> 가만히 바라보았다. 어머니는 할머니의 옷을 빨고 있었다. 아무
> 런 불평 없이 어머니는 평생 일을 했다. 늘 바지런하게 식구들을
> 건사하고, 할머니가 되어서까지 시어머니를 모셨으며, 이제는
> 학교에서 학생들을 가르치는 나를 위해서 손자까지 돌보고 있었
> 다. 할머니와 아이를 동시에 건사하려고 어머니는 작년에 아예
> 우리 집으로 들어왔다. 아이를 돌보자면 몸은 번거롭고 마음 애
> 달픈 일이 수없이 많을 텐데 어머니는 내색하지 않았다. 어머니
> 를 바라보다가, 나는 문득 알았다. 어미가 되기 위해 어미로 살기
> 위해서 세상의 어미들처럼, 내 어머니도 자신의 안에 웅크리고
> 있는 검은 짐승을 도려냈다는 것을.

할머니와 '나'뿐만 아니라 어머니도 끊임없이 무언가를 도려내
고 있었다는 것을 알게 되는 순간, 어머니 역시 모성이고 예술이
다. 같은 논법으로 이제 세상의 모든 여자는 모성이고 예술이다.
철저히 모계적인 인물 관계 설정으로 일관하고 있는 이 소설은 남
성중심주의, 이성중심주의, 역사주의에 대한 일종의 반역을 꾀한
다. 말로 설명할 수 없는 무언가의 꿈틀거림 속에서 생명이 탄생하
고 예술이 탄생한다는 명제만큼 추상적이고 모호한 것은 없다. 그
러나 그러한 추상성과 모호함은 어디까지나 남성-이성-역사가 결
탁한 관점에서 그러할 뿐, 말로 표현된 것을 넘어, 아마도 삼 천 년

의 세월 동안 유장히 흐르는 노랫가락 속에서는 이러한 모든 것이 그 자체로 '완벽한 구슬'일지도 모른다. 이 소설에서 그려진 모성의 초상에, 예인의 초상에 '옥당玉堂!'이라는 외침이 근사하게 어울릴 듯하다.

타인의 외로움에 관한 스케치
―박종윤 〈달 아래 개똥밭〉

소설은 일인칭 화자 '나'가 정 씨의 자살 소식을 듣는 것을 시작한다. 정 씨가 자살을 선택한 이유라든가 그런 모진 결심을 내리기까지의 내적 갈등 따위가 이야기되는 것이 기대되기 십상이지만 소설은 그런 기대를 벗어난다. 어디까지나 '나'의 관점에서 정 씨를 관찰한 내용에 대한 서술이 주를 이루고, 자살한 정 씨에 대한 미안한 감정이 이야기를 엮어가고 있다. 정 씨의 자살을 첫머리에 내걸고 있음에도 불구하고 서술의 주안점은 '나'에게로 맞추어져 있을 때 이 소설은 유의미한 사건의 한 부분을 원천적으로 버리고 있다는 아쉬움이 생긴다. 반면 지속적으로 언급되는 미안함의 감정이 어디에서 연유하는가에 살피는 데 더 많은 비중을 둔 결과 정씨가 외로운 죽음에 이르도록 방기한 세태에 책임을 묻는 윤리 의식의 구현이 가능해진다.

"형, 이 세상에서 내가 제일 좋아하는 사람이 누군지 알우? 나
보고 함께 밥 먹으러가자는 사람이야. 식구들하고 오순도순 밥

상에 앉아 밥 먹어본 지가 까마득한 옛날 같소. 생각해보소. 조미료만 진탕 퍼 넣는 식당 밥이 무슨 영양가가 있겠어. 그것도 매일 혼자 식당 밥 먹는 것도 청승스럽고 이젠 진력이 낫소.”
“거, 어려워도 웬만하면 가족들과 합치지 그래?”
“왜 아니겠소. 마음은 굴뚝같지만 정말 어려운 이야기요. 빚을 다 갚아야만 그것도 생각할 일이지 지금은 난감하기만 하요.”
“빚이 얼만데 그래?”
“아직 많이 남았어. 이젠 이곳에서 금년 크리스마스 때까지만 하고 그만두려고 해. 너무 힘들어서 다른 곳으로 한 번 옮겨보겠다는 것이지 빚을 갚으려면 감감해. 형, 형이 이곳 그만두고 나가면 내 자리 좀 알아봐줘. 이 나이에 어딜 가서 뭘 하겠어. 버스나 택시회사 배차 같은 것은 의자에 앉아서 하는 거니까 자신 있는데, 힘쓰는 거는 이제 딸려. 형, 그런 회사 어디 아는 데 없지? 아, 배고파. 밥 먹으러 갑시다.”

‘나’는 시종일관 정 씨의 이야기를 들어주는 역할을 한다. ‘나’는 우여곡절을 겪은 정 씨의 삶 속에 기꺼이 뛰어 들어갈 수 없다. 언제나 한 발짝 물러서서 정 씨의 신산한 삶의 이력을 듣는 역할에만 충실하다. 그도 그럴 것이 막대한 빚을 갚기 위해 가족과도 생이별하면서 자신의 생활과 삶 전부를 돈벌이에 던져 넣어야 하는 정 씨와는 달리, ‘나’는 그저 해외여행 경비를 마련하기 위해 아르바이트로 일을 하고 있다. 발을 딛고 있는 세계가 다르다는 것이 요점이다. 정 씨의 이야기를 들어주는 ‘나’는 다소 과격하게 말하여 그것이 자신의 일이 아니기 때문에 들어줄 수 있는 셈이다. 자신도 정 씨와 같은 처지였다면 자신이 짊어진 짐의 무게를 감당하기도 벅차 정 씨의 이야기를 들어줄 여유조차 없었을 것이다.

이와 같은 '나'와 정 씨 사이의 격차에서 이 소설의 윤리적 몸짓이 비롯하며, 그것이 소설의 서사를 견인하는 힘으로 작용한다. '나'가 할 수 있는, 해야 하는 일이 밥을 같이 먹어주는 것이다. 정 씨가 간절히 원하는 일은 밥을 같이 먹는 것이며, 밥을 같이 먹는다는 것은 곧 오랜 시간 혼자 살아오면서 가질 수 없었던 대화의 기회를 가지는 일이다. 정 씨가 그처럼 잠시도 입을 다물지 않으면서 이것저것 시시콜콜한 것까지, 때로는 오랜만에 가졌던 아내와의 잠자리 이야기까지 늘어놓는 것은 그만큼 오랫동안 그가 외로움을 견뎌왔다는 방증일 터이다. "그가 말이 많은 것은 켜켜이 쌓여 있는 외로움 때문이라는 것이 피부로 느껴졌다"라고 '나'는 인식하고 있다. 이때 정 씨에게 굳이 위로의 말을 건넬 필요는 없다. 아무도 들어주지 않았던 이야기를 묵묵히 들어주기만 해도 정 씨는 자신의 깊은 상처를 보듬는 위로를 얻을 수 있기 때문이다. 정 씨의 이야기를 들어주면서 그의 신산한 삶을 스케치하는 것이 타인의 외로움에 대한 최소한의 예의이며, '미안함'으로 반복되는 이 소설의 윤리의식이다.

크리스마스가 지나고 정 씨가 자살했다는 소식을 뒤늦게 접했을 때 '나'의 미안함은 한층 강화된다. 그러나 미안함이 정 씨의 삶을 완전히 이해했다는 섣부른 결론으로 나아가지는 않는다. 어디까지나 '나'와 정 씨 사이에는 엄연한 간격이 존재했었고, 그랬었기에 정 씨의 초상에 관한 한 편의 스케치가 시작될 수 있었다. '나'는 "그렇게 자신만만하던 그가 왜 죽음을 택했는지, 또 무엇이 그를 죽음으로 몰아갔는지 지금의 나로서는 어떤 판단을 내릴 수 없었다."라고 고백하고 있다. 소설은 솔직히 모든 것을 인정한다.

그럼에도 불구하고 정 씨의 죽음에 대한 미안함은 지속된다. 배고 프다며 같이 밥 먹으러 가자던 정 씨의 말을 떠올리며 차갑고 매서운 겨울바람을 맞고 있는 '나'의 모습에서 결코 갚을 수 없는 부채 의식이 선명하게 느껴진다. 정 씨의 죽음을 이해할 수는 없지만 정 씨의 이야기를 기억할 수는 있다, 그리고 정 씨의 이야기를 발화함으로써 그의 존재가 세상에 있었음을 알릴 수는 있다. 타인의 고독을 '기억'하고 발화하게 하는 것 역시 미안함의 윤리를 따르는 한 가지 방편이 될 수 있으니까 말이다.

유혹하는 질문들

마법의 세계와 현실을 오가는 질문들
－공애린 〈마법의 의자〉

소설은 '눈부시게 빛나는 멋진 세상'을 노래하는 만화영화 알라딘의 주제곡으로 시작한다. 지금 주인공은 구름 위를 나는 마법의 양탄자 위에서 몽롱한 환상에 취해 있다. 마법의 양탄자라니, 도대체 무슨 뚱딴지 같은 소리인가 싶은 것도 잠시, 느닷없이 울린 전화벨 때문에 달콤한 꿈속 환상은 중단되고, 이제 마법의 양탄자는 꾀죄죄한 담요로 탈바꿈해버린다. 마법에서 추락한 현실은 이틀째 단수가 되어 마른 먼지만 펄펄 날리는 오피스텔 작은 방이고, 이미 단수 전부터 화장실에서는 악취가 풍기고 있었다. 양탄자에 올라타 구름 위를 날던 마법의 세계와 꾀죄죄한 담요가 펼쳐진 좁고 냄새나는 오피스텔이 있는 현실 사이의 격차가 이 소설의 이야기를 지탱한다. 과연 그 격차가 어디에서 비롯하는가, 또 그 격차는 더 벌어질 것인가 반대로 좁혀질 것인가 등의 질문이 소설의 초반부부터 밀려온다.

그러한 질문은 우선 K라는 인물의 정체가 무엇인지에 대한 궁금증으로 이어진다. 곱상한 미소년의 외모를 지니고 있으며 주인공이 '알라딘'이라 부르는 K가 주인공과 어떤 관계에 있는 인물인지 알고 싶은 마음에 이야기를 따라가 본다. 그러다 보니 어느덧 주인공의 언니에 대해 언급한다. 언니는 이미 죽은 사람이고, 오늘이 그녀의 기일이라는 것. K와 언니 사이에 심상치 않은 일이 있었음은 주인공의 망설임과 주저를 통해서 간접적으로 제시될 뿐 아직까지 속 시원한 해답을 던져놓지 않는다. 또 다시 K와 주인공 '나' 사이에 미묘한 감정의 기류가 포착된다. "성급한 해당화가 꽃망울을 터뜨렸다는군요. 함께 가지 않을래요?"라는 포스트잇 메모를 보낸 K에게 어떤 대답을 할 것인지, 혹시 두 사람은 연애 관계로 이어지지 않을까라는 질문도 불쑥 고개를 든다. 그러면서도 언니에게 미안하다고 하는 주인공을 보면, K와 언니와 주인공 사이가 통속적인 삼각관계가 아니었는가 의구심이 들기도 한다. 이처럼 이 작품은 속 시원히 모든 정보가 제공되지 않은 채 진행되고, 점점 질문은 늘어나서 쌓이기만 하는 방식을 취하고 있다.

이러한 질문의 방점을 찍는 것은 '악녀 조순지'라는 존재에 관한 의문이다. "욕조에 물을 가득 채워! 차갑고 표독스런 소리와 함께 순지의 유령이 나타났다." 평온한 일상을 균열내고 그 속에 비집고 들어오는 조순지라는 존재에 관한 새로운 의문은 강렬하다. 유령이라니? 언니의 기일이라더니 죽은 언니가 유령으로 나타난 것인가? 알라딘과 함께 마법의 양탄자를 타고 날아오를 것 같던 기대는 유령이라는 기괴함의 전면적인 등장과 함께 금세 분위기를 전환한다. 오피스텔의 비루한 좁은 방에서 마법의 양탄자를 타고 날아오를 수 있을 것 같던 상승에 대한 기대감이 오히려 현재의 현실보다 더 추악하고 고통스러운 밑바닥으로 추락할 것 같은 불길한 예감으로 전환됨으로써 마법의 세계와 현실을 오가는 질문들은 강렬함의 색채를 입게 된다. 마법의 세계와 현실 사이에 존재하는 강렬함의 요소를 극대화하는 것이 이 소설의 방식이다.

누적되었던 질문들에 대한 답변은 간단하다. 언니에 대한 콤플렉스, 언니와 연인 사이였던 K를 자신의 알라딘으로 만들고 싶은 비틀린 욕망, 불량 소녀 조순지에게 K의 사진과 연락처를 넘겨줌으로써 애인을 잃은 언니는 자살을 선택했고 언니에 대한 죄책감은 더욱 심화되었다는 것이다. 알라딘과 마법의 양탄자로 미화된 꿈은 언니의 자살과 관련된 일련의 사건들로 인한 충격을 회피하기 위해 그럴 듯하게 꾸며낸 자기방어 기제에 불과했음이 밝혀지고 나서 남은 것은 죽은 고양이 시체가 썩어가는 악취뿐이다. 마법의 양탄자를 타고 마법의 세계를 날아다니기를 꿈꾸며 쇼핑몰에서 주문했던 의자가 핏빛 의자로 잘못 배송되어 왔듯, 모든 것이 뒤틀리고 피 흘리며 악취까지 풍기는 것이 주인공에게 남겨진 실제 세계의 모습이다. 그로테스크하고도 가련하다.

소각장에서 태워야겠군. 신문지로 고양이 사체를 둘둘 말고 있던 직원의 말에 멀찌감치 서 있던 나는 불쑥 말했다. 쓰레기 따위를 태우는 소각장 말인가요? 그럼요. 쓰레기봉투에 담아서 버려도 되지만 부패가 심해서 태우는 게 낫죠. 나는 침을 꿀꺽 삼키며 말했다. 그건 억울하게 굶어죽은 고양이한테 예의가 아니에요. 제가 동물병원에 의뢰할 테니까 놔두고 가세요. 네? 그렇게

할 필요가…. 의아한 표정으로 나를 힐끔 보던 직원은 변비환자
같은 떨떠름한 표정으로 몸을 일으켰다. 그새 민첩하게 벽면을
원상 복구시킨 다른 직원들도 손을 털며 자리에서 일어났다.

　고양이 시체를 택배 상자에 담아 '악녀 조순지'에게 보내는 결
말은 얼핏 보아 기괴하고 불쾌하기만 하다. 그러나 그 이면에는 죽
은 고양이와 죽은 언니에 대한 애도가 깔려 있다. 고양이 시체는
악취가 풍기던 주인공의 방 즉 주인공의 남루한 현실에 대한 상징
이며, 또한 억울하게 죽은 언니에 대한 상징이다. 그로테스크함의
표피 속에는 가련함이 공존하며, 그러한 가련함에 대한 최소한의
예의를 지켜야 한다는 것이 주인공의 생각이다. 죽은 시체를 택배
상자에 담아 보낸다는 기이한 결말이 죽은 언니에 대한 죄책감과
뒤틀려버린 과거의 사건과 관계를 바로 잡아보겠다는 소망의 표현
이다. 현실을 현실 그대로 두지 않겠다는 의지는 곧 마법의 양탄자
를 타고 하늘을 날고 싶은 공상과도 연결되는 것이기도 하다. 결국
주인공은 자신만의 방식으로 마법의 양탄자를 하늘로 날려 보내고
있다. 알라딘, 마법의 양탄자, 죽은 고양이와 언니, 악녀는 비루한
현실을 벗어나 마법의 세계를 향해 신기루처럼 흩날려지고 있다.

도대체 '아부레이 수나'가 무엇인가?

－김희원 〈아부레이 수나〉

　'아부레이 수나'가 무슨 뜻인 궁금증을 가지고 읽어볼 수밖에

없었다. 소설 초반부를 보면 유럽을 여행 중인 일인칭 화자인 '나'가 찾고자 하는 무엇인가가 아닐까 하는 의문이 들기도 하고, 좀 더 넘어가서 중후반부에 이르러 '나'가 우연히 여행지에서 만나게 된 여인의 이름이 '아부레이 수나'인가라는 의문이 들기도 한다. 물론 소설을 다 읽고 말미에 붙여 놓은 작자의 부기에서 '아부레이 수나'의 본래 의미를 뒤늦게 알아차리게 되었다. 어휘부터 흥미로운 '아부레이 수나'가 무엇인지를 찾아가는 독서의 과정이 주인공 '나'의 유럽 여행과 정확히 일치하고 있다는 것 또한 알아차리게 되면 작가의 의도와는 무관하게 색다른 재미를 맛볼 수도 있다.

'아부레이 수나'가 외국 사람의 이름이나 외국의 지명이 아니라 경상도 예천 지방의 방언이라는 것을 조금도 눈치 채지 못했던 데에는 몇 가지 이유가 있다. 첫째, 고풍스럽고 우아하게 이어져 나아가는 독특한 문체 때문이다. "도시의 해가 지자, 낯선 거리에 어둠이 내린다. 도시는 어둠에 묻히고 예스런 창에 하나둘 불이 켜진다. 발갛게 물들어가는 어둠 속 도시는 아직도 옛 주인의 체취가 남은 듯 고풍스럽고 우아하다. 젊은 날의 그녀처럼." 이 소설의 첫 대목이다. 나른한 이국 도시의 저녁 풍경에 대한 묘사 속에는 피로한 여행자의 발바닥에서 올라오는 듯한 옅고도 진한 외로움이 고스란히 묻어 있다. 그리고 그러한 외로움의 이미지는 자신의 존재를 신중하고도 깊숙이 들여다보는 사색적인 주인공 '나'의 성격화에도 일조를 한다. 우아한 소설의 문체는 이국의 도시를 헤매면서 무언가를 찾아가기를 멈추지 않는 주인공의 발걸음을 하나씩 조형하는 데 성공하고 있다.

등록금을 벌기 원하는 대학생, 취업에 목마른 사회 초년생들을 유혹해 신용불량자 만드는 잔인한 사회. 백수 후배 불러내 다단계업체 권하는 선배가 어둠의 덫처럼 다가오는 내흉스럽고 우악한 슬픈 현실. 비싼 등록금으로 빚더미에 앉은 채, 아르바이트 인생으로 전락한 부박한 시대의 젊은 군상들을 불구경하듯 전해준다. 아파도 아프다 소리도 못 지르고, 박탈당한 꿈은 전당포 전표에 맡기고 도서관, 고시원에서 고군분투하는 슬픈 청춘의 시간. 보이지 않는 비상구와 저당 잡힌 미래 앞에, '희망 너 어디 갔어?' 목청껏 소리쳐 봐도 실종된 미래의 희망은 오늘도 대답이 없다.

둘째, 젊은 영혼의 방황이 전면화 되어 있기에 '아부레이 수나'는 그가 찾고자 하는 먼 이국땅에 있을 듯한 신기루 같은 것처럼 보인다. '나'는 위와 같이 젊은 시절의 불안한 현실을 규정한다. 희망을 찾을 수 없는 현실에서 벗어나는 탈출구로서의 여행이 소설의 몸체를 이루고 있을 때, 주인공은 비록 신기루일지라도 희미한 희망의 빛을 선사하는 무엇인가를 찾으려 헤매고 있지 않을까. 가까이서는 찾을 수 없었기에 먼 타국까지 발걸음을 돌려야 했으며, 이에 멀리 유럽에서 발견할 수 있을 이채로운 무엇이지 않을까 하는 착각이 들게 마련이지 않는가. 설마 경상북도 예천에서 그 답이 있을 줄이야.

셋째, 또 하나의 젊은 영혼인 젊은 시절의 삼촌이 멀리 타국에서 돌아오지 않고 있을 때, '아부레이 수나' 역시 고향에서 멀리 떨어진 어느 곳에 존재하고 있을 것이라는 착각이 들기 마련이다. "나처럼 허기진 몸으로 석양녘 낯선 처마 밑을 정처 없이 헤매고 있을 늙고 남루한 표박자의 모습"을 한 삼촌이 아직도 타향을 헤매고 있다면, 삼촌이 방황하는 그 곳 어디쯤에 먼 이국 여인의 이름 같은 '아부레이 수나'도 함께 있을 것이다. 이러한 착각은 절반쯤 맞았다. '나'가 우연히 방문한 유럽 시골 마을의 가정에서 '아부레이 수나' 노랫자락이 흘러나오고 있었으니까. 이미 세상을 떠난 삼촌의 넋을 위로하기라도 하듯 TV에서 흘러나오는 '아부레이 수나'는 삼촌이 그토록 그리워하던 된장찌개 속 조선호박처럼 낯선 이국땅에 울리고 있었으니까 말이다.

첨단과학의 스마트 시대를 살고 있는 내가 그 불가항력의 생소하고 우연한 운명 앞에 지금 서 있다. 우연이란 이름으로 마주치는 어떤 슬픈 운명의 사슬로 이 낯설고 먼, 그것도 생과 사 그 불가해한 시공의 경계에서 이렇게 마주치게 되었을까. 대다수 사람들은 피해갈 수 없는 운명과 마주쳤을 때 종종 속설과 정설 사이를 오가며 혼동스러워한다.

막다른 골목 끝에서 맞닥뜨린 낯선 대문처럼 예기치 못한 운명. 마치 운명처란 배식을 받기 위해 매 순간 운명의 식판을 들고 서 있는 듯. 누군가 기다렸다 덥석 쥐어주는 운명을 어찌 미리 대비할 수 있을까. 자신의 의지와 무관한, 그 알 수 없는 어떤 힘을 우연인 듯 착각하며 세상사는 다 우연이다. 또한 산 것들의 생이란 태생적으로 짊어져야 할 운명을 가지고 나왔다. 그 보이지 않는 끈에 의해 필연적인 운명을 찾아다녀야 한다면 믿어야 할까? 왜 우리는 갈등의 순간에 늘 편의상 무엇인가를 선택하며 살아가야 하는지. 그리고 마지막에는 순응하며 운명이란 이름을 빌려 구원을 희구하려할까. 지금의 나처럼….

나는 왜 방황하며 그 먼 길을 걸어 불가항력 생의 짐과 조우하기 위해 이 작은 마을에 잠시 정박했을까. 오로지 이 운명을 위한 여정이었나? 삼촌과 내가 만난 것은 무엇일까?

한 편의 단편소설에서 감당하기에 운명이라는 주제는 너무도 무겁고 깊다. 또한 우연이라는 소설적 장치는 여타의 소설에서 쉽게 실패로 귀결되기 마련이다. 그러나 이 소설은 이러한 모든 실패의 불안함을 배낭을 짊어진 주인공의 귓가에 희미하게 들려오는 '아부레이 수나'의 노랫자락으로 봉합하고 있다. 어두운 불안으로 가득한 젊은 날의 방황, 그리고 오래 전 집을 떠나 소식조차 묘연하여 남은 할머니의 마음을 졸이는 삼촌의 행방에 대해 명료한 결말을 내리기보다는 '아부레이 수나'의 희미하고 간절한 울림 속에 남겨놓음으로써 모든 것을 해결하는 것이다. 운명과 우연과 필연에 대해서도 마찬가지. '아부레이 수나'의 곡조 속에서 "문득 내 배낭이 점점 가벼워져 가는 것을 느꼈다."라는 소설의 마지막 문장에서 충분히 많은 것을 암시하고 있지 않나. 말이라는 인간적 능력으로는 담아내지 못하는 운명의 여운을 어렴풋이 헤아리게 하는 힘은 아마도 '아부레이 수나'라는 말의 울림에서 비롯하지 않을까. 도대체 '아부레이 수나'가 무엇인가?라는 질문에 대한 답변도 이 부근에서 찾을 수 있을 듯싶다.

그녀가 미포 끝집으로 간 까닭은 무엇인가?
―이송여 〈미포 끝집에서〉

이송여의 〈미포 끝집에서〉는 제목에서도 명시되어 있듯 미포 바닷가에 있는 작은 카페와 주변에 펼쳐진 넓은 바다를 공간적 배경으로 삼고 있다. 바다의 출렁임과 파도 소리가 선사하는 편안함 속에서 주인공인 '그녀'는 한껏 자유와 안식을 누린다. "그녀가 미포 끝집에 자리 잡고 앉았을 때, 오랫동안 하이힐 속에 가둬두었던 발을 운동화 속에 집어넣은 느낌이었다."라는 대목이 그녀가 누리는 편안함을 적절히 표현하고 있다. 그러나 이 문장을 읽으면 한 가지 의문이 생긴다. 평범한 공간적 배경에서 그녀가 그렇게 편안함을 느낄 수 있는 것은 어쩌면 그보다 앞서 그녀가 상처를 입었기 때문이지 않을까, 그녀가 누리는 자유와 안식은 지친 심신을 위로받을 때 느끼는 것들이지 않을까 하는 식의 의문이다.

쓸쓸함을 겪어본 사람이 타인의 쓸쓸함을 헤아릴 수 있는 법. 술을 마시기 이른 저녁 시간에 늘 찾아오는 공 교수에게서 그녀가 쓸쓸함을 알아차릴 수 있었던 것은 그녀 자신이 쓸쓸하기 때문이지 않을까? 그녀가 기꺼이 공 교수의 말벗이 되어 주고, 시장에서 그와 만났을 때 반가운 마음이 들었던 것은 단순히 공 교수가 자신이 처음 맞은 손님이며 미포 끝집 단골이기 때문만은 아닐 듯 싶다. 서술자는 "사람은 사소함으로 이뤄진 쓸쓸한 무늬 같은 것을 가진다."고 말하지 않는가. 그녀는 공 교수의 사소함을 보고 그 밑에 가로 새겨진 쓸쓸한 무늬 같은 것을 예감하였기에 그와 서서히 가까워진 것이 아닐까. 젊은 여자와 나이 든 남자의 만남이란 세간에서는 의혹의 눈초리를 받기 십상이겠지만 적어도 이 소설에서는 미포 끝집 앞 바다의 잔잔한 물결마냥 거부감이나 이질감 없이 그려지고 있다.

"안아주십시오!"라는 공 교수의 문자메시지만큼 잔잔한 물결에 제법 거친 파문을 일으키는 것도 없다. 왜 공 교수는 그녀에게 그러한 말을 했을까? 공 교수는 작은아들한테 주먹으로 맞아 왼쪽 눈을 다쳤다고 말한다. 어찌된 영문일까? 작은아들은 누구이며, 왜 아버지에게 주먹질을 했을까? 의문이 꼬리에 꼬리를 물고 생기면서 잔잔하기만 하던 그녀와 공 교수의 관계는 서서히 요동치기 시작한다. 그리고 공 교수의 식구에게로 그 요동은 점차 확산된다. 이야기를 이끌어가는 중심인물인 그녀와 공 교수 사이에서 특별한 사건의 발생이 없는 이 소설은 사건 발생이 아니라 인물들 간의 관계형성에서 비롯하는 얽힘과 어긋남의 긴장이 서사를 이끌어가는 원동력이 되고 있다. 그리고 그 배경에는 미포 끝집이라는 작은 카페와 그 뒤에 펼쳐진 드넓은 바다가 인물들 사이의 출렁임에 힘을 보태고 있다.

점층 되는 물결의 일렁거림에 결국 공 교수의 아들이 그녀와 결혼까지 생각했으나 지금은 헤어진 지 일 년이 넘어가는 수호라는 사실까지 보태지면서 새로운 만남과 과거의 이별이 서로 뒤엉키고 있다. 아직은 그녀나 공 교수는 물론 수호까지도 그러한 사실을 모르는 것으로 설정되어 있고 소설이 끝날 때까지 그들 사이의 관계는 폭로되지 않는다. 다만 언제 터져나올지 모를 상태로 잠복되어 있으면서 세 사람의 관계에 대한 궁금증을 증폭시키는 것에만 집중하고 있다. 사실 그녀가 미포 끝집에서 한밤중 듣곤 하던 노랫소리의 주인공이 공 교수의 둘째 아들이라는 것, 조울증을 가진 둘째 아들 탓에 공 교수가 눈을 다쳐 일주일 이상 카페를 방문하지 못했었다는 것, 그 둘째 아들은 첫째 아들 수호의 존재를 두려워한다는 것, 다가오는 공 교수의 생일이 아니더라도 공 교수가 언젠가 카페로 수호를 데리고 오게 될 것이라는 것 등의 정보가 지속적으로 제공되면서 등장인물들 사이의 관계에 대한 궁금증을 증폭시키고 있다.

그녀가 미포 끝집으로 간 까닭은 무엇인가? 아직 벌어지지 않은 파국을 두고 미리 걱정할 필요는 없을 듯하다. 적어도 이 소설의 서술자는 극단적인 두 방향이 한 데 어울리는 것이야 말로 인간의 삶이 아니겠는가라며 대답하고 있기 때문이다. "삶은 사랑과 이별의 경계를 허물며 이어지는 것이다."라는 선언, "욕망은 근원적으로 따뜻하고 슬프다."라는 선언에 귀를 기울이다 보면 고개가 끄덕여지기도 한다. 아버지와 아들을 사랑하게 되는 여자에게 삶은 사랑과 이별의 경계가 중첩되는 것이며, 그녀의 욕망은 따뜻하면서도 슬픈 모호한 양가성의 상태로 이루어져 있지 않겠는가. 여기서 다시금 미포 끝집 앞에 펼쳐진 밤바다에 주목하게 된다. 밤바다에 일렁이는 파도야말로 상승과 하강이 반복되면서 이루어내는 양가성이 혼재되어 있는 상태이기 때문이다. 왜 그녀가 미포 끝집으로 가야만 했던가 하는 질문에 대한 대답은 아마도 밤바다의 파도가 대신하고 있는 셈이다. 사건과 설명 대신 배경과 암시로 이루어진 이 소설의 진정한 주인공은 아마도 미포 끝집 앞에 펼쳐진 따뜻하면서도 슬픈 바다라고 할 것이다.

왜 아내가 가출하게 되었을까?
―김영은 〈아내의 집〉

핏자국이 얼룩진 대리석 바닥의 무늬가 오늘따라 더욱 선명

했다. 아무리 닦아도 주먹처럼 흉터를 내밀었다. 자연산 대리석
이 아니고 인조 마블이라면 이렇진 않았을 터였다. 곧바로 닦지
않고 오래 방치했기에 생긴 얼룩이다.

김영은의 〈아내의 집〉 서두는 앞으로 이어질 이야기에 관한 근
본적인 질문과 그에 대한 답변을 동시에 함축하고 있다. 대리석 바
닥의 핏자국이라는 강렬한 인상은 지속적인 의문을 제기하며 이야
기를 이끌어가는 힘이다. 인조 대리석 바닥이 아니라 진짜배기 자
연산 대리석 바닥이기에 핏자국이 더 선명하게 남아 있다는 것은
이 작품의 두 주인공 부부의 경제적 지위를 단적으로 보여주는 문
장이다. 곧바로 닦았더라면 핏자국은 지워졌거나 흐릿해질 수도
있었을 텐데 오래 방치했기에 쉽게 지울 수 없는 얼룩으로 남았다
는 것은 주인공 부분의 깊은 갈등을 예고하는 기능을 한다. 세 문
장짜리 짤막한 첫 문단은 강렬한 인상을 동반하면서 지속적인 의
문을 제공하는 동시에 그에 대한 해답을 본격적인 이야기에 앞서
암시하고 예고하는 기능을 적절히 수행하고 있는 것이다.

고급빌라여서 그대로 살기에도 부족함이 없었지만 리모델링
에 들어갔다. 인테리어 업체 중에도 강남에서 일류로 꼽는 공간
장식에 공사를 맡겼다. 기본 골조만 남기고 모두 새로 공사는 비
용이 작은 아파트 한 채 값이었다. 바닥은 이태리 대리석을 골랐
다. 베이지색에 엷은 천연무늬가 물결처럼 들어있는 대리석이
깔린 넓은 거실은 볼수록 맘에 들었다. 화장실도 옅은 회색 불투
명한 도자기 타일에 주황색 무늬 타일로 띠를 둘렀다. 마치 아라
비아 궁전처럼 분위기가 고풍스러웠다. 실내가구도 주방도 커튼
도 모두 최상급이었다. 아래층은 홈 바를 만들고 진열장을 고급

양주로 가득 채웠다. 쿼드 오디오와 B&W 스피커도 놓았다. 휴식실로 사용하기도 하고 가끔 파티도 열 생각에서였다. 집 앞에는 메르세데스 풀만은 아니지만 까만 벤틀리가 눈부시게 햇빛을 되쏘며 부를 과시하고 있었다. 부동산 졸부들이 하는 짓이라고 손가락질을 받아도 상관없었다.

부를 한껏 발휘하는 '대리석'에 대한 묘사는 이처럼 풍부하다. 고급빌라의 리모델링 작업을 통해서 그 집 안에 있는 여러 물건들의 배치를 통해서 물질적 풍요만을 가치 있는 것으로 믿고 있는 남편의 속물적 근성을 적실히 드러내고 있다. 이태리산 대리석, 불투명한 도자기 타일과 주황색 무늬 타일의 어울림, 쿼드 오디오와 B&W 스피커가 내뿜는 선율, 신흥 부유층의 아이콘이 되어버린 검정색 벤틀리 등등 물건의 상세한 품목이 나열되는 이 대목을 읽으면서 부에 대한 선망이 유발될 만큼 세밀하게 서술되어 있는 것은 여타의 작품에서 보기 드문 이채로운 대목에 해당한다.

그러나 이러한 묘사가 장식적인 수준에 머무는 것은 아니다. 그 이유는 애써 공을 들인 리모델링의 결과 아내가 가출하게 되었다는 상황 때문이다. 값비싼 물건으로 가득 채운 남편의 궁전에서 아내가 주목한 것은 허름하고 볼품없는 담쟁이 덩굴이라는 설정이 대조의 효과를 발휘하며 사용된다. 값비싼 물건으로 집 안을 채우는 김에 잡초 비슷한 담쟁이는 어울리지 않는다는 생각에 무심코 그것을 뽑아버리자, "울 때도 절대 소리 내지 않고 꾹꾹 울음을 삼키며 흐르는 눈물만 닦는 여자"였던 아내가 통곡하듯 극단적인 반응을 내보인 것이 가출의 시작점이다. 담쟁이를 뽑아버릴 때 담쟁이가 피를 흘리지는 않았겠지만, 대리석 바닥을 물들인 핏자국은

담쟁이덩굴과 그것을 좋아했던 아내가 흘렸을 마음의 피와 다르지
않을 것이라는 생각 또한 전혀 근거 없지는 않다.

　　아내는 남자를 몰라도 너무 몰랐다. 남자란 자신의 경제력을
과시할 어떤 대상을 필요로 하는 속물 수컷이라는 것을. 난 그런
것을 받아줄 상대가 필요했다.
　　여자에게 골프웨어를 사주러 갔던 어느 날이었다. 갤러리아
명품관 에스컬레이터를 오르며 내려가는 쪽에 탄 여자와 눈을
마주쳤는데 틀림없는 아내 친구였다. 도둑이 제발 저리다고 집
에 들어오자 생트집을 잡아 술병을 벽에 내던지고 난동을 피웠
다. 파편이 아내의 손등에 박혀 피가 대리석 바닥을 적셨다. 아
내를 병원에 데려가 일곱 바늘을 꿰매는 동안 대리석은 정직하
게 피를 모두 빨아들이고 증거처럼 무늬를 만들고 있었다.
　　요즈음 들어 아내는 무엇인가 털어버리려는 듯 혼자 부르르
진저리를 칠 때가 있었다. 견딜 수 없다는 듯이 체머리를 흔들며
두 손바닥을 합장하듯이 마주 모으고 뒤로 물러서는 몸짓을 가
끔 보이곤 했다. 그러다 나와 눈이라도 마주치면 아주 멍하니 그
자리에 서서 나를 빤히 쳐다봤다. 뭔가를 말하려는 것도 아니고
손등 위에 깃털처럼 약한 바람만 불어도 휘익 날아갈 듯 보였다.
내가 하고 다니는 짓을 눈치 챈 것이 아닐까 조바심이 났다. 난
아내를 사랑했다. 여전히.

　　남편은 대리석에 묻은 핏자국에 대해 그렇게 기억하고 있다. 그
러나 그 핏자국은 이미 오래전부터, 심지어 신혼 초기부터 배어나
오고 있었음을 독자들은 안다. 남편은 그저 자신의 불륜행각이 들
통 나지 않았나, 그것 때문에 아내가 맥 빠진 모습을 하고 있는 것
이 아닌가 혼자서 짐작한다. 그러나 아내가 그러한 모습을 보이는

것은 담쟁이를 뽑아버린 것 때문에, 또는 남편과의 매울 수 없는 심리적 간극 때문에 그렇다는 것을 작품이 전개되면서 서서히 알 수 있다. 더욱이 남편은 '난 아내를 사랑했다. 여전히.'라고 말하고 있으나, 실제로는 아내는 남편이 자신을 사랑한다는 것을 한 번도 받아들인 적이 없다는 사실도 뒤에 가서 밝혀진다. 모든 것은 어긋나고 뒤틀려 있을 따름이다.

남편의 관점에서 서술되던 이야기가 아내의 관점에서 서술되는 이야기로 전환되면서 '왜 아내가 가출하게 되었을까?'에 대한 해답이 제시된다. 아내의 대답은 다음과 같다. "이젠 내 자신이 되어야 했다. 남편이 원하는 내가 된다는 건 내가 존재하지 않는 것이었다. 인생에서 제일 중요한 건 자기 자신으로 사느냐, 아니냐에 딸려 있었다." 인생의 여정을 한참 헤매다 비로소 자기 자신으로 돌아가겠다는 결심을 했다는 것, 가출이란 집을 떠나는 것이 아니라 진짜 자신이 머물 수 있는 본향의 집을 찾고자 하는 결단의 소산이라는 것, "본향에 돌아온 듯 포근하고 아늑한 이 느낌" 속에서 진정한 자아 찾기가 시작될 수 있다는 것이 아내의 대답이다. 그러한 결단을 실행에 옮긴 첫 번째 관문이 가출이었고, 두 번째 관문이 이혼이라는 것이 결론이다. 그런데 이러한 결론은 다소 식상하지 않은가? 처음부터 본인의 의지를 가지고 좀 더 굳세게 대처했어야 하지 않았나 묻고 싶은 생각마저 든다. 너무 가혹한 처사라고? 그럴 수도 있다. 하지만 지나치게 늦게 얻은 결론이라는 점, 그처럼 조용히 숙고하던 사람치고는 가출의 동기가 조금은 단순하게 처리되어 있다는 점은 약점으로 남는다.

그보다는 남편의 관점에서 처리된 서술과 아내의 관점에서 처리된 서술의 병치를 통해 또 하나의 의미를 길러 올릴 수 있다는 점에 주목하고 싶다. 남편은 시종일관 자신이 아내를 사랑한다고 말하고 있으며, 자신의 행동이 아내를 위한 것이라 말하고 있다. 그러면서 아내가 왜 집을 나갔는지 알지 못하겠다 하소연하고 있다. 아내는 애초부터 남편의 행동에 감격하지 않았고, 지금은 남편보다는 자기 자신의 내부 문제를 진지하게 고민하고 있는 상태다. 어릴 적 살던 일본식 사택을 추억하는 아내로서는 어떻게 하면 본래의 자아가 있는 고향으로 되돌아 갈 수 있을까?라는 문제에만 집중하고 있다. 남편이 그리는 집과 아내가 그리는 집이 서로 어긋나 있다는 것, 두 사람 사이에 소통이 철저히 부재하고 있다는 것, 그 결과 남편이 욕망하는 것과 아내가 욕망하는 것이 영원한 평행선을 그리고 있다는 것이 분리된 서술의 병치를 통해서 선명하게 부각되고 있다. 이 점에서 다시 남편의 관점으로 되돌아온 작품의 결말은 의미심장한 그림자를 드리운다. 남편은 '빌어먹을 대리석 바닥'을 걷어내야겠다는 생각을 하면서도 그렇다고 해서 무엇인가 해결될 일이 아니라는 사실 또한 부인하지 않는다. 화해와 소통의 기미는 여전히 요원하다. '룸미러로 보이는 아내의 집'이 희미해지다가 아주 어둠 속에 묻히고 마는 장면은 남편과 아내의 단절이 더욱 심화되고 있음을 충분히 암시한다. 남편은 '아내가 왜 가출하게 되었을까?'라는 물음에 대해 영원히 답을 찾지 못할 것이라는 암시 속에서 두 사람의 소통 부재와 어두운 단절은 인상적인 영화 장면처럼 선명하게 와 닿는다.

과연 누구에게 심상치 않은 일이 벌어지고 있는가?

—박찬순 〈책 만드는 여자〉

"뭔가 심상치 않은 일이 벌어지고 있는 것만 같다."라는 문장으로 시작되는 박찬순의 〈책 만드는 여자〉의 초반부는 살인사건과 권총의 인상이 너무도 강렬하여 얼핏 추리소설이 아닌가 싶은 생각이 들기도 한다. 살인사건이 벌어졌고 재판이 진행 중이다. 주인공은 피의자의 알리바이를 증명하도록 법정 출두 통지서를 받은 상황. 과연 주인공이 법정에서 증언을 할 것인가, 살인사건을 둘러싼 진실은 무엇인가에 관한 여러 물음들이 소설 서두를 장식한다. 이에 독자는 노련한 수사관이 증거를 하나씩 수집하듯 서사를 따라 작품 속에 빨려들게 된다. 그러나 작품을 읽어나가다 보면 하나씩 기이하게 어긋나는 이야기들이 가지를 치면서 결국 살인 사건의 진실이 아닌 또 다른 진실의 이면을 들추어내는 것이 이 작품의 본래 의도임을 뒤늦게 알아차리게 된다.

옥수수는 인류 역사상 이미 많은 죄를 지었다. 씨앗 한 알로 수백 개의 알곡을 추수할 수 있기 때문이다. 게다가 이것을 키우는 농부는 1년에 50-60일밖에는 일하지 않아도 된다. 덕분에 고대의 전제군주들은 남아도는 노동력으로 멕시코와 안데스 고원에서 괴이쩍을 만큼 어마어마한 공사판을 벌일 수 있었다. 마야의 쿠쿨깐 피라미드나 잉카의 마추픽추를 보라. 그 노동력의 착취가 얼마였겠는가. 옥수수의 죄는 아이오와에서도 증명되고 있다. 어찌하여 이곳에 문학도시가 들어서게 되었겠는가. 드넓은 평원에서 옥수수가 저절로 자라, 먹고사는 것을 해결해주기 때문이다. 그 덕에 해마다 전 세계에서 나와 같은 별 볼일 없는 글쟁이들을 불러 모으고 있질 않나. 옥수수가 없었다면 그런 오지 랖 넓은 짓은 하지도 않았을 것이고 이런 불미스런 일도 일어나 지 않았을 것이다. 그러므로 이 사건의 범인은 옥수수다.

살인사건의 범인이 옥수수라니. 용의자로 지목된 시인은 자신의 결백을 주장하기 위해 황당한 옥수수 유죄론을 펼쳤다. 표면상으로는 자신이 범인이 아니라는 진술이지만 그 이면에는 문명과 문화의 발생에 대한 나름대로의 그럴듯한 논리가 펼쳐지고 있다. 문학이란 여기에 해당하는 것인가? 먹고사는 문제를 걱정하지 않을 만큼의 여유가 생겼을 때 비로소 문학이 서 있을 수 있는 것인가? 게다가 그러한 여유란 지배와 피지배의 사회질서를 구축하는 근본적인 동인으로 작용하는 것임을 인정할 때, 문학이란 그러한 정치에 종속된 부산물에 지나지 않는 것인가? 답을 내리기는 쉽지 않다. 많은 것을 생각하게 한다. 얼핏 진범이 누구인지 찾아가야 하는 추리소설적인 얼굴로 시작한 이 작품은 이처럼 옆길로 새기를 반복한다. 그리고 그렇게 새어나간 옆길에서 문명과 문화와 그에 종속된 문학에 대해 잠시 생각해보게 한다.

시인이 지목한 옥수수는 주인공 '나'의 과거와 결부되면서 '나'의 정체성과 긴밀히 연결되어 있음이 서서히 드러난다. '나'는 몇십 년 전 옥수수 밭에서 놀던 아이였으며, 옥수수 덕택에 "난생처음 배부름이 어떤 것인지를 알게 된 아이"였다. 유년시절의 '나'를 키운 것은 팔 할이 옥수수였던가. 어머니와 풍요로움의 상징으로 기억되던 옥수수 밭에서 현재 증언을 해야 할 것인가 말 것인가를

망설이고 있다는 아이러니의 상황에 놓인 것이 '나'의 상태다. '나'
는 학교에서 옥수수의 생식에 대해 배웠다. 수술과 암술을 오가는
꽃가루의 이동을 거쳐 한 알씩 영글어 가는 것이 옥수수라는 것.
이것은 책 만드는 일을 했던 '나'의 직업과도 연결된다. 무수한 수
의 꽃가루가 글자 하나하나로 대체되었을 뿐, 글자들이 저자와 편
집자를 오가며 격렬한 섹스를 나누는 것이 책 만드는 일이라는 생
각이 그럴듯하지 않은가. 글자의 생식 과정 속에 몰두하여 오랜 시
간을 지내왔던 것이 '나'의 과거이며, 그 시간들이 옥수수 낱알처
럼 모여 '책 만드는 여자'인 '나'의 정체성을 키워왔다는 발상이 자
못 흥미롭다.

      언뜻 머리를 스치는 생각. 글의 육체가 왔다, 갔다 하는 것은
피스톤 동작과 비슷하다는. 그것은 곧 오수수의 꽃가루와 난자
가 엮이는 것 같은 둘 사이의 교합이 아닐까, 하는. 미세한 관을
사이에 두고 벌어지는 꽃가루와 난자의 결합이 그러하듯 얼마
나 정교한 피스톤 동작을 거쳐야만 상대를 만족시킬 수 있을까.
그 동작에서 우리는 서로를 쉽게 만족시킬 수 없음을 익히 알고
있다. 그렇게 교정지가 왔다 갔다 하면서 둘 사이의 교감은 절정
에 이르게 되고, 글은 촉촉하고 윤기 있게 가다듬어져 마침내 곰
삭아 향기를 머금는다. 그리하여 한 권의 책, 둘의 자식이 탄생
한다. 옹골차게 영근 옥수수자루 같은. 나는 옥수의 알곡을 이와
입술과 혀로 터트려 게걸스레 갉아먹듯 나의 아기를 물고 빨고
눈에 새기고 가슴에 품고 어루만진다. 어떤 남자와의 교접으로
도 만들어낼 수 없는 뿌듯한 내 분신의 탄생. 그 희열을 무엇에다
비할 수 있을까.

책 만드는 여자의 작업은 에로틱하다. 그것은 인간의 육체적 결합보다 한층 근본적인 것을 건드리고 있기에 에로틱함의 강도는 더욱 거세다. 책 만드는 여자의 작업이 에로틱하듯, 책 만드는 여자에 관한 작품의 문장도 에로틱하다. 두 개체 사이의 오고 감의 과정에 관한 묘사는 평범해보이던 단어와 표현들에 거친 숨결을 불어넣기에 족하다. 절정에 이른 문장에서 촉촉하고 윤기 있는, 마침내 향기를 터트리게 만드는 일련의 과정은 생식작용의 궁극적인 결과물인 새 생명의 탄생에 이르러 황홀경으로 이어지는 것이기에 자못 거룩한 색채까지 띠고 있다. 하숙생이자 살인사건 용의자인 시인과의 은밀한 섹스가 벌어졌던 장소 또한 옥수수 밭이라는 것까지 곁들여지면 에로티시즘의 강렬함은 남근을 연상케 하는 옹골차게 영근 옥수수자루와 결부되어 더욱 거세진다. 추리소설적인 궁금증에서 출발한 소설은 가지치기를 거듭하여 이제 에로티시즘의 야릇한 향취까지 내뿜고 있는 것이다.

또 하나의 뻗은 가지가 종이책의 운명이다. 종이책의 운명은 주인공이 뉴욕현대미술관에서 보았다는 시각예술 '책권총' 시리즈의 강렬한 인상이 이미 예고한 바 있기도 하다. 작두질 당하여 권총 모양으로 깎인 책의 시체들이 암시하는 종이책의 소멸 속에서 에로틱한 섹스는 아련한 과거의 추억으로 흘러가버리고 말았으며, 이제 디지털의 광풍 속에서 종이책은 재활용 폐지로 버려질 위기에 처해 있다는 것이 종이책의 운명이다. 더 이상 생기에 가득한 섹스는 없다. 저자와 편집자 사이의 오고감도 과거의 일이 되어버렸다. 출판사는 부도가 나버렸고, 무미건조하던 결혼 생활은 이혼으로 종지부를 찍었다. 책 만드는 일을 하며 황홀함을 만끽하던 주인공은 아이오와 옥수수밭 근처에서 허가 받지 않은 하숙집 영업을 하는 신세가 되었다. 분노와 야속함이 가득하지만 어쩌겠는가. 종이책의 운명처럼 책 만드는 여자의 운명도 그리 흘러갈 뿐인 것을.

콜트 45구경이라는 실제의 총과 과거의 기억 속에서 우울증을 유발했던 '책권총'이 합세하여 주인공을 위협하는 소설의 결말은 환상과 실제가 분간되지 않는 혼란의 와중임에도 그럴 법한 공감을 선사한다. 옥수수자루로 둘러싸여 시야가 완전히 가려진 옥수수 밭은 그야말로 미궁과 같은 세상의 비유다. 소멸하는 종이책의 운명을 안타까워하며, 책 만드는 여자 또한 비틀거리며 쓰러지는 것은 설득력 있는 문학의 비유다. 작품의 서두에서 시작되었던 추리소설적인 의문은 더 이상 유효하지 않다. 애초의 의문은 이제 종이책과 문학의 운명을 되묻고 있다. 여기서 "뭔가 심상치 않은 일이 벌어지고 있는 것만 같다."라는 소설의 첫 문장을 떠올리자. "피할 곳이라고는 아무데도 없다. 누렇게 익어가는 옥수수 밭을 배경으로 점점이 다가오는 검은 총구의 행렬을 바라보며 나는 까무룩 정신을 잃는다."라는 소설의 마지막 문장에 이르러 '뭔가 심상치 않은 일'이 종이책과 문학을 위협하고 있음을 시인하지 않을 수 없다. 과연 어떠한 결말로 이어질지는 별개의 문제로 남겨 놓은 채….

윤창배는 어떠한 인물인가?
―윤원일 〈고문의 추억〉

과연 윤창배라는 독특하고 고약한 인물의 정체가 무엇인가? 윤원일의 〈고문의 추억〉은 악한을 주인공으로 내걸고 있어 주인공을 향한 감정의 이입이 그리 순조롭지는 못하다. 주인공 윤창배는 비아그라를 먹어가면서도 불륜 상대자와의 섹스를 성사시키고 말겠다는 욕정의 화신이며, 여자와 바람을 피우기 위해 방문할 모텔이 은밀한 출입이 가능한 곳인지 사전 답사하는 영악함을 지니고 있는 인물이다. 이러한 속악한 인간형을 보는 독자라면 누구라도 친밀감보다는 거부감이 앞서게 마련이다. 그럼에도 이 작품은 그러한 주인공의 불유쾌한 악행의 여정을 순순히 따라가게 만드는 묘한 매력을 지니고 있다. 그것은 아마도 타인의 악행에 동화되어 느끼게 되는 매력이라기보다는 윤창배라는 인물이 도대체 어떤 인간이기에 이처럼 비뚤어진 언행을 하는가 관찰하고 파헤쳐보고자 하는 탐구의 시선에서 비롯할 것이다. 이런 점에서 윤창배의 정체가 무엇인가라는 질문이 이 이야기를 견인하는 기본적인 힘이 된다.

　　보안사에서 하사관급 수사관으로 근무할 때의 그 일을 떠올렸다. 전방부대 사병에게 불온서적을 나눠준 혐의로 한 민간인 남자가 연행돼 왔었다. 오늘 종묘공원서 보았던 그 인간이었다. S대 사회학과 출신인데도 뚜렷한 직업이 없었다. 뭐하는 놈예요. 우리도 잘 몰라. 윤 수사관, 자네가 이 새끼 족쳐봐. 뭐 좀 나올 거야. 놈은 이 살벌한 곳엘 잡혀 와서도 겁도 안 나는지 당당하게 굴었다. 흠. 한번 두고 볼까. 이런 놈은 내 밥이거든. 공부 좀 한 놈 잡는 게 내 특기지. 피의자를 기죽이기 위한 방법부터 동원했다. 병사를 시켜 불문곡직 두들겨 팼다. 다음엔 옷을 홀랑 벗기고 의자에 앉혔다. 자해를 하지 못하게 손을 묶었다. 한데 놈은 따지는 데 아주 도가 튼 인간이었다. 대체 왜 이럽니까. 민간인을 왜 군인이 연행한 거예요. 이거 불법 아닙니까. 불법 지랄하네, 이 새끼. 빨갱이가 무슨 민간인 타령. 의자를 걷어차자 놈이 나동그라졌다. 재빨리 놈의 사타구니를 발로 밟았다. 빨갱이 새끼들 좋은 다 왜 이래. 피의자를 벌거벗긴 후 수치감을 맛보라고 던지는 말이었다. 한데 놈은 의자에 묶인 채로 벌떡 일어서더니 감히 대들 자세를 취했다. 놈의 불두덩을 겨냥해 발로 툭 걷어찼는데 그게 정통으로 맞았다. 놈이 숨을 헐떡이며 바닥을 구른다.

다소 폭력적이고 비열한 느낌마저 감돌고 있던 윤창배의 집착에 가까운 성욕의 근원이 그의 과거 회상을 통해 소개되고 있다. 그 비열한 폭력성의 근원이란 불법적인 고문을 자행했던 과거의 행적이라는 것이다. 고문이 자행되는 과정에 관한 서술은 철저히 윤창배의 관점에서 이루어진다. 정당한 민간인 남자의 항변은 뒤틀린 성격의 윤창배에게 귀찮기만 한 버팅김에 불과하다고 판단되며, 합법성의 여부는 물론 인권, 자유, 정의 등과는 전혀 무관하게 단지 고문 대상인 남자의 기를 꺾기 위해 악독한 고문 방법을 사용할 뿐이다. 무미건조하게 행위만 나열되는 서술을 뒤집으면 고문을 당하는 남자의 처지나 입장은 전혀 받아들여지지 않는다는 사실을 끄집어낼 수 있다. 일방적으로 당하는 남자의 상황은 일방적으로 윤창배라는 인물을 중심으로 이루어지는 서술의 방법 자체가 강렬하게 표현하고 있는 셈이다.

그렇다고 과거의 기억을 떠올린 윤창배가 반성할 것 같지는 않다. 배씨라는 그 인물은 누가 보더라도 고문후유증에 시달리는 것이 분명하지만 정작 고문을 가한 윤창배에게서는 반성의 기미조차 보이지 않는다. 오히려 과거 자신이 고문했던 남자를 업신여기며 그의 존재를 다시 한번 짓밟아버리고 싶다는 은밀한 욕망을 여기저기에서 분출하고 있는 것이 이 작품의 주인공 윤창배다. 윤창배는 배씨가 다리를 절었다는 이야기를 듣고서 "나 땜에 전 건 아니었겠지…. 딴 데서도 숱하게 터졌을 테니."라며 자기 합리화를 할 뿐이다. 악행의 여정이 절정에 이르는 것도 일말의 죄책감이라고는 찾아볼 수 없는 주인공의 독특한 성격화와 병행하고 있다.

사죄라도 하거나 죄책감을 느껴야 마땅한 상황에서도 여전히 애인과의 섹스만을 생각하는 주인공이 갑작스레 찾아온 심근경색으로 쓰러지는 작품의 마지막 대목 또한 깔끔한 마무리라 할 수 있다. 구급차에 싣기 위해 들것에 실려 벨트로 묶인 상황에서 무고한 민간인에게 가혹한 고문을 가하기 위해 그들을 벨트로 동여매던 때의 기억과 중첩되는 것은 섬뜩하면서도 짜릿한 아이러니의 성공이다. 서서히 의식을 잃어가는 가운데 고문의 '추억'을 떠올리는 윤창배라는 악인의 정체와 그 말로가 어떻게 될 것인가에 대한 대답뿐만이 아니라 역전된 방식으로 올바른 인간의 길을 되물었던 이 작품이 본래의 목적을 달성하는 소설적 결말에 대한 호응으로서 더 큰 의미가 있을 듯하다. 당위적 주장의 직접적인 내세움 없이 단편 형식의 묘미 속에서 이루어진 결과이기에 더욱 그러하다.

대화의 공간

과거와의 대화
  −이길환 〈내 영혼의 나그네〉

소설은 아파트 단지 한복판에서 느닷없이 새를 잡으려는 한 사내의 행적을 따라 펼쳐진다. 이때 느닷없다는 것은 소설의 도입부에서 왜 주인공 사내가 새를 잡으러 돌아다니게 되었는지가 다소 매끄럽지 않게 제시되기 때문이다. 옆 동에 사는 여자가 실수로 새장 문을 열었는데 마침 베란다 창문이 열려 있어서 새가 날아갔다는 것이 소설 속에서 소개되는 새 잡이의 발단이고, 이에 주인공 사내는 날아간 새를 잡기 위해 온 동네를 돌아다닌다. 아내가 아파트 관리사무소에 근무한다는 사실이 뒤늦게 밝혀져 새 잡이의 동기가 부연되어 있기는 하지만, 왜 하필이면 그 남편이 새를 잡아야 하는지 생경하게 설정되어 있기에 느닷없다고 볼 수밖에 없다.

주인공 사내는 날아간 새를 잡는 일에 이상하리만큼 몰두한다. 아무리 수소문 해보아도 날아간 새를 목격한 사람을 찾을 수 없으며, 새 잡이를 부탁한 아내는 물론 이미 그 새의 주인마저 날아간 새를 되찾는 일에는 시큰둥하기만 하다. 그럼에도 불구하고 새 잡이를 멈추지 않는 사내는 아파트 놀이터 담장에 내려앉은 새들을 보면서 새 잡이에 몰두했던 자신의 유년시절을 회상한다. 소설의 본격적인 시작은 바로 여기다. 그가 느닷없이 새 잡이에 나서게 된 것, 그리고 그토록 새 잡이에 몰두하게 된 것은 결국 오랜 시간의 간극을 뛰어 넘은 과거와의 조우이자 대화를 위한 하나의 설정이라는 것을 알게 되면 느닷없는 그의 행동은 하나의 의미를 지닐 수 있기 때문이다. 오래된 상처와의 재회인 동시에 소중한 추억의 복원이기에 그가 그토록 맹목에 가까운 이끌림을 느낄 수밖에 없지 않았을까 하는 생각에 이를 때 느닷없이 시작된 새 잡이는 아련한 유년의 풍경으로 독자를 이끌어가고 낡은 사진첩 속 아련한 풍경을 오롯이 담아내기에 이른다.

어머니는 가출했고 아버지는 연일 술을 마신다. 어머니의 가출 이유라든가 아버지의 심경 따위는 중요하지 않다. 모든 것을 회상하는 주체인 '나'는 어린 시절 철모르는 꼬마 아이로 설정되어 있기에 그저 자신의 주변에서 일어나는 일들을 일체의 판단과 평가를 유보한 채 그저 담담히 그려내기만 한다. 어린 아이로 설정된 관찰자의 시선에 포착되는 것은 슬프거나 화나거나 기쁘거나 한 것 없이 새 잡이에 빠져 있던 한 때의 시절을 이야기하는 데 온전히 몰두한다. 그 맹목적인 새 잡이의 의미가 무엇인지 설명하는 것도 중요하지 않다. 다만 "새를 잡으면서 아버지는 차츰 어머니를 잊어갔다."라는 사실의 목격만이 어린 관찰자가 감당하는 몫이고, 의도적으로 설정된 서술자의 인지적 한계다.

아버지가 데려온 여자와의 관계에 대한 내용 역시 설명의 차원이 아니다. 새로 등장한 여자에 대한 판단이나 평가를 포기한 채 어린 '나'는 어린 아이다움으로만 사태를 이야기한다. 아버지가 낯선 여자를 새 어머니감으로 데려왔고 어린 '나'는 거부감의 원인도 알지 못한 채 그 여자를 거부했었다는 것만이 서술될 뿐이다. "아버지는 여자가 밥도 하고 빨래도 할 거라고 했지만 그것은 지금까지 내가 해오던 것이라 여자가 없어도 되었다."라는 대목에서처럼 '나'의 심리는 순진하기만 하다. 기껏해야 "나는 집을 나간 엄마에게만 엄마라고 부르고 싶었다."라는 것이 '나'의 마음을 엿볼 수 있는 최대치로 설정되어 있듯이 소설은 객관적 관찰자인 철없는 소년의 관점을 충실히 따르고 있다.

유보된 판단과 평가의 몫은 고스란히 성인이 된 '나'에게, 또 어린 소년의 이야기를 듣는 독자에게로 돌려진다. 한참의 세월이 흐른 뒤 성인이 된 '나'는 이렇게 말한다. "그때 여자에게 내가 잘해줬다면 여자는 집을 떠나지 않았으리라. 어차피 어머니도 돌아오지 않는데 여자가 있었으면 아버지가 외로움을 타지 않았을 것이고 나도 편하게 지냈으리라. 지금은 다 부질없는 짓이지만 그때는 여자가 왜 그렇게 미웠었는지 모르겠다. 아마도 어린 마음에 여자 때문에 어머니가 영영 돌아오지 않는다는 증오가 활활 타올랐기 때문이었으리라." 이러한 발언은 과거와의 대화에서 마지막 말 건넴의 대목이다. 그 여자로 대표된 결핍의 시절을 향한 화해의 몸짓이라 해석할 수도 있고, 동시에 영영 돌아오지 않은 어머니에 대한 그리움과 이별하는 의미라 해석할 수도 있을 듯하다.

　"아침부터 찾아 헤맨 앵무새가 어디서 나왔는지 화단의 단풍
나무 위에 앉아 있었다. 나는 새를 잡기 위해 나무에 기어올랐
다. 앵무새가 앉아있는 곳은 그리 높은 곳이 아니었다.
　- 이리 와라, 이리 와라.
　손에 막 앵무새가 닿으려고 하자 날개를 폈다. 야생에서 사는
새처럼 앵무새는 한 번 날개를 펴자 이백여 미터나 떨어진 산으
로 날아가고 있었다. 그해 겨울, 하늘을 긋고 날아간 새처럼 앵무
새는 한 개의 점처럼 숲으로 사라졌다. 숲으로 날아간 새를 시선
으로 쫓다 여자를 보자 여자는 어느새 아파트로 들어가고 보이
지 않는다."

　과연 흘러간 시절을 되돌릴 수 있는 자는 누구인가? 과거를 붙
잡을 수 없다는 것이 인간적 한계에 관한 부인할 수 없는 명제임을
재확인하듯 손에 닿을 듯하던 앵무새는 사라지고 말았다. 과거를
향한 화해도, 그리움과 같은 감정의 정리도, 뒤늦은 후회도 모두
사라져버린 작품의 마지막 대목은 어떠한 격렬한 감정의 직접적
토로보다 한층 깊숙하고 내밀한 내면의 웅얼거림을 표출하고 있는
듯하다. 과거와 현재가 서로 드나드는 가운데 고조된 감정의 응어
리를 사뿐히 날아간 새의 날갯짓에 실어 보내는 결말은 오래된 시
간의 여정을 거쳐 온 '나그네'의 심사를 드러내는 가장 적절한 선
택이 아니었을까 싶다.

대화의 부재와 텅빈 구멍
―서기향 〈직박구리〉

　　서기향의 〈직박구리〉에서 공간적 배경이 되는 30년 된 아파트는 곧 주인공 '나'의 인생이다. 30여 년 이상을 같은 아파트에 살면서 그동안 자식들은 장성하였고, 아파트의 나무들은 무럭무럭 자라 숲을 이루었다. 이제 숲을 이룬 나무들로 인해 꽃향기, 나무향기가 물씬 풍겨 여느 근사한 휴양지 부럽지 않은 외형을 갖추고 있는 곳이 30년 된 아파트다. 아들의 사업자금을 위해 담보대출을 받은 적도 있지만 이제 그 빚을 다 갚고, 그럭저럭 집값도 올라 노후의 기댈 곳이기도 한 것이 '나'의 아파트다. 그 아파트는 풍파가 있었음에도 오랜 세월 흔들리지 않고 버텨왔다는 자부심이 깃들어 있는 공간이며, '교양할머니'라는 별명에 걸맞게 비굴하지 않게 살아온 인생의 비유에 어울리는 공간이다.

　　다른 한편으로 30년 된 아파트는 곧 주인공 '나'의 늙음 그 자체다. 30여 년이 훌쩍 지나면서 아파트의 외형은 낡을 대로 낡았고, 조만간 재건축에 대한 기대 때문에 집주인들은 집수리는커녕 집세도 올리지 않은 결과 경제적으로 하층민인 세입자가 입주민의 대부분을 차지하는 상태다. 제법 여유 있는 중산층이 대부분이었던 건축초기에 비하면 많이 쇠락했다는 것이다. 노인들만 남아 있는 오래된 아파트에서 아무리 '교양'을 가지고 자존심을 유지하려해도 아무 소용없는 법. 눈꼴사나운 이웃 주민들을 향해 불쾌감을 느끼는 주인공 '나' 역시 그 오래된 아파트에 거주하는 한 명의 주민일 뿐이다. 초라해진 현재의 상태에 대해 거부하려 하지만 자신 또한 그 일원일 뿐이라는 것이 낡은 아파트에 살고 있는 '나'를 규정하고 있음은 엄연한 사실이다.

　　30여 년이란 물리적 시간은 아파트 벽마다 뱀이 기어가는 듯 구불구불한 균열을 만들고, 계단 턱도 각을 날려버렸다. 지금의 내 상태처럼 말이다. 이주 명령이 떨어져 모두 이사를 가고 나면 이 아파트는 곧 헐리게 될 것이다. 그때 즈음이면 낡은 나의 이 육신도 같은 운명을 맞이하게 될지 모른다. 이 아파트와 내가 다른 점은 낡은 아파트가 헐린 이곳에는 고급스런 새 아파트가 들어서겠지만, 한 번 쇠한 내 육신은 재건축이란 없다는 점이다. 육신의 시간은 시계바늘이 한 번 멈추면 그것으로 끝, 재생은 영혼의 시계바늘로 볼 때만 가능할 뿐이다.

어쩌면 너저분하고 구차한 것을 싫어하는 '나'의 성미는 이미 자신이 그 속에 속해있음을 부정하고 싶은 욕망의 소산인지도 모른다. 아파트 노인정의 너저분함과 구차함은 자신과 어울리지 않는다면서 발길을 돌린 채, 303호나 206호와 휴양지 같은 아파트 숲의 여유를 즐기겠다는 것이 '나'의 자존심. 303호와 206호가 곁에 있을 때는 감히 '직박구리 여사' 같은 너저분한 인간이 근접할 수 없었지만, 이제 303호와 206호가 하나씩 떠나간 빈자리에서 더 이상 대화를 나눌 상대는 더 이상 없다. 자식들에게 의지해보려는 기대도 소용이 없다는 것을 뒤늦게 깨닫게 되었을 때 대화 상대 부재의 고독은 일종의 두려움으로 다가오고, 결국 노인정의 '직박구리 여사'에게 비굴한 모습을 보이고 말게 된다. 30년 된 아파트가 휴양지 같은 아늑한 여유의 공간이 아니라 재건축이 임박한 낡고 초라한 공간이 곧 자기 자신임을 인정할 수밖에 없는 서글픈 결말이다.

나는 직박구리가 어울리지 않게 혀는 왜 꼬부리고 말하는지 속이 메슥거리면서도 반가움을 가장하고 내 손을 덥석 잡았을 때 이상하게도 마음이 심히 놓이는 걸 느끼고 있었다. (…) 그러면서 나는 직박구리가 내 곁에 있어주면 좋겠다는 생각을 하고 있었다. 직박구리라도 만나지 않으면 마냥 혼자 지내야만 하는 시간이 두렵기만 했다. (…) 내 불안을 꿰뚫어보기라도 한 듯 직박구리는 그렇게 말했다. 이상한 것은 직박구리의 그런 친절에 기대고 있는 나를 보면 볼수록 내 가슴속에 커다란 구멍이 생기고 있는 일이었다. 그 구멍 안에서는 또 다른 내가 슬피 울고 있었다.

여기에는 두 가지의 감탄이 덧붙여질 수 있다. 하나는 자존심이 허물어지면서 초라해진 자신의 처지에 대한 서글픔이라는 복잡 미묘한 감정을 '구멍' 안에서 슬피 울고 있는 한 마리 새의 형상으로 그려낸 것에 대한 감탄이다. '나'가 유일한 자부심으로 삼았던 것이 여느 휴양지 부럽지 않은 아파트의 숲이었다면 그 숲에는 아마도 새들이 지저귀고 있었을 것이다. 이제 그 새가 서글픔의 구멍 속에 웅크리면서 울고 있는 것이 이 작품의 결말이라면 주인공의 처지에 대한 적절한 비유에 해당하겠다는 감탄이다. 또 다른 하나는 그처럼 비굴하게 만들어버린 원인이 대화 상대의 부재로 인한 두려움이라는 것을 이 작품이 어떠한 장황한 설명보다도 분명하게 보여주고 있다는 사실에 대한 감탄이다. 303호와 206호의 떠나감,

자식의 무관심 속에서 남은 마지막 자존심마저 스스로 무너뜨려야 하는 서글픔이 그녀를 구멍 안에서 울게 했을 것이므로. 이 지점에서 30년 된 아파트는 주인공 '나'의 인생과 늙음에 대한 상징만이 아니라 오늘날의 세태에 대한 날카로운 문제 제기의 도구로 날을 세우고 있기도 하다.

'자유'라는 고귀한 청년과의 대화
–강명희 〈묵티가 온다〉

강명희의 〈묵티가 온다〉는 제목이 가리키고 있듯 네팔 청년 묵티가 산업연수생 자격으로 한국을 방문하게 되기까지의 과정에 관한 이야기다. 안나푸르나 트레킹에서 포터 역할을 하던 묵티와의 첫 만남, 한국으로 돌아온 후 네팔에 있는 묵티와 다시 연락을 취하는 과정에서의 어려움, 묵티가 산업연수생 자격을 얻기 위해 2년간 노력한 끝에 드디어 한국땅을 밟게 되기까지 이 소설은 묵티가 한국에 도착하기까지의 과정을 소개한다. 여기서 묵티가 한국어를 배우면서 산업연수생 선발 준비를 하는 과정에 대해서는 언급이 거의 없는 대신 묵티와의 만남이라든가 네팔에 있는 묵티와 다시 연락이 되기까지의 과정에 대해 대부분의 서술 분량이 할애되어 있다는 점을 볼 때, 묵티라는 이국청년과의 소통이 작품의 주된 관심이라는 것이 분명해진다.

묵티와의 첫 만남에서 '나'가 느끼는 미묘한 감정에 관한 여과 없는 심리 묘사는 무척 흥미롭다. 지저분한 포터의 몰골을 처음 대할 때 '나'는 그에게서 강한 거부감과 불쾌감을 느낀다. '나'는 포터의 때가 묻어 더러운 옷, 오랫동안 감지 않아 엉킨 머리카락을 볼 때 심란했었노라 솔직히 고백하고 있다. 무엇보다도 "포터의 등에 흐르는 땀이 배낭에 배일 거란 생각을 하니 기분이 좋지 않았다. 서울 가면 저 배낭부터 빨아야겠다는 생각을 했다."라고 털어놓는다. 이때 묵티는 단지 짐을 들어주는 역할을 할 뿐 '나'와 포터 사이에는 어떠한 인격적 교류도 존재하지 않는다. 그저 더러움을 잔뜩 묻히고 있어 거리를 두고 싶은 대상으로만 여겨질 따름이다. "대부분의 트래커들은 포터들과 말을 섞기를 꺼렸다. 포터들의 헐벗은 모습이 불편했고 말도 전혀 통하지 않았다. 포터들은 우리가 머물 롯지까지 짐을 가져다 놓으면 그들의 임무는 끝난다. 더 이상 교류가 필요하지 않았다."

그러던 것이 고산증으로 고생을 하던 '나'를 묵티가 적극적으로 도와주고 나서 적지 않은 변화를 겪는다. 손짓 발짓을 해가면서 도와주는 묵티의 모습을 접하면서 단순한 포터와 고용인의 관계가 아니라 인간과 인간의 관계에서 요구되는 소통이 시작된다. 묵티의 가정환경이라든가 돈을 벌기 위해 한국으로 가고 싶어 하는 그의 바람도 차츰 알게 되고, 묵티라는 이름이 네팔말로 자유라는 고귀한 의미를 지닌 것이라는 것도 알게 된다. 서툰 영어와 한국어와 눈치껏 알아듣는 손짓 발짓으로 대화의 시간을 가지고 났을 때, 묵티는 짐꾼이 아니라 하나의 인격으로 다가올 수 있었을 것이다.

이러한 심경의 변화에 주목한다면 이 소설은 이주노동자를 바라보는 우리 자신의 시선에 대한 문제를 제기한 작품이 된다. 누추

한 모습을 하고 있는 그들에게 선뜻 다가서기에는 꺼림칙하다는 것, 인간적 교류보다는 고용과 피고용의 관계로 거리를 두는 것이 편하다는 것, 기껏해야 그들을 불쌍한 존재로 여겨 간혹 지하철 안에서 적선하듯 초콜릿을 건네주고 싶은 생각이 드는 것 정도가 이 소설이 파악하고 있는 우리들의 평균적인 모습이다. 묵티와의 연락을 도와주는 또 한 명의 네팔 청년인 산토스는 이주노동자를 대하는 우리들의 태도에 대해 다음과 같이 꼬집는다.

> 다 거짓이어요. 천안에 일이 있으면 가서 일하고 김포에 있으면 가서 일해요. 그리고 일당 받아요. 학비는 정부로부터 받지만 서울생활은 아르바이트해서 살아요. 모든 사람들이 우리나라가 가난하다고 무시해요. 어떤 때는 사장님이 돈 떼어먹고 안 줘요. 나라가 가난하다고 개인의 영혼까지 가난한 것은 아니잖아요. 아줌마! 전철 안에서 제게 초콜릿을 주려는 사람 보셨지요? 전 스물다섯 살이어요. 그런 저에게 초콜릿을 주겠다는 거예요.

여기서 이 소설은 그들의 말에 귀를 기울이고 그들과 소통하라 권유하고 있다. 전쟁 직후 '나'의 개인사에 대한 회상이 덧붙여져 묵티와 산토스에게 더욱 각별한 마음을 가지게 되었음이 첨부되어 있기는 하지만 이 작품은 그러한 동정심보다는 타인에 대한 소통의 의미에 대해 더 많은 비중을 할애하고 있는 것으로 보인다. 묵티와 연락하기 위해 여러 곳을 수소문하고, 상당한 노력을 기울여가며 결국에 그와 연락하는 데 성공하게 되는 것에서 소통을 위한 노력이 이야기되고 있으며, 산토스가 눈물을 흘리면서 진실을 털어놓은 후 '나'와 남편은 그에게 따뜻한 식사를 대접하고 그의 향수병을 달래주는 것에서 진심을 나누는 소통의 힘을 강조하고 있다.

물론 이 작품에서 묵티라든가 산토스에 대한 소통의 과정은 다소 서사적 개연성이 부족한 측면이 없지는 않다. 묵티의 한국행을 후원하겠다고 발 벗고 나서게 된 동기에 대한 서술이 부족하고, 우연히 같은 네팔 청년인 산토스와 전철 안에서 우연히 만나고, 그에게서 도움을 받는 것 등에 대해서 우연적인 상황이 중첩되는 것이 사실이다. 그럼에도 이 소설이 묵티나 산토스와의 공감과 소통을 소설의 전면에 내걸고 있는 것은 타인과의 교류에서 느끼는 감격에 대한 자그마한 호소로 읽힐 여지가 충분하다고 보인다. 적어도 이 소설을 읽은 독자라면 전철 안에서 그들과 마주칠 때 불쾌감에 얼굴을 찌푸리거나 초콜릿을 건네지는 않을 것이며, 가끔은 그들의 이름이 혹시 '자유'와 같은 고귀한 의미를 지니고 있지 않을까 궁금해 할지도 모르기 때문이다.

말, 웅얼거림, 대화
−조규남 〈입술〉

'입술혈관종'이라는 생소한 병명이 소설의 도입부에서 소개될 때, 희귀병에 걸려 투병하는 환자와 그 환자의 가족이 겪는 어려움과 슬픔에 관한 이야기가 펼쳐지지 않을까 짐작했었다. 이러한 짐작은 소설의 중반부까지 잘 들어맞았다. 어린 아이를 일인칭 서술자로 설정한 탓에 순진한 아이의 시선에서 엄마의 희귀병이 관찰된다. 학교 성적에 대해 거짓말을 해도 집 밖에 나오지 못하는 엄마가 속을 수밖에 없어 안심이라는 식의 앙큼한 순진함이 가미될 때, 이 소설은 유머로 슬픔의 무게를 견디는 모습을 그려내려는 듯하였다.

엄마의 병으로 인한 가장 큰 변화는 말의 실종이다. 아랫입술이 함몰된 탓에 정상적인 대화가 불가능해졌으며, 그저 웅얼거림만 내뱉을 뿐이다. 눈치껏 엄마의 의사를 알아채는 수밖에 다른 도리가 없는 상황에서 아이는 여전히 특유의 순진함을 발휘한다. 엄마가 말을 할 수 없으니 잔소리도 자연스럽게 줄어들 수밖에 없고 '나'는 그것이 편하다고 느끼는 순진함 속에서 굵직한 슬픔 따위는 다루어지지 않는다. 그저 엄마는 무거운 침묵 속에서 하루하루를 보내고 있으며, 그러한 엄마의 모습은 '나'의 어린 아이다운 순진함과 대비를 이루면서 말이 실종된 가족의 분위기를 스케치하고 있다.

그러나 엄마가 수술대 위에 올라간 이후부터 이 소설은 처음의 짐작을 보기 좋게 배반한다. 길게 자라난 입술을 잘라내는 수술을 마치고 얼마 지나지 않아 다시 입술이 자라나고, 또 다시 입술을 잘라내어도 다시 자라나는 황당함이 독자의 짐작을 배반하기 시작한다. 의학으로는 설명되지 않음, 이성적인 질서와 논리를 벗어나고 있음이라는 방향 전환은 급기야 UFO를 연상케 하는 여객선의 출현과 그 여객선을 타고 당도한 낯설고 이상한 곳에 대한 환상으로 일탈을 시도한다. 더구나 병을 치료하기 위해 여객선을 타고 도착한 그곳에서 환자인 엄마가 아니라 동행하였던 '나'가 끌려가는 마지막 결말에서는 선조적인 서사적 흐름을 완전히 일탈하고 있다.

이미 몇 가지 단서가 제공되었다. 엄마의 증상을 물어보는 동네 주민들에게 '나'는 '꼬리가 긴 방패연' 같다고 말한다. '나'는 꼬리가 긴 방패연이 공중으로 날아오르는 상상, "엄마의 이마에 실을 매달아 공중으로 띄워 올리면 가볍게 바람을 가르며 떠오르는 광경을 그려보는 아이였다. 아이의 아빠는 시간 날 때마다 스타트랙 영화비디오를 반복해서 보는 습관이 있었고 아이의 꿈속에서는 스타트랙의 우주선과 공간이동 따위의 환상적인 내용이 펼쳐지곤 했었다. UFO를 닮은 여객선에 탑승하는 일은 아이의 꿈속 상상의 세계에서는 너무도 자연스러운 일이다. 돌이켜 보면 작가는 작품 후반부 환상으로의 급격한 상승을 위해 하나씩 준비를 하고 있었던 셈이다.

지구인들과 너무나 다른 사람들이 나를 환영했다. 그들의 얼굴에 달린 모든 것이 둥글었다. 둥근 얼굴에, 둥근 눈, 둥근 코에, 둥근 입술, 큰 동그라미에 작은 동그라미를 오려붙여 꾸민 얼굴 같았다.

나는 그들이 낯설거나 생소하지 않았다. 키가 작달막한 이웃집 아저씨, 아줌마 같았고, 다정한 친구 같았다. 난생처음 듣는 언어 역시 소통이 자유로웠다. 내 말은 그들이 알아들었고, 그들의 말은 통역 없이도 내가 알아들을 수 있었다. 나는 우리나라 말 외에는 어떤 외국어도 하지 못했다. 영어도 쉬운 단어 정도 떠듬거리며 연결할 수 있었다. 그런데 영어도 아니고 우리나라 말도 아닌 전혀 낯선 말을 모두 알아듣는 게 신기했다. 오래도록 상용했던 언어처럼 편안하고 자유롭게 대화할 수 있었다.

엄마의 병이 결국 말을 하지 못하게 되는 결과로 이어졌다는 사실을 다시 상기하자. 적막만이 감도는 집안을 벗어나 아이의 상상 속에 펼쳐진 환상의 세계에서는 굳이 말을 하지 않아도 모든 의사가 소통되는 상황이 펼쳐진다. 언어의 장벽도 없고, 오해나 왜곡도 없는 그러한 곳에서 아랫입술이 함몰되어 웅얼거리기만 하던 엄마 역시 아무런 어려움을 겪지 않을 것이 아닌가. UFO 여객선을 타고 도착한 그곳에서 엄마는 여전히 제대로 된 발화를 하지 못한 채 중얼거리기만 한다. 그러나 '나'는 그 순간 비록 어눌한 음성이지만 엄마가 '환상의 섬'이라고 말하는 것을 선명하게 듣는다. 두 모자는 말을 거치지 않고 대화가 가능한 그런 곳에 도달한 셈, 현실에서의 어려움이나 좌절은 이제 전혀 짐이 되지 않는 환상의 세계에 도달한 것이다.

그렇다고 해서 이 소설이 분명한 메시지를 전달하는 데 이르지는 않는다. 엄마의 입술이 더 길게 자라나 '나'의 목을 강하게 조여들고 '숨을 쉴 수가 없었다'는 질식감 속에서 끝나버리는 방식을 취하고 있기에 의미의 확정은 불가능하다. 다만 말의 상실, 웅얼거림, 대화의 부재, 적막한 가정이라는 현실의 단계에서 비약하여 말을 통하지 않고도 대화가 가능한 환상의 공간으로의 이전이라는 운동의 방향성에서 미루어 짐작할 수 있듯, 이 소설은 소통에 대한 열망을 문장의 바닥에 깔고 있다. 그러한 소통에 대한 열망은 소통이 결여된 세태를 향한 알레고리이면서 조용한 메시지를 발산하고 있다. 그리고 그러한 알레고리와 메시지는 환상적인 소재와 발산적인 서사 전개를 통해 흐릿한 분위기를 창출하는 데 도달하고 있어 자못 흥미롭다.

굴속의 대화
─이희종 〈길렝바레증후군〉

이 소설을 읽은 사람이라면 누구라도 동작대교를 천천히 건너는 지하철 창밖에 펼쳐진 노을을 상상하게 될 것이다. 잠깐의 상상 속에서 길렝바레증후군에 걸려 웃을 듯 말 듯 어눌한 표정을 짓고 있는 '선배'의 얼굴도 떠오를지 모른다. 스쳐지나가는 고층아파트들 상가 끝자락에 병원건물에 가려있을 법한 '김 헤어 아트 샵' 간판을 찾아보고 싶은 생각이 드는 사람도 있겠다. 무심하게 타고 내리던 지하철이라는 지극히 일상적인 소재를 새롭게 바라볼 수 있게 만든 힘이 이 소설의 매력임에 틀림없다. 이러한 매력은 지하철과 기관사 업무에 관한 디테일에서 힘입은 바가 크지만 그보다도 '나'와 선배 사이의 조용한 대화가 창출해낸 것이라 할 수 있다.

주인공 '나'를 잠시 관찰해보자. 지하철 기관사인 '나'는 앞선 교대자의 인사에 별다른 대꾸 없이 고개만 끄덕인다. 선배가 이런 저런 말을 걸어도 묵묵히 듣기만 할 뿐 응수를 하지 않는다. 며칠 전 근무에서 발생한 작은 사고에 관한 경위서 작성에 신경이 쓰인 탓이기도 하겠지만, 그보다는 지하철 운전석에서 홀로 기관차를 운전하는 그의 일상이 만들어 낸 버릇 탓이기도 할 것이다. 그는 굴속이 싫다고 털어놓는다. 선로와 시멘트 기둥 같은 구조물이 늘 같은 자세와 모양을 유지하고 있으며, 비도 눈도 없는 그곳에는 살아 있는 것이라고는 하나 없는 삭막함의 공간으로 묘사된다. 그것이 기관사의 일상이며, 지루하게 반복되는 우리 모두의 일상에 대한 적절한 비유가 아닐까. 승진은 그러한 굴속에서 빠져나갈 수 있는 한 방편이지만, 사실대로 경위서를 작성한다면 승진은 물건너가 버릴 것이 뻔한 상황. 당장에는 인사상의 불이익이 눈앞에 있지만, 그보다 좀 더 멀리에는 굴속이라는 지루한 일상에 계속 머물러 있어야만 한다는 압박감이 시야를 가로 막고 있는 형국이다.

길렝바레증후군에 걸린 선배는 끊임없이 '나'에게 말을 건다. 말수가 적은 편이지만 '나'는 선배와 몇 마디 대화를 건네기도 한다. 전동차 운전하는 게 지겹지 않느냐는 '나'의 질문, 병 때문에 잠시 쉬었더니 '굴속조차도 그리워진다'는 선배의 대답, 증기기관차를 탈 때는 어땠냐는 '나'의 질문, 황금기로 회상하는 선배의 짧지 않은 회고담. 주로 '나'는 듣고, 선배가 말하는 약간은 특이한 대화의 상황. 깊이 있게 오고가는 진지한 토론은 아니지만 선배가 건네는 몇 마디의 말은 지속적으로 '나'의 심란한 마음에 자극을 가한다. 사실대로 경위서를 작성할까 아니면 몇 마디 변명이라도 할까를 오고가는 '나'의 마음에 선배의 이야기가 하나씩 스며들고, '나'는 동작대교 위에서 창밖의 노을을 바라보는 것으로 선배의 이야기에 공감하고 있다.

열차가 이촌역을 향해 다시 동작역을 출발했다. 열차가 역을 빠져나오자 노을빛이 객실 안을 온통 주황빛으로 물들였다. 눈을 가늘게 뜨고 서쪽 하늘을 정면으로 바라보았다. 붉은 하늘 아래 강물도 물감을 풀어놓은 것처럼 붉은빛으로 흐르고 있었다. 그 빛깔은 양귀비처럼 고왔고 아름다웠다. 이제까지 왜 저런 풍경을 보지 못했을까, 나는 경위서를 쓰던 종이에서 눈을 떼고 사그라지는 태양을 한동안 바라보았다.

선배는 이미 소설의 시작부터 "저긴 언제 봐도 시원시원해서 가슴이 탁 트이는 데야. 아름답기도 하고."라면서 말을 건네지 않았었는가. 경위서 작성 때문에, 승진 걱정 때문에 심란하던 마음을 잠시 접어두고 노을을 바라보며 곱고도 아름답다 감탄하는 '나'는 선배의 조언을 따라 일상에서 스쳐지나가던 소중함을 발견하게 된 것. 김 헤어 아트 샵의 여자에게도 그 광경을 보여주고 싶다는 생각에 이를 때 이미 굴속의 삭막함은 제법 버틸 만한 힘이 내부에 솟아나고 있는 것이 아닐까. 한 달에 겨우 한 번 쉬는 여자는 그러한 휴식의 소중함에 대해 말했다. 굴속을 오고 가는 일상의 지루함 속에서 한강을 건널 때 잠시 마주치는 양귀비 같은 노을빛의 아름다움을 눈여겨보라고 선배는 권유한다. "어때, 승객들이 좋아하는 것 같지 않더냐? 선배의 눈빛은 나에게 그렇게 말하는 것 같았다." 선배와 '나'의 대화는 이제 눈빛으로 이어진다.

다시 어두운 굴속으로 빨려 들어가고 잠시 승강장 불빛이 다가오기를 반복하는 일상이 계속되는 것으로 소설은 끝난다. 남겨진 미지수의 결말을 상상해본다. 굴속의 대화를 경험한 '나'는 왠지 경위서를 사실대로 작성할 것 같다. 왠지 여자를 기관실에 태워 동작대교 위의 노을빛을 구경시켜줄 것 같기도 하다. 그리고 덧붙여 이 소설을 읽은 사람이라면 누구라도 동작대교를 천천히 건너는 지하철 창밖에 펼쳐진 노을을 상상하게 될 것만 같다. 선배의 어눌한 표정과 청산유수 같은 음성을 상상하면서….

짧은 이야기들, 그리고 선명한 감정의 포착

'그날도'에서 눈물 한 방울까지의 거리
−노수민 〈바운스, 바운스, 바운스〉

이 소설은 대학병원의 의사로 설정된 일인칭 서술자 '나'를 주인공으로 내세워 병원 응급실과 중환자실의 풍경을 그려내고 있다. 중상을 당하여 생사의 기로에 있는 환자가 등장하는 영화나 TV 드라마에서는 으레 긴박한 분위기를 연출하기 위해 역동적인 카메라 워크를 활용하기 마련이다. 그러나 이 작품에서 그려내는 병원 내의 풍경은 사뭇 다르다. 소설의 첫 문장을 보자. "그날도 내가 근무하는 대학종합병원에는 촌각을 다투는 응급환자들이 실려 왔다." 여기서 주목할 것은 '나'가 '그날은'이 아니라 '그날도'라고 말하고 있다는 점이다. 응급실에는 어제도, 오늘도, 내일도 응급환자들이 넘쳐날 것이며, 그들 중 누군가는 죽게 되고 누군가는 살게 될 것이라는 무심함. 생사의 기로 앞에선 환자를 위해 혼신을 바치는 의사와는 거리가 있는 주인공의 성격화가 이 소설의 첫머리를 틀어쥐고 있다.

주인공의 모습은 우리가 익히 예상하는 소설이나 영화 속 의사의 모습과는 판이하게 다른 편이라 자연스레 눈길이 간다. 심전도기의 ECG 곡선을 관찰하면서 이제 이 환자에게는 더 이상 가망이 없다고 진단을 내리고 나서는 서둘러 자리를 뜨는 자신의 모습에 대해 "전문의 인턴과정에 있는 나로서는 몸이 두 개라도 모자랄 판이었다."라는 변명을 덧붙이기도 하지만 그러한 그의 모습이 낯설게 느껴지는 것은 변함없다. 그렇다고 이 소설의 주인공이 자기의 바쁜 일정을 핑계로 환자 돌보기를 저버린 악독한 의사인가 하면 그렇지는 않다. "그런 그에게 아무런 도움도 주지 못하는 의사로서의 무능력함과 사투를 벌이는 목숨에 대해 가슴이 아려왔다."라는 고백을 들어볼 때, 죽어가는 많은 생명을 지켜보면서 자신의 능력 부족과 현대 의학의 한계를 절감하는 겸허한 태도가 몸에 배인 의사로 여길 수도 있을 듯하다. 임박한 죽음이 수시로 밀려오는 응급실의 특성상 도저히 소생 가능성이 없는 환자 돌보기를 중단할 수밖에 없으며, 이러한 일들이 거듭되는 것이 '나'의 일상이라는 사실이 '그날도'라는 어휘에서 이끌어낼 수 있는 의미다.

고단한 밤을 보내고 다음날 퇴근 무렵 잠시 틈을 내어 나는 다시 중환자실에 들렀다. 여전히 그는 침대를 지키고 있었다. 호전이 된 것은 결코 아니었다. 바람 앞에 촛불처럼 간신히 꺼질듯 꺼질듯 스러지는 그 가느다란 빛을 거머쥐고 고비 고비 넘기고 있는 중이었다. 이 청년이 인간의 한계에 도전하고 있다는 엉뚱한 생각마저 들었다. 만 이틀을 도전하고 있는 것이었다. 뭔가 그를 도와야 할 것 같은 의무감이 들었지만 무엇을 어떻게 도울지 방법이 떠오르지 않았다. 이미 모든 장기들이 하나둘 활동을 멈추고 이제 남은 것은 끊일 듯 미미한 심장 박동소리와 거의 일직선으로 파장을 긋다시피 한 뇌파뿐이었다.

이제 손을 쓸 도리가 없게 된 환자 앞에서 의사로 설정된 주인공은 한낱 관찰도구로 전락한다. 의학적인 상식으로는 이미 사망에 이르렀어야 할 그 환자가 아직까지 숨을 거두지 않는 것을 목격하고, 그것을 서술로 옮기는 관찰의 역할만이 주인공에게 부여되어 있는 셈이다. ‘나’에게 부여된 소설적 역할은 며칠째 미약하게 유지되고 있는 그 환자의 심장 박동을 체크하고, 보통의 상식으로는 잘 이해되지 않음을 반복적으로 상기시키는 것이다. 진단과 치료를 중지한 채 이어지는 관찰도구로서의 역할에서 때로는 의사로서의 한계를 드러내기도 하지만 그것은 일정한 선을 넘지는 않는다. 다만 환자의 아내가 그 환자를 찾아올 때까지 희미하게 울리는 심장 박동소리만을 기록하는 데 충실한 것이 관찰도구 본연의 임무이기 때문이다.

“저뿐 아니라 아기에게도 인사를 하고 싶었을 거예요.”
순간 내 콧등이 물을 잘못 들이켰을 때처럼 시큰해졌다.
‘아, 부인이 임신 중임을 그가 알고 있었구나. 사랑하는 두 사람에게 작별인사를 하고 가려고 그렇게 힘든 사투를 벌이며 버티고 있었구나.’
“출장 중에 임신인 걸 알게 돼서 전화로 이야기를 했었거든요. 얼마나 좋아했는지 몰라요. 돌아와서 아기 태명 짓고 인사하겠다고 했는데….”
나는 할 말 잃은 채 눈시울이 뜨거워 옴을 느꼈다. 그는 약속

대로 아기에게 인사를 하기 위해 힘겹게 기다렸다가 인사를 하고 떠나갔다. 그의 심장은 멎었지만 그의 심장은 우리들을 통해 한없이 벅차게 뛰고 있었다. 그 기다림이, 그 약속이, 그 고통이 가족이라는 이름의 사랑인 것인가? 울고 있는 여자에게 목례하고 돌아서는 내 눈에서도 결국 눈물방울이 굴러 떨어졌다.

‘그날도’라면서 철저히 관찰도구로서의 역할에만 충실했던 ‘나’는 멈추지 않는 심장 박동의 의미가 환자의 아내와 아내의 뱃속에 든 아기에게 마지막 작별 인사를 하기 위한 것임을 알아차린 후 눈물을 흘리고 만다. 이 눈물은 관찰도구로서의 역할이 끝났음을 알리는 것이기도 하고, 의학적인 설명을 뛰어넘은 인간적인 사랑의 힘을 향한 갈채이기도 하고, 짧은 분량으로 응축된 이 소설의 기승전결에 방점을 찍는 것이기도 하다. 다만 ‘그 기다림이, 그 약속이, 그 고통이 가족이라는 이름의 사랑인 것인가?’라며 영탄조로 흘러버려 흐르는 눈물 속 감정과 의미를 생경하게 드러낸 것이 약간의 아쉬움으로 지적될 수 있다. 그러나 다른 한편으로는 임박한 죽음 앞에서 ‘그날도’라면서 무덤덤하게 억제하던 ‘나’의 감정이 급격하게 변화하였음을 드러내기 위해서는 적절한 선택이 될 수도 있다.

그리 길지 않은 내용의 전개 속에서 눈물방울로 감정을 집약적으로 드러내는 전략을 통해 심리적 울림이 잘 드러날 수 있었다는 점은 짧고 간결한 단편의 미점을 충분히 발휘한 결과로 보아도 크게 틀리지 않을 듯하다. 감정이 동요하는 순간을 반짝이는 눈물방울 속에 담아냄으로써 선명한 감정의 포착은 충분히 그 성과를 거둔 것이다.

미시와 거시의 시선

— 김재찬 〈달, 좀먹히다〉

> 도시는 온통 폭설에 갇혀버렸다. 대기가 무겁게 뚝뚝 떨어져 내리고, 그와 함께 눈이 엄청나게 퍼부어댔다. 굳이 일어나 밖을 내다보지 않아도 알 수 있다. 여느 사람보다 지나칠 만큼 청각이 발달한 탓도 있겠지만 창문이 굳게 닫혔음에도 바람 한 점 없는 가운데 눈 내리는 소리가 뭉텅뭉텅 던져져 들어오는 듯했다. 내리 사흘째나 쏟아지는 눈이었다.

이 소설을 읽으면서 필자는 자신의 둔감함에 부끄러움을 느낄 수밖에 없었다는 개인적인 고백을 먼저 해야겠다. 공교롭게도 이 소설을 읽었을 때 창밖에 눈이 내렸다. '눈 내리는 소리가 뭉텅뭉텅 던져져 들어오는 듯했다.'라는 문장을 읽고서야 비로소 소설 밖 실제 현실에서도 눈이 내리고 있음을 알아차렸다. 또한 눈이 내리고 있었는데도 불구하고 아무 소리도 듣지 못했던 자신의 둔감함을 알아차렸다. 어리석게도 읽던 것을 멈추고 잠시 창밖으로 귀를 기울였다. 정말 뭉텅뭉텅 던져져 들어오는 소리가 들릴까 싶어 기대했었지만 여전히 고요하기만 했다. 그것은 필자가 소설 속 주인공보다 청각이 덜 발달한 탓도 있겠지만, 그보다는 작가의 예민한 감각에 따른 결과로 돌리는 것이 나을 듯싶다. 여느 사람이라면 무심코 지나쳐버릴 만한 미세한 현상에 대해 예민하게 더듬이를 곤두세우는 작가의 형상이 어렴풋이 떠오르고 나서 이 소설의 문장들은 빠른 속도로 필자의 마음속으로 육박하여 오고 있었다.

이 소설은 짧은 분량의 제한을 오히려 이점으로 바꾸어버리고 있다. 과거의 연인에 대한 설명적인 서술을 최대한 억제하고서 그녀를 밤하늘에 떠 있는 달에다 갖다 붙여버리는 과감성을 발휘한 것이 그것이다. '서향아'라는 이름을 통해 중국의 전설 속 항아를 슬쩍 언급하면서 떠나간 연인의 이미지를 뭉텅 던져버리는 과감성의 결과 그녀와 달의 화학적 결합이 이루어질 수 있었다. 물론 '서향아'라는 그녀의 이름에서 약간은 작위적인 설정이라는 느낌이 들지 않는 것은 아니지만, 그러한 이름에서 연상되는 동양적이고 고전적인 풍미가 가미되고 있어 적당한 조미료에 해당한다고 보는 것도 좋겠다. 303호 여자에서 옛 연인 서향아로, 다시 서향아에서 전설 속의 항아로의 이전은 과감한 유비 연상을 통해 작품의 분위기를 이끌어내고 있다.

> 나를 대하던 303호 여자의 눈빛이 아득해지고 떨리던 것. 그게 또 내 목구멍을 뻑뻑하게 했고, 달나라로 달아나버렸다는 항아를 떠올리게 했다. 여자는 나를 만나게 될 때면 그저 아무 말 없이 고개만 한 번 까딱해 보이고서 지나쳐버리곤 했지만 그 때마다 눈빛이 아득해지면서 눈가의 살갗에 미세한 경련을 일으키곤 했다. 웬만해선 눈치 채지 못할 일이었지만 적어도 나는 그걸 알아보곤 했다.

303호 여자에게서 서향아와 항아에 이르는 상상의 비약은 모두 '나'의 예민한 감각에 의존한다. '웬만해선 눈치 채지 못할 일'을 알아보는 예민함이란 서두의 눈 오는 소리에 대한 감각과 마찬가지로 '나'의 특출한 능력에 속하는 것이다. 한편으로는 이웃집 여

자를 보면서 달나라로 도망간 전설을 연상하는 과감함을 발휘하
면서 동시에 평범한 사람은 생각하기 어려운 예민함을 발휘하는
것이 '나'라는 인물의 독특함이다. 곧 303호 여자를 지켜보면서 그
시선 속에 '거시'와 '미시'의 관점을 동시에 담아내고 있는 것이 이
소설의 묘미가 된다.

이러한 상반된 시선의 공존은 적막한 밤하늘에 떠 있는 달이라
는 소설의 소재가 지닌 이미지와 적절히 부합한다. 달은 주위에 어
둠이 있을 때 자신의 존재를 드러낼 수 있는 것이 아닌가. 어둠속
에서야 비로소 빛을 발하는 것이 달의 존재방식이라면 빛과 어둠,
거시와 미시의 공존이 상호작용을 하는 이유를 짐작할 수 있다. 연
인과 함께 있었던 과거, 연인과 헤어진 현재의 상호작용, 남자와
여자의 상호작용, 만남과 헤어짐의 상호작용, 전설 속 달세계라는
유토피아와 외로운 현실 세계의 상호작용 등 이 소설은 다양한 대
립항들 사이의 오고감을 통해서 역동적 관계를 형성하는 전략을
구사한다.

전설 속 몽환적인 달은 서서히 좀 먹히고 있다. 월식의 과정처
럼 303호 여자가 이사를 떠난다. 아니 이미 화학적 결합과정을 거
친 것이기에 303호 여자가 이사가는 것이 아니라 서향아가 떠나가
는 것이며, 항아가 멀리 도망가는 것이다. 303호 여자의 이사라는
하나의 사건을 확대하고 확장함으로써 얻어지는 결과는 한두 가지
로 정리하기 어렵다. 떠나간 연인에 대한 그리움일 수도 있고, 결
코 달에 닿을 수 없는 '나'의 안타까움이나 외로움일 수도 있을 것
이지만 단일한 의미의 제시로 귀결되지 않는 것은 분명하다. 다만
소설의 마지막 문장은 다음과 같이 또 다시 여운을 남기고 있다.

"서향아가 탄 차가 벌써 저편 모퉁이를 돌아가 보이지 않았다. 뒤편 공원에서 눌리는 무게를 간신히 지탱하며 축 늘어졌던 나뭇가지 하나가 우지끈 부러지며 거기 얹혔던 눈 무지 한 덩이가 쏟아지며 사방으로 날려 올랐다." 작품의 서두에서 뭉텅뭉텅 던져지던 눈 소리는 나뭇가지를 부러뜨리며 사방으로 흩날리는 눈으로 탈바꿈하면서 떠나간 여자를 그려내고 있다. 애초에 분량의 제한으로 상세한 설명은 불가능한 상황, 예민한 감각을 통해 나뭇가지 부러지는 소리와 흩날리는 눈발이라는 공감각적 심상으로 상황과 인물의 심리가 '던져지고' 있다. 한겨울 바람결에 날아가는 작은 눈 결정과 같은 감정이 짜릿하게 반짝이고 있다.

차분한 문장, 감정의 그려냄
－박혜원 〈은행나무〉

박혜원의 〈은행나무〉는 시적이며 수필적인 감성으로 가득 차 있는 소설이다. 중심이 되는 사건이 약화되어 있다는 것 외에도 대부분의 서술이 주인공의 감정 상태를 드러내기 위해 할애되어 있다는 점에서도 그러한 특성은 어렵지 않게 파악된다. 그러나 이 소설은 감정을 남발하지 않고 최대한 억제하는 방식으로 드러낸다. 오히려 애써 억제함으로써 감정의 불씨가 여전히 남아 있음을 재확인하는 데 이르게 된다. 사별한 남편에 대한 단편적이고 간헐적인 회상이 중간 중간 삽입되지만, 일 년이라는 시간적 거리를 마련함으로써 그 감정은 완전히 해소된 것도 아니고 활발히 불타오르는 것도 아닌 모호한 상태에 놓여 있기 때문이기도 하다. 그 원인이야 어찌되었든 복잡한 감정에 대해 섬세하게 결을 쓰다듬는 것이 이 소설의 기본 전략이며, 굵직한 사건이 부재함에도 불구하고 반복되는 회상과 은행나무라는 소재를 중심으로 감정의 진폭이 지루하지 않게 그려지고 있어 눈길을 끄는 작품이다.

> 그녀는 그냥 그대로 침대에 누운 채 고개를 돌려 멍하니 창밖을 내다본다. 손 하나 까닥하기가 싫다. 창가에 바람소리가 가득 밀려와 웅웅거린다. 온 들판에 바람이 미친 듯이 몰려갔다 몰려온다. 마당 가운데 먼지바람이 한 움큼 솟구쳤다 사라진다. 나뭇가지 끝에 겨우 붙어있던 몇닢 마른 잎마저 줄기에서 떨어져나가 허공을 맴돌다 마당으로 떨어진다. 낙엽이 바람을 따라 이리저리 밀려다닌다. 며칠 전까지만 해도 갖가지 색의 단풍으로 가득하던 마당이, 을씨년스럽기 짝이 없다. 무서리가 내리고 추위가 갑자기 들이닥쳤다. 그녀는 침대에서 겨우 몸을 돌려 눕는다. 몸이 무겁다. 슬픔이 그녀의 피부를 파고든다.

춥고, 시리고, 차가운 바람이 부는 늦가을이다. 계절적 배경은 곧 주인공인 '그녀'의 심리 상태와 일치한다. 또한 잎이 다 떨어진 나무만이 덩그렇게 남겨진 그녀의 마당은 곧 남편과 사별한 채 일년을 보낸 그녀의 현재 상태와 일치한다. 침대 위에서 한기를 느낀 그녀가 이불을 끌어당겨 덮어도 여전히 춥고, 시린 마음에는 어떠한 위로가 되지 못한다는 것을 서술하는 이 대목에서 이 소설은 수필적인 분위기를 한껏 뽐낸다. 문장이 깔끔하고 아름답다는 것, 그 한 가지로도 이 소설은 눈여겨볼 가치가 있다. 암수 구분된 은행나

무의 생리와 그것을 인간관계에 접목시킨 발상은 다소 식상한 감이 들어 아쉬움이 있다. 그렇게 따진다면 집 마당의 쓸쓸한 풍경에 관한 묘사도 차분함을 넘어 다소 밋밋하다는 느낌이 들기도 한다. 그러나 그러한 평범한 소재와 밋밋한 접근에도 불구하고 작고 평범한 것을 작가 특유의 세밀한 관찰력으로 소설 속에 담아낸 결과인 문장을 하나하나 놓고 볼 때 찬찬히 음미하고 싶은 마음이 들게 된다.

> 그는 그녀 곁을 떠났다. 그 어떤 예고도 없이 사랑의 언약을 먼저 파기한 사람은 그이다. 그가 떠난 후 단 하루도 그 사실을 잊은 적이 없다. 그럼에도 그녀는 문득, 배가 고프다는 것을 느낀다. 징그럽게 끈질긴 생명력은 그가 없이도 이렇게 살아가게 만든다. 그녀는 여전히 이곳에 남아 먹고 자고 싸고 살아 숨 쉬고 있다. 그녀는 그 사실이, 그런 사실 속에 있는 자신이 역겹다.

이 소설의 문장은 비단 섬세한 묘사에만 강점을 발휘하는 것은 아니다. 슬픔 속에서 배고픔을 느끼는 것, 그리고 그러한 배고픔을 통해 살아 있음을 느끼는 것, 또한 슬픔의 한가운데에서 그러한 살아 있음을 느끼는 자신에 대해 역겨움을 느끼는 것, 즉 삶과 죽음, 슬픔 또는 사랑과 생존 또는 일상 사이의 긴장을 문면으로 끌어올리는 것이 이 소설의 문장이다. 문장은 깊은 철학적인 존재론은 아닐지라도 일상에서 잠시 눈을 돌려 어느 정도 깊이가 보장되는 사색에 도달하게 하는 도구로서 위력을 발휘하고 있는 셈이다. 삶과 죽음의 진리, 사랑의 의미가 몇 마디 말로 명쾌하게 설명되는 것은 아니지만(당연히 몇 마디로 단언될 수 없는 것이기도 하지만) 섬세함이 담보된 관찰과 묘사의 문장 속에서 작고 단단한 진실의 조각들을 건져 올리고 있다.

쌓인 낙엽을 들추어내고 그 밑에 숨겨져 있던 은행열매를 발견하는 작품의 결말에 이르러 사랑을 언약했던 남편의 존재는 새삼 그리움으로 되살아난다. 일 년의 시간이 흘렀지만, 여전히 남편의 부재는 슬픔으로 위력을 발휘하고 있었음이 쏟아지는 울음으로 확인된다. 급격한 감정의 솟구침이며, 억제하던 감정의 수면에 적지 않은 파문이 일렁이고 있다. 이처럼 울음이 터져 나오는 돌발적인 감정 상태의 변화는 역동적인 서사적 결말에는 도움이 될 수 있지만, 그동안 지속되던 작품 특유의 감성적 분위기를 파괴할 수도 있다.

이러한 위기를 적절하게 갈무리하는 것 또한 문장이다. "바람이 또 한 차례 밀려온다. 그 바람에 가지 끝에 매달려있던 은행이 마당으로 떨어져 내린다."라는 마지막 대목이 제 역할을 충실히 수행하고 있다. 이 대목에서 문장은 소설의 첫 대목에서처럼 다시 차분한 관찰과 묘사의 시선으로 회귀하였으며, 격정적 감정의 파문을 잠잠하게 만들면서 소설의 전반적인 서술은 차분하고 담담한 서술로 귀결된다. 이러한 차분함은 주인공이 감당한 심리적 변화를 거친 것이기에 단순히 처음으로 되돌아가는 것은 아닐 것이다. 그보다는 애써 억누르는 문장의 이면에는 여전히 격랑이 치는 주인공의 내면이 자리하고 있을 것이기에 이때의 차분함은 분명 새로운 차원의 분위기 연출에 이르고 있다. 차분하게 한 번 걸러서 들리는 슬픔의 울음소리이기에 어쩌면 터져 나오는 울음보다 더 크게 둔중함을 선사하게 되는지도 모르겠다. 슬픔이라는 흔하면서도 표현되기 복잡한 감정을 이 소설은 특유의 문장력으로 포착하는 데 성공했다는 것이다.

짧지만 묵직한 이야기
―이지안 〈파리인간〉

이지안의 〈파리인간〉은 짧은 분량의 제한에도 불구하고 주인공 사내의 성격화에 성공한 작품이다. 소설 속에서 주인공 사내는 상당히 복잡 미묘한 감정 상태를 노정한다. 그리고 그가 그러한 감정을 겪게 된 데에는 그를 둘러싼 사회경제적 조건이 한 몫을 한다. 그뿐만 아니라 그처럼 개성적인 인간형이 자신의 주변에 있는 인물들과 얽혀 사건을 만들어내면서 제법 근사한 스토리의 완성으로 이어지기도 한다. 이상에서 열거한 여러 항목을 하나의 작품에서 다 담아내려면 일반적인 길이의 단편소설이라도 분량이 부족할 듯한데, 이 작품에서는 그것들을 불과 서너 페이지 분량 안에서 충분히 소화하고 있다는 점에 감탄이 절로 나온다.

아내의 전화. 그녀는 큰아이 유치원을 영어유치원으로 옮겼다고 말했다. 하루에 이백 마리 치킨을 튀기는 아빠라면 감당할 수 있을 정도의 수업료라고 했다. 그의 산란한 머리로는 유치원 한 달 수업료에 해당하는 치킨 마리 수를 계산하기도 벅찼다. 무심하게 켜놓은 텔레비전 홈쇼핑 채널의 쇼핑 호스트 목소리가 아내의 목소리에 배경음처럼 들려왔다. 한 순간 그는 화가 치밀어 오르는 것을 느꼈다. 하지만 곧 안쓰러움과 서운함 따위가 복

합적으로 밀려왔다. 그것은 아내에 대한 것이기도 했고, 스스로
에 대한 것이기도 했다. 마흔을 바라보는 나이, 그 어느 때보다
외로운 싸움이 시작된 느낌이었다.

　주인공 사내가 겪고 있는 조급함과 우울함의 근원은 결국 경제
적 문제로 환원된다. 남들처럼 그럴싸하게 살아보기 위해서 지금
주인공 부부에게 필요한 것은 오직 경제적 여유다. 사내가 과거에
어떠한 인생을 살았는지는 언급되지 않고 있지만, 얼마 전 통닭집
을 개업했다는 사실 하나만으로도 그의 과거 인생의 내역서는 짐
작될 수 있다. 마흔의 나이에 새롭게 자영업을 시작하는 것을 보니
더 이상 안정적인 직장에 다닐 가망은 없어 보이고, 아내가 영어유
치원 운운하는 것을 보니 먹을 것이 없어 배를 굶는 정도는 아닌
듯하지만, 프랜차이즈 가맹점도 아니고 시장 골목 안에서 개업한
것을 보니 풍족한 퇴직금이나 저축을 쌓아놓고 사는 편은 아닌 듯
하다. 얼마의 자본금으로 개업을 했는지, 부채는 얼마를 가지고 있
는지에 관한 자잘한 정보는 생략되어 있지만 닭을 몇 마리 튀겨야
유치원 수업료를 낼 수 있는지를 빠르게 계산해내는 사내의 모습
을 보면서 그가 느끼는 경제적 압박은 충분히 짐작되고도 남는다.
이처럼 영어유치원 수업료와 닭 판매 수량에 관한 짧은 생각을 통
해 인물의 경제적 상황을 단적으로 드러내는 방법은 '짧은 분량에
서 소화하는 방법'의 기본이 된다.

　아내가 아이를 영어유치원에 보냈다고 하니 아내는 사내의 통
닭집 사정을 잘 모르고 있는 듯하다. 아마도 사내는 아내에게 장
사가 제법 잘 된다고 거짓말을 했거나 앞으로 잘 될 것이라는 희

망 섞인 예상을 했기 때문일 것이다. 그러나 안타깝게도 장사는 성공적이지 못하다. 이번에도 장사가 잘 안 되는 상황에 대한 상세한 설명 따위는 아랑곳하지 않은 채, 그동안 판매한 닭의 숫자를 제시한다. 단 두 마리! 2주일 동안 튀겨낸 닭이 겨우 두 마리라는데 무슨 부연이 필요하랴. 영어 유치원을 보내기 위해서 2백 마리를 팔아야 하고, 아내는 충분히 그럴 수 있으리라 믿고 있는 상황에서, 2주일 동안 단 두 마리를 팔았다는 사실은 다른 어떤 설명보다 사내가 처한 상황을 잘 보여준다.

장사는 안 되고, 그야말로 파리만 날리는 상황에서 사내는 파리를 막기 위한 강한 집착을 보인다. 파리 날리는 상황을 타계하기 위해서는 홍보를 한다든지, 맛 내는 비법을 공부한다든지 장사가 잘 되게 하기 위한 방법을 강구해야 함에도 불구하고, 사내는 파리를 막는 방충망 사는 일에 집착한다는 것이 이 소설의 포인트다. 방충망을 달아서 파리를 막는다고 해서 두 마리 팔렸던 것이 2백 마리 팔리는 것으로 바뀔 리는 만무한 터, 사내가 아무리 조급해하고, 우울해하고, 때로는 분노를 느낀다고 하더라도 결국에는 아무 소용이 없으리라는 것을 방충망 구입이라는 사소한 행동을 통해서 보여주고 있는 것이다.

방충망을 파는 철물점 주인의 소개로 찾아간 '웃음치료소' 역시 압축의 묘미를 살리기 위한 필수적인 장치의 하나다. 사내가 웃음치료 소개를 듣게 되고, 그곳에 찾아갔다가 괜히 돈만 쓰고 나온다는 일련의 이야기에서는 개연성 확보가 다소 미흡한 듯 보인다. 그러나 웃음치료소에 방문한 것과 가게로 돌아와서 웃음치료소 소장의 주문 전화를 받은 일은 사내가 느끼는 복잡한 심리 상태를 절정에 이르게끔 하는 효과적인 서술 과정이라는 점에서 흥미롭다. 사내가 소장을 비롯하여 웃음치료소에 있는 노인들을 향해 조롱하는 태도를 보이는 것에서 그의 마지막 남은 자존심을 읽어낼 수 있고, 사내를 비웃기라도 하듯 닭을 무려 다섯 마리나 주문하는 소장의 전화를 받고 갈등 끝에 비굴하게도 닭을 튀겨서 들고 나서는 그의 행동에서 무너지는 자존심과 깊어진 자괴감을 선명하게 확인할 수 있기 때문이다.

> 그의 눈가가 촉촉하게 젖기 시작했다. 그는 기름을 불에 올리고 닭을 손질하기 시작했다. 닭 다섯 마리를 토막 내고 튀김옷을 입히는 동안 냄새를 맡고 모여든 파리 떼가 방충망 저쪽에서 성화를 대었다. 그는 작업하던 손을 멈추고 파리들의 몸놀림을 물끄러미 응시하기도 했다. 어쩌면 제 모습인 양 여겨지기도 해, 얼마간 동정심을 느끼기도 하면서.

우울감, 소외감, 분노, 자존심을 증폭시키던 통닭집 사내에 관한 짧은 이야기는 작품의 결말에 이르러 상당한 역동성을 보여준다. 사내는 작품의 초반부에서 자신이 상대하는 손님이라는 존재가 파리라고 생각했다. 파리 때문에 장사가 안 된다고 생각하기도 해서 방충망을 사러 나가기도 했다. 그러나 작품의 결말에 가서 모든 것이 자신의 착각이었음을 뒤늦게 깨닫게 된다. 방충망에 가로막혀 문을 통과하지 못하는 파리는 곧 거대하고 강고한 현실의 경제적 방충망 앞에서 가로막혀있는 자신과 동격이라는 사실, 곧 자신이야말로 '파리인간'임을 깨닫는 것이다. "방충망 사이로 몸을 비비며 안으로 들어서기 위해 애쓰던 파리들"처럼 안간힘을 쓰는 사내의 머리 위에는 '자비심을 잃은 태양'이 떠 있다. 아마도 사내는 자신 앞의 방충망을 영원히 통과하지 못하리라는 예언을 하듯 말이다. 비록 사내의 눈가가 촉촉이 젖기 시작하더라도 '자비심을 잃은 태양'은 그를 계속 내버려둘 것이다. 그리고 벌레가 되어버린 사내의 초라한 초상이 오늘날 우리 사회의 곳곳에서 발견될 수 있는 것임을 떠올릴 때, 이 소설은 짧지만 묵직하고 둔중한 인상을 독자의 뇌리에 남기고 있다.

시간을 거스르는 방법

서정의 시간 속으로
−오을식 〈폭설의 시간〉

첫사랑과 32년 만에 만나게 되는 한 남자의 하루 일정을 다룬 오을식의 〈폭설의 시간〉은 과거와 해후할 때 느낄 수 있음직한 미묘한 감정의 국면들을 특유의 섬세한 문장을 통해 차분히 풀어놓고 있다. 별안간 날아든 문자메시지를 받고, 만날 약속을 하고, 눈길을 헤치며 약속 장소로 가고, 과거의 추억에 관해 같이 대화하다가 헤어졌다는 것이 이 소설의 대강이다. 어찌 보면 그리 특별할 것 없이 단조롭기만 한 서사적 굴곡이다. 그럼에도 불구하고 눈길을 헤치며 옛 연인을 만나러 가는 주인공의 행적을 계속해서 따라가다 보면 때로는 설렘으로, 때로는 아쉬움으로 펼쳐지는 감정의 굽이진 길에 어느새 동참하게 되고, 은밀한 대리체험의 만족에 깊숙이 빠져들게 된다. 이처럼 주인공의 감정에 동조하게 만드는 힘이 과연 어디에서 연유하게 된 것인지 궁금해지지 않을 수 없다.

눈송이가 마치 은총의 증표처럼 소복소복 쌓이고 있어요. 처마 발치에서 어깨동무를 하고 있는 고만한 체구의 철쭉과 동백나무도, 마당 가장자리에 에둘러선 껑충한 편백나무며 오지랖 넓은 육송도 오늘은 머리에 새하얀 미사포를 썼습니다.

가장 눈에 잘 띄는 곳은 마당 가운데에 자리한 장독대입니다. 여기에는 간장이나 된장 또는 각종 효소를 책임진 검정 수단 차림의 수도자들이 정연하게 열을 지어 무릎을 꿇고 있지요. 비바람이 몰아치거나 오늘처럼 함박눈이 내려도 이들은 도무지 흔들림이 없어요. 모습이 서로 비슷해서 검지로 쏘아 세보니 도합 마흔네 분이시네요. 모두 등을 동그랗게 말고서 기도 중이신데, 기도할 때 저렇게 몸을 낮춰 머리를 조아리는 것은 하늘에 계신 분은 늘 낮고 겸손한 자의 청을 먼저 들어주시기 때문이지요.

눈이 내린 아침 마당의 모습에서 종교적 색채마저 감도는 경건한 분위기를 발견하게 되는 것은 관찰하는 자의 현재 심리 상태가 투영된 결과일 것이다. 폭설이 내려 약속 장소로 가는 길은 멀고도 험하게 된 상황이지만, 연인을 만나러 가는 '나'의 마음은 종교적 의식을 치르는 듯한 엄숙하고 긴장된 상태이기에 그의 눈에 비친 풍경 역시 경건함으로 채색되어 있을 터이다. 자신의 사랑을 경건하게 만들겠다는 소망이나 의지의 투영이 주변 풍경을 경건하게 만들고 있는 것이다. 이처럼 자신의 내면을 주위 세계에 덧씌우는 작업은 전형적인 서정의 방법이다. 이 같은 서정의 방법이 전면에 내세워질 때 헤어졌던 연인을 다시 만나게 되는 과정에 관한 서사는 한갓 장식에 불과하다. 이 소설의 많은 부분이 한편의 수필이나 시처럼 느껴지는 것은 이러한 까닭에서 연유한다.

　　나는 어렴풋한 기억을 헤집어 얼굴 하나를 떠올립니다. 어떤
풍경도 맑게 담아내는 동그란 눈, 날이 분명한 오뚝한 코, 종알종
알 수다 중에 당겼다 풀어지는 도톰한 입술, 입술 사이로 드러나
는 가지런한 이, 웃을 때면 탱탱하게 모이는 볼 살…. 마음이 달
아오른 나는 입 안에서 맴도는 절창 한 구절을 가만히 읊조립니
다.

　　오오, 눈부신 고립
　　사방이 온통 흰 것뿐인 동화의 나라에
　　발이 아니라 운명이 묶였으면……

　　서정적 세계의 표출이 소설을 장악하고 있다는 사실은 문정희
의 〈한계령을 위한 연가〉를 인용하는 대목을 보더라도 쉽게 확인
된다. 잠시 후 만나게 될 옛 연인의 이목구비를 떠올려보는 설렘의
순간은 저절로 시를 암송하지 않을 수 없는 감정의 상태로 연결된
다. 서정이 서사를 압도하고 있는 상황에서 이야기의 전개는 빈번
하게 발걸음을 멈추고 눈이 내린 주변 풍경을 향해 시선을 돌린다.
문정희의 시뿐만이 아니다. 브에나 비스타 소셜 클럽의 이브라임
페레가 부른 노래에 귀를 기울이는 장면 역시 서사의 전개를 잠깐
멈추고 내밀한 감정의 물결에 동참하도록 유도하는 대목이다. 눈
내린 고즈넉한 산 속 창작실에 울려 퍼지는 쿠바 가수의 노랫소리
가 과연 어떤 풍미를 선사할 것인지, 우리는 궁금증을 견디지 못한
채 인터넷에서 이브라임 페레의 노래를 검색하게 된다. 그리고 그
노래는 이 소설의 배경음악처럼 깔리게 된다. 이야기의 전개를 반
복적으로 지연시키면서 읽는 이로 하여금 섬세한 풍경 묘사에 눈

을 돌려, 그 곳에서 주인공이 느끼는 감정에 동참하도록 요구하는 것이 서사보다 서정이 강한 이 소설만의 독특한 특징이다.

그때였습니다. 거실 탁자 위에 놓여있던 휴대폰이 뒤집어진 풍뎅이의 모양새로 심하게 진저리를 쳤습니다. 무심코 집어서 액정을 들여다보던 내 눈이 그만 휘둥그레졌습니다. 나는 마치 마법에라도 걸린 것처럼 얼어붙었습니다.

직감으로 알았습니다. 이 문자는 먼 기억의 행성에서 날아온 아주 특별한 안부라는 것을. 떨리는 마음을 애써 진정시키며, 나는 마치 인쇄소의 신입 활자공처럼 서툴게 글자를 하나씩 분리했다가 잇기를 반복했습니다.

- 더 저물기 전에… 한 번 봐야할 텐데요. 미선.

같은 세상 속 어느 특별한 지점에서 구름동네로 솟았다가, 산골 창작실로 간다는 치자꽃송이 같은 함박눈을 만나 함께 너울너울 낙하했을 문자. 머릿속이 창밖의 풍경처럼 하얗게 흔들렸습니다. 치자꽃 송이송이 낙하할 때마다 만감이 교차했습니다. 특별한 안부에 어떻게 답해야할지 몰라 허둥거렸습니다. 초조해진 나는 선뜻 답신을 찍지 못하고 애먼 문자만 노려보았습니다. 또렷하던 글자들이 하나둘 꿈틀거리다가 무너져서 이내 기호체계 이전의 형태로 풀어졌습니다. 그것들은 기차놀이처럼 서로의 꽁무니를 쫓아 휘돌더니 곧 화면 밖으로 사라졌습니다.

서정적 세계로의 은밀한 동참은 비유가 가득한 묘사로 인해 보다 풍성한 탄력을 획득한다. 뜻하지도 않았던 옛 연인이 보낸 문자를 받아보는 순간의 설렘은 거듭된 비유의 활용으로 천천히 펼쳐지고 있다. 문자를 받고 어떠했다라는 식의 설명이 아니라 형체도 없는 디지털 신호에 하늘에서 내리는 눈꽃송이의 옷을 입혀 연

236

인의 목소리가 자신에게로 날아오는 일종의 기적적인 상황을 연출
하는 것이 이 소설이 기대고 있는 서정의 효과이다. 문정희의 시나
브에나 비스타 소셜 클럽의 노랫소리에 빠져들게 만들었던 것이
이제 눈 내리는 창밖의 하늘을 활공하여 우주적인 차원의 도약을
감행하도록 유도하며, 화려한 비유의 문장들로 화하여 소설의 곳
곳에 흩뿌려지고 있다. 이것이 다소 단조로운 주인공의 행적에 동
참하면서 느끼게 되는 이 소설의 참맛이라 하겠다.

　나는 그대의 얼굴을 가만히 바라보며 폭포에서 구부러진 물
결처럼 흘러간 지난 서른두 해를 생각합니다. 그대는 그간의 세
파를 오롯이 비껴낸 듯 여전히 곱고 아름답습니다. 예전의 모습
위로 가볍게 내린 시간의 더께조차 부드럽기 그지없어서 부질없
이 흘러간 세월마저도 그대에게는 축복이었나 싶습니다.

　그대는 받아든 휴대폰을 팔 길이까지 밀고서 눈을 가늘게 뜹
니다. 아, 그대에게도 노안의 축복이 내렸다는 걸 알겠습니다.
적당한 거리로 밀어야 제대로 보이는 노안의 신비가 그대에게도
일어났다는 사실이 슬프면서도 기쁩니다.

　그대는 흘러내린 머리칼을 손을 쓸어 올리며 다시 또 치자꽃
처럼 하얗게 웃습니다.
　그대와 나는 시간을 거슬러 기억을 더듬습니다. 그런데 지나
간 시간 속에는 기억을 씻어내는 세제도 포함되어 있나 봅니다.
이야기를 하다 보니 그대와 내가 마땅히 공유하고 있어야 할 기
억의 일부가 흔적도 없이 사라져버렸습니다.

32년의 시간이 주인공과 옛 연인에게 어떤 혼적을 남겼는가를

서술하는 대목 역시 눈여겨볼 만하다. 주인공은 마주 앉아 있는 연인을 '관찰'하고 '있다'. 여기서 방점이 찍힐 곳은 '관찰'이라는 행위와 '있다'라는 현재형이다. 마치 꽃을 관찰하며 그 꽃을 노래하듯, 옛 연인에 관한 묘사는 소설 속에서 반복적으로 언급되는 치자꽃을 시로 읊어내는 듯한 방식으로 이루어진다. 이것은 과거형을 기본으로 하는 소설적 묘사의 원칙을 벗어나 서정적인 시적 묘사에 근접하는 것이며, 흘러간 시간을 관조하는 주인공의 서정적 표출에 가까운 것이다. 여기에 이를 때 사랑의 시간과 흘러간 시간 사이의 격차는 주인공이 지닌 개별적인 과거의 경험에만 머물지 않고 누구라도 경험했음직한 보편성의 차원으로 외연을 넓힌다.

여기서 이 소설이 '그대' 혹은 '당신'에게 보내는 편지체로 구성되어 있다는 사실도 상기할 수 있다. 평서형의 종결이 아니라 나보다 높은 위치에 있는 상대에게 보내는 높임법이 지속적으로 활용되는 소설의 문체에서 주인공의 서정적 세계의 드러냄은 고스란히 자신의 심경을 솔직히 드러내는 고백체의 활용으로 연결된다. "문득 이런 생각이 뇌리를 스칩니다. 지금 무수히 떨어지고 있는 치자꽃송이 같은 이것들은 어쩌면 잠시라도 지구에 머물렀거나 머물고 있는 생명들이 숨겨둔 각각의 가슴 아픈 사연들인 것 같다는." 경건한 분위기에서, 설렘의 분위기에서, 때로는 아쉬움의 분위기에서 이루어지는 그대를 향한 고백체의 문장은 그 자체로 경건하고 순수한 사랑 고백이 된다. 비록 부치지 못해 수신인에게 도달하지 못한 편지일지라도 도달하지 못하고 말 것이라는 사실에서 비롯하는 애틋함의 감정으로 쓰인 연서의 형식이기에 이 작품을 읽는 독자와 소설 속 주인공 사이의 은밀한 감정의 공감대는 더욱 강화되고 있는 것이다.

천 년의 시간에 관한 실험
―최형 〈샴〉

　최형의 단편소설 〈샴〉은 기괴하고도 난해한 소재와 설정, 그리고 언뜻 갈피를 잡기 힘든 종횡무진의 서사 전개로 읽는 이를 압도한다. 실험적인 지향이 분명한 이 작품에서 모든 상상의 단초가 되는 것은 샴쌍둥이다. 소설 속에서도 잠시 언급되어 있지만 샴쌍둥이는 애초에 하나였던 수정란이 완전하게 분리되지 못했기 때문에 발생한다. 일반적으로 일란성 쌍생아에게만 발생하는 현상이므로 쌍둥이의 성별은 같을 수밖에 없다. 반면 이 소설에 등장하는 샴쌍둥이는 남녀가 결합되어 있는 상태로 설정된다. "남녀가 샴쌍둥이가 될 확률은 당신 고양이가 어느 날 햄릿을 읊을 확률과 같습니다." 여기서 남녀가 샴쌍둥이로 태어나거나 고양이가 햄릿을 읊을 가능성을 깊이 있게 따질 필요는 없다. 그 대신 이 소설이 불가능한 상상의 세계를 소설 속 상황으로 채용함으로써 일체의 가능과 불가능의 경계를 근본적으로 의문시하고, 우리에게 지적 충격을 선사하려 하고 있다는 사실을 주목할 필요가 있다.

　옛날에는 자웅동성의 인간이 있었고 둥그런 등과 원형의 옆구리에 네 개의 팔과 다리가 있었네. 둥그런 목에 두 얼굴이 반대 방향으로 보는 머리가 있었으며 성기도 둘이라네. 원 모양으로 굴러가기도 했던 이들은 대단한 힘과 능력으로 신들까지 공격했다네. 인간의 오만함을 참을 수 없어 제우스는 마가목 열매를 자르는 사람처럼 또는 달걀을 말총으로 나누는 사람처럼 인간을 둘로 나누고 두 다리로 걷도록 했네. 인간은 자신의 다른 반쪽을 갈망하면서 팔로 상대방을 껴안고 얼싸안으며 한 몸이 되기를 원하며 굶주림 또는 무기력으로 죽을 지경에 이르렀다네. 반쪽이 죽으면 살아남은 반쪽은 남녀를 불문한 다른 반쪽과 결합하려는 욕망 때문에 인간이 멸종할 지경에 이르렀다네. 자웅동체일 때는 성기가 바깥으로 향했기 때문에 인간은 매미처럼 땅속에 생식을 하여 아이를 낳았으나 제우스는 인간의 성기를 앞으로 향하게 해서 남성과 여성의 성기가 결합하여 자식을 낳게 했다네. 인간의 서로에 대한 사랑은 태초부터 인간의 본성 속에 있었는데 둘을 하나로 하는 결합이 인간의 상처받은 본성을 치료했다네.

과학적으로 불가능한 남녀 결합의 샴쌍둥이를 통해 구현하고자 하는 바는 무엇일까? 의사, 119대원, 법학자, 철학자, 시인, 연극배우 등이 총동원되어 샴쌍둥이 남매의 의의를 규정하려고 하나 결국 실패에 이르고 말 듯, 남녀가 결합된 샴쌍둥이는 해석의 고정을 거부하고 있다. 다만 소설 속에서 언급되는 인간의 사랑에 관한 태초의 신화에서 일말의 힌트가 주어지는 듯하다. 그러나 그렇다고 해서 그들 남매의 출현이 신화 속의 자웅동체의 현대적 재연이라고 섣불리 판단해서는 안 된다. 만약 그러한 섣부른 판단이라면, 겉으로는 신의 섭리를 내세우면서 실제로는 그들 남매를 돈벌이 수단으로만 취급하는 간사한 개척 교회 목회자의 설교와 다를 바 없이 되고 말기 때문이다.

　그보다는 오히려 시간을 거슬러 태초의 순간에까지 닿을 때, 그들 남매의 존재가 막연하게 추측될 수 있다는 것, 즉 그들의 존재 의미를 짐작하기 위해서는 현재의 시점에서는 이해 불가능하며 천 년의 시간을 거슬러 올라가야 한다는 사실만이 강하게 암시된다. 그들은 또 다시 이러한 힌트를 남긴다. "등을 대고 바닥에 누워본 지 천 년도 더 된 것 같았다. 그래 정말 어쩌면 천년도 더 되었을지도 모르지, 어느 날 그가 중얼거렸다. 기억하는 거야? 내가 물었지만 그는 아무 말도 하지 않았다." 천 년 전의 기억이란 태어난 지 얼마 되지도 않은 샴쌍둥이 남매로서는 짐작조차 불가능한 말임에도 불구하고, 태연히 천 년의 기억을 언급하는 이 대목에서 이 소설의 실험적인 기획이 시간 또는 기억의 뒤틀림과 관련이 있음을 그저 '짐작'할 수 있다.

　한편 자웅동체 샴쌍둥이에 관한 이야기는 비단 남성과 여성이라는 이항대립만이 아니라 여러 가지 반복되는 이항대립항들을 통해 의미의 난해함을 점증시키고 있다. 기억과 망각, 웃음과 울음, 부활과 버려짐, 한여름과 한겨울 등이 그러한 이항대립의 예시다. 그리고 이러한 이항대립은 서로 다른 대립항과 얽힘으로써 더 복잡한 조합을 파생시킨다. 여자의 몸을 지닌 '나'의 기억은 날이 갈수록 점점 선명해지고 있다고 한다. 그와는 반대로 남자의 몸을 지닌 '그'는 점점 기억을 하지 못하고 결국에는 아무것도 기억하지 못한다고 한다. "내가 기억하는 것이 늘면 늘수록 그가 잊어가는 것도 그만큼 늘었다."라는 것이 이항대립 간의 결합이 엮어내는 하나의 결과이다. 나는 웃고, 그는 울고, 다른 대목에서는 나와 그가 결합하여 우리는 부활했으나 버려지는 식이다.

이항대립 간의 결합과 착종으로 인해 파생되는 조합의 수는 기하급수적으로 늘어날 것이고, 이것은 하나의 단일한 의미의 해석에서 탈주하는 결과로 이어진다. 이에 우리의 관심은 단일한 의미의 해석이 아니라 발산적인 해석적 갈래들이 펼쳐놓는 역동성의 즐김이다. 단일한 해석을 포기한 채 웅얼거림과 기이함과 불길함이 엮어내는 해석 불가능성에 잠시 몸을 맡기라는 것이 이 소설의 유혹인 셈이다.

엄마의 손님이 '나'를 강간하는 충격적인 상황은 어떻게 발화되고 있는가? 그것은 엄밀히 말해 온전한 발화가 아니다. "나는 소리치려 했지만 입이 얼어붙어 있었다."라고 말하지 않는가. '어버버 어버버 어버버…' 무수한 웅얼거림 끝에 결국에는 완성된 문장을 만들어내지 못하는 것이 '나'가 가진 유일한 언어의 작동이며, 의미의 단일한 파악에서 지속적으로 탈주하고자 하는 이 소설의 언어가 작동하는 방식이기도 하다. 열넷에서 멈추어버린 산술, 열다섯에 이르기 위해 노력하지만 '무수한 빵빵빵빵…'으로 맴돌면서 끝내 울음을 터트리고 마는 것이 선명한 의미의 목적지에 도달하지 못하는 샴쌍둥이 남매가 가진 유일한 말이다.

우리는 어느새 지방의 작은 중소도시를 향하고 있었다. 한때 우리는 거기에 살았었다. 그러니까 그날 이전에… 그가 말문을 열었다. 우리는 그 도시를 2킬로미터 정도 남긴 곳에 서 있었다. 그날? 내가 메아리처럼 되물었다. 그래 그날, 우리가 불길에 휩싸이던 날, 우리의 살가죽이 불타버리고 맨몸으로 뒤엉켜 그곳을 빠져나오던 날… 그가 말꼬리를 흐렸다. 나는 아무 말도 할 수 없었다. 그는 어쩌면 처음부터 모든 것을 기억하고 있었는지도

모른다는 생각이 들었다. 등골이 서늘했다. 그가 부르르 온몸을
떨었다.

소설의 문장을 따라가다 보면 반복적으로 들려오는 음산한 웅
얼거림 탓에 모든 의미는 끊임없이 파편화되어 흩어지고 만다. 그
러나 위의 인용에서 언급되는 '그날'에 집중하여 다시 들여다보면
이 소설이 하나의 비밀스러운 장치를 서사의 이면에 내장하고 있
었음을 뒤늦게 알아차릴 수 있다. 이것은 소설의 초반부에서도 이
미 언급되었지만 주의 깊지 못한 아둔한 독자들이 그것을 잠시 놓
쳤을 뿐이다. 다시 소설 초반부로 거슬러 가자. '나'의 기억이 늘수
록 그가 잊어가는 것도 그만큼 늘었다라고 했던 대목이다. 그날의
불길은 이미 언급되었다. 그날에 대해 나는 선명하게 기억하고, 그
감각 역시 갈수록 선명해진다. 그는 그날의 불길을 망각한 듯 싶었
으나 '그는 어쩌면 처음부터 모든 것을 기억하고 있었는지도 모른
다.' '나'로 하여금 등골이 서늘해지게 할 만큼의 뒤늦은 깨달음이
며, 독자의 뇌리에 작고 짜릿한 통증을 유발하는 뒤늦은 깨달음이
다. 모든 것은 '그날'의 불길 속에 비밀처럼 숨겨져 있었다.

        ―애들이 있었는데 불타서 죽었대. 그것 때문에 충격이 컸나
봐. 언젠가는 상상임신을 한 적도 있었지. 죽은 아이들이 뱃속에
서 뒤엉켜있다나? 글쎄 상상만으로 배가 엄청나게 부풀었다니
까. 그래서 배를 갈랐는데 거기에는…
        노파는 잠시 말이 없었다.
        ―아무것도 없었어.

남녀가 붙어 있는 샴쌍둥이란 애초에 불가능한 것이었다. 기억과 망각을 엇갈리는 남매의 웅얼거림과 노파의 종잡을 수 없는 증언을 따라 흩어져 있는 흔적들을 조합하면 남매는 불타 죽은 유령이었다는 것, 상상임신이 만들어낸 샴이었다는 것 등등의 해석이 나올 수도 있다. 그러나 여기서도 중요한 것은 의미의 단정적 파악이 아니다. 노파는 "아무것도 없었어."라고 말하고 있지 않는가. 궁극적으로 남녀가 붙은 샴쌍둥이 남매의 존재는 아무것도 없는 상태, 곧 제로이다. 허무의 상태다. 동시에 그들 남매의 존재는 현재에는 아무것도 아닌 것, 곧 천 년의 시간을 거슬러 올라갈 때만 존재할 수 있는 무언가일 수도 있다. 이 역시 의미의 규정을 탈주하기는 마찬가지다. 처음부터 성립불가능하고 존재하지 않는 것을 이야기하려는 이 소설은 여전히 단일한 의미의 해석을 거부한다. 실제를 추정할 수 있게끔 하는 남매의 기억과 망각, 노파의 증언은 서사적 연결을 위한 최소한의 장치라고 볼 때, 결국 이 소설은 불가해함을 형상화하려는 실험 그 이상도 이하도 아니다.

중요한 것은 그러한 소설적 실험이 임계점에서 끓어오르는 순간 발생하는 긴장의 역동성이다. 기차가 급정거 하는 소리, 고통 속에서 분계를 가지게 된 세계, 죽음이 명시적으로 설정되어 있는 순간 서로를 지켜보면서 눈물을 흘리는 소설의 마지막 장면에서 베이는 칼날 같은 절정의 고통과 홍건한 피로 물들어 있을 섬뜩함이 눈밭을 배경으로 흩뿌려진다. 기괴하면서도 충격적인 장면과 무심히 내리는 눈의 대조 속에서 모든 긴장은 순식간에 끓어올랐다가 차갑게 식어가고 있다. '그날'의 기억과 망각에서 출발한 샴쌍둥이의 기괴하고도 섬뜩한 소설적 실험이 끝난 그 자리에 홍건하게 남아 있는 피처럼 이 소설은 계속해서 독자의 뇌리에 규정되고 해석될 수 없는 음산한 웅얼거림을 남긴다. 이에 실험은 성공인 듯하다.

빵 굽는 냄새의 시간을 찾아서
―엄현주 〈몽마르트르베이커리〉

> 오븐에서 달콤하고 고소한 냄새가 흘러나오기 시작한다. 그 냄새는 실내의 공기를 흔들면서 그의 몸속으로 슬며시 스며든다. 그러자 그는 나른해져 의자에 주저앉아 두 눈을 감고만다. 화사한 기운과 함께 가슴 속으로 막막한 슬픔이 밀려온다. 그것에 잠시 온몸을 맡기듯 그는 잠자코 있다.

엄현주의 〈몽마르트르베이커리〉는 달콤하고 고소한 빵 굽는 '냄새'로 시작한다. 그리고 그 냄새는 소설이 끝날 때까지 계속해서 서사의 전편에 걸쳐 은은하게 지속된다. 그처럼 오래 지속되는 빵 굽는 냄새는 소설의 공간적 배경이 빵집으로 설정되어 있어 당연한 결과인지도 모른다. 그러나 이 냄새는 단순히 공간적 실체감을 선사하는 기법적 장치로만 활용되는 것이 아니라 보다 심층적인 무언가를 끊임없이 상기시키는 역할을 한다. '가슴 속으로 막막한 슬픔이 밀려온다'라는 문장을 주목해 보자. 그러한 슬픔은 빵 굽는 냄새가 환기시킨 것, 냄새는 슬픔을 환기시키는 촉매로 설정되고 있으며, 이때의 슬픔이란 주인공이 과거를 회상할 때 떠오르게 되는 감정이다. 냄새를 매개로 하여 과거의 시간 속으로 들어간다는 것, 이렇게 보면 〈몽마르트르베이커리〉의 작가는 마르셀 프루스트의 제자임을 자처하고 있는 형국이다. 주인공이 운영하는 빵집 이름을 독일 빵집이나 뉴욕 제과가 아닌 몽마르트르베이커리로 정한 것 프랑스 과자 마들렌과의 연결을 어느 정도 염두에 둔 것이 아닐까 하는 어설픈 추측도 가능하다.

제 서른일곱 해를 통틀어 가장 행복했던 시기가 언젠 줄 아십니까? 여기서 빵과 과자 굽는 냄새가 나던, 그때였다고요. 겨우 일 년간이었지만 말입니다. 그래서랍니다. 전 그때처럼 행복해지고 싶거든요, 아버지.

기억의 회상이긴 회상이되 그것은 과거와의 대화이다. 과거의 추억은 빵 굽는 냄새를 타고 몽마르트르베이커리 가게 안에 생생해 살아나고, 그곳에서 37세의 주인공은 어린 시절로 돌아가 늘 화난 듯한 얼굴을 하고 있던 아버지와 대화를 나누고, 빵을 굽던 새엄마의 곁에서 빵이 완성되기를 기다린다. 자신이 지금 빵집을 차리게 된 것은 행복했던 그 시절로 돌아가기 위한 하나의 방편이라는 것을 아버지께 선언하면서, 대를 이어 전자제품 수리점을 운영하기를 바랐던 아버지의 뜻을 거역한 은밀한 배반의 동기를 털어놓는다. 더욱이 주인공이 그리워하는 새엄마란 다른 남자와 바람이 나서 아버지를 떠난 인물이기에 아버지는 그녀를 그리워하는 주인공을 용납할 수 없다. 주인공이 빵 굽는 냄새에 둘러싸여 새엄마가 있던 그 시절을 회상한다는 것은 아버지에 대한 '거역'이며 자신의 행복을 스스로 찾기 위한 '도전'이다. 이에 이 작품은 다분히 오디푸스콤플렉스의 전형적인 도식을 따라가고 있는 작품으로 볼 수 있다. 곧 주인공의 심리적 변화가 어떠한 의미를 지니는지 살펴보는 일이 무엇보다 중요하다는 말이 된다.

아무리 아버지가 그렇게 했었지만 그는 몽마르트르라고 부르면서 즐거워했던 시절의 기억을 결코 버릴 수가 없었다. 그래서 결국 그는 한 걸음 더 나아가 만물보수를, 몽마르트르베이커리라고 바꾸기까지 한 것이다. 어쩌면 음산한 기운을 뿜어내던, 고장 난 전자제품들과 함께 아버지를 그의 기억 속에서 내심 영원히 지워버리려 했는지도 몰랐다.

오이디푸스 콤플렉스의 도식을 소설에 적용할 때, 트라우마는 엄한 아버지의 기억에서 비롯한다. 새엄마가 떠난 후 아버지가 주인공에게 가했던 폭력으로 인해 성인이 된 주인공이 심한 말더듬이가 되었고, 지금도 심하게 말을 더듬는다는 설정은 여전히 그가 트라우마에서 벗어나지 못했음을 보여준다. 아니 더 정확하게는 눈앞에서 엄마가 사라지는 것을 목격한 것이 더 큰 원인이라고 볼 수도 있겠다. 극심하게 말을 더듬는 언어 장애뿐만 아니라 열두 살에서 성장이 멈추어버려 왜소한 체구를 가지고 있기도 하니까 말이다. 과거에 멈추어버린 것, 과거를 벗어나지 못한 채 여전히 아버지와 대화를 나누고 있는 것이 그의 현재 상황이다.

따뜻하고 고소한 빵이 그의 입 속으로 부드럽게 녹아들고 있었다. 엄마가 제일 처음 만들어주었던 카스텔라의 속살이 입 안으로 녹아들 때처럼. 그때 옆에서 그를 바라보던 엄마의, 이유를

알 수 없는 슬픔을 담은 미소가 함께 녹아들고 있는 것 같아 목이
꽉 메었었다. 그 광경을 떠올리며 그는 자신도 모르게 침을 꿀꺽
삼켰다.

성인이 되어 제과점을 차리고, 빵을 굽고, 그 빵을 맛보는 지금
의 주인공은 아직도 열두 살 어린 아이에 불과하다. 성장의 멈추었
고, 남은 것은 과거로 회귀하려는 퇴행의 방향성이다. 빵을 정성껏
굽는 행동 역시 멈추어진 성장에 안주하며 과거의 달콤했던 시절
에 돌아가고 싶은 유아적 발상에서 비롯한다. 성장은 없고, 반복적
으로 과거로만 향한 그의 시선이 안타까운 것은 이러한 이유에서
이다. 소설 첫 대목의 빵 굽는 냄새와 그로 인해 촉발된 슬픔으로
충만했던 과거는 이제 안타까움의 감정으로 풀이된다. 안온하고
따뜻한 작은 빵집의 정겨움이 아니라 투명한 눈물의 서늘함과 같
은 외로움과 적막의 공간이 빵 굽는 냄새를 통해 펼쳐지고 있다.

아버지를 떠나보내면서 엄마는 물론이고, 비로소 엄마와 함
께 한 시간들도 잊으려고 했다. 하지만 몇 개월이나 지났는데도
그의 기억 속엔 여전히 엄마가 머물러 있다. 게다가 이제 가게 이
름까지 몽마르트르베이커리라고 지었으니…. 어쩌면 자신의 의
식 깊숙이에서 그 시절의 기억을 지우는 걸 강하게 거부하고 있
는지도 모른다는 생각이 들었다. 보다 자신을 강하게 사로잡는,
새로운 것이 나타나기 전까지는 불가능한 노릇이라는 걸 그는
어렴풋이 알아차렸다. 어쨌든 아버지에게는 단 하루밖에 걸리지
않은 일이 그에게는 이십오 년 넘게 걸리고 있는 것도 문제임을
이제야 스스로 인정하게 되었다.

이 작품에서 다소 아쉬운 점으로 지적될 수 있는 것은 위의 인용에서 언급된 '새로운 것' 즉 주인공에게 케이크를 주문한 여자에 관한 내용이다. 엄마를 연상시키는 여자의 등장, 그녀를 위해 정성 들여 빵을 굽는 과정, 그리고 그녀를 기다리며 스스로의 마음을 돌아보는 일련의 과정은 개연성 있게 그려지고 있으며, 이 과정에서 주인공의 내밀한 심리 또한 세밀하게 포착되고 있어 충분히 공감이 간다. 아슬아슬한 감정의 선을 타면서 미동이 일기 시작하는 주인공의 모습은 독특한 인간형의 창출로 적절하게 이어지고 있다. 그러나 케이크를 주문한 여자가 죽음에 이르는 과정에 관한 내용은 명백히 파탄에 가깝다. 술-폭력-남편으로 이어지는 의미의 연결고리들을 잘 이어가다가 마지막에 이르러 우발적인 살인 사건으로 무마되어버리고 말았기에 아쉬움이 든다. 주인공 남자와 비슷하게 새엄마를 향한 복잡 미묘한 감정이 그녀의 성격화로 이어지고 있으며, 1장과 2장을 통해 병치된 남자와 여자의 이야기가 균형을 이루면서 극적 긴장을 연출하고 있으나 끝마무리가 아쉽게 처리되어버렸다는 뜻이다.

달콤하고 고소한 냄새가 코끝에 스쳐오면서 여자는 마치 동화의 나라로 들어간 기분에 빠져들었다. 그곳에 있는 모든 것들이 '헨젤과 그레텔' 속에서처럼 과자나 빵으로 다 만들어진 게 아닐까, 하는 상상을 해보며 여자는 잠시 모든 근심걱정을 다 잊었다. 여자가 들어온 것도 모르는지 남자는 시식대 위에 빵을 놓고 열심히 썰고만 있었다. 항상 시식대 위에 빵이 넉넉히 놓은 것을 보고 여자는 남자의 후한 인심을 짐작해보곤 했다. 마침내 빵을 다 썬 남자는 포크로 한 조각을 집어서 입 안에 넣었다. 순간 얼

굴에 미소를 떠올리면서 행복에 잠기는 듯한 남자의 얼굴. 그걸
바라보는 여자의 입 안에서도 달콤한 맛과 함께 침이 괴이고 있
었다.

다소 개연성이 부족해 보이는 여자의 우발적인 사망을 괄호에
넣는다면, 나머지 부분에서 발견되는 서사적 균형감의 획득은 무
척 흥미롭다. 2장에 나오는 위의 대목은 1장에서 남자가 빵을 시식
하는 대목과 중첩되면서 자연스러운 서사적 경첩 역할을 하고 있
다. 과거를 회상하면서 아련한 슬픔을 삼키는 남자의 관점과 남자
를 지켜보면서 평온하고 따뜻한 동화 속 나라를 꿈꾸어보는 여자
의 관점이 한 곳에서 만난다. 작품의 서두에서부터 시작하여 서사
의 전편에 걸쳐 유지되는 빵 굽는 냄새는 남자를 지켜보며 꿈을 꾸
는 여자에게도 감지되고 있을 것이다. 굽는 냄새로 가득한 몽마르
트르베이커리에서 동시에 복잡한 감정을 경험하는 두 남녀에 관한
묘사는 사랑의 예감과 현재의 불만족스러운 생활에 관한 긴장감과
기대감을 한껏 부풀리는 역할을 충분히 수행하고 있다.

이 대목은 서두르지 않은 채 달콤하고 고소한 빵 냄새 속에서
두 사람이 서로 만나고 교감하게 될 가능성을 열어둔다. 남자의 관
점으로 이루어진 1장과 여자의 관점으로 이루어진 2장이 만나서
일종의 화학적 결합이 이루어지는 이 대목에 이를 때 과거의 트라
우마를 극복할 수 있는 방법을 타진해볼 수 있으며, 더 이상 퇴영
적인 과거에 머물지 않을 수도 있을 현재와 미래로 시선을 향한 두
사람의 대화를 소망해 본다. 물론 결과적으로는 실패로 끝나게 되
는 두 사람의 교감이지만 전편을 감도는 아련한 슬픔의 분위기를

위로해 줄 수 있는 희망과 가능성의 확인이라는 점에서 의의가 있다.

> 그는 케이크를 잘라 한 입 베어 물었다. 무스가 물컹거리며 입 안으로 녹아들자 딸기향이 났다. 달콤하고 향긋한 향. 그 향에 이끌려 그는 쉬지 않고 입 안 가득 케이크를 집어넣으면서 소주를 삼켰다. 달디 단 케이크와 소주가 그의 목구멍으로 하염없이 꾸역꾸역 넘어가고 있었다. 그러자 그의 눈에 눈물이 어른거리기 시작했다. 하지만 그는 자신의 서른일곱 해가 그대로 녹아 있다고 믿는 케이크를 한 조각도 남기지 않고 소주와 함께 다 먹어 치웠다. 그 동안 먹지 못한 자신의 나이를 한꺼번에 다 먹었다고 믿으면서, 비로소 서른일곱의 나이로 제대로 살아갈 수 있을 것 같은 자신이 생겼다.

이 작품을 트라우마에 관한 이야기로 바라본다면 여자가 주문했다가 찾아가지 않은 케이크를 주인공이 먹고 있는 이 장면은 비로소 오래된 트라우마에서 제 발로 걸어 나오는 주인공의 용기와 결심에 관한 내용이 된다. 이것은 열두 살 어린 아이인 채로 성장이 멈춰졌던 것에서 빠져나오는 첫 걸음이며, 20여 년 전 과거로 퇴행하고 있던 그의 시선이 발 딛고 서 있는 현재와 앞으로 살아나가야 할 미래를 향해 방향을 전환하는 순간이다.

여기에 달콤함 케이크와는 반대로 쓴 맛으로 가득한 소주가 같이 곁들여지고 있음은 삶에 관한 주인공의 의미심장한 변화를 암시하는 듯하다. 달콤하고 고소하지만 다분히 퇴영적인 과거의 회상에만 머물지 않고 쓰디쓴 소주의 맛이 전달하는 세상살이의 신산함을 동시에 수용하는 자세가 곧 현재와 미래를 살아가게끔 하는 출발점이 된다. 이제 주인공은 미묘한 사랑의 예감으로 나타났던 그 여자가 끝내 돌아오지 않을 것임을 인정하고 있다. 이것은 과거에 집을 나갔던 엄마가 다시 돌아오지 않을 것임을 인정하는 것과 같다. 퇴행적인 시선에서 빠져나오는 유일한 길은 과거의 상처와 슬픔을 직시하고 인정하는 것임을 보여주고 있다.

주인공이 퇴행의 상태에서 탈출하는 데 성공했음은 그의 심하던 말더듬이 습관이 완전히 사라진 데서 명시적으로 강조된다. 말을 유창하게 할 수 있게 된 것은 변화의 본질이 아니라 변화로 인한 결과이다. 근본적인 변화는 말더듬이 습관이 아니라 삶에 대한 그의 태도에서 찾아야 한다. 그는 이제 마음속 오래된 몽마르트르 언덕에 기대려고 하던 과거의 상태에서 벗어나, "이제 언덕이 없어도 아무렇지도 않게 살아갈 수 있어야만 한다고, 그래야만 한다고 자신에게 몇 번이나 다짐했다." 그가 하는 일은 집을 나간 엄마가 다시 돌아오기를 기다리는 것도 아니고, 케이크를 찾으러 오는 여자를 기다리는 것도 아니다. 그 대신 그는 쿠키와 빵을 만들기 위해 반죽하는 일에 몰두하고 있다. 햇살이 비추었다 사라지고 그는 잠시 멈추었던 손을 또 다시 재빨리 움직이기 '시작'하는 것으로 작품은 끝난다. 퇴행의 시간에서 벗어나와 묵묵히 자신의 일을 다시 '시작'하는 주인공의 마지막 모습을 통해 '그럼에도 불구하고' 삶은 지속되어야 한다는 명제가 반짝이고 있다.

환영 속의 집

막막함의 근원으로 돌아가는 길
― 김재찬 〈귀가도〉

김재찬의 〈귀가도〉는 '귀가도'라는 제목이 가리키는 것처럼 주인공이 집으로 돌아가는 길을 소설의 줄거리로 삼고 있다. 육 년 전 남편이 갑작스레 쓰러져서 혼자서는 거동을 못하고 말도 제대로 하지 못하는 상태가 되었다. 이후 주인공은 남편의 병간호에 자신의 모든 생활을 바쳐야 했고, 남편 병수발로 인한 누적된 피로감은 극도에 달하였다. 중학교 2학년짜리 아들에게 남편의 수발을 내팽개쳐둔 채 며칠간 여행을 떠났었고, 지금 집으로 돌아가는 길이다. 아파트 단지에 들어섰을 때 불 켜진 집을 바라보며 다시금 도주의 욕망을 느꼈고, 방황 끝에 동이 틀 무렵 집으로 돌아간다. 소설의 서술을 통해 다루어지는 것은 집으로 들어가려다가 잠시 망설인 끝에 결국 집을 향하는 것이 전부다. 사건의 발생이나 전개보다는 주인공의 내면적인 방황의 과정을 그려내는 데 중점을 둔 작품이다.

　　정지시켰던 차량의 엔진을 마저 꺼버리고서 무너지듯 고개를
핸들에 처박았다. 물먹은 솜처럼 몸은 아래로 축축 처져 내렸다.
막막했다. 빈 공간 하나를 간신히 찾아내 차를 들이밀고 나자 막
막함은 숨었던 복병과도 같이 삽시에 전신을 덮치더니 그대로
내리눌러왔다.

오래도록 아파트 창에 시선을 뚫어져라 고정시켰다. 하지만 시
간이 지나면서 초점은 점차 흐려지고, 그저 멍하니 바라보는 것뿐
이었다. 빗물 흐르는 창유리를 통해 바라보는 먼 풍경처럼 어리어
리해보였다. 제멋대로의 굴절각으로 산란을 일으키는 저 불빛. 그
것은 왠지 가 닿을 수 없을 것처럼 아득하고도 막막해 보였다. 밀
도가 성긴 공기층에 도리어 숨이 막히고 질식해버릴 것 같은 그런
막막함. 그렇다. 숨었던 복명처럼 삽시에 덮쳐와 아래로 아래로 끌
어내리는 막막함의 진원은 바로 저 불빛이었다. 내 아이와 내 남편
이 머무르는 아파트 창에서 끼없은 물처럼 줄줄 흘러내리면서도
산란되는 저 불빛.

　　아파트단지 진입로로 들어서면서는 어떤 안도감 같은 것도
없지 않았었다. 그런데 빽빽하게 들어찬 차량들 사이를 헤집고
다니다가 빈 공간 하나를 발견하고는 차를 주차시키고 엔진을
끄는 순간 덮치듯 다가온 막막함이라니. 그것은 시간의 절벽이
고, 지난 육 년 동안 깎아낸 절개지의 무너짐 같은 것이기도 했
다.

집으로 돌아가는 길을 가로막고 있는 '막막함'의 정체에 대한 묘사는 집요하게 이어진다. 그리고 다양한 비유를 통해 '나'가 겪었을 절망적인 감정의 상태를 고스란히 드러내고 있다. 아파트 단지로 들어서서 자동차를 주차하고 난 뒤 '나'는 자신의 집에서 새어나오는 불빛을 바라본다. 남편과 아이가 자신을 기다리느라 아직 불을 켜놓고 있다는 선언, 이미 시간이 늦었지만 더 이상 지체하다가는 언제 돌아올 것인지 묻는 아들의 문자메시지가 빗발칠 것이라는 예고, 그리고 며칠간의 일탈은 이제 끝났고 다시 힘겨운 병수발의 연속이 이어질 것이라는 절망이 집에서 새어나오는 불빛의 메시지다. 그 순간 '나'에게는 육중한 무게의 '막막함'이 내리눌러오고, 그로 인해 '나'는 밑바닥을 가늠할 수 없는 깊은 심연으로 추락한다. 막막함은 '복병처럼' 삽시간에 덮쳐옴으로써 당혹감으로 변형되고, '절개지'가 무너질 듯한 위태로움을 수반하고 있다. 이때 '나'가 느끼는 '막막함'은 견디기 어려운 고통으로 언제 변할지 모를 괴물과 같은 이미지다. 이처럼 집요하게 묘사되는 대상인 '막막함'이야말로 이 소설의 진정한 주인공인지도 모른다.

사십이 되기 전에 닥쳐온 남편의 병, 그로 인해 '나'의 인생은 그야말로 도끼로 찍힌 형국이 되어버렸다. 남편의 재활을 위한 노력도 잠시, 그러한 노력이 소용 닿지 않음을 시인하지 않을 수 없게 된 후부터 시간은 그저 모든 것을 마모시키는 괴물일 뿐이다. 시간이 인생과 생활과 존재를 마모시킨 탓에 희망은 고사하고 점점 지쳐갈 수밖에 없었다는 회상. "지리하고 숨 막히는 일상에서 단 하루만이라도 벗어나고 싶었던" '나'의 소망은 병간호의 고단함에서 기인하는 것이 아니라 모든 것을 마모시키는 시간에 대한 절망감에서 기인한다고 하는 것이 적절하겠다. 여기에 이를 때, 남편의 발병 원인이라든가, 육 년 동안의 재활 노력, 병 수발 과정 따위는 중요하지 않다. 실제로 이 소설에서는 그러한 원인 규명이나, 힘겨운 노고에 대해서는 상당히 무심하다. 그보다는 오랫동안 '나'가 지쳐왔고, 이제 극단의 상태에 이르렀으며, 그에 비례하여 탈출의 욕망 또한 위태로운 절정의 상태에 놓여 있다는 것이 중요하다.

이 소설을 주인공의 심적 상태를 중심으로 한 이야기로 바라본다면, 모든 서사적 긴장은 지리멸렬한 일상에서 탈출하느냐 즉 집을 떠나가느냐 아니면 다시 집으로 돌아가 일상으로 복귀하느냐에 달려 있다. 집에서 벗어나고자 하는 욕망이 극단화되는 지점에 유년시절의 친구이자 2년 전부터 다시 연락하게 된 '그'가 손짓하고 있다. "답답하면 나와라. 술 한 잔 사줄게." "기다리겠어. 언제까지라도 기다리겠다고." 이미 2년 전부터 그와 다시 만나면서 거동을 못하는 남편으로부터 마음은 탈출한 것이나 다름없다. 그와 공원 벤치에서 마시던 커피가 옷에 쏟아져 생긴 커피 자국이 마치 황순원의 〈소나기〉 속 소녀의 옷을 물들였던 풀꽃물이라도 되는 것이 아닐까 생각할 때, 이미 그는 현재의 현실을 벗어나 과거 유년시절의 훼손되지 않은 순수함의 상태로 탈출을 감행하고 있는 것이나 다름없다. 이제 한 걸음만 더 나아가 자신을 기다리겠다던 그를 받아들이느냐가 마지막 과제로 남겨져 있을 따름이다.

어디선가 비치고 있던 빛이 문득 꺾어지는 것 같은 느낌에 퍼뜩 놀라서 고개를 들어올렸다. 빤히 밝혀졌던 그의 방 창문에 불이 꺼진 것이다. 그것을 확인하는 순간 자신도 모르게 가슴이 덜

커덕 내려앉았다. 명치끝에 통증이 느껴지면서 순간적으로 숨이
멈춰졌다.

얼마가 지나자 명치끝 통증은 사라지고 묘한 낙망의 평안이
찾아왔다. 그나마 뚫렸던 숨구멍이 마저 막혀버리면서 완전한
어둠에 갇힌 듯한.

천천히 일어나 허적허적 걸음을 옮겨놓았다. 그러고는 세워
둔 차로 돌아와 운전석에 앉아서도 한참이 지나서야 시동을 걸
었다. 돌아가야 했다. 아이와 남편이 잠들지 못한 채 기다리는
집으로 돌아가야 했다. 비록 그것이 발목을 더더욱 친친 휘감아
올지라도.

서사적 긴장의 전환은 순전히 '불빛'에서 비롯한다. 그의 방 창
문에 불이 꺼진 것. 남편과 아들이 기다리고 있는 자신의 집 아파
트 창문에서 뿜어져 나오던 '불빛'이 탈주의 욕망을 부추겼다면,
기다리겠다던 그의 방 창문의 '불빛'이 꺼짐으로 인해 탈주의 욕망
이 사그라들었다. 불빛으로 인해 심적 방황은 시작되었고, 또 다른
불빛으로 인해 방황은 종식되었다. 서사의 완결성이라는 측면에
서 이러한 기하학적인 대칭성은 작품의 얼개를 더욱 단단하게 붙
잡아주는 역할을 하고 있다.

긴장의 발생과 긴장의 해소가 어두운 밤 아스라이 새어나오는
'불빛'에서 힘입은 것일 때, 어두웠던 밤이 끝나고 여명이 밝아올
것이 예상되는 시점에서 작품은 끝이 난다. 도로에는 차량이 하나
둘씩 나타나기 시작하고, 새롭게 하루가 시작되려 하고 있다. 이에
'나'는 이렇게 말한다. "그렇게 시작되는 또 다른 하루가 나를 마
구 잡아당겼다." 작은 숨구멍마저 차단당해버린 상황에서 '또 다른
하루'란 지난 6년의 마모되는 시간이 그저 반복되는 것일 뿐이라

는 사실을 '나'가 모르는 것은 아니다. 막막함은 여전히 지속되고, 절망 역시 끝없이 반복될 것이다. 하나도 변함이 없다는 사실이야 말로 '나'를 더욱 속박할 것이다. 그럼에도 불구하고 '나'는 집으로 돌아간다. 여명이 밝아오지만 막막함과 절망으로 인한 어둠이 계속될 것이 예고되어 있는 이 소설의 결말에서 섣불리 희망을 논하지 못하는 인생의 무게가 감지되고 있다. 결국 이 소설의 진정한 주인공은 막막한 일상을 대표하는 '집', 절망적인 인생을 형상화하고 있는 '집'에 다름 아니다.

죽음의 관찰
－김외숙 〈장례〉

김외숙의 〈장례〉에서 우선 눈에 띄는 것은 '화장로작업기사'라는 주인공의 특이한 직업이다. 화장장에서 화장로에 불을 점화하고, 시신이 다 타기를 기다려, 남은 유골을 수습하는 일을 하는 사람. 우리가 일상에서 접할 수 있는 평범한 직업들과는 한 걸음 아니 수십 걸음쯤 떨어져 있는 것 같은 느낌이 든다. 이것은 특정 직업군에 대한 생소함만을 가리키는 것이 아니다. 평소 일상적인 생활에서는 죽음을 잠시 잊고 살아가는 일상인의 입장에서 생소하다는 것이다. 누구나 삶의 유한성을 벗어날 수 없음을 알고 있으면서도 막상 죽음에 대해서는 자신과 무관하다는 듯 살아야 일상적인 삶이 영위될 수 있지 않는가. 곧 주인공의 생소한 직업 설정은 일

상인의 시각에서 대면하기 껄끄럽고 낯설게만 느껴지는 죽음이라
는 소재를 눈앞에 생생하게 보여주기 위한 작가의 의도와 무관하
지 않을 터이다.

> 화장로 속의 불은 섭씨 1,000도로 타오르고 있다. 화장로가
> 작동하는 100여 분 동안 선배와 나는 점검구를 통해 화장의 진행
> 상태를 점검한다. 센 화력에 견디지 못하고 행여 시신이 밀려나
> 면 쇠막대기로 화구 가까이에 끌어다 놓아야 한다.
> 화장이 끝나면 나와 선배는 습골도구로 유골을 골라낸다. 늘
> 없는 듯 바깥으로 존재를 드러내지는 않았어도 육신의 중심이
> 었던 유골들을 분골기로 옮겨 담을 때마다 나는 중심에 대한 생
> 각을 하게 된다. 몸의 중심, 인생의 중심, 마음의 중심. 중심, 중
> 심…….

이 소설에서는 죽음을 분석적으로 바라보고 있다. 화장로의 온
도, 화장로의 작동 시간, 점검구가 뚫려 있는 화장로의 구조, 간혹
화장로 안에서 시신이 밀려나오기도 하는 돌발적인 상황의 발생,
그리고 태연히 쇠막대기로 시신의 위치를 바꾸는 모습, 습골도구
로 유골을 골라내는 작업 등. 평소 우리가 접하는 죽음의 모습과
는 판이하게 다르다는 것이 이 소설의 생소함을 한층 강화한다. 우
리가 가족이나 친척 혹은 가까운 친지의 죽음을 겪었을 때, 비통과
슬픔의 압도적인 당도로 인해 미처 관찰하지 못했던 것들이다. 냉
정하게 죽음의 흔적을 하나씩 집어 올리는 차가운 묘사로 인해 화
장로작업기사의 작업 내용은 낯설고 거북하기만 하다.
분석적인 시선으로 관찰된 죽음은 유골을 매개로 한 사색으로

이어진다. 인생의 과정에서 유골은 살아 있는 피부에 덮여 바깥으로 드러나지 않았지만, 인생이 끝나고 화장로의 고온을 통과하면서 유골은 인간이 태어날 때부터 육체의 중심에 자리하고 있었음을 새삼 깨달을 수 있게 된다. 그것은 몸의 중심이고 살아 있는 인생의 중심이었다. 마치 죽음의 순간에 이르러야 죽음은 언제나 삶과 함께 있었음을 인정하게 되는 것처럼, 삶과 죽음의 경계에서 유골은 언제나 몸과 인생의 중심에서 존재하고 있었음을 강하게 웅변하고 있다. 화장로작업기사의 유골에 대한 사색은 모든 인간의 삶과 죽음에 관한 비유로 이어지는 것이기에 이제 생소함을 넘어 경외감의 단계로 넘어갈 수밖에 없다.

> 유골을 수습하고 분골작업을 거쳐 유골함에다 분쇄된 가루를 담을 때마다 한 인생의 무게의 가벼움을 나는 생각한다. 좀 더 오래 살았거나 좀 더 짧게 살아도, 좀 더 누리며 살았거나 아니면 지독하게 가난하게 살았어도 결국 누린 몸의 흔적이 남기는 무게는 별반 다르지 않다. 그러나 한 줌의 무게를 대하는 우리의 자세는 결코 가볍지 않다. 그들이 살아있었을 때 그가 누구였었다는 사실과 상관없이 한 줌의 의미는 무게 이상으로 무겁고 경건하다. 유골에 대한 예의는 그들이 살아있었을 때 누구였다는 사실에 대한 것이 아니라 바로 인간이었다는 사실에 대한 것이다. 그래서 내게 유골들은 그것이 누구의 것이었든 바로 재 속에서 찾아낸 사리이다.

화장로작업기사는 자신의 유골에 대한 사색이 곧 인생에 대한 사색이며, 세상을 떠나는 모든 인간에 대한 예의라고 말한다. 한 줌의 가루로밖에 남지 않은 인생의 가벼움에 관하여, 그러나 모두

가 공평한 이때의 가벼움은 삶과 죽음이라는 세계의 엄숙한 원리와도 연결된 것이라 결코 가벼울 수 없다는 역설. 모든 인간은 가볍고, 동시에 모든 인간은 가볍지 않다라는 모순형용 속에서 포착될 듯한 어렴풋한 한 가닥 메시지. 분석의 시선에서 출발했지만 이 소설이 지향하는 바는 명쾌한 설명이나 판정이 아니다. 오히려 역설과 아이러니 속에서 가까스로 포착될 수 있는 삶과 죽음에 대한 아포리즘에의 근접이다. 이것이 화장로작업기사로 주인공의 직업을 설정한 의도와 연결될 것이며, 또한 이것이 주제의 깊이를 더하고 있다.

이 소설에서 유골은 몸의 중심, 인생의 중심이라는 의미 외에 마음의 중심, 감정의 중심이라는 또 하나의 의미가 설정된다. 전자의 것이 인간 보편의 삶과 죽음에 관한 언설을 위한 것이라면, 후자의 것은 주인공 '나'의 과거 아픈 기억과 연결된다. 구체적으로는 성폭행을 당하여 원치 않는 임신을 했고, 뱃속의 아이를 없앴던 일로 인한 죄책감이 지목될 수 있다. 그 사건이 마음의 중심, 감정의 중심을 차지함으로써 이후의 인생을 좌지우지하고 있는 형국, 일종의 트라우마에 가까운 것이다. 그러나 트라우마이긴 하되 소설의 중심을 차지하는 것은 성폭행 사건으로 인한 트라우마라기보다는 누가 피해자인가라는 질문에 대한 답변을 둘러싼 죄책감의 근원이라고 보는 것이 나을 듯하다.

엄마는 성폭행당한 '나'를 감쌌다. '네 잘못 아냐!'라고. '나'는 피해자이므로 아무 책임이 없다는 것. 그러나 죽은 아기는 '나'의 무의식 깊은 곳에서 '나'를 가해자라고 말한다. '나'는 피해자인가, 가해자인가. 화장로의 불길 속에서 모든 누추함을 태워버리고 싶었던 '나'의 은밀한 욕망을 보면 주인공 스스로도 오랫동안 죄책감을 의식했음을 알 수 있다. "도대체 누가 피해자인가?"라는 질문에 대한 답변을 회피하면서 살아온 것이 그동안의 삶이었고, 주인공의 마음 속 중심으로 자리 잡은 '완강한 모서리', '견고한 응어리', '울분', '죄책감'일 것이다.

빙그레 웃는 모습이 뜻밖에도 늘 중심인 듯 버티고 있던 내 속의 모난 것을 살며시 감싸는 것 같았다. 그 다감한 느낌에 완강한 모서리가 물러지기 시작했다. 그리고 녹아내리더니 이내 형체도 없이 사라졌다. 마치 언제 그런 것이 있기나 했니, 하는 것처럼. 더운 불길도 범접하지 못하던 견고한 응어리였다.
이제는 보내야 한다. 내 가슴에 갇혀 나보다 더 고통스러웠을 영혼을 저 불길에 실어 훨훨 떠나보내야 한다.
"잘 가라, 아가야."
마주보며 이윽고 나도 방시레 웃는다. 그리고 두 손으로 요람의 뚜껑을 덮었다.
캠프파이어의 그 밤에 온 생명을 나는 이제야 내 가슴에서 떠나보낸다.
아주 늦은 장례였다.

'나'는 화장로에 들어가는 아기의 시신에서 미소를 발견하고 나서 아기에게 미안하다는 말을 한다. "미안하다. 미안하다 아가야!"라는 말은 아기가 피해자이고, 자신이 가해자라는 것을 뜻하는 것이 아니다. 형식 논리상으로는 '미안하다'라고 선언하는 순간 자신이 가해자임을 인정하는 것이 되지만, '나'의 이러한 선언은 이성적인 논리를 초월하고 있다. 이 순간 '나'를 괴롭혀 왔던 '도대체 누가 피해자인가?'라는 질문은 더 이상 무의미하다. 트라우마의 근원이 무엇인지를 스스로 말하게 하는 것으로 트라우마를 극복할 수 있게 하는 것이 정신분석학의 기본적인 접근법임을 떠올릴 때, 죄책감의 근원을 인정하는 과정을 통해 견고하기만 하던 죄책감은 사라질 수 있다. 죄책감을 외면하거나 회피하려 하지 않고, 죄책감의 근원을 향해 '미안하다'라고 말하는 순간 '완강한 모서리'와 '견고한 응어리'는 녹아내리기 시작하고 이내 형체도 없이 사라지는 극적인 장면의 연출은 정신적 상처를 극복하는 한 가지 방법을 보여주고 있는 것이 된다.

변화의 과정은 극적이고 아름답게 그려진다. 눈물샘은 터져 감당할 수 없을 지경이 되었다. 그러나 '나'는 죽은 아기의 얼굴에서 미소를 발견하고, 이윽고 자신도 미소를 짓는다. 끝없는 죄책감의 근원을 비로소 정면으로 마주보면서 미소를 짓게 되는 이 소설의 마지막 장면에서는 뒤틀렸던 과거의 모든 것이 순순히 제자리로 돌아가게 될 것이 암시되고 있다. 이제 아기는 영원한 안식의 집으로 돌아가고, '나'는 오랜 감정의 방황을 마감한 후 다시금 평온한 고향집으로 돌아갈 수 있을 것이다. 눈물을 흘리면서 미소를 짓고 있는 복잡 미묘한 주인공의 표정은 오래된 감정의 해소를 전제로 하고 있으며, 긍정적 변화의 가능성을 내포한 것이기에 애잔하지만 따뜻하게 여겨진다. 또한 이러한 극적이면서도 아름다운 결말의 제시는 죽음이라는 무거운 주제를 단편의 형식 내에서 완결성 있게 처리하는 한 가지 세련된 방법이라는 것도 아울러 기록해두어야겠다.

집이라는 것은?

— 홍영숙 〈오래된 집〉

'2013타경 5071호 사건의 물건.' 경매 정보지에 나올 법한 단어로 시작하는 이 소설은 주인공 '나'가 경매로 집을 구입하려는 이야기다. 왜 하필 경매인가? 소설 속에서도 언급되어 있듯, 경매로 집을 사려는 사람은 크게 두 가지로 나뉜다. 하나는 저렴한 가격에 집을 구입하였다가 되팔아서 이익을 얻고자 하는 투자자, 다른 하나는 자금이 부족하여 집을 조금이라도 싸게 구입하려는 사람이다. 물론 후자의 상황이 더 절박하다. 전세 살던 집이 경매에 넘어가 전세보증금보다 더 높은 입찰가를 제시하였음에도 자금 여유가 있는 투자자에게 기회를 뺏기는 경우라면 절박함은 더하다. 문제는 주인공이 속한 상황 역시 후자라는 사실. 가파른 비탈길 끝에 낡고 초라한 붉은 기와집에 자신의 초라한 인생을 걸고 있는 터라 절박함은 한층 심하다.

내가 무리를 해서라도 낙찰을 받으려는 것은 어머니 때문이었다. 작년부터 우울증 초기인 어머니는 시골에서 된장 사업을 하는 이모에게 갔다가 요양원에서 쉬다가를 반복하고 있었다. 의사는 편안한 환경을 조성해주고 희망적인 일을 많이 만들어주라고 처방했다. 서른두 살이 될 때까지 영화감독도 못 되고 결혼도 못한 내가 어머니의 우울증에 가장 큰 원인인 것 같아 마음이 편치 않았다. 어머니는 집이 있어야 생활이 안정된다고 믿고 있었다. 살아보니 그것도 틀린 말은 아니었다. 나만의 공간이 있다는 것은 어디서나 당당할 수 있는 가장 큰 덕목이었다.

경매로 집을 구해야 하는 절박함은 일차적으로 어머니에게서, 이차적으로는 생활의 안정에서 나왔다. 우울증 치료를 위해서는 편안한 환경 조성이 필요하고, 어머니의 요양을 위해서라도 마당이 넓은 집이 있어야 한다. 교통이 불편한 것쯤은 아무 문제가 아니다. 또 '나'는 어머니의 우울증은 서른이 넘도록 영화감독도 못 되고 결혼도 못 한 자신에게 책임이 있다고 생각한다. 집을 가지고 생활을 안정시킨다는 것, 당장 영화감독이 될 수도 없고 결혼을 할 수도 없는 마당에 든든한 '나만의 공간'을 마련하여 생활을 안정시킬 수밖에 다른 도리가 없다. 역시 교통이 불편한 것쯤은 아무 문제가 아니다. 자신의 명의로 되어 있는 최소한의 근거지가 있으면 집의 크기라든가 주거 여건 따위는 아랑곳할 바가 아니다. 차근차근 준비해온 이번 경매로 집을 반드시 구해야 한다는 사실이 소설의 극적 상황을 견인하고 있다.

어머니가 그리워하는 시간은 내가 초등학교 오학년 때였다. 처음 장만한 마당이 있는 조그만 단층집에서 우리 세 식구는 모처럼 단란했다. 그 뒤 아버지의 월급을 모아 집을 늘리기도 했지만 어머니의 기억 속에 있는 우리 집은 처음 샀던 그 집뿐이었다. 그때 어머니가 아파트보다 추운 주택을 택한 것은 정원이 있는 집이 필요해서였다. 어머니는 꽃밭에 목련과 장미를 심고 여러 일년초들도 심었다. 꽃이 피면 어린 내게 꽃 이름을 가르쳐주며 흐뭇해했다. 어느 장마철에는 어머니가 꽃밭 둘레에 테두리 삼아 뿌려놓은 채송화 씨가 빗물에 대문 앞까지 떠내려가서 채송화 섬이 만들어지기도 했다. 대문 옆에는 나랑 같이 종로에 가서

사온 감나무를 심었다.

교통이 불편하고 초라한 단층 기와집을 굳이 '오래된 집'이라는 별칭을 붙여놓고 가슴에 담아놓은 것은 그것이 과거의 화목했던 시절을 떠올리기 때문이다. 빚보증을 잘못 섰다가 재산을 날리고, 나중에는 간암으로 돌아가신 아버지, 그로 인해 어머니와 '나'의 생활에 많은 변화가 생겼다는 것이 여러 대목을 조합한 '나'의 성장 시절이다. 어머니가 그리워하는 것은 비단 마당이 있는 집이 아니라는 것은 분명하다. 세 식구가 단란하게 살았던 그 시절로 돌아가고 싶은 간절한 소망, 훼손되기 이전의 상태를 복원하고 싶은 욕망이 어머니의 그리움이다. 그렇기 때문에 교통이 불편하고 초라한 상태의 '오래된 집'은 돈이 부족하여 어쩔 수 없이 내린 선택이 아니라, 과거의 시절을 회복하고 싶은 어머니와 '나'의 소망이 담겨 있다. 경쟁자가 적어 낙찰 받을 수 있을 것 같다는 생각에 이르렀을 때 가슴이 뛰었던 것은 오랜 소망을 성취할 수 있을 것이라는 기대감에서 비롯한다. 이에 경매로 집을 구입하는 이야기는 과거의 시절을 회복하려는 소박하고 간절함에 관한 이야기로 읽힐 수 있다.

이 소설의 묘미는 주인공이 처한 상황에서 비롯하는 절박함 혹은 간절함을 소설의 극적인 긴장과 대응하도록 배치하였다는 데 있다. '나'가 영화감독이 되지 못한 채 조감독에서 빌빌거리면서 경제적인 곤궁에 내몰린 상황, 그와는 대조적으로 구두와 가방에 집착하는 여자친구를 보면 두 사람이 당분간 결혼을 할 수 없을 것이라는 생각만이 아니라, 어쩌면 서로 전혀 엉뚱한 곳을 바라보고 있는 것이 아닌가 싶은 생각이 들기도 한다. 이번 경매로 집만 구입하면 저절로 안정된 생활이 보장되기라도 하는 듯 들떠 있는 주인공의 생각도 어찌 보면 불안하기는 마찬가지다. 불편하고 초라한 '오래된 집'에서 홀어머니까지 모시고 살아가는 주인공에게 여자친구 수정이 시집오지 않을 것이라는 것은 주인공을 제외한 모든 사람이 짐작할 수 있다. 그럼에도 불구하고 여러 번의 예행연습과 자금 마련을 위한 치밀한 계산에서 보듯 주인공은 '오래된 집'에 집착한다. 그로 인해 조마조마한 극적 갈등의 경사는 점차 심해지고, 소설은 그럴듯한 외형을 갖춘 서사적 굴곡을 지니게 된다.

"이민호 씨, 무효입니다."
나는 집행관의 입을 바라보았다.
"입찰금과 입찰보증금을 바꿔 적어서 무효입니다."
더 이상 서 있을 수가 없어서 나는 앞의 빈자리에 털썩 주저앉았다. 수정을 잃느니 집을 포기하는 편이 나았다. 오래된 집을 찾아갔을 때 느꼈던 기이함과 낙착 받을 것을 상상하며 기꺼이 바쳤던 시간들이 한 편의 영화처럼 눈앞을 지나갔다. 안개가 긴 것처럼 눈이 흐릿했다. 몽롱한 의식 사이로 오래된 집의 마당이 보였다. 마당에는 어머니가 서 있었다. 어머니의 옆에는 아카시나무도 있었다. 하얀 꽃무더기에 둘러싸인 어머니는 행복해 보였다. 나는 어머니를 향해 달려갔다.

온몸이 떨리고, 초조함을 느끼고, 낙찰 받을 수 있겠다는 기대에 흥분하기도 하면서 이끌어 올렸던 서사의 긴장은 입찰금과 입찰보증금을 바꿔 적는 어처구니없는 실수로 인해 짜릿한 추락을 맛본다. 물론 이러한 실수는 개연성의 질서를 현저하게 깨뜨리고 있다. 너무 긴장해서 그런 실수를 했을 수도 있겠다 싶기도 하지만 여러 번의 연습을 했었고, 준비를 잘 했던 상황에서 개연성이 다소 부족하다는 인상을 지울 수는 없다. 그러나 이 정도의 설정은 여자 친구 수정에게 돈을 융통해주기 위해서 의도한 것일지도 모른다는 생각에 이르면 넘어갈 수도 있다. 더욱이 서서히 상승하던 긴장의 곡선을 순식간에 전환하여 깔끔한 결말로 이끄는 데서 만족스러움을 찾을 수도 있겠다.

개연성의 저하보다 결말 처리 방식에 주목할 때, 주인공의 눈앞에 펼쳐지는 몽롱한 환상이 인상적으로 다가온다. '오래된 집'에서 받은 기이한 느낌, 경매에서 낙찰 받기 위해 준비했던 과정이 스쳐 지나간 다음 어머니의 형상이 떠오르는 장면이다. 그토록 간절하게, 절박하게 소망했던 '오래된 집'의 마당에 어머니가 서 있는 환상. 꽃과 나무가 배경처럼 둘러싸고 있는 그곳에서 어머니는 '행복'해 보였다. 이루어지지 않은 소망은 미래의 시간 속에 속하는 것이겠지만, 그 소망은 과거 유년 시절에 경험했던 것이기도 하다. 어머니를 향해 달려가는 주인공의 모습이 애잔하면서도 안타까움을 유발하지만, 한편으로는 행복한 미소를 지니고 있을 어머니의 품을 향한 발걸음이기에 무한한 위안을 선사하기도 한다. 본래 집이라는 것이 그러한 것이 아닐까? 소설의 결말은 우리 모두가 저마다의 가슴속에 간직하고 있는 집이라는 것의 의미에 대해 진지하게 묻고 있다.

집에 관한 오래된 정서
―최범서 〈지경 다지는 소리〉

"집이 명줄이 다하믄 지가 태어날 때의 소리를 낸다는 말씀인
디요."

"그러니까 집이 무너질 무렵에 지경 다지는 소리를 낸다는 겁
니까?"

"맞지러우. 박사님이 들은 소리는 내 손에 장을 지지고 허는
말인디 그 집이 운명을 고하는 지경 다지는 소리요 잉."

"어떻게 그런 일이.…"

"지가 웃대 어른들께 들은 말이고 직접 겪어보기도 혔는데 의
심 팍 부려놓으시오 잉."

순간 나는 헉하고 밭은기침 소리를 내었다.

"그러고 본께 어젠가 그젠가 나도 이른 아침에 그 소리를 들
은 것 같소 잉."

"참말입니까?"

"하도 빈집이 많은께 어느 집으서 나는 종 몰랐는디 박사님
옆 집 강씨네 집이서 운명을 고하는 소리였구만이라우."

최범서의 〈지경 다지는 소리〉는 집에 대한 독특한 상상력에서
출발한다. '집에도 생명이 있다. 게다가 집이 허물어지기 직전 자
신이 태어날 때의 소리인 지경 다지는 소리를 낸다.' 이치에 닿지
않는 황당무계한 말처럼 들린다. 그러나 다소 황당해 보이기까지
하는 이 발상은 소설 속에서 펼쳐지는 주인공의 인생 역정과 맞물
리면서 나름의 진실성을 획득하고 있다. 이때 주인공의 운명은 역
사적 불행, 한 집안의 몰락이라는 공동체의 운명에 의해 좌우된 것
이기에 집에 대한 상상력은 곧 민족과 집안을 중심으로 한 전통적

가치관과 밀접하게 맞닿아 있다.

　우선 용개의 개인사적 측면에 주목할 때 집은 인간의 삶과 죽음에 밀접하게 조응하는 공간으로 설정된다. 수십 년 동안 고향을 떠났던 그가 연신 두리번거리면서 찾아보는 것은 자신의 태 자리다. 마을 입구에 당도했을 때 그는 자신의 태 자리가 있을 법한 곳으로 시선을 던지고 있었고, 마을길을 걸어가면서 과거의 기억을 더듬은 끝에 도달하는 곳은 결국 태 자리이다. 고령에다가 폐결핵이 심하여 죽음이 예견되어 있는 상태인 그가 자신의 출생지를 찾아가는 과정은 수구초심과 같은 인간의 보편적 정서에 바탕을 두고 있다. 한 평생 고향에 대한 애착과 미련을 가지지 않았음에도 불구하고 연신 자신의 태 자리를 찾아다니는 그의 모습을 보았을 때, 인간과 집의 관계는 우리가 흔히 생각하는 이상의 끈질기고 단단한 것임을 깨닫게 된다.

　용개가 집을 떠나 수십 년이 흐른 후 다시 돌아오기까지 겪었던 일들은 대부분 6.25전쟁이라는 역사적 비극과 결부된다. 빨치산에 끌려가서 참혹한 광경을 목격한 그로서는 정신적 충격을 받았고, 휴전이 되고 나서도 이념 대결이 지속됨에 따라 차마 고향으로 돌아갈 수 없었다는 설정을 보면, 주인공 용개는 철저히 역사적 불행에 짓눌리기를 계속한 셈이 된다. 산사람이라는 혐의를 피하기 위해 신분증 발급도 거부하고, 일부러 벙어리 신세를 자처하는 것이 그의 처세술이었다. 휴전 이후에도 지속된 역사적 불행 아래에서 '침묵'을 선택한 그의 일생은 역사와 시대를 향해 끊임없이 '울분'을 토하고 있었던 것이다. 이에 불행으로 점철된 그의 개인사는 개인적 차원을 넘어 민족적 차원에서의 상징으로 여겨질 수 있다.

'살아남아야 한다. 집에 있으면 다 죽는다. 형들도 기회 닿는 대로 집에서 내몰 것이다. 넌 꼭 살아서 우리 집 씨를 뿌려야 한다. 병출의 인생은 전쟁이 망망대해로 내몰아, 영홍도의 땅에 발을 딛게 했다. 그의 앞날은 뻔했다. 질곡과 굴욕, 모욕과 수치, 인고와 절망만이 고개처럼 버티고 있었다. 그는 굶어죽지 않으려고 세상과 맞섰고, 살아남으려고 지혜와 때로는 술수를 짜내었다. 그리하여 그가 얻은 오늘의 결과는 이산가족과 밑바닥인생이었다. 그의 구두 수선소는 이제 심심파적의 놀이터였고, 육지를 그리는 외딴 섬의 전망대 같은 곳이었다. 그에게 육지는 나날이 비대해져 가는 서울이었고, 그는 구두 수선소라는 외딴 섬에서 육지를 바라보고 있는 회향 병자였다. 그는 고향을 죽을 때까지 포기하지 않을 것이며, 이미 씨를 받은 두 아들이 이어 씨를 받아 연안 이 씨의 맥을 이어놓았다.

병출과 용개는 서로 반대되는 성향을 지니고 있으면서도 동시에 전쟁으로 인해 불행을 겪게 된 피해자라는 점에서는 쌍생아다. 침묵의 은둔자가 시대의 바닥에 납작하게 엎드려 살아왔다면, 병출은 굴곡 많은 시대의 고갯길에 적극적으로 대처하면서 길을 걸어왔다. 그 길의 끝에는 고향의 집이 놓여 있을 것이지만, 고향집에 도달하는 길은 고령의 실향민에게 희망을 보여주지 않고 있는 것이 현실이다. 친구 용개에게 등산복을 사 입히고, 지팡이를 짚게 하여 고향의 태 자리로 내려 보냈다는 것이 고향집으로 돌아가고 싶은 병출 자신의 욕망을 대리하여 투사한 것이라고 볼 때, 병출의 존재 또한 결코 가볍게 넘길 수 없다. 병출은 소설의 중심은 아니지만 굴곡이 진 시대와 역사를 온 몸으로 증명하는 또 다른 증인이 되는 셈이다.

병출의 운명은 '씨를 뿌려 대를 이어야 한다'라는 집안의 명령에 의해 결정되었다. 여기서도 병출은 용개와 쌍생아적 관계임이 다시 확인되는데, 용개의 집안 역시 씨를 뿌리고 대를 이어야 한다는 관념을 강하게 고수하고 있기 때문이다. 전통적인 씨족 사회에서 전쟁의 공포는 대가 끊어진다는 것, 공포를 극복하기 위해 결혼을 서두르고 씨를 뿌려야 한다는 것. 용개와 오자의 초야는 전쟁의 와중에도 씨를 뿌리고 대를 잇기 위해 안간힘을 쓰는 과거 한국인의 관념을 대변하고 있다. 병출과 용개의 불행은 민족이라는 공동체의 불행에서 시작된 것이고, 그들은 공동체를 유지하기 위해 씨를 뿌리고 대를 이어야 한다는 뿌리 깊은 전통적 관념을 대표하는 인물들이라 해석된다.

이 소설은 지난 수십 년까지 유지되어 온 한국인의 보편적인 정서를 그려내는 데 성공했다는 점에 의의가 있다. 대를 잇는 일에 대한 관심 혹은 정서는 무너져가는 집의 내력 자체가 증언하고 있는 바이기도 하다. 용개의 조부인 안기병이 그 집을 지었던 내력, 조상 산소 문제, 안씨 집안사람이 떠난 후 들어온 강씨의 성공 등은 합리적인 설명을 뛰어 넘어, 전통 사회에 강고하게 자리하고 있던 정서를 잘 보여준다. 모든 것은 조상과 자손을 중심으로 펼쳐지고, 인간은 집안 공동체의 한 부분으로서 자신의 존재 가치를 부여받는다는 발상이 그것이다. 설령 그것이 과학적인 설명으로 증명되지 않는 것이라고 하더라도 크게 문제될 것은 없다. 작품의 결말에서 그동안에 보고 들었던 일들에 대해 의아하게 생각하면서도 그것이 자연의 순리에 부합한다는 결론을 내리는 일인칭 화자의 모습에서 전통적 정서를 대하는 태도를 넌지시 암시하고 있다. 그것은 과학적 설명을 넘어 자연의 순리에 맞게 살아가려고 했던 문화적인 방식의 하나라는 점에서 얼마든지 수용 가능한 것이기 때문이다.

응어리짐과 풀어짐

인간적이고도 인간적인
─백종선 〈잠 못 드는 잠〉

죽음을 앞둔 한 노인의 심사는 어떠할까? 그리고 그런 노인을 지켜보는 자식은 어떠한 생각을 하게 될까? 어머니 '나'의 시선과 딸 정희의 시선을 교차하면서 깊숙한 속내를 짚어보고 있는 백종선의 〈잠 못 드는 잠〉은 죽음을 대하는 자세에 관한 질문들로 가득하다. 그리고 그러한 질문에 맞닥뜨리는 과정에서 한 가족 내에서 서로 얽혀 있던 가시 돋친 응어리들이 하나씩 폭로될 때, 그동안 살아온 인생 대한 후회가 이어진다. 명쾌한 답변을 내릴 수 없는 죽음과 인생에 관한 질문은 결국 우리 자신에게로 향하게 될 것이다.

물리적인 시간의 나이로 말하자면 오래 살았지만 얼마나 사람답게 살았는지 헤아려 보면 허망하기 짝이 없다.

이 짧은 문장이야말로 죽음을 목전에 두고 있는 '나'의 심사를 대표한다. 고관절과 파킨슨병에 시달리지만 여든을 넘긴 나이니 그녀를 두고 사람들은 살 만큼 살았다고 말한다. 자신이 오래 살았다는 것에 대해서 '나' 역시 이의를 제기하지 않는다. 다만 '얼마나 사람답게 살았는가' 하는 것이 관건이다. 짧든 길든 누구라도 과거를 돌이켜보면서 결코 후회하지 않을 자신이 있는 사람이 과연 몇이나 될까? '허망'하다는 것, 후회로 가득하다는 것이 '나'의 상태다. 살아오는 동안 끝없는 욕망을 지니고 있었으나 결코 욕망을 모두 충족시킬 수는 없었음을, 그리고 그러한 욕망이 부질없었음을 순순히 시인하게 되는 '나'는 이때 삶의 유한성을 절감하는 평범한 한 인간으로 존재한다. 독자와의 공감대를 형성하는 것은 바로 이 지점이다.

하루 세 끼 죽을 먹여주고 약을 먹여주는 간병인은 할머니는 복이 많다고 주절거린다. 그만 주둥아리를 탁 쳐주고 싶은 심정이다. 누군가의 도움 없이는 아무것도 할 수 없는 나한테 복이 많다고? 죽을 복이 좋은 것이 참 복인 줄 모르는구나. 도무지 더 살아야 할 이유가 손톱만큼도 없는 거 같은데. 어쩔 수 없이 살아야 하는 목숨이다.

자신의 인생을 돌이켜보면서 인생이 허망 그 자체임을 순순히 시인하고 나서도, 아직 남아 있는 욕망이 있다. 그것은 '깔끔하게 죽는 것'이다. 살아있다고도 죽어있다고도 말하기 힘든 상태, 극심한 불면의 밤을 거듭 지내고 나면 온몸은 '널브러진 지렁이'에 흡사하고, 수분이 다 빠져나간 속 빈 나무 등걸에 지나지 않는 듯하다. 간병인의 도움 없이는 아무것도 할 수 없는 육체의 허약함과 반복된 불면과 약물 복용으로 인한 의식의 무기력 속에서 비루하게 살기보다는 차라리 곡기를 끊고 의연한 죽음을 택하고 싶다는 것이 아직까지 남아있는 '나'의 욕망이다. 독자에게 전달되는 근본적인 질문은 이제 명확해졌다. 어떻게 죽는 것이 좋은 죽음인가?

> 정희는 깊은 숨을 몰아쉰다. 누구나 다 가는 길이라지만, 자갈밭 길 걸어가지 말고 그냥 산보하듯 걷다가 힘이 다해 풀숲에 누워 잠이 들 듯 그렇게 갈 수는 없는 것인가. 누구나 다 평온한 임종을 맞이할 권리가 있는 거 아닌가? 하지만, 이 세상에 태어날 때도 좁은 산도 밀고 나오느라 비명을 지르고 나왔는데 죽을 때 아무 고통 없이 간다는 건 아무래도 무리수가 아닐까.

이를 보는 딸은 과연 어떠한 심정일까? 죽음의 문턱에서 극심한 고통을 겪는 노인을 지켜보는 딸은 마치 노인의 고통을 소설 속 문장을 통해 살며시 엿보는 우리 독자들의 입장과 크게 다르지 않다. 즉, 딸 정희라는 인물은 노인의 옆에서 어떠한 죽음이 좋은 죽음인지, 왜 노인은 죽음 앞에서 그처럼 고통을 당하고 있는지를 독자들에게 전달하기 위한 하나의 통로로서 기능한다. 또한 통로로서의 역할뿐만 독자가 생각해낼 법한 여러 질문을 앞서 예시하는 하나의 인도자가 되고 있다. 왜 인간은 죽음 앞에서 고통을 맛볼 수밖에 없는가, 인간이라면 누구나 편하게 임종을 맞이할 권리가 있는 것은 아닌가 등의 질문을 던지면서 독자의 질문을 이끌어내는 일종의 산파 역할을 수행하고 있다.

‘나’는 ‘백합향기’를 통해 환기되는 아들의 첫사랑과 며느리 계주에 대한 후회가 현재 자신의 고통을 불러온 원인이 아닐까 짐작한다. ‘나’는 “머리카락이 온통 곤두서고 그날부터 내 심장에는 가시가 자라났다. 너무 자란 가시가 심장을 뚫고 나와 온몸의 장기들한테까지 손상을 주게 된 것인지도 모른다.”라고 생각한다. 또한 ‘나’는 딸 정희의 말대로 ‘생명을 외면한 죄’에 대한 벌을 받고 있는지도 모른다 생각한다. 의학적으로야 그러한 후회와 죄책감이 고관절 수술로 인한 후유증이라든가, 파킨슨병으로 인한 고통의 원인이 될 수는 없다. 과거 인생의 순간에서 응어리진 것들로 인해 지금 잠 못 드는 밤을 반복하고 있다며 자책하는 것은 지극히 인간적인 인과관계에 근거한 생각일 것이다.

이 소설에서 응어리진 것은 풀리지 않은 채 죽음이라는 결말로 끝이 난다. 남겨져 있는 응어리들을 해소한 채 품위 있는 죽음을 갈망하지만 결코 그 꿈은 이룰 수 없다. 적어도 소설 내에서는 아들의 첫사랑은 물론 며느리 계주와의 관계 회복은 이루어지지 못했다. 오히려 품위 있게 죽고 싶은 마지막 삶의 욕망마저 딸 정희의 해맑은 노래 소리 속에서 희미하게 흩어지게 되는 것이 소설의 결말이다. 그러나 어쩌면 마지막 욕망마저 포기하게 되는 순간에 이르러서 인생의 응어리는 이미 풀렸는지도 모른다. 응어리짐과 풀어짐은 인간의 손을 떠나 죽음의 손에서나 가능하다는 사실에 숙연함을 자아내고 있는 이 소설의 결말은 그래서 더 인간적이고, 더 숙연하지 않나 싶다.

응축과 해소의 공간
—유경숙 〈봉인된 시간〉

유경숙의 〈봉인된 시간〉은 단편소설의 형식을 취한 작품치고
는 상당히 웅장한 스케일을 자랑한다. 이때 웅장한 스케일이란 시
공간적인 거대함을 지칭한다. 거대함의 앞에 선 인간이 느낄 수 있
는 미학적인 감각은 '숭고'의 감정이며, 그와는 정반대로 초라하게
서 있는 인간을 표상하기라도 하듯 어렴풋한 노랫소리가 희미하게
들려오고 있다. 거대한 자연은 인간의 초라함으로 더욱 숭고해지
고, 초라한 인간은 거대한 자연 앞에서 더욱 애상적이 될 수 있다.
이 소설은 확장과 축소의 대비를 통해서 시간이 봉인되고, 봉인되
었던 시간이 풀려남이라는 육중한 무게의 주제를 건드리고 있다.

우선 배경을 보자. "꼬박 사흘을 걸었으나 사람은커녕 나무 한
그루 볼 수 없는 백색지대" 원경에는 알타이 백색준령을 병풍처럼
끼고 있으며, 근경에는 일체의 사물이 존재하지 않는 드넓은 평원
이 펼쳐진다. 현대적인 인간 사회의 번잡함을 가뿐히 초월하고 있
는 공간적 배경이란 언어가 유래하고, 문명이 시작된 고대의 알타
이 지역이다. 그곳의 시간은 문명이라는 시계로 측정될 수 없으며,
그곳의 공간 또한 인간의 역사로 측량되지 않는다. 알타이의 동굴
속 유폐되어 있던 벽화란 작품의 제목이 지칭하는 바, 그 자체로
'봉인된 시간'이다. 인간의 손길이 닿지 않는 곳에 보존된 것은 단
순한 그림이 아니라 인류의 오래된 과거이며 시원이다.

이 소설은 고대의 시간을 인물의 성격과 인물 간의 관계에 대입

시키고 있다. 시공간적인 배경이 선사하는 감정의 상태는 서사의 전개 속에 녹아들고 있다는 것이다. 광활한 공간과 아득한 시간이 단편소설에서 다루어지기는 여간 쉽지 않은 일이다. 소설 속에서 그러한 작업은 비교적 성공적으로 이루어지고 있는데, 코헨이라는 인물의 독특한 성격화와 관계되어 있다.

구체적으로는 인물이 내뿜고 있는 눈빛이다. "학술세미나에서 처음 만난 코헨은 현대인의 눈빛이 아니었다. 선사시대를 살다 온 원시인처럼 멀리 있는 물체를 좇는 듯한 눈빛이었다." 소설 속 인물을 조형함에 있어 인물의 눈빛 하나로 모든 것을 압축적으로 말해주는 것은 상당히 이채로운 국면이다. 가까운 거리의 사물에는 초점을 맞추지 못하는 원시성사시, 그것은 대평원에서 멀리 있는 사냥감을 탐색하는 원시인의 불안정한 눈빛이며, 현대인의 사회에서는 쉽게 통용되지 못하는 낯선 눈빛이다. 선사시대의 유적이라는 사냥감을 찾아다니는 고고학자에게 어울리는 눈빛이며, 현대문명을 넘어 아득한 과거의 시간을 헤아리는 비문명인에게 어울리는 눈빛이다.

문제는 그가 원시벽화를 연구하던 도중 뜻하지 않게 사망했으며, 그로 인해 그의 연인이었던 예령에게 감당하기에 벅찬 감정적 응어리를 남겨주었다는 것이다. 소설을 예령의 입장에서 파악하자면 연인의 죽음으로 인해 발생한 응어리를 풀어나가는 것이 서사의 줄기를 이루고 있다. 바이칼호수를 배경으로 이루어졌던 코헨과의 사랑, 영원하리라 믿었던 그 사랑이 코헨의 사고사로 깨어졌을 때 생긴 응어리, 그리고 그 응어리진 감정의 덩어리가 풀어지까지의 과정이 소설의 서사적 줄기다. 자신의 연인이 그토록 찾아 헤맨 것이 무엇인지 확인하기 위해 삼 년간 그의 연구를 계승한 끝에 도달한 곳이 바로 시공간적인 거대함이 인간을 압도하는 알타이의 백색지대로 설정되어 있다. 막막함의 절정은 그녀의 정신적, 심리적 방황의 절정으로 직결되고 있어 원시를 연상케 하는 거대한 배경은 단순한 소재가 아니라 서사의 층위에서 긴밀하고도 효과적으로 기여할 수 있다.

　이제 코헨을 보내야 할 때라고 그녀는 마음을 다잡는다. 유골함을 끼고 잠드는 것도 오늘 밤이 마지막이 될 거라고….
　예령은 암각화가 있는 동굴 입구에 코헨의 유골을 산골했다. 그리고 진도홍주 한 잔도 부어 올렸다. 땅을 두드리는 듯한 랍샤의 주문이 길게 이어졌다. 잠든 혼령을 깨워 먼 길로 인도하는 북방식 천도제라 하였다. 예령도 옆에 서서 향을 사르며 깊은 절로 배웅했다. 바스크어를 자랑스럽게 쓰던 촌놈, 이제 그의 영혼이 평안한 안식에 들길…. 그런데 절을 올리던 예령이 갑자기 가슴을 쥐어뜯으며 벙어리처럼 우우거렸다. 목구멍에 무엇이 걸린 듯 칵칵거리며, 뱉을 수도 삼킬 수도 없는 절체절명의 몸짓이었다. 이를 지켜보던 랍샤가 그녀를 땅바닥에 눕히고 정수리 머리카락 세 올을 뽑아 향불에 살랐다. 그리고 또 낮은 음색으로 주문을 외웠다. 한참 만에 숨을 토하며 간신히 눈꺼풀을 들어 올린 그녀가 오목가슴을 만지며 "여기서 무언가 깨지는 통증이 올라왔어요."라며 가슴께를 가리켰다. 그러자 랍샤가 혼잣말로 중얼거렸다. "애응지물이 터져나갔군!"라고.

　알타이의 백색지대를 서사 속에 녹여내는 또 하나의 방법은 결말 부분에 제시된 '천도제'다. 예령이 삼 년 동안 코헨의 연구를 이어나갔던 것도 결과적으로는 알타이에 오기 위한 하나의 과정에 지나지 않는 셈이다. 코헨이 다녀간 흔적이 남아 있는 알타이의 동굴에서 원시의 벽화를 발견한 것은 고고학계를 깜짝 놀라게 할 학술적 성과로서의 의미보다는 자신에게 깊은 응어리를 남겨주었던 코헨과 삼 년이라는 시간을 건너뛰어 다시 만나게 된 것으로서의 의미에 더 가깝다. 이제 코헨은 자신의 발견이 학계에 보고되는 것을 통해 인정을 받을 수 있으며, 무엇보다 삼 년 만에 찾아와준 예령과의 재회 덕분에 영혼을 위로 받을 수 있게 된 것이다. 동굴은 선사시대의 유적지이면서, 코헨의 유골을 산골하는 코헨의 무덤이 된다. 예령은 뒤늦게야 코헨의 장례를 치르게 된 것이며, 그의 넋을 위로하기 위해 천도제를 올리게 되는 것이다.

알타이 동굴 벽화의 발견은 고고학적 성과, 코헨을 향한 위로 이외에도 예령이 응어리진 것을 풀어내는 심리 치료의 과정이기도 하다. 소설의 곳곳에서 아리랑의 선율이 이따금 울려 퍼졌던 사정은 이 소설이 예령의 가슴에 자리하고 있는 '한'이라는 정서에 관한 이야기임을 넌지시 암시한다. 지난한 한풀이의 과정은 결코 수월하게 이루어지지 않았다. 동굴은 백색 소용돌이 속에서 은폐했고, 신령한 동물인 호랑이가 인간이 동굴에 진입하는 것을 막으려 위협하기도 했다. 삼 년이라는 시간은 언어학자인 예령은 코헨이 남긴 연구노트에 매달려 고고학 연구에 매달리도록 몰아붙였다. 예령의 한풀이는 이러한 온갖 장애를 온몸으로 겪어낸 다음 얻을 수 있었다. 이에 이 소설은 비명횡사한 자의 넋을 위로하고, 연인을 떠나보내고서 응어리졌던 한을 풀어내는 과정에 관한 이야기다.

그 끝에 터져 나온 애응지물의 결정체인 웅얼거림은 소설이 끝나고 나서도 계속 귓가를 맴돌고 있다. 거대한 알타이 평원을 배경으로 백색 돌풍이 몰아치는 거대하고 막막함의 절정에서 뒤늦게 터져 나온 예령의 웅얼거림은 아리랑의 곡조와 닮아 있을 듯하다. 유장하고 나지막한 웅얼거림이지만 오래도록 봉인되었던 시간을 풀려나게 만들 수 있는 주술적인 힘을 지니고 있을 것만 같다. 그리고 아리랑의 기원이 어쩌면 선사시대의 알타이에 닿아 있지 않을까 하는 상상에 이르기도 한다. 모든 것은 자연의 거대한 숭고의 절정과 그 앞의 희미하고 애잔하게 남겨진 인간의 흔적이 이루는 대조에서 비롯한다. 그러한 배경 속에 녹아든 웅어리짐과 풀어짐의 서사는 머지않아 예령이 되찾게 될 노랫가락을 통해 선명하게 암시되고 있어, 애상은 조만간 위안이 될 수 있을 것만 같다.

'친구처럼'의 가능성
―이봉순 〈사막을 건너는 사람들〉

교통사고로 전신마비가 된 장애인과 장애인을 돌보는 도우미는 과연 '친구'가 될 수 있을까? 일인칭화자 '나'는 지역신문에서 간병인 모집 구인광고를 발견한다. 간병인 경력자 우대, 운전과 컴퓨터 따위를 할 줄 아는 사람 우대 등은 평범한 구인광고의 문구지만, '친구처럼'이라는 문구는 상당히 낯선 느낌을 준다. 얼마나 낯선지 '나'는 남자장애인을 '친구처럼' 보살피라는 말인가라며 잠시 성적 망상을 염려하기도 한다. 과연 장애인과 도우미, 고용주와 피고용인이 '친구처럼' 될 수 있을까?

이봉순의 〈사막을 건너는 사람들〉은 이러한 질문에 부응이라도 하듯 소설의 후반부에 이르러 장애인과 도우미 사이의 우정이 자라나는 모습을 그려내고 있다. 처음 만났을 때는 전혀 그렇지 않았다. 정체를 알 수 없는 악취가 풍겨나는 방안에 있던 여자의 얼굴에서 '나'는 고통, 슬픔, 원망, 체념 등의 복잡 미묘한 감정을 얼핏 엿보았다. 쌀쌀한 태도를 보이는 고용인 여자와의 첫 만남으로 시작된 도우미일은 시간이 지나면서 서서히 누그러지기 시작하고, 여자가 "길자 씨가 내 옆에 있으니까 힘이 나."라고 말하는 작품의 결말에 이르러서 두 사람은 그야말로 '친구처럼' 지내고 있다.

장애인과 일반인의 우정이나 감정적 교류는 많은 소설과 영화에서 다루어진 익숙한 소재다. 늘 장애인은 불평·불만이 많으면서 냉소적이면서 지적이고, 부유한 인물로 설정된다. 이와 대칭을 이루듯 도우미는 가난하지만 착한 심성을 가지고 있는 것으로 설정된다. 처음에는 어색한 사이로 지내지만 머지않아 진정한 친구로 서로를 대하는 '감동'적인 장면이 연출되곤 한다. 꽤 오래된 영화로 〈여인의 향기〉가 그랬고, 비교적 최근 영화로 〈언터처블〉이 그랬다. 이 작품 역시 인물 설정과 인물 간의 관계 변화에 초점을 맞추면 기존의 익숙한 서사적 관습의 반복이지 않을까 하는 혐의가 생겨나기도 한다.

반면 이 작품에서는 주요한 등장인물 거의 대부분이 '사막을 건너는 사람들'로 설정되어 있다는 것이 독특한 개성이고 의의다. 앞서 언급한 도식적인 반복에서는 대개 장애인이 '사막'을 건너고 있다. 장애 때문에 세상에서 고립되고, 더욱이 정신이나 감정적으로

스스로를 유폐한 채 살아가는 사막 속의 인간은 늘 장애인 한 명이
었다. 여기에 순수하고 맑은 영혼을 지니고 있는 도우미가 등장하
여 장애인을 '사막'에서 구원해준다. 도식적인 반복 속에서 도우미
가 처한 가난함은 도우미들이 지닌 영혼의 투명함을 더욱 돋보이
게 하는 장식적인 역할에 그친다. 심지어 가난한 도우미들은 장애
인의 변화된 삶에 대한 태도를 이끌어내기 위해 동원되고 있는 서
사적 장치에 불과하다고 해도 과언이 아니다. 인위적인 '감동'을
이끌어내기 위한 장치로서 말이다.

> 집 안 곳곳에 차압 딱지가 붙고, 빚쟁이들의 온갖 포악을 견뎌
> 내며 나는 정신이 반쯤 나가 있었다. 보호막이 걷히고 속수무책
> 으로 거리로 나앉아도 삶은 계속되는 거였다. 그 틈바구니에서
> 삼수생 아들은 자원입대를 했고, 나는 일을 찾아 나서야 했다. 숙
> 식도 해결되고 한 달에 가장 많은 액수를 주는 일은 가사 도우미,
> 육아 도우미, 장애인 도우미 등의 도우미 일이었다. 요양병원을
> 그만둔 후로 운 좋게도 가장 많은 월급을 주겠다는 직장을 구한
> 것이다. 여자가 곤두박질한 삶의 이면을 아는 사람이라면 우리
> 는 정말 친구가 될 수도 있을 것이다.

그러나 〈사막을 건너는 사람들〉에서는 전혀 다른 양상이 펼쳐
진다. '나'는 가난하다. 사업에 실패한 남편은 종적을 감춘 지 벌써
넉 달이 넘었다. 삼수생 아들은 등록금이 부족했는지 군대에 자원
입대했다. 그동안 '나'는 여러 궂은일도 마다하지 않았으며, 그나
마 많은 보수를 주는 도우미 일을 하고 있었다. 그러던 차에 300만
원의 월급을 제공한다는 것은 좋은 제안이었고, 혹시 성적으로 남

자 장애인이 치근대기라도 하면 어떻게 하나 하는 불안한 예감 따위를 애써 무시해가면서 여자의 도우미로 나서게 되었다. ‘나’는 ‘여자가 곤두박질한 삶의 이면을 아는 사람이라면 우리는 정말 친구가 될 수도 있을 것이다.’라고 말하고 있다. 자신이 곤두박질당한 삶을 살고 있다는 말은 곧 자신을 ‘사막을 건너는 사람’으로 규정하고 있다는 의미이다. 소설의 제목이 단수형 ‘사막을 건너는 사람’이 아니라 복수형 ‘사막을 건너는 사람들’이라고 된 것도 이와 무관하지 않을 듯하다.

이 소설에서는 여자와 ‘나’뿐만 아니라 그녀들의 남편 또한 ‘사막을 건너는 사람들’에 포함된다. 여자의 남편인 최강은 지난 수년간 불구가 된 아내를 성실히 돌보았으나, 이제 그는 지친 기색이 완연하다. 그에게 회복이 불가능한 아내와의 결혼생활 그 자체는 ‘사막’이다. “내가 쉬는 휴일마나 최강 씨는 냄새나는 여자의 변을 후벼 파며 또 다른 사막을 건너고 있었다.” ‘나’의 남편도 사막을 건너기는 마찬가지다. “삶이 도저히 이해할 수 없는 방향으로 곤두박질쳐서 더 내려갈 곳이 없는 바닥에 머리를 처박고 견뎌야 하는 시간을 그는 지금 통과하고 있는 것이다.” 여자의 남편인 최강이 아내의 간병으로 인해 지쳐 바람을 피우고 다른 생활을 꿈꾸면서 무미건조한 결혼생활을 간신히 이어나가는 사막에서 피로한 모습으로 서 있다면, ‘나’의 남편은 경제적 몰락과 그에 이어진 구치소 수감이라는 가시화된 신체적 제한이라는 사막 속에서 허우적거리고 있다는 것이 유일한 차이일 뿐이다.

　　날카로운 무언가가 가슴을 지익 긋고 지나갔다. 먹고 입고 배설까지 남의 손을 빌려야 하는 여자가 지키려는 최소한의 예의. 어쩌면 여자에게 친구 같은 감정이 생길 것 같았다. 비 오는 날 우산을 내미는 친구도 좋지만 같이 비를 맞아주는 사람이 더 좋은 친구가 아니던가.

　사람이 살아온 이야기, 더구나 역경에 처한 이야기는 사람의 마음을 무장해제시키는 힘이 있다. 나는 여자의 이야기를 듣고 우줄우줄 사업이 망하고 잠적해 버린 남편과 입대한 아들과 내 한 몸 묵을 곳도 없어진 이야기를 털어놓으며 여자와 같이 울었다. 대못에 박혔든 바늘에 찔렸든 고통의 강도는 다르지만 고통은 온전히 자기 몫이다. 실컷 울고 나서 우리는 친구가 된 것 같았다.

응어리진 것은 어떻게 해소될 수 있을까? 이 소설은 고통을 공유하는 일로 서로의 고통을 위로할 수 있음을 역설하고 있다. 해결된 것은 아무것도 없다. 의학적인 관점에서 여자의 신체적 장애는 회복될 수 없으며, '나'의 경제적 궁핍 또한 당분간 해결될 가망이 없어 보인다. 그러나 '나'는 이미 여자와 친구가 된 것 같았다라고 말하고 있다. 응어리졌던 것이 어느 정도 해소되지 않고서는 나올 수 없는 말이다. 아니, 응어리진 것을 응어리진 채로, 상처 입은 것은 상처 입은 대로 인정하고, 고백하고, 울어주는 것만이 '친구처럼'이라는 지낼 수 있는 한 가지 가능성으로 제시되고 있다.

　다시 한 번 강조하지만 인물들의 상처는 그대로 있다. 아무것도 해결된 것은 없다. 그저 응어리진 것이 잠시 위로받고 풀어졌을 뿐이다. 더구나 소설 속에서도 언급되듯 '시간의 마성'이라는 것은 잔인하고도 치명적이다. '나'와 여자가 서로의 고통을 보듬어주었다고 해서 언제까지 친구처럼 지낼 수 있을지는 의문이다. 그럼에도 불구하고 '나'는 다시 여자의 집으로 향한다. 그리고 다음 휴일에는 남편을 면회 가야겠다고 생각한다. 다시 여자의 집으로 갈 힘을 얻고, 남편을 만나러 갈 용기를 얻게 된 것은 같이 사막을 건너는 사람에게 기댈 수 있다는 위안에서 비롯했을 것이다. 아무것도 해결되지 않았지만 계속 사막을 걸어갈 최소한의 힘은 확보된 것이 아닌가. 이 소설이 장애인과 일반인 사이의 우정을 다룬 여타 소설이나 영화와 결정적으로 결별하는 지점은 문제가 해결되었고 이제 아무 문제없노라 끝맺어버리는 달콤한 해피엔딩의 유혹이 아니라 여전히 사막의 한복판을 건너고 있지만 사막을 회피하지 않고 정면대결을 벌이려는 삶의 윤리가 어렴풋하나마 암시되어 있는 결말에 있는 셈이다.

감정의 응어리를 해소하는 현명한 방법
－황인수 〈내용증명 보내기〉

황인수의 〈내용증명 보내기〉는 작품의 제목이 드러내고 있듯 발신인 이민주가 수신인 최성숙 어린이집 원장에게 보내는 통고문 작성의 과정을 서사의 몸체로 삼고 있다. 통고문 작성 역시 일종의 글쓰기에 해당한다고 할 때, 이 작품은 소설 속에서 글쓰기의 과정을 다룬 메타소설적인 면모를 지니게 된다.

어린이집은 종일반 근무가 원칙이다. 종일반 보육교사의 급여만 나라에서 지원해 주기 때문이다. 따라서 반일반 교사의 급여는 원장이 지급해야 한다. 그런데 많은 어린이집들이 반일반 교사를 채용하여 종일반 교사로 등록시키고 급여를 지원받은 후 그 금액의 일부만 교사에게 지급하고 나머지를 챙기는 경우가 허다하여 관련 구청에서 수시로 이를 단속하고 있다. 물론 평가 인증을 받은 어린이집은 제외이다.
　　본인 이민주는 그런 사실을 알고 있었기 때문에 원장과 협의하여 교사지원금 혜택을 받지 않는 조건으로, 그러니까 국비로 급여를 지원받지 않고 원장이 직접 지급하는 급여를 받기로 하고 출근한 것이었다.
　　그런데 최성숙 원장이 약속을 어기고 본인 이민주를 종일교사로 구청에 등록하여 교사지원금 100여 만 원과 처우개선비 20여 만 원을 지원받아 본인 월급으로 50만 원을 입금시키고 나머지 금액을 자신이 부당 착복해왔다. 봉인은 이러한 사실을 2개월 후에 알게 되었다.

　　수신인 최성숙 원장은 어린이집 운영과 관련한 여러 비리를 저질렀고, 이를 눈치챈 발신인 이민주에게 악감정을 품어 정당하지 못한 짓을 했다는 것이 통고문의 내용이다. 어린이집을 둘러싼 비리가 어느 정도인지, 소설 속에 제시된 통고문의 내용을 읽어보면 쉽게 알 수 있다. 구체적인 지원금의 액수는 물론 지원의 법적인 근거, 그것을 편법으로 착복하는 방법이 상세하게 언급되고 있어 마치 심층 보도기사를 보는 듯한 느낌도 자아낸다. 내용증명이라는 글쓰기의 조건상 명료하고 간결하게 기술되는 어린이집의 전후 사정은 따로 떼어놓아도 제법 관심을 불러일으키는 흥미로운 소재임이 틀림없다.
　　그러나 대개의 메타소설이 그러하듯 이 작품에서도 소설 속에

나오는 통고문의 내용은 그리 중요하지 않다. 그보다는 통고문이라는 글을 쓰는 과정에서 발생하는 여러 가지 요소들이 소설적 흥미의 대부분을 형성한다. 우리 사회의 한 단면을 들추어내고 그것을 해부하여 비판하는 작업이 의미가 없다는 것이 아니라, 아내 이민주와 남편인 '나'가 통고문을 작성하는 과정에서 벌어지는 투덕거림과 맞장구치기, 그리고 소설의 결말에 배치된 자그마한 반전의 묘미가 소설적 흥미의 원천을 이루고 있다는 말이다.

  "최원장이 교사 지원금을 착복했다는 내용은 빼야 될 것 같은데?"
  "그런 중요한 사실을 왜 빼요? 빼긴?"
  "최원장에게 통고하려는 건 이런 비리 사실이 아니라 당신이, 그리고 우리가 최원장으로 인해 피해를 입은 사실을 알려주기 위해서잖아."
  "무슨 소리에요? 거짓으로, 내가 상의 한마디 없이 서류를 올렸으니까 당연히 내가 피해를 입은 거죠? 감사에 걸리지 않아서 그렇지 구청에 적발될 경우 저는 자격정지에요. 그것보다 더 큰 피해가 어디 있어요? 그러니까 지우지 말고 그냥 둬요."
  "그래 그럼. 계속 불러봐."

  화가 난 아내는 자신의 억울함을 표현하기 위해 혹은 일종의 정의감으로 최대한 상세하게 쓰려고 하고, 남편은 그렇게 쓰면 "시간이 많이 걸릴 것 같은데…"라며 한발 빼는 듯한 자세를 취하거나, "이거 너무 인신공격하는 거 아닐까?"라며 법적인 측면에서 조금 더 신중해야 한다는 조언을 하고, "으이그, 어지간히 모진 사람들이구만…. 자, 얼른 진도 나가자고.", "이제 슬슬 오늘 있었던 사건과 관련된 일에 대해서 써 나가자고. 당신이 사표 낸 다음날부터 시작할까?"라면서 아내를 향해 적당하게 맞장구도 쳐가면서, 아내의 흥분을 가라앉히고 글쓰기를 계속 이어가도록 이끌고 있다. 아내를 통해서는 분노, 억울함, 원망 등 주로 감정적인 부분을 표출하고, 남편을 통해서는 그러한 아내에 대해 동조하거나 진정시키면서 소설의 서술이 지속되도록 한다. 한밤중 컴퓨터 앞에서 남편은 자판을 두드리고 있고, 아내는 그 옆에서 자신의 억울한 사연을 쉴 새 없이 털어놓는 모습이 자연스럽게 그려진다. 흥미로운 소설 속 글쓰기 작업이다.

느닷없이 머리를 한 대씩 맞은 기분이었다. 아내와 나의 마주 보는 눈빛이 짧게 얽혔다. 족집게 점쟁이처럼 우리의 마음을 꿰뚫어 보듯 말하는 변호사의 근엄한 목소리에 우리는 왠지 주눅이 들었다. 변호사의 말대로 좀 참아보고, 그래도 분이 풀리지 않으면 다시 올까? 하는 마음이 서로 오갔다.

우리는, 아내도 분명 그랬으리라. 우리가 참을성 없고 너그럽지 못하고 경솔했던 것은 아닌가 하는. 그리고 사실 간밤에 내용증명서를 작성하면서 한차례 쌓였던 분노를 털어낸 후라서 그랬는지도 모르지만, 여기서 한 발 더 내디디면 뭔가 더 복잡하고 번거로운 절차를 밟아야 하고, 왠지 후회할 일이 생길 것 같은 일말의 불안감 혹은 불길한 예감 때문에 변호사를 따라 얼떨결에 일어섰다. 그리고 봉투를 다시 건네받고, 좀 더 생각해보고 오겠다는 인사를 남기고 황망히 사무실을 나왔다.

작품의 결말은 내용증명까지 작성하게 만들었던 감정의 응어리들이 자연스럽게 해소되는 과정을 자연스럽게 이끌어낸다. '세상

살이 하다보면 마음 다치는 일이 한두 가지가 아닙니다.'라는 변호사의 조언 아닌 조언(?)을 듣고서 부부는 자신들을 되돌아본다. 조금은 참고 사는 것이 미덕이라는 평범하고 소박한 사람들을 향한 위안이 그들의 결론이다. 참는 것이 능사는 아닌 다음에야 부부가 내린 결론이 약간은 불만족스러울 수밖에 없다. 그 다음에 배치된 사실의 폭로, 즉 그들이 찾아간 변호사가 이혼전문변호사였으며, 변호사의 조언이란 원장의 비리와 모욕을 참으라는 것이 아니라 부부 사이의 원만한 해결을 권유하는 것이었음이 뒤늦게 밝혀지면서 작지만 반짝이는 반전의 묘미를 획득하고 있다.

그러나 부부는 그보다 더 흥미로운 한 가지 사실을 독자에게 보여준다. 그들은 '간밤에 내용증명서를 작성하면서 한차례 쌓였던 분노를 털어내'었음을 말하고 있다. 소설 속 글쓰기란 아내와 남편이 하나의 문제를 두고 벌인 서로간의 대화였으며, 응어리진 것을 글로 풀어냄으로써 해소하는 하나의 해결법이었음을 그들은 저절로 터득한 셈이다. 내용증명 보내기를 취소하면서 생긴 약간의 불만족스러움은 결말의 재미있는 반전을 통해 보상을 받기도 하지만, 소설 전체를 두고 볼 때 그들은 간밤의 글쓰기 작업 속에서 응어리진 것을 이미 충분히 풀어내었던 것이다. 이들 부부가 생활과 인생을 대하는 자세는 소박하지만 감정의 응어리들을 스스로 현명하게 해소하는 법을 알고 있기에 건전하고 건강하다. 이것이 작은 미소를 자아내게 만드는 너그러움이 근원이 아닐까 싶다.

그들이 머무는 공간

꿈과 현실의 공간 속으로

−김재순 〈꿈의 궁전〉

내가 근무하는 곳은 모텔 벽에 빗방울 모양의 형광색 불빛이 뚝뚝 흐른다. 빗줄기는 어긋나게 흐르며 정신을 혼미하게 한다. 밤하늘을 배경으로 은빛의 빗방울 모양의 불빛이 무수히 떨어지는 모습을 보면 저곳으로 들어가고 싶은 호기심을 부른다.

여자가 남자의 유혹을 거절하지 못하도록 하는 마법의 성처럼 은빛의 비가 두두둑 떨어진다. 빗방울은 벽을 타고 연신 흘러내리고 다시 흘러내리기를 반복한다.

도시는 황달 걸린 술주정뱅이 눈구멍의 흰자위처럼 불결한 빛으로 가득 차 있고 그 누르둥둥한 낯선 얼굴에는 욕망의 땀이 흐른다.

불쾌할 때의 저 형광 빛 빗방울은 탁한 붉은 색이 된다. '변신'에서 그레고리 잠자가 어느 날 아침, 벌레로 변신하여 벽에 붙어 있는 것처럼 보인다. 진물이 뚝뚝 흘러내리던 잠자의 몸은 점점 악취가 풍긴다. 부패되어가는 몸은 검붉고 괴기스럽다. 그 몸에서 풍기는 냄새는 정액이 얼룩진 시트를 걷어낼 때 콧속을 비집고 들어오던 그 냄새와 닮았다.

소설 속 서울의 밤 풍경은 낯설지가 않다. 밤이 깊어지면 번화가 뒷골목에는 휘황찬란한 네온 불빛으로 장식한 모텔이 미소 지으며 그 앞을 걸어가는 남녀에게 유혹의 손길을 건넨다. '꿈의 궁전' 속으로 들어가면 남자는 백마 탄 왕자가 되고, 여자는 그에게 구출된 공주가 될 것이라고 손짓하면서. 그러나 왕자와 공주는 어린 시절 동화 속의 순수함과는 거리가 멀다. 그곳이 성적 환상으로 가득 찬 욕망의 성채라는 것을 남자도 알고 여자도 알고 있지만 그들은 짐짓 모른 체하고 있을 뿐이다. 그러기에 호기심을 불러일으키는 무수한 빛의 향연은 '황달 걸린 술주정뱅이 눈구멍의 흰자위처럼 불결한 빛'에 불과하다고 말하고 있지 않은가.

겉으로는 동화 속 세상으로 인도하는 찬란한 빛줄기처럼 보이지만 한 꺼풀만 벗겨보면 불결한 욕망에 불과하다고 지적하는 이 대목은 소설 전체의 시각을 압축적으로 보여준다. 도시의 밤을 화려하게 수놓고 있는 모텔을 배경으로 그곳에서 펼쳐지는 꿈과 현실 사이의 괴리를 목격하는 일이 주인공 '나'의 임무다. '나'가 종업원으로 근무하는 그곳은 '꿈의 궁전'이라는 간판을 내걸고 있지만 아름다운 과거의 꿈에서는 한 없이 멀어진 현재의 비루한 현실을 상기시킬 뿐이다. 간혹 "밤에 보면 픽트램을 타고 홍콩의 야경을 구경하는 것이나 두바이의 고급호텔에 온 것처럼 근사"하게 보이기도 하지만 그것도 겨우 사진 속에서나 보았던 허상이기는 마찬가지다. 그보다는 정액이 얼룩진 시트를 걷어낼 때의 냄새가 현실의 비루함에 어울리는 감각일 터이다.

　도시의 이면을 들추어내기 위해 이 소설은 배경이 되는 모텔의 디테일을 치밀하게 포착한다. 주인공이 군대를 제대하고 직업소개소를 거쳐 모텔에 취직하게 되는 과정에서 그동안 알지 못했던 새로운 직종에 대한 자세한 소개가 펼쳐진다. 또 그 주인공이 손님이 나간 방을 치우는 모습이라든가 일회용품 사용 단속에 대비하는 모습 등을 따라 읽어가다 보면 소설은 한 편의 심층 탐사 보도 기사처럼 느껴지기도 한다. 주인공을 따라 독수리다방과 홍익서점이 있는 신촌의 모텔, 이제는 원룸촌으로 바뀌어가는 신림동 뒷골목의 모텔, 노인들 천국이라는 종로3가에 있는 모텔을 돌아다니다 보면 자료 수집과 취재에 기울였을 작가의 노력이 고스란히 느껴진다.

　　손님이 아가씨를 원하면 불러주기도 한다. 그 당시는 여관이나 모텔에서 많이 불러주던 때였다. 을지로6가 광희동 일대는 포주집이 여럿 있었다. 적게는 서너 명이고 많게는 스무 명 남짓 되었다. 아가씨를 찾는 손님이 많으니까 자연히 포주집도 많았던 것이다.
　　유난히도 아가씨를 찾는 손님이 많아서 마음대로 불러줬지만 단속은 따로 하지 않았던 시절이다. 몸 팔고 다니는 아가씨가 어찌나 많은지 을지로6가에서 동대문운동장 부근을 걸어가는 세련되고 예쁜 아가씨들을 만나면 모두 다 몸을 파는 듯했다. 어딜 보다 멋쟁이 아가씨인데 몸을 팔고 있으니 기가 막혔다.
　　내가 근무하던 모텔에서도 주인의 묵인하에 아가씨를 불러준다. 주인은 일절 간섭을 하지 않는다. 손님이 찾아와서 아가씨를 찾으면 불러줘야 방도 팔 수가 있다. 아가씨를 불러주지 못하면 손님은 그냥 나가버린다. 결국 주인은 방도 팔지 못하게 되고 내게 떨어지는 수입도 없다. 손님에게 받는 대실료의 절반이 화대로 넘어간다. 나는 아가씨 몫으로 받은 돈에서 오천 원을 떼고 돌려준다. 오천 원은 당번 몫이다. 하루에 열 번 불러주면 오만 원이란 부수입이 생겼다.

'꿈의 궁전'이 동화적인 순수함의 세계와는 거리가 먼 불쾌한 욕망의 덩어리에 불과하다는 것은 모텔에서 공공연하게 이루어지는 매춘을 통해서 더욱 극명하게 제시된다. 여자를 사려는 남자 손님, 몸을 파는 여자, 방을 팔기 위해 묵인하는 모텔 주인, 중간에서 부수입을 챙기기 위해 소개에 나서는 '나'가 결탁되어 벌이는 일이다. 간혹 고향 친구의 누이를 마주치게 되는 당혹감에도 불구하고 '나'는 알량한 부수입을 챙기기 위해 손님에게 여자를 소개해주는 일을 그만둘 수도 없다. 꿈 많던 시골 소녀가 몸을 파는 여자가 되었음을 두 눈으로 목격하면서도 '나'는 그녀에게 아무런 도움도 줄 수 없다는 무력감만을 확인할 뿐이다. 또한 그런 무력감은 자신이 과거의 꿈에서 얼마나 동떨어진 현실의 지점에 떨어져 있는지를 새삼스레 확인시켜주는 또 다른 절망을 유발하게 된다.

무력감과 절망은 설령 그토록 찾아 헤매던 과거의 연인 선희를 다시 만나게 되었을 때도 여전히 주인공을 압도한다. "별처럼 슬픈 찔레꽃, 달처럼 서러운 찔레꽃, 찔레꽃 향기는 너무 슬퍼요."라고 구슬프게 울려 퍼지는 선희의 노랫가락은 꿈과 현실 가운데에서 방황하는 주인공의 절망을 대변하는 동시에 순수한 소녀에서 타락한 창녀가 되어 버린 선희를 지켜내지 못한 무력감의 표현에 다름이 아니다. 작품이 끝나고 나서도 선희는 화려한 네온으로 치장한 '꿈의 궁전' 뒤편에서 차가운 비를 맞으며 떨고 있을 것이다.

'나'는 그녀를 찾아 구출하기 위해 안간힘을 쓰지만 결코 성공에 이르지 못할 듯하다. 찔레꽃 향기가 자아내는 슬픔 속에 마무리되는 이 작품은 꿈에 이르지 못한 채 현실에 절망한 남녀에 관한 하나의 현대판 전설이 되고 있다.

갈등과 맞서 싸우는 공간
─이우상 〈우주선 안에서 별을 보다〉

서울과 대비되는 공간으로서의 시골을 생각할 때 늘 떠오르는 것은 여유로움이다. 서울의 복잡한 일상에서 벗어나 안식과 여유를 선사하는 곳이 평범하고도 일반적인 시골의 관념이다. 그러나 그러한 관념은 어디까지나 서울에 발붙이고 살아가는 것을 전제로 할 때 가능하다. 시골은 '잠시' 일상에서 벗어나는 곳이며, '다시' 서울로 돌아올 것이 예정되어 있기에 휴식이 되고 그리울 수 있다. 만약 서울에서 완전히 떠나 시골에 정착하여 살아간다면 과연 시골은 여전히 여유로운 휴식의 공간이 될 수 있을까? 적어도 이우상의 〈우주선 안에서 별을 보다〉를 보면 그렇지 않은 듯하다.

고향은 출세한 사람들이 으스대며 가는 곳이다. 그도 잘 나갈 때는 가끔 들러서 겸손을 가장한 허세를 부렸다. 친구들을 불러 모아 거하게 술도 샀다. 아가씨들 가슴에 지폐를 팍팍 찔러 넣어주었다. 그러나 빈털터리가 되니 갈 곳이 없었다. 고향 근처는 얼씬거릴 용기가 나지 않았다. 무리를 잃어버린 무소처럼 홀로 이곳저곳을 떠돌다가 최 씨 영감이 사는 이곳을 만났다. 물 한 잔

얻어 마시려고 사립문을 밀고 들어선 곳이 최 씨 집이었다.

"고향은 출세한 사람들이 으스대며 가는 곳"이라는 지적대로 고향은 서울에서의 삶에서 승리를 거둔 사람이 자신의 승리를 확인하기 위해 가는 곳이다. 가끔 주말이나 공휴일에 시골 국도변을 달리면서 휴식과 여유를 누리는 것은 서울에서의 삶에 대한 자부심을 재확인하기 위한 방편에 다름이 아니다. 계속해서 타고 올라갈 욕망의 사다리가 있다고 믿을 때, 잠시 쉬었다 가는 곳이 고향이고 시골이다. 빈털터리가 되었을 때 차마 고향으로 가지 못했던 '그'에게 시골은 더 이상 여유로움의 공간이 아닌 반복되는 일상과 맞서 싸워야 할 새로운 '서울'이다."여기는 전원일기나 대추나무 사랑 걸렸네, 여섯시 내 고향의 촬영지가 아니다. 미래가 불투명한 내 삶의 치열한 현장이다."라고 '그'는 선언한다. 다시 돌아갈 곳이 없는 '그'에게 시골은 여유가 아닌 치열함의 공간일 수밖에 없다.

갈葛과 등藤의 넝쿨을 걷어내는 작업이란 농부의 할 일이지만 삶의 갈등과 맞서 싸우고 해결해야 하는 작업은 모든 사람의 할 일이다. 시골로 내려오기 전, 그는 갈등과 싸우기보다는 욕망의 사다리를 오르면서 자신이 최종 승자가 될 수 있으리라는 착각 속에서 살고 있었다. 욕망은 언제나 결여로 귀결된다는 단순하고도 엄연한 진실을 망각한 채, 욕망의 사다리에서 오르기만을 바라던 그는 실체적인 갈등에는 눈을 감고 있었던 셈이다. 추락을 경험하고 나서야 시골로 내려와 자신의 앞에 펼쳐진 갈등과 맞서 싸우려는 그의 모습은 우리가 미처 놓치고 있던 우리 자신의 자화상인 동시에 여전히 사다리 위에서 위태로운 발걸음을 계속하는 우리를 꾸짖는 회초리가 될 수 있지 않을까 싶다.

　주인공 '나'는 독자를 대신하여 회초리를 맞아주고 있는 인물이다. 스크린 경마장의 함성과 눈물은 자신의 앞에 펼쳐진 갈등을 도외시한 채 끝없는 욕망의 유혹만 이끌린 자들의 고유한 식별 기호일 것이다. 3백만 원을 잃고 3만 원을 구걸하는 욕망에 눈이 먼 자들에게 그들의 어리석음을 욕하며 그들의 몰락을 먹고 사는 '나' 역시 눈앞의 갈등에 눈을 감아버리기는 마찬가지다. 갈등의 넝쿨과 맞서 싸우는 그의 앞에서 '나'는 이렇게 고백하고 있으니까 말이다. "스크린 경마장, 공인된 도박장, 말과 기수들이 전력투구하지만 스크린 속에선 그저 맴돌이 하는 인형일 뿐이다. 거기에 한탕 인생을 걸고 손아귀에 땀 흘리는 인간들을 감시하는 나의 일과와 소속을 밝히며 맞장구치기가 주저된다."

　　성일이네 집에서 보낸 마지막 날 밤은 환상적이었다. 그와 나, 성일이와 유리, 네 사람이 마루에 모기장을 치고 누웠다. 주변에 가로등이 없는 산골 집엔 훈장 같은 별빛이 무더기로 쏟아지고 있다. 도시의 불빛, 모니터의 창백한 빛에 주눅 든 눈알을 맑게 정화시키는 별빛이 우수수 쏟아지고 있다. (…) 성일이가 돌아왔다. 조그만 손에 반딧불을 가득 잡아 보듬고 왔다. 집 뒤켠에는 하얀 개망초꽃이 잔설처럼 널려 있고 근처에는 반딧불 천지다. 그것을 모기장 안 곳곳에 붙이기 시작한다. 스무 마리쯤 되는 것 같다. 시간이 조금 지나자 몸을 오그리고 있던 반딧불들이 파릇파릇 살아나서 빛을 내기 시작한다. 멀리는 밤하늘의 별, 가까이는 반딧불이 토하듯이 빛을 발한다. 우리는 우주선 속에 있는 것 같다. 별들이 손에 잡힐 듯 가까이 있다. 성일이가 연출한 경이로운 밤이었다. 무중력상태로 몸이 붕 뜨는 느낌이다. 그

빛들은 찌릿찌릿한 인공의 플러스마이너스가 결합해 억지로 만들어내는 불빛이 아니다. 싱싱하게 살아 있는 불빛이다. 그건 코스모스였다. 우리도, 지구도, 코스모스의 일부다. 카오스를 제압한 질서다. 내가 착륙해야 할 코스모스는 어디일까?

소설은 시골을 여유로움의 공간이라기보다는 우주적 코스모스의 공간으로 그려내고 있다. 서울의 생활에서 잠시 벗어나서 맛보는 여유가 아니라 삶의 본연이 무엇인지 성찰하게 한다는 의미에서 치열함의 공간인 동시에 카오스 너머 존재하는 코스모스의 공간이다. 그 공간에서는 거듭되는 주식의 등락으로 인한 혼란과 현기증도 사라지고, 스크린 속 경주마의 질주와 그것을 지켜보며 가슴 졸이는 인간의 욕망도 차분히 가라앉는다. 무중력의 공간 속에서 일상의 번잡함과 세속적인 욕망의 굴레는 한갓 작은 먼지처럼 소멸되고 만다. 코스모스의 공간 속에서 '나'는 그간의 카오스를 벗어날 한 가지 가능성을 발견하고 있는 것은 아닐까.

황홀경을 경험한 자가 다시 서울로 돌아와 갈등에 눈을 감은 채 살아가지는 않을 듯하다. 자신의 발아래 펼쳐진 갈등을 해결하기 위해 두 눈을 부릅뜨고 걸어가야 한다는 당위는 비단 서울이나 시골에 국한된 것은 아닐 터, '그'는 계속해서 시골에서 자신의 갈등과 맞설 것이고, '나'는 서울로 돌아와 새로운 삶의 중심을 찾으려 시도하게 되지 않을까라는 낙관적 희망이 암시된다. 이 소설은 소설의 첫 장면 동서울 터미널에 도착한 다섯 살짜리 성일이가 들고 있던 싸리나무 회초리가 암시하듯 진정한 삶의 자세가 무엇인지 우리에게 되묻고 있다. 성일이가 잡아온 반딧불에서 시작한 우주적 차원에서의 성찰과 반성의 방법론은 소설적 여운을 남기고 있다.

자기만의 소주집 찾기
−이강숙 〈너는 너대로, 나는 나대로〉

소설은 등단 후 침체에 빠져 있는 작가의 내면 풍경을 엿보는 데서 시작한다. 작가인 김진오의 침체기는 몇 년간 지속되었고, 지금 문학적 영감의 샘은 건조하게 말랐다. 작품을 쓰지 못한 채 대낮에 감자탕집에 앉아 혼자서 술잔이나 기울이고 있는 판국이니 침체의 고통은 익히 짐작할 만하다. 실제 작가의 경험이 반영된 것이 아닐까 하는 추측도 가능한 소설 속 주인공이 겪는 창작의 고통은 소설의 시작부터 끝까지 서술을 떠받치는 기둥이다. 창작의 고통 속에 있는 작가의 내면을 잠시 살펴보자.

강남고속터미널 근처에 있는 서점으로 갔다. 문예지 코너가 보이지 않았다. 주변을 두리번거렸다. 문예지 코너 자체가 없어졌다. 직원에게 물었다. (…) 사람 눈에 잘 띄지 않는 구석 자리에 문예지 코너가 있었다. 통로는 한 사람이 지나갈 수 있을 정도였다. 진오는 문예지 하나하나를 펼쳐본다. 이름이 나있는 문예지는 물론 새로 보는 문예지 할 것 없이 코너에 꽂힌 문예지의 수는 놀라울 정도였다. 듣도 보도 못한 문인 이름도 수두룩하다.
이렇게 쏟아져 나오고 있는데, 나는 도대체 뭘 하는 건가. 무엇이 문제인가.

진오의 좌절은 우선 문학에 대한 위기의식에서 비롯한다. 서울 한복판에 있는 서점에서 문예지 코너를 찾기 힘들어졌다. 문예지 코너는 한쪽 귀퉁이 사람의 눈에 잘 띄지 않는 구석 자리로 밀려났다. 사람들이 책을 잘 읽지 않는다는 것은 어제 오늘 일이 아니지만, 이제 서점가에서도 냉대 받아 밀려나게 되었다는 사실은 작가의 상실감을 부추기는 한 원인이다. 문학의 길 저 끝에 무언가가 자신을 기다리고 있을 것이라는 자존심 비슷한 생각이 무명작가를 지탱하는 힘이라고 할 때, 문학 자체가 위축되고 있다는 사실이야말로 진정 두려움의 근원일 것이다. 이에 이 소설에서 주인공이 경험하는 심적 압박감과 글쓰기의 고통은 한 개인의 문제라기보다는 위기에 놓인 문학 전체에 관한 하나의 상징적인 소재로 읽을 수 있을 듯하다.

그러나 정작 문예지 코너를 찾아내고 나서 문제는 또 다른 양상으로 펼쳐진다. 문학은 세상의 냉대를 받고 밀려나 있으나, 문예지의 수는 여전하고, 그 속에 실린 문인의 이름도 수두룩하다. 그야말로 쏟아져 나오고 있는 상황에서 자신의 자리를 찾을 수 없어 주인공은 당혹감을 느낀다. 문학이 위축되었고, 현재 위기상황에 놓였다고는 하지만 그에는 아랑곳하지 않고 맹렬히 타오르는 문학적 열정과 영감을 지켜보면서 자신의 침체는 더더욱 변명하기 어려운 것이 된다. 문학 전반에 관한 침체와는 별개로 개인적인 소질과 열정의 문제로 국한할 때 남들에 미치지 못한다는 생각은 문학을 계속해야 할지 말아야 할지와 같은 작가적 정체성의 문제로 직결된다.

소설다운 소설 하나만 쓰고 죽는 하루가 되자, 라는 생각이었
어요. 소설이 뭐기에 죽음과 맞바꿀 생각을 했던 것인지 알지 못
했어요. 그러나 사실이 그러했거든요. 하루에 소설 한 편을 쓰자
는 생각을 한 걸 보면 벌써 싹이 노랗다는 거 아니겠어요. 등단 6
년이 지났는데도 무명으로 남아있을 만큼 뭘 몰라도 한참 모르
는 바보였으니까요. 그러나 소설이 그만큼 저에게 중요했던 건
사실이었던가 봐요.

더욱이 소설다운 소설 하나만 쓰고 죽는 것을 희망하는 주인공
에게 창작의 무기력감으로 인한 절망감은 자신의 삶에 관한 근본
적인 위협으로 이어질 수도 있다. 그것은 단순히 문단에서 인정을
받지 못하고 있는 작가의 자존심에서만 비롯한 것은 아니다. 주인
공에게 소설은 자신의 목숨과도 맞바꿀 만한 절대적인 경지에 있
는 무엇이며, 창작의 침체기는 영혼을 갉아먹는 내적 고투의 과정
에 해당한다. 여기에 시력이 점차 약화되고 있어 자칫 읽고 쓰는
일마저 힘들어질 수도 있다는 두려움이 가세하면서 글쓰기의 고통
은 한층 심화된다. 이에 소설 속 창작의 고통은 자신의 삶에 관한
회의와 번민이며, 그의 문학적 자존심은 무명작가의 설움을 넘어
인간이라면 누구나 지향하는 궁극적인 대상을 향한 존재론적 자존
심이 된다.

사실 나는 삶과 죽음에 대한 소설을 한 번 쓰고 싶어요. 그게
나의 문제이지요. 삶과 죽음에 대한 생각을 한시도 잊을 수 없게
하는 힘이 필요했던 거지요. 이 장소가 바로 그것을 가능케 한 곳
이었어요. (…) 아이는 아무 일도, 노력도 하지 않고 안겨만 있어

도 자기가 모르는 사이에 말을 배우게 되고, 삶을 가능케 하는 젖
이 공급되는 곳이 어머니의 품 아닙니까. 나는 내 소설이 끝날 때
까지 내 소설의 주제에 하루도 빼지 않고 푹 젖어 있고 싶었어요.
그렇게 젖어있게 하는 힘이 필요했다는 거지요. 이 집이 자기 소
주집이라는 사실을 깨달았던 것입니다. 내 어머니 하면 나에게
만 해당되지만 자기 어머니 하면 인간 모두에게 해당되는 개념
이 아니겠어요. 그래서 내 소주집 대신 자기 소주집이 된 거죠.
말이 소주집이지 음악회장, 전시회관 등 소주집의 개념은 훨씬
더 넓지요.

우영수가 말한 소주집의 개념은 주인공 김진오에게 하나의 가
능성을 선보이고 있다. 그것은 창작의 침체를 통과하여 소설을 써
내겠다는 의지를 지닌 자를 향한 일종의 암시이고, 오롯이 자신만
의 소수집을 찾아낼 때 다시금 창작의 불씨를 되살릴 수 있다는 선
명한 메시지다. 모든 일상과 절연한 채 자신만의 창작적 공간 속에
스스로를 유폐함으로써 가까스로 붙잡을 수 있는 존재론적 모험이
자 목숨을 건 도약이다. 진오는 "그 힘은 모든 것과의 절연이라고.
절연 후 자기 자신의 뼛속으로 매몰되는 것이라고." 소주집의 명
제를 정리한다. 그리고 자기만의 소주집 찾기의 첫걸음을 떼고 있
다. 마치 어머니의 품에서 모국어를 배우는 어린 아이처럼.

과연 "자기 소주집 찾는 긴 여정의 길"이 성공할 것인지는 누구
도 장담할 수 없다. 어쩌면 너무도 힘든 여정에 지쳐 우리의 주인
공 진오는 다시 절망에 빠질지도 모를 일이다. 하지만 그 길 찾기
의 여정은 '너는 너대로, 나는 나대로' 철저한 자기 성찰과 반성에
서 시작된다는 것만은 분명하다. 또한 문학의 침체, 위기를 극복하

는 길, 소설다운 소설을 쓰는 길, 나아가 자신의 삶을 걸고 벌이는 한 판의 대결은 모두 자기만의 소주집을 찾는 데서 시작된다는 것만은 분명해 보인다. 그것만이 스스로를 구원하는 유일한 길임을 소설은 힘주어 말하고 있다.

넓은 곳을 찾아간 아버지
−이선구 〈부처님 오신 날〉

이선구의 〈부처님 오신 날〉은 몇 달 전 가출한 아버지의 행적을 하나씩 추적하는 내용으로 이루어져 있다. 상반된 성격의 어머니와 아버지의 대비, 고립과 고독의 공간으로서의 방과 그러한 유폐로부터의 해방을 의미하는 물가의 대비 등이 짝지어 있어 아버지의 가출이 지닌 의미를 선명하게 드러낸다. 무엇보다도 작품의 시작과 끝에 나오는 수컷 잉꼬의 죽음과 암컷 잉꼬의 무관심은 아버지가 가출했음에도 개의치 않는 어머니에 대한 직접적인 비유로 설정됨으로써 왜 아버지가 가출하게 되었는지를 암시하고 있다. 이러한 모든 것은 아버지가 남겨놓은 흔적을 하나씩 발견하는 아들의 시각을 통해 연민과 울분의 감정으로 정리되고 있다.

부처님 오신 날 세상을 뜬 수컷 잉꼬에 대한 페이소스는 콩나물시루 속 같은 지하철 안까지 끈덕지게 따라왔다. 아등바등하는 인간 군상 속을 이리저리 떠밀리다가 경로석 앞까지 왔을 때였다. 문득 사람들의 팔뚝 틈서리로 아버지가 보였다.

"아버지!"

나도 모르게 튀어나온 부르짖음은 하필 안내방송에 파묻히고 말았다. 아버지! 허겁지겁 사람들을 헤집고 또 한 차례 불렀지만 그건 나 혼자만의 착각이었다. 허옇게 센 상고머리며 목선과 어깨, 등허리까지 깡마른 경로석의 육순 노인은 몸맨두리와 분위기에서 꼭 우리 아버질 닮아 있었다. 아버지…, 그 이름은 외롭고 쓸쓸한 퇴역 군인의 계급장처럼 함축된 의미로 나의 가슴속을 맴돌기 시작했다. 머쓱해진 나를 눈여겨보는 사람은 아무도 없었지만 눈시울은 이미 붉어졌고 가슴까지 촉촉이 젖어왔다.

이 작품이 지닌 한 가지 장점은 아버지라는 인물을 성격화하는 방식에서 찾을 수 있다. 작품 속에서 아버지는 몇 달 전 가출한 것으로 설정된다. 즉 작품 속에는 직접 등장하지 않는 인물이다. 그런데 지하철에서 아버지를 닮은 노인을 아버지로 착각하는 에피소드를 통해 초라한 모습으로 늙은 아버지의 모습이 선연하게 그려진다. '외롭고 쓸쓸한 퇴역 군인의 계급장'과 같은 비유의 활용 역시 아버지라는 인물의 성격화를 효과적으로 도와주는 장치라고 할 수 있다. 아버지는 한 번도 작품 속에 직접 등장하지 않지만, 주인공의 꿈속에서, 주인공의 환영 속에서 이따금 모습을 드러내고, 애처롭게 그리워하는 '나'의 심리를 통해 의미화가 이루어지고 있다.

이번엔 용기를 내어 아버지의 방에 숨어들었다. 사방 아홉 자 구석방은 퀴퀴한 냄새와 살풍경으로 한동안 주인이 없었음을 그대로 드러내고 있었다. 차가운 방바닥엔 먼지가 내려앉았고, 고철 수준의 철제 캐비닛과 책장 옆의 낡은 목제 책상 위엔 아버지가 썼을 볼펜 하나와 누릿한 16절 갱지 몇 장이 놓여 있었다. 낯선 풍경을 훔쳐본 서먹함도 잠시, 나는 설핏 우리가 살았던 서민 아파트를 떠올렸다. 어찌 됐든 아버지의 방에 들어와 보기도 제 대하고 처음이었다. 이런 명품아파트에 과거의 삶을 고스란히 옮겨다 놓은 특별한 공간이 있다는 사실이 의외였다. 넓은 바다 에 홀로 우뚝 솟은 바위섬처럼 어머니로부터 소외된 채 평행선 을 그으며 딴 세상을 살아온 아버지의 모습이 온전히 느껴졌다.

소설 속에 직접 등장하지 않는 아버지를 성격화하는 데 효과적 으로 활용된 서사적 장치는 아버지의 방이다. 활동적인 어머니의 성격에 걸맞은 고급 아파트에 서민 아파트의 오래된 방을 그대로 옮겨놓은 것처럼 있는 아버지의 방은 가족 내에서 아버지의 위치 를 가늠할 수 있게 한다. 그 방에 남아 있는 냄새와 살풍경, 간소하 기 그지없는 초라하고 볼품없는 집기와 가구들은 그 방에서 아버 지가 느꼈을 외로움을 압축적으로 전달하고 있다. 그것은 '넓은 바 다에 홀로 우뚝 솟은 바위섬'이라는 표현처럼 철저한 고립과 고독 의 장소다.

아버지의 가출은 그러한 고립과 고독에서 탈출하기 위한 모험 이었다. 아버지는 '나'의 꿈속에 나타나 "네게도 가고 싶은 곳이 있 잖니. 넌 어디로 가고 싶으냐? 넓게 트인 물가가 좋지 않냐? 물에 둥둥 뜨는 풀이 많은 곳 말이다."라고 말을 건넨다. 고립과 고독으 로 인해 심리 치료까지 받아야 할 정도로 심신이 피폐했던 아버지 로서는 살기 위해 모험을 감행하지 않을 수 없었던 것이다. 어딘 가에서 불상사를 당해 사망했을지도 모른다는 '나'의 불안감에서 도 알 수 있듯 아버지의 가출은 위태로운 선택이었다. 그럼에도 불 구하고 갇힌 공간을 벗어나려는 갈망이 그러한 위험을 감수하도록 아버지를 이끌었을 터이다.

　　사실 이 작품은 구성의 측면에서 몇 가지 문제를 안고 있다. 수 컷 잉꼬의 사망을 아버지의 가출로 연결시키는 과정에서 소설화가 너무 직설적이라든가, 남편의 가출에도 눈 하나 깜짝하지 않는 어 머니의 성격화에 대한 배려가 다소 부족한 것 등이 그러한 문제로 지적될 수 있다. 그러나 적어도 아버지에 관한 인물 형상화의 측면 에서는 성과를 거두고 있다. 사회·경제적인 맥락이나 부부 사이 의 악연 내지 갈등에 대한 배려와는 별개로 가출을 감행한 아버지 의 심리적 동기에 대해서는 설득력 있게 다루어진다. 무엇보다도 고립과 적막의 방에서 넓은 자유의 물가로의 이동은 아버지의 심 리적 상황과 대응한다. 더욱이 소설이 끝나고 나서도 부초가 떠 있 는 어느 한적한 물가에서 낚싯대를 드리우고 있을 아버지의 모습 이 어른거리는 것을 보면 이 작품의 인물 성격화가 성공적이었음 을 확인할 수 있다.

낯선 과거와의 마주침

폭로된 과거, 딜레마의 혼란 속에서
-김관숙 〈샴 왕의 코끼리〉

태국의 설화를 소설 속에 끌어들인 김관숙의 〈샴 왕의 코끼리〉는 누구라도 세상을 살아가면서 마주칠 수 있는 아찔한 딜레마의 순간을 선명히 보여주는 작품이다. 태국 샴 왕국의 왕은 못 마땅한 신하에게 흰 코끼리를 하사한다. 흰 코끼리는 온 나라가 신성시하는 동물인데다가, 왕의 하사품이니 결코 함부로 대할 수 없다. 코끼리는 엄청난 대식가인지라 사육비를 감당하지 못한 신하는 결국 하사받은 코끼리 때문에 파산하고 만다. 신하의 입장에서 흰 코끼리는 말만 그럴 듯한 왕의 선물이지 실상은 저주이자 형벌일 뿐이다. 버릴 수도 없고 끌어안고 갈 수도 없는 딜레마의 상황 속에서 당혹해하는 주인공은 설화 속 흰 코끼리를 하사받은 신하와 겹쳐진다.

소설의 줄거리는 간단하다. 주인공 송세헌은 이혼 후 아들 규민과 함께 살고 있다. 세헌은 안정적인 직장을 가지고 있고, 아들과의 관계도 좋다. 전처 능미는 이대승의 아이를 임신했지만 그 아이가 세헌의 아이라고 속여 세헌과 결혼했었고, 세헌의 가풍에 적응하지 못한 그녀는 아이를 남긴 채 이혼하여 집을 떠났다. 그런 송세헌의 앞에 규민의 생부인 이대승이 찾아와 규민이 자신의 아들이라고 폭로하고, 자로 잰 듯 결벽증에 가까운 생활 습관을 지닌 세헌은 극심한 혼란에 휩싸이게 된다.

과거의 비밀이 폭로되기 전까지 주인공 세헌의 일상은 매우 안정적이고 평온한 상태를 유지했다. 그런데 그러한 안정과 평온은 능동적인 선택에 의한 것이 아니라 지극히 수동적인 결과에 의한 것이다. "야망도 이상도 진작 포기한 사람의 무미건조한 색채가 밑그림처럼 깔려 있는 것"은 애초의 계획에서 완전히 벗어나버린 결혼에서 비롯한다. 군대를 제대하고 사귀던 여자친구와 결혼하고 유학을 가겠다던 계획이 느닷없이 아이를 안고 나타난 능미 때문에 모두 좌절된 경험이 있기에 철저히 통제가 가능한 삶의 행로에 집착을 하게 되었을 것이다. 남에게 해를 끼치지 않겠다는 그가 세운 삶의 원칙이란 어쩌면 남들에게 피해를 받기를 두려워하는 마음에서 비롯된 것인지도 모른다.

> 라디오의 볼륨을 높였다. 배경 소음처럼 희미하던 말들이 생생하게 튀어나왔다. 오늘 오후 유명 백화점에서 쇼핑을 하던 임신 오 개월째인 여성이 정신분열증 환자인 남성에게 머리채를 잡힌 채 사십 여 분간 볼모로 잡혀 있다가 풀려났다는 황당한 내용이었다. (…)
> "그 시간, 그 장소, 그 범인 가까이에…. 아무 죄가 없어도 그

런 우연 때문에 덤터기를 쓸 수가 있는 거네요.”

세헌이 허탈한 음성을 기사의 말을 받았다.

“살다보면 억울하게 덤터기 쓰는 경우가 어디 한두 번입니까? 내가 잘 아는 사람 중에는….”

기사가 기회를 잡은 듯이 또 뭐라 뭐라 말을 늘어놓았지만 세헌은 더 이상 기사의 말에 귀를 기울이지 않았다.

그 시간, 그 장소, 그 사람 가까이…. 세헌은 참담한 심정으로 십칠 년 전의 그 우연을 가슴 저미는 심정으로 되새기고 있었다.

소설은 야망이나 이상을 모두 포기하게 만들었던 능미와의 돌발적인 결혼 생활을 억울하게 덤터기 쓰는 경우라 말하고 있다. 하필이면 남의 아이를 임신한 전처 능미 곁에 가까이 있었다는 이유로 모든 일은 시작되었다. 과거 불행으로 끝났던 결혼 생활은 ‘그 시간, 그 장소, 그 사람’이 합작하여 만들어낸 우연에 의해 억울하게 덤터기를 쓴 것에 불과하다. 겨우 마음을 다잡으며 아들에 대한 애정을 가까스로 회복하여 십칠 년을 살아왔지만 노래방에서 손님과 도우미로 우연히 만난 이대승과 능미로 인해 또 다시 억울하게 덤터기를 쓰게 된 것이다.

소설은 삶이 송두리째 흔들리는 두 번의 궤도 이탈을 겪는 주인공을 통해서 삶의 안정감에 대한 문제를 제기한다. 남에게 해를 끼치지 않겠다는 것을 신조로 살아가는 주인공을 두 번씩이나 극심한 혼란으로 몰고 가는 ‘우연’은 그야말로 ‘샴 왕의 코끼리’ 같은 것이며, 누구에게라도 닥칠 수 있는 궤도의 이탈에 해당할 것이다. “비록 규민이가 샴 왕의 하얀 코끼리라 해도 세헌은 기꺼이 받아들일 마음이었다.”라며 혼란의 와중에도 안정을 유지하기 위해 안간

힘을 쓰는 주인공의 모습은 안타까움을 넘어 작지 않은 공감을 불러일으키고 있다. 그러한 모습이 보편적인 삶의 아이러니와 맞닿아 있기 때문이다.

잔혹 동화로서의 과거
— 최혜연 〈아무도 모르게〉

최혜연의 〈아무도 모르게〉는 독특하고 충격적인 상상력으로 가득 찬 인물 성격화의 방법이 주의를 끄는 작품이다. 얼핏 보기에 평범하게 살아가는 주인공을 등장시키는 듯하지만, 내용이 전개되면서 차츰 평범함과는 거리가 먼 이질적인 요소들이 서술의 표면에 돌출하고 있다. 주인공은 콤플렉스로 가득 찬 인물임이 서서히 드러나고, 그러한 콤플렉스를 형성한 과거의 상흔이 독자에게 적지 않은 놀라움을 제공한다. 이때의 놀라움이란 보통의 평균적인 도덕적 상식을 훌쩍 뛰어넘는 것이기에 적지 않은 감정적 동요를 수반하는 것으로, 작품이 끝날 무렵 섬뜩한 전율마저 감도는 기이한 소설적 분위기를 형성하는 데 이르고 있다.

일인칭 화자로 설정된 주인공인 '나'는 평범한 노처녀 학원 강사다. '나'는 외모에 자신도 없고, 강사로서 실력도 인정받지 못한, 삶의 무게감이 그다지 느껴지지 않는 인물로 설정되어 있다. 그런 '나'는 남자들의 시선을 한 몸에 받는 미모를 지닌 동료 학원 강사인 '그녀'의 집에 몇 개월째 얹혀살고 있다. 남자친구를 수시로 갈

아 치우는 그녀의 연애담을 들으며 자신의 초라한 처지에 대해 주
눅이 들고 자격지심을 느끼기도 하지만 겉으로는 룸메이트와 별다
른 마찰 없이 지낸다. 가끔 그녀와 그녀의 남자친구와 함께 셋이서
저녁식사를 하기도 한다.

> 남자는 팬에 놓여 있는 피자를 피자주걱으로 빼내 그녀와 나
> 의 접시에 옮겨주기에 바빴다. 거칠 것 없이 나는 피자 네 조각을
> 먹었다. 그러고도 식욕은 멈춰지지 않았다. 남자는 새로운 앞 접
> 시에 또 한 조각의 피자를 덜어주었다. 나는 남자가 건넨 삼각 모
> 양의 피자를 달게 먹었다. 아이를 실패한 후 나는 식사량이 조절
> 되지 않았다. 남자가 두 조각을 먹고 그녀가 한 조각을 먹는 사이
> 에 둥글넓적한 라지 한 판이 비워졌다. 대용량 플라스틱 잔에 콜
> 라를 채우기가 바쁘게 비워내는 나에게 더 시켜드릴까요? 남자
> 는 물었다. 콜라를 더 시키려는 건지 피자를 더 주문하겠다는 건
> 지 몰라 잠시 생각에 잠겼다. 무엇이든 더 먹을 수 있었지만 아무
> 런 대답을 하지 않고 남자를 멀뚱히 바라보았다. 남자가 네모난
> 휴지를 집어 그녀와 나의 앞에 놓아주었다. 나를 위로한다고 왔
> 지만 괜히 왔다는 실망의 빛이 그들의 얼굴에 역력했다. 나는 그
> 제야 아무것도 더 먹지 않겠다고 말하고 휴지를 집어 입 주위를
> 닦았다.

폭식과 같은 돌발적인 행동은 '나'의 내면이 남들이 모르는 심
각한 상태에 처해 있음을 암시한다. 그녀와 그녀의 남자친구 얼굴
에 나타난 당혹감과 실망감의 빛을 발견하는 순간 '나'는 극심한
자괴감을 느낄 수밖에 없다. 아마도 우울증을 심화시키고, 우울증
은 다시 폭식으로 이어질 것이다. 우울증과 자괴감, 폭식을 거듭하
면서 심리적으로 '나'는 서서히 무너지고 있는 중이다. 겉으로 내

색하지는 않지만 소설의 제목처럼 '나'는 '아무도 모르게' 깊은 고립의 바닥으로 가라앉고 있는 셈이다.

미친 듯이 음식을 집어삼키는 폭식증은 아이를 갖는 것이 실패했기 때문에 생긴 상실감과 좌절감으로 인한 심리적 방어 기제의 일환이다. 어머니가 되고 싶은 '나'의 소망은 간절하다. "몸 안에서 생명을 키운다는 건 어떤 느낌일지 느껴보고 싶다. 아이의 조그만 입술에서 내뱉는 엄마라는 말을 듣는 경이로움은 어떤 것인지 경험하고 싶다"라고 밝히는 '나'는 자신이 얼마 지나지 않아 폐경을 맞이하게 될까 초조함을 느끼고 있다. 영원히 아이를 가질 수 없게 될지도 모른다는 불안감 속에서 배란 촉진제 주사를 맞아가며 아이를 가지려 하는 '나'의 소망이 간절하면 할수록 임신 실패로 인한 폭식증이나 우울증은 더욱 심화될 수밖에 없을 것 같다.

그런데 한 가지 특이한 것은 '나'가 아버지 없이 어머니가 되려한다는 점이다. '나'는 결혼을 한 것도 아니고 남자친구가 있는 것도 아니다. '나'는 이름 모르는 남자의 정자를 기증 받아 아이를 낳는 시술을 받고 있으며, 시술이 번번이 실패로 끝나 상실감을 맛보고 있다. '나'는 좋은 아버지나 연인을 둔다는 것은 자신과 거리가 먼 일이라 진작부터 선을 그어놓았다. 모르는 남자의 정자를 기증받는 일은 정자와 난자의 결합이라는 의학적인 임신을 위해 필요한 최소한의 과정일 뿐 처음부터 '나'는 '아버지 없는 아이'를 가지려 시도하고 있다. 게다가 아버지 없이 태어날 그 아이는 반드시 딸이어야만 한다. 이러한 그녀의 임신에 관한 강박은 잔혹 동화 〈백설공주〉 원본의 패러디에 발을 걸치고 있다는 점에서 상당한 충격을 주고 있다.

아버지가 술을 먹고 오면 나에게 예쁘다고 매달렸다. 왕과 같
았다. 다른 것은 엄마는 왕비처럼 나를 죽이지도 않았고 집 밖으
로 쫓아내지도 않았다. 열다섯 살에 내가 선택할 수 있는 일은 아
무것도 없었다. 아무 일도 없었던 거야! 넌 그냥 꿈을 꾼 거라고!
죄수들 방에나 걸릴 법한 견고하고 튼튼한 자물쇠를 내 방 안쪽
에 달아주며 엄마가 중얼거린 말이었다. 그 말은 엄마 자신에게
되돌리는 말이라는 걸 그때 몰랐다. 잃어가고 있는 젊음과 남편
의 행동 앞에서 엄마는 아무 일도 없는 거라고 자신에게 주술을
걸었다. 엄마가 나의 손을 낚아채고 집 밖으로 탈출해주길 간절
하게 바랐다. 엄마는 나를 위로하기보다는 아버지의 눈치를 보
았다. 내 방에 자물쇠를 달면서도 아버지에게 물어보았을지도
모를 일이었다. 술을 핑계로 아버지는 잠에 빠진 나를 무자비하
게 타 눌렀다. 있는 힘을 다해 버둥거렸지만 힘은 모자랐고 아버
지는 힘이 셌다. 집은 더 이상 나의 안식처가 아니었다. 아버지
도 아버지지만 엄마가 내 편이 아닌 사실에 대해서 나는 당혹스
럽고 고통스럽고 절망스러웠다.

‘나’의 돌발적이고 이해할 수 없는 행동들은 모두 잔혹 동화와
같은 과거의 상흔에서 비롯한다. 친아버지에게 상습적으로 성폭
행을 당했다는 것, 어머니에게 자신을 구출해달라고 애원해보기도
했지만 어머니는 모른 척 해버렸다는 것이 깊은 상처를 남겼고, 심
적 충격과 자괴감 탓에 자신의 부모들이 계모나 계부이기를 바랐
으나 잔인하게도 친부모였다는 것이 더 깊은 상처를 남겼다. 아버
지 혹은 남자가 없는 임신을 바라는 것은 곧 성폭행했던 아버지를
향한 ‘부인(否認, disavowal)’의 과정이다. 자신의 고통을 방관했던
‘나쁜’ 어머니와는 다른 자신의 딸에게 ‘좋은’ 어머니가 되겠다고

거듭 결심하는 것 또한 어머니를 향한 '부인'의 과정이다. "나에게 가족이란 없다. 엄마는 엄마가 아니고 아버지는 아버지가 아니기 때문이다. (…) 그들과 한 번도 마주친 적이 없는 사람이고 싶다."라는 외침에서처럼 엄마와 아버지는 모두 부인의 대상이다. 결국 과거의 현실을 부인하고 싶은 '나'가 강박적으로 임신 시술에 집착하는 것은 현실 부정의 방어 기제가 발현된 것인 동시에 물신주의(fetishism)의 전형적인 사례가 된다.

이 소설이 패러디의 대상으로 삼은 〈백설공주〉의 원본 동화는 잔인하고 비도덕적이고 비극적이다. 꿈과 희망 따위는 없다. 왕은 친딸인 백설공주를 상습적으로 성폭행하고, 왕비는 백설공주가 남편의 사랑을 독차지할까 질투하여 그녀를 죽이려 한다. 일곱 난쟁이들은 백설공주를 보호한 것이 아니라 성노예로 능욕한 것이며, 이웃나라 왕자는 혐오스러운 시체성애자라는 것이 원본의 잔혹함이다. 이 소설 자체가 잔혹 동화의 패러디이기에 이미 잔혹하기 그지없다. 그런데 주인공이 룸메이트 남자 친구가 버리고 간 콘돔의 정액을 '아무도 모르게' 자신의 자궁 속으로 밀어 넣는 소설의 마지막에 이르러서는 원본 〈백설공주〉보다 한층 더 그로테스크한 잔혹 동화가 된다. 그리고 그러한 엽기적인 결말의 한편에는 '남들은 모르는' 충격적인 과거의 상흔에서 한 발짝도 벗어나지 못한 주인공을 향한 애처로움이 같이 있어 소설은 더욱 독특한 분위기를 연출한다. 여타의 소설에서는 흔히 발견하기 힘든 잔혹하고, 엽기적이고, 애처로운 결말이다. 그러하기에 이 소설을 더욱 주목할 수밖에 없다.

감각의 풍경화
―배이유 〈조도에는 새가 없다〉

배이유의 〈조도에는 새가 없다〉를 읽으면 한 편의 풍경화가 머릿속에 떠오른다. 안개에 둘러싸인 새벽 바다의 잔물결이 펼쳐진다. 물결 위에는 한 마리 흰 새처럼 보이는 부표가 떠 있어 쓸쓸함을 자아낸다. 몽환적인 분위기 속에서 인간 세상의 자질구레한 아우성은 서서히 멀어져가고 대신 고즈넉하고 애상적인 감각의 풍경이 펼쳐진다.

소설 속에서 회상되는 과거의 사건은 불분명하게 제시된다. 주인공의 어린 시절 일어났던 아버지의 불륜 사건은 주인공이 워낙에 어린 시절 경험했던 것이기 때문인지 전후 사정이 대부분 생략되어 있어 선명한 의미 파악이 불가능하다. 섬에 찾아온 영화배우 Y가 겪었다는 스캔들 역시 풍문으로만 스쳐지나가는 것이라 명확한 의미 파악이 쉽지 않다. 소설 속에 등장하는 인물들이 과거에 치명적인 상처를 받았고, 아직도 그 상처가 아물지 않았다는 것을 제외하고는 대부분의 과거 회상은 어렴풋하기만 하다. 주제의 인상적인 전달이라는 측면에서는 불만족스러운 지점이기도 하다.

다른 한편으로는 불분명한 서술이 몽환적인 소설적 분위기의 창출이 이어졌다는 점에서는 긍정적으로 평가될 수도 있다. 이 소설은 30년 만에 고향을 찾아간 주인공의 관점에서 서술된다. 고향 근처 바닷가에 도착했을 무렵 시간은 과거로 도약하여 마치 다른 세상에 온 것과 같은 기묘한 느낌을 선사한다. "여기는 이상하게도 다른 세상에 온 것처럼 바람이 잦아들고 춥다는 생각이 들지 않았다." 현재의 시공간에서 이탈하여 과거의 추억 속으로 진입한 사람이 내놓을 수 있는 발언이 아닐까. 실제 바람이 잦아들었는지, 기온이 올라갔는지는 중요하지 않다. 주인공은 이미 과거 속을 거닐고 있다는 사실이 중요할 따름이다.

> 나는 고개 반대편 아래로 내려가기 전 탄식을 했다. 갈색 잡풀이 뒤덮여 있는 휑한 공토를 보며 깊은 허탈감을 느꼈다. 그건 분명 상실감이었다. 학교가 있었는데…. 아무것도 없이 흔적만 남아 있었다.

30년의 시간을 거슬러간 주인공은 변화한 고향을 바라보며 상실감을 느낀다. 아마도 그는 고향을 방문하기 전 과거의 흔적을 찾을 수 있으리라 기대했었는지도 모른다. 간혹 밥상을 차려놓은 어머니가 자신을 부르던 그때의 목소리가 들리는 것 같은 환청을 듣기도 하지만 아무리 둘러보아도 그 시절은 이미 사라지고 없다. 어머니는 돌아가신 지 오래되었고, 섬에 살던 마을 주민들은 하나씩 그곳을 떠나 황량함만 감돌고 있다. 다른 세상에 온 것 같은 느낌을 갖고서 30년 전의 추억이 되살아나길 기대했지만 모두 변했고, 사라졌다는 사실을 마주할 때 가지는 감정이 곧 상실감일 터이다. 이러한 상실감이 소설 전반을 감싸는 독특한 분위기를 형성하고 있다.

모든 것이 변한 것은 아니다. 주인공이 상실감을 느끼면서도,

어린 시절의 추억이 남아 있을지도 모를 섬의 곳곳을 계속해서 돌아다니는 것은 '변화 속에서도 변하지 않은 무언가'가 있기 때문이다. 마을의 주소가 바뀌었고, 지붕이나 외형은 변하긴 했지만 물결이 넘실거리는 바다만은 변하지 않았다. "섬은 여전했다. 아무리 높은 파도가 부딪혀 생채기를 낸다 해도 검푸른 나무들을 품은 섬은 의연했다." 30년 전 아버지의 일탈로 인해 온 가족이 상처를 입고 섬을 떠났지만 파도가 만들어내는 생채기에도 의연하게 서 있는 작은 섬은 '나'의 추억을 여전히 품고 있다.

> 순화엄마는 간조 때 죽도암 너머 바다에 나가서 영영 돌아오지 않았다. 도시로 나온 아버지는 다시는 교편을 잡지 않았다. 아버지는 자신과 맞지 않는 노동일을 하면서 돌아다녔지만 땅에 착지하지 못했다. 조개처럼 다물린 아버지와 냉랭한 관계를 유지하던 엄마도 아버지를 떠나고 말았다. 아버지와 나만 남겨졌다. 내 안에 날개 꺾인 작은 새가 피 흘리며 던져졌다.

소설은 명시적인 메시지의 전달보다는 암시적인 감각의 풍경을 스케치하는 데 집중한다는 것은 앞서 언급한 바와 같다. '나'의 가슴 속에 웅크리고 있는 작은 새, 곧 시간이 흘러도 아물지 않는 과거의 상처가 무엇인지 소설의 표면에 드러내는 것이 이 소설의 목표가 아니라는 점은 분명하다. 그보다는 오히려 그러한 '날개 꺾인 작은 새'를 '나'뿐만 아니라 영화배우 Y도 지니고 있다는 것이 더 중요하다. 본의 아니게 섬의 여러 곳을 함께 산책했던 셈이 되는 '나'와 Y는 같이 걸으며 각자의 상처와 서서히 화해하고 있던 것은 아니었을까. 자살의 유혹을 극복하고 이겨낼 것이라 다짐하는 Y처럼 '나'도 과거의 상흔을 극복하기 위해 계속 걸음을 멈추지 않을 것 같다.

함께 감각의 풍경 속을 거닐었던 두 사람은 이제 각자의 길로 걸어가기 위해 헤어진다. 두 사람은 서로에게 위로를 건네듯 손을 맞잡는다. "시간이 가면 무뎌져요. 언젠가 기회가 올 겁니다. 참고 기다리면." 섬에서 나와 헤어지는 두 사람의 모습에는 그들이 섬으로 들어갈 때의 쓸쓸함이 약간은 걷혀 있다. 여전히 그들의 마음속에는 '날개 꺾인 작은 새'가 남아 있을 것이다. 아직 날갯짓을 펴지는 못하고 있지만, 언젠가 새는 다시 날아오를 수 있을 것 같다는 희망이 생기고 있다. 변화한 고향을 보고 느끼던 상실감, 고향에서 내쫓기게 만들었던 과거의 상처는 몽환적인 분위기의 해안을 거닐면서 치유되고 있었을 것 같다. 과거의 상처를 어루만지는 소설의 전반적 분위기에 걸맞은 잔잔한 감정의 여운이 감도는 결말이다.

과거로의 길고도 짧은 여행
－정소성 〈벌초〉

정소성의 중편소설 〈벌초〉는 수십 년 만에 고향을 방문하여 성묘를 하는 짧은 여행에 관한 이야기다. 짧은 고향 방문 여행을 통해 먼 친척들을 만나면서 뿌리를 돌아보는 일이 어떠한 의미를 지닌 것인지 소설 속에서 펼쳐진다. 또 다른 한편으로는 수십 년 만의 방문을 계기로 과거 고시 공부를 하던 시절 산골 처녀와의 인연과 그 사이에서 태어난 아들의 존재를 확인하는 서사가 펼쳐지고 있다. 몇 대의 조상으로부터 자기 자신까지 이어지는 핏줄의 흐름 속에서, 비록 짧은 만남이지만 길게 이어지는 핏줄의 흐름 속에서 소설은 이야기를 펼쳐놓는다. 서로 별개의 이야기처럼 보이지만 오래간만의 '벌초'를 통해 하나로 엮이면서 궁극적으로는 삶과 죽음의 문제에 관한 가볍지 않은 질문을 펼쳐놓는 작품이다.

특히 두 개의 흐름을 하나로 합치는 소설의 결말 부분은 이효석의 〈메밀꽃 필 무렵〉의 서정성을 연상하게 하는 흥미로운 국면을 연출한다. 산골 처녀 소연과의 짧고 강렬했던 인연, 소연의 아들 영구에게서 발견하게 되는 핏줄의 끌림이 〈메밀꽃 필 무렵〉의 기본적인 구도와 닮아 있기 때문이다.

> 나는 높고 높은 낭떠러지에서 떨어지는 것 같은 현기증을 느끼면서 나도 모르는 사이에 최후의 진술 같은 질문을 던졌다.
> "아부지 산소 벌초는?"
> "지는 아부지가 없어예… 춘 자 섭 자 아부지는 양아부지라예…."
> "어메는 몇 살에 돌아가셨노?"
> "몰라예. 집안 내림병으로 일찍 돌아가셨다 카데예. 아부지 말씀으로는 어메가 나를 낳고서는 계속 피를 토해사서 알라 살릴라고 어메한테서 나를 뺏아 버릿다 캅디더. (…)"
> "그래도 니 어메 묘는 벌초를 다시 해야 한다. 아부지는 돌아가시면서 아무 말이 없었나?"
> 나는 내가 일생 동안 수많은 피고인들에게 행한 최후진술의 요구보다 훨씬 어려운 요구를 천천히 영구에게 했다.

　　"아부지예? 돌아가신 우리 아부지 말입니꺼? 아무 말씀도 없
었어예. 숨이 넘어가시면서 그냥 춘호 아재에게 가끔 전화를 드
리라고만 했어예…."
　　"아아 벌초… 벌초…."

　　성묘 당일 서울로 올라올 것인가 아니면 하룻밤 묵고 올 것인가
를 결정하지 못했던 소설 초반의 망설임이 비로소 제 의미를 얻게
되는 대목이다. 망설임이란 결말에서의 놀라움을 예비하는 하나
의 복선에 해당했던 것이다. 하룻밤 자고 서울로 떠나기로 결정했
을 때, 영구를 따라간 산속의 집으로 갈 때부터 이미 주인공은 젊
은 시절 만났던 처녀 소연을 떠올리고 있었다. 그녀를 잊고 살았던
수십 년의 세월이 머릿속을 스쳐지나가고 기억 속의 처녀가 생생
히 되살아나는 기이한 경험 속에서 영구가 고향 형님 춘섭의 양자
이며, 영구의 생모가 소연이라는 사실을 알게 된다. 과거의 인연이
회상되고, 예사롭지 않은 핏줄의 끌림이 점차 현실화될 때 서사적
긴장 또한 서서히 고조된다.
　　짧지 않은 분량의 서술을 통해 이 소설이 도달한 곳은 이와 같
은 긴장이 절정에 이르는 대목이다. 사실 관계를 마침내 확인하였
을 때 터져 나오는 아스라한 감탄사 속에서 주인공은 자신의 아들
을 인정하고, 오랫동안 잊고 있었던 산골 처녀 소연과의 인연을 받
아들이고 있다. 하루 동안에 이루어진 짧은 여행이지만, 수십 년의
세월을 관통하는 삶과 죽음의 긴 인연을 다루고 있기에 무척이나
긴 여행에 해당할 것이다. 등 뒤로 길게 땋아 떨어뜨린 긴 머리채
의 아름다움이 수십 년의 시간을 뛰어넘어 생생히 환기되는 산골

마을에서의 하룻밤에 관한 내용만으로도 이 소설은 그윽하고 애잔
한 서정적 풍모를 물씬 풍기기에 충분하다.